W0000875

SAUERLÄNDER

Kiera Cass wurde in South Carolina geboren, studierte Geschichte an der Radford University und lebt heute mit ihrer Familie in Virginia. 2009 veröffentlichte sie ihren ersten Jugendroman. Ihre Freizeit verbringt sie mit Lesen, Tanzen, Videodrehen und großen Mengen Kuchen.

Mehr Informationen zum Kinder- und Jugendbuchprogramm der S. Fischer Verlage, auch zu E-Book-Ausgaben, gibt es bei www.fischerverlage.de

KIERA CASS

SELECTION
DIE ELITE

AUS DEM AMERIKANISCHEN
VON SUSANN FRIEDRICH

SAUERLÄNDER

Für Mom

2. Auflage 2014

Erschienen bei FISCHER Sauerländer

Titel der amerikanischen Originalausgabe:
The Elite

Published by arrangement with Kiera Cass
Dieses Werk wurde vermittelt durch die
Literarische Agentur Thomas Schlück GmbH, 30827 Garbsen

Für die deutschsprachige Ausgabe

Umschlaggestaltung: Norbert Blommel, Vreden,
nach einer Idee von Erin Fitzsimmons
Umschlagabbildung: © 2013 by gustavo marx/merge left reps, inc.
Lektorat: Brigitte Henze
Satz: pagina GmbH, Tübingen
Druck und Bindung: CPI books GmbH, Leck
Printed in Germany
ISBN 978-3-7373-6242-9

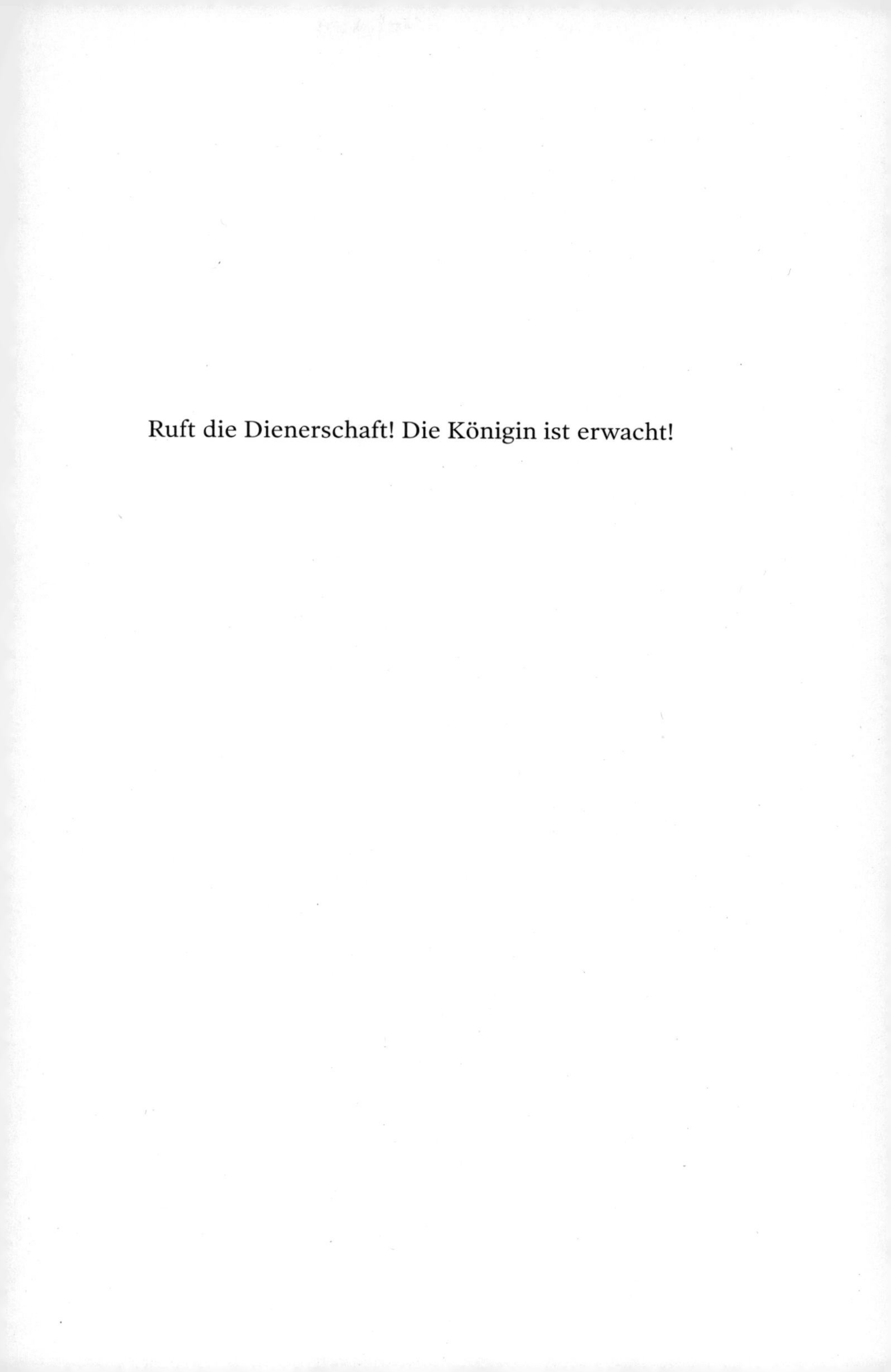

Ruft die Dienerschaft! Die Königin ist erwacht!

1

In Angeles ging kein Lüftchen, und ich lag still da und lauschte Maxons Atem. Es wurde immer schwieriger, ihn ausgeglichen und glücklich anzutreffen, und ich genoss diesen Moment, froh, dass es ihm am besten zu gehen schien, wenn wir beide allein waren.

Seit sich die Anzahl der Bewerberinnen auf sechs Mädchen beschränkte, wirkte er viel angespannter als zu dem Zeitpunkt, als die anderen vierunddreißig Mädchen und ich angekommen waren. Er hatte wohl gedacht, ihm würde mehr Zeit bleiben, seine Wahl zu treffen. Und obwohl ich es nur unter Schuldgefühlen zugeben mochte, war mir dennoch klar – ich war der Grund, warum er sich mehr Zeit wünschte.

Prinz Maxon, Thronerbe von Illeá, hatte ein Auge auf mich geworfen. Eine Woche zuvor hatte er mir für den privaten Umgang das Du angeboten und betont, dass der Wettbewerb entschieden wäre, wenn ich ihm signalisierte, dass er mir genauso viel bedeutete wie ich ihm. Und zwar von ganzem Herzen. Manchmal spielte ich mit diesem Gedanken und fragte mich, wie es sich wohl anfühlen würde, allein Maxon zu gehören.

Doch zum einen war es keineswegs so, dass Maxon wirklich der Meine war. Es gab noch fünf weitere Mädchen – Mädchen, mit denen er sich verabredete und denen er Vertraulichkeiten zuflüsterte. Und ich wusste nicht, was ich davon halten sollte. Zum anderen gab es da auch noch das Problem, dass ich mit Maxon gleichzeitig die Krone akzeptieren musste. Und das war ein Gedanke, den ich lieber beiseiteschob und sei es nur, weil ich nicht sicher war, was das für mich bedeutete.

Und natürlich gab es noch Aspen.

Genau genommen war er zwar nicht mehr mein Freund – er hatte bereits mit mir Schluss gemacht, bevor ich für das Casting ausgewählt wurde. Doch in dem Augenblick, als er im Palast als Wache aufgetaucht war, waren all die Gefühle, die ich zu vergessen suchte, wieder erwacht. Aspen war meine erste große Liebe. Wenn ich ihn ansah, dann wusste ich, ich gehörte zu ihm.

Maxon hatte keine Ahnung, dass Aspen im Palast war. Doch er wusste, dass es in meiner Heimat jemanden gab, über den ich hinwegzukommen versuchte. Er war so großzügig, mir Zeit zu lassen, während er selbst sich bemühte, eine andere Frau fürs Leben zu finden, mit der er glücklich sein könnte – für den Fall, dass ich seine Liebe nicht erwidern würde.

Als er den Kopf bewegte und direkt über meinem Haar einatmete, überlegte ich, wie es wäre, einfach nur ihn zu lieben.

»Weißt du, wann ich mir das letzte Mal richtig die Sterne angeschaut habe?«, fragte er.

Ich rutschte auf der Decke näher an ihn heran, um mich in der kühlen Nachtluft zu wärmen. »Keine Ahnung.«

»Ein Hauslehrer hat mich vor ein paar Jahren in Astronomie unterrichtet. Wenn du genau hinsiehst, kannst du erkennen, dass die Sterne tatsächlich verschiedene Farben haben.«

»Moment mal, das letzte Mal, als du dir die Sterne angesehen hast, war, um sie zu *studieren*? Und nicht zum Vergnügen?«

Er schmunzelte. »Vergnügen muss ich normalerweise zwischen den Haushaltsberatungen und den Sitzungen des Infrastrukturkomitees einplanen. Ach ja, die Sitzungen zur Kriegstaktik nicht zu vergessen, worin ich übrigens eine absolute Niete bin.«

»Und worin bist du noch eine absolute Niete?«, neckte ich ihn und ließ meine Hand über sein gestärktes Hemd gleiten.

Durch diese Berührung ermutigt, zog Maxon mit den Fingern Kreise auf meiner Schulter.

»Warum willst du das wissen?«, fragte er in gespieltem Ärger.

»Weil ich noch immer so wenig über dich weiß, und du stets so perfekt zu sein scheinst. Es ist einfach beruhigend, einen Beweis zu haben, dass du es nicht bist.«

Er stützte sich auf den Ellenbogen und betrachtete mein Gesicht. »Du weißt, dass ich es nicht bin.«

»Manchmal bin ich mir da nicht so sicher«, entgegnete ich. Wir tauschten winzige Berührungen aus, mit den Knien, den Armen, den Fingern.

Er schüttelte den Kopf und lächelte kurz. »Na schön. Ich kann zum Beispiel keinen Krieg planen. Darin bin ich absolut mies. Und ich glaube, ich bin ein furchtbarer Koch. Ich habe es zwar noch nie probiert, deshalb kann ich ...«

»Noch nie?«

»Vielleicht sind dir die Menschen aufgefallen, die für die Elite die köstlichsten Speisen auffahren. Nun, diese Leute sorgen zufällig auch für mein leibliches Wohl.«

Ich kicherte. Ich half zu Hause fast immer beim Kochen mit. »Weiter«, forderte ich. »Worin bist du noch schlecht?«

Er hielt mich ganz fest, seine braunen Augen funkelten geheimnisvoll. »Tatsächlich habe ich da in letzter Zeit noch eine Sache entdeckt ...«

»Nun sag schon.«

»Es hat sich gezeigt, dass ich absolut unfähig bin, mich von dir fernzuhalten. Das ist ein sehr ernstes Problem.«

Ich grinste. »Hast du es denn wirklich versucht?«

Er tat so, als dächte er angestrengt darüber nach. »Äh, nein. Und erwarte nicht, dass ich damit anfange.«

Wir mussten beide lachen und hielten einander fest. In diesem Augenblick war es ganz einfach, sich vorzustellen, dass so der Rest meines Lebens aussehen würde.

Das Rascheln von Blättern verkündete, dass sich uns jemand näherte. Obwohl unsere Verabredung den strengen Regeln des Castings entsprach, war ich ein wenig beschämt und setzte mich rasch auf. Maxon folgte meinem Beispiel, als ein Wachmann um die Hecke herum auf uns zukam.

»Eure Majestät«, sagte der Mann mit einer Verbeugung.

»Bitte entschuldigen Sie die Störung, Sir, aber es ist wirklich nicht ratsam, zu dieser späten Stunde noch draußen zu sein. Die Rebellen könnten …«

»Schon verstanden«, entgegnete Maxon und seufzte. »Wir kommen gleich ins Haus.«

Der Wachmann ließ uns allein, und Maxon wandte sich mir zu. »Das ist noch einer meiner Fehler. Ich verliere langsam die Geduld mit den Rebellen. Ich bin es leid, mich ständig mit ihnen herumzuschlagen.«

Er stand auf und reichte mir die Hand. Seit Beginn des Castings waren wir zweimal von Rebellen angegriffen worden. Das eine Mal von Nordrebellen, denen es einfach nur um Zerstörung ging, und das andere Mal von Südrebellen, die auch Tote in Kauf nahmen. Doch diese beiden Zwischenfälle reichten schon, um seinen Ärger zu verstehen.

Maxon hob die Decke auf und schüttelte sie aus, er war sichtlich deprimiert, dass unser Abend ein so jähes Ende fand.

»Hey«, sagte ich und zwang ihn, mich anzusehen. »Ich habe mich prima amüsiert.«

Er nickte.

»Nein, ehrlich«, beteuerte ich und trat zu ihm. Er nahm die Decke in die eine Hand und legte den freien Arm um mich. »Wir sollten es irgendwann noch mal wiederholen, und dann erklärst du mir, welcher Stern welche Farbe hat, denn ich kann es wirklich nicht erkennen.«

Maxon lächelte mich traurig an. »Manchmal wünschte ich, die Dinge wären einfacher. Eben ganz normal …«

Ich drehte mich so, dass ich beide Arme um ihn legen

konnte, und als ich das tat, ließ Maxon die Decke fallen und erwiderte meine Umarmung. »Es widerstrebt mir, es Ihnen sagen zu müssen, Eure Majestät, aber selbst ohne Wachen sind Sie meilenweit davon entfernt, normal zu sein.«

Sein Gesichtsausdruck hellte sich ein wenig auf, aber er war immer noch ernst. »Du würdest mich lieber mögen, wenn ich es wäre, nicht wahr?«

»Ich weiß, dass du es kaum glauben kannst, aber ich mag dich wirklich genau so, wie du bist. Ich brauche einfach nur mehr ...«

»Zeit. Ich weiß. Und ich bin bereit, sie dir zu gewähren. Ich wünschte nur, ich wüsste, dass du tatsächlich mit mir zusammen sein willst, wenn diese Zeit vorüber ist.«

Ich blickte zur Seite. Das war etwas, das ich nicht versprechen konnte. Ich wog meine Gefühle für Maxon und Aspen wieder und wieder in meinem Herzen ab, aber keiner von beiden genoss klar meinen Vorzug. Außer vielleicht, wenn ich mit einem von ihnen allein war. Denn gerade jetzt war ich versucht, Maxon zu versprechen, dass ich die Seine werden würde. Aber ich konnte es nicht.

»Maxon«, flüsterte ich, als ich sah, wie sehr ihn mein Schweigen entmutigte. »Ich kann dir das nicht garantieren, aber was ich dir mit Gewissheit sagen kann, ist, dass ich hier sein *will*. Ich will wissen, ob es für uns beide ein ...« Ich stammelte herum, weil ich nicht wusste, wie ich es ausdrücken sollte.

»Wir?«, kam Maxon mir zu Hilfe.

»Ja, genau.« Ich lächelte und war froh, wie gut er mich

verstand. »Ich möchte wissen, ob aus uns beiden ein Wir werden kann.«

Er strich mir eine Locke hinters Ohr. »Ich glaube, die Chancen stehen ziemlich gut«, sagte er.

»Das glaube ich auch. Ich brauche nur ... Zeit, einverstanden?«

Er nickte und wirkte deutlich optimistischer. Und ich war froh, dass unser Abend so endete – mit Hoffnung. Ach, und vielleicht noch mit einer anderen Sache. Ich lehnte mich an Maxon und ließ meine Augen sprechen.

Ohne eine Sekunde zu zögern, beugte er sich herab, um mich zu küssen. Sein Kuss war zärtlich und sanft und hinterließ in mir das angenehme Gefühl, bewundert zu werden. Und irgendwie auch ein Verlangen nach mehr. Ich hätte noch Stunden hierbleiben können, nur um herauszufinden, ob ich je genug von diesem Gefühl bekam. Doch Maxon drängte zum Aufbruch.

»Lass uns lieber zurückgehen«, sagte er und führte mich in Richtung des Palastes. »Bevor uns die Wachen noch auf Pferden und mit gezückten Speeren holen kommen.«

Nachdem er sich an der Treppe verabschiedet hatte, überfiel mich schlagartig ein ungeheures Schlafbedürfnis. Müde stieg ich hoch in den zweiten Stock und bog in den kleinen Gang zu meinem Zimmer ein.

»Oh!«, sagte Aspen, der überrascht war, mich zu sehen. »Ich bin wohl die schlechteste aller Wachen. Ich hatte angenommen, dass du die ganze Zeit über in deinem Zimmer warst.«

Ich kicherte. Die Regeln besagten, dass die Mitglieder der Elite in Anwesenheit mindestens einer ihrer Zofen die Nacht verbringen sollten. Da mir das überhaupt nicht gefiel, hatte Maxon darauf bestanden, eine Wache vor meinem Zimmer zu postieren, falls es einen Notfall geben sollte. Meistens war Aspen dieser Wachmann. Und es war eine seltsame Mischung aus freudiger Erregung und Angst, zu wissen, dass er fast jede Nacht draußen vor meiner Tür stand.

Die Unbeschwertheit des Augenblicks verschwand jedoch schnell, als Aspen begriff, was es bedeutete, dass ich nicht brav in meinem Bett gelegen hatte. Er räusperte sich beklommen.

»War es denn schön?«, fragte er ein wenig spitz.

»Aspen«, flüsterte ich und blickte mich um, weil ich sichergehen wollte, dass niemand in der Nähe war. »Sei nicht böse. Ich nehme am Casting teil, und da läuft das nun einmal so.«

»Und wie soll ich da eine Chance haben, Mer? Wie kann ich mich mit ihm messen, wenn du immer nur mit einem von uns beiden sprichst?«

Es stimmte, was er sagte, aber was sollte ich tun?

»Bitte sei nicht wütend auf mich, Aspen. Ich versuche doch, mir über alles klarzuwerden.«

»Nein, Mer«, erwiderte er, und seine Stimme wurde wieder sanft. »Ich bin nicht wütend auf dich. Du fehlst mir.« Er wagte es nicht, die Worte laut auszusprechen, aber er formte sie mit den Lippen. *Ich liebe dich.*

Ich schmolz dahin.

»Ich weiß«, sagte ich, legte ihm die Hand auf die Brust

und gestattete mir, für einen Moment zu vergessen, was wir damit riskierten. »Aber das ändert nichts daran, wo wir uns befinden und dass ich jetzt zur Elite gehöre. Ich brauche Zeit, Aspen.«

Er nahm meine Hand in seine und nickte. »Die sollst du haben. Aber versuch einfach ... dir auch ein wenig Zeit für mich zu nehmen.«

Ich wollte nicht näher darauf eingehen, wie schwierig das sein würde, deshalb schenkte ich ihm ein winziges Lächeln, bevor ich ihm sanft meine Hand entzog. »Ich muss jetzt gehen.«

Als ich in mein Zimmer ging und die Tür hinter mir schloss, wusste ich, dass er mir nachblickte.

Zeit. In letzter Zeit hatte ich mir eine Menge davon erbeten. Und ich hoffte, dass sich mit genügend Zeit auch endlich alles klären würde.

2

»Nein, nein«, antwortete Königin Amberly lachend. »Ich hatte nur drei Brautjungfern, obwohl Clarksons Mutter der Ansicht war, das sei nicht genug. Ich aber wollte nur meine Schwestern und meine beste Freundin, die ich während des Castings kennengelernt hatte.«

Ich blickte verstohlen zu Marlee hinüber und freute mich, dass sie ebenfalls zu mir herübersah. Bevor ich im Palast angekommen war, hatte ich angenommen, dass keins der Mädchen nett zu mir sein würde, da bei diesem Wettbewerb so unglaublich viel auf dem Spiel stand. Doch Marlee hatte mich gleich bei unserer allerersten Begegnung umarmt, und von diesem Augenblick an waren wir immer füreinander da gewesen. Bis auf eine einzige Ausnahme hatten wir uns noch nie gestritten.

Vor ein paar Wochen hatte Marlee mir gestanden, dass sie glaubte, nicht mehr mit Maxon zusammen sein zu wollen. Als ich sie drängte, mir das zu erklären, bekam ich kein weiteres Wort aus ihr heraus. Sie war nicht böse auf mich, das wusste ich, aber die stummen Tage, die darauf folgten, waren ziemlich einsam. Dann ließen wir das Ganze auf sich beruhen.

»Ich möchte sieben Brautjungfern«, erklärte Kriss eifrig. »Ich meine, für den Fall, dass Maxon sich für mich entscheidet und die Hochzeit groß gefeiert wird.«

»Nun, ich verzichte lieber auf Brautjungfern«, sagte Celeste an Kriss gewandt. »Sie lenken nur ab. Und da die Hochzeit im Fernsehen übertragen wird, möchte ich, dass sich alle Augen auf mich richten.«

Wut stieg in mir auf. Wir saßen so selten alle zusammen und redeten mit Königin Amberly. Und dann kam Celeste, benahm sich unmöglich und verdarb alles.

»Ich würde gern einige unserer Traditionen in mein Hochzeitsfest integrieren«, warf Elise leise ein. »Die Mädchen in New Asia verwenden viel Rot während der Feierlichkeiten, und der Bräutigam muss den Freundinnen der Braut Geschenke bringen, weil sie ihm gestattet haben, sie zu heiraten.«

»Denk daran, mich bei deinem Hochzeitsfest einzuladen. Ich liebe Geschenke!«, meldete sich Kriss fröhlich zu Wort.

»Ich auch!«, rief Marlee begeistert aus.

»Lady America, Sie sind so still«, wandte sich Königin Amberly an mich. »Wie stellen Sie sich Ihre Hochzeit vor?«

Ich wurde rot, denn die Frage traf mich völlig unvorbereitet. Ich hatte mir bislang immer nur eine Art von Hochzeit vorgestellt, und die fand im Bürgeramt der Provinz Carolina nach dem Ausfüllen eines riesigen Bergs von Schriftstücken statt.

»Nun, eine Sache habe ich mir überlegt, nämlich dass

mein Vater mich an den Bräutigam übergeben soll. Wissen Sie, was ich meine? Dass er meine Hand in die des Bräutigams legt. Das ist das Einzige, was ich mir jemals wirklich gewünscht habe.« Tatsächlich entsprach das beschämenderweise der Wahrheit.

»Aber so ist es doch bei allen Hochzeiten«, wandte Celeste ein. »Das ist nicht gerade originell.«

Ich hätte eigentlich wütend darüber sein müssen, dass sie mich so provozierte, aber ich zuckte nur die Achseln. »Ich möchte einfach, dass mein Vater meine Wahl an diesem entscheidenden Tag vorbehaltlos billigt.«

»Das ist schön«, sagte Natalie, nippte an ihrem Tee und sah aus dem Fenster.

Königin Amberly lachte leise. »Ich hoffe doch sehr, dass er sie billigt. Egal, wer es ist.« Den letzten Satz fügte sie eilig hinzu, denn sie hatte bemerkt, dass sie damit angedeutet hatte, Maxon wäre meine Wahl.

Ich fragte mich, ob sie das auch gedacht hätte, wenn er ihr von uns erzählt hätte.

Kurz darauf versiegte das Gespräch über Hochzeiten, und die Königin ging in ihr Arbeitszimmer. Celeste ließ sich vor den großen Fernseher fallen, der in die Wand eingelassen war, und die anderen fingen an, Karten zu spielen.

»Ich bin nicht sicher, ob ich die Königin schon jemals so viel habe reden hören«, sagte Marlee, nachdem wir uns zusammen an einen Tisch gesetzt hatten.

»Ich nehme an, sie erwärmt sich langsam für das Ganze.« Ich hatte niemandem gegenüber erwähnt, dass mir Königin Amberlys Schwester von deren vielen vergeblichen Versuchen, ein weiteres Kind zu bekommen, erzählt hatte. Adele hatte prophezeit, ihre Schwester würde uns gegenüber aufgeschlossener sein, sobald die Gruppe erst kleiner wäre. Sie hatte recht behalten.

»Also los, du musst es mir erzählen. Hast du wirklich keine Pläne für deine Hochzeit, oder willst du sie einfach nur nicht mit uns teilen?«

»Ich habe wirklich keine«, versicherte ich. »Es fällt mir schwer, mir eine große Hochzeitsfeier vorzustellen, verstehst du? Ich bin eine Fünf.«

Marlee schüttelte den Kopf. »Du *warst* eine Fünf. Jetzt bist du eine Drei.«

»Stimmt«, sagte ich zögerlich.

Ich war in eine Familie von Fünfern hineingeboren worden – Künstler und Musiker, die üblicherweise schlecht bezahlt wurden –, und obwohl ich das Kastensystem grundsätzlich ablehnte, mochte ich das, was ich für meinen Lebensunterhalt tun musste. Mich selbst als Drei zu sehen und mich mit einer Tätigkeit als Lehrerin oder Schriftstellerin anzufreunden, fiel mir noch schwer.

»Hör auf, dir Sorgen zu machen«, sagte Marlee, die meinen Gesichtsausdruck richtig deutete. »Im Moment musst du noch nicht darüber nachdenken.«

Ich wollte widersprechen, wurde jedoch von Celeste unterbrochen, die einen wütenden Schrei ausstieß.

»Jetzt komm schon!«, brüllte sie und warf die Fernbedienung auf die Couch, um sie anschließend wieder auf den Fernseher zu richten. »Mann!«

»Liegt es an mir, oder wird sie immer schlimmer?«,

flüsterte ich Marlee zu. Wir beobachteten, wie Celeste verzweifelt auf der Fernbedienung herumdrückte, bis sie es aufgab und zum Fernseher ging, um ein anderes Programm einzuschalten. Wenn ich als Zwei aufgewachsen wäre, hätte ich mich wohl auch über so etwas aufgeregt.

»Vermutlich der Stress«, erklärte Marlee. »Hast du bemerkt, dass Natalie immer, wie soll ich sagen ... immer reservierter wird?«

Ich nickte, und wir beide sahen zu den drei Mädchen, die beim Kartenspiel saßen. Kriss lächelte beim Mischen, Natalie hingegen untersuchte akribisch ihre Haarspitzen und zog gelegentlich eine Strähne heraus, die ihr nicht zu gefallen schien. Sie hatte einen abwesenden Gesichtsausdruck.

»Ich glaube, wir alle spüren den wachsenden Druck«, gestand ich. »Jetzt, da die Gruppe so klein ist, ist es viel schwerer, sich zu entspannen und am Palastleben zu freuen.«

Celeste gab ein undefinierbares Schnauben von sich, und wir sahen verstohlen zu ihr rüber, wandten jedoch rasch die Augen ab, als sie uns dabei erwischte.

»Entschuldige mich einen Augenblick«, sagte Marlee und schob ihren Stuhl zurück. »Ich muss kurz zur Toilette.«

»Ich auch. Wollen wir zusammen gehen?«, schlug ich vor.

»Nein, nein, geh schon mal vor. Ich trinke noch schnell meinen Tee aus.«

»Na schön. Dann bis gleich.«

Ich verließ den Damensalon und durchquerte die

prächtige Halle. Wie immer, wenn ich hier vorbeikam, fragte ich mich, ob ich mich je daran gewöhnen würde, wie außergewöhnlich schön sie war. Ich war so abgelenkt, dass ich prompt mit einem Wachmann zusammenstieß, als ich um die Ecke bog.

»Oh, entschuldigen Sie bitte, Miss. Ich hoffe, ich habe Sie nicht erschreckt.« Er hielt mich an den Ellenbogen fest, damit ich das Gleichgewicht wiedererlangte.

»Nein«, antwortete ich kichernd. »Mir geht es gut. Ich hätte aufpassen sollen, wo ich hinlaufe. Danke, dass Sie mich aufgefangen haben, Officer ...«

»Woodwork«, antwortete er mit einer kurzen Verbeugung.

»Mein Name ist America.«

»Ich weiß.«

Ich grinste und verdrehte die Augen. Natürlich wusste er das.

»Nun, ich hoffe, unsere nächste Begegnung wird nicht ganz so stürmisch verlaufen«, scherzte ich.

Er schmunzelte. »Das hoffe ich auch. Ich wünsche Ihnen noch einen schönen Tag, Lady America.«

»Für Sie auch.«

Bei meiner Rückkehr, erzählte ich Marlee von meinem peinlichen Zusammenstoß mit Officer Woodwork. Den Rest des Nachmittags saßen wir am offenen Fenster, redeten über zu Hause und über die anderen Mädchen und ließen uns von der Sonne bescheinen.

Der Gedanke an die Zukunft stimmte mich traurig. Irgendwann würde das Casting vorbei sein, und obwohl ich wusste, dass Marlee und ich uns auch danach nahestehen würden, würde ich unsere täglichen Gespräche vermissen. Sie war meine erste richtige Freundin, und ich wünschte, ich hätte immer mit ihr zusammen sein können.

Während ich meinen Gedanken nachhing, blickte Marlee träumerisch aus dem Fenster. Ich fragte mich, was ihr wohl im Kopf herumging, doch es war ein so friedlicher Moment, dass ich sie nicht darauf ansprach.

3

Die großen Balkontüren und die Tür zum Flur standen weit offen, und mein Zimmer füllte sich immer mehr mit der warmen, süßen Luft, die vom Garten hereinwehte. Ich hatte gehofft, die leichte Brise würde mich darüber hinwegtrösten, dass ich so viel lernen musste. Stattdessen lenkte sie mich nur noch mehr ab und schürte mein Verlangen, irgendwo anders als hier an meinem Schreibtisch zu sein.

Ich seufzte und lehnte mich in meinem Stuhl zurück. »Anne!«

»Ja, Miss?«, antwortete meine Zofe aus der Ecke, in der sie nähte. Ohne hinzusehen, wusste ich, dass sich auch die beiden anderen, Mary und Lucy, regten, um mir gegebenenfalls behilflich zu sein.

»Ich befehle Ihnen, herauszufinden, was in diesem Bericht steht«, sagte ich und zeigte mit müder Geste auf die detaillierte Aufzeichnung von Militärstatistiken, die vor mir lag. Es war eins der Themen, in denen die Elite später abgefragt werden würde, aber ich schaffte es einfach nicht, mich darauf zu konzentrieren.

Meine drei Zofen lachten – vermutlich wegen der Lächerlichkeit meiner Forderung und weil ich überhaupt etwas befohlen hatte. Ausgeprägte Führungsqualitäten gehörten nicht gerade zu meinen Stärken.

»Es tut mir leid, Lady America, aber ich glaube, das würde meine Kompetenzen überschreiten«, antwortete Anne.

Obwohl mein Befehl ein Scherz gewesen war und ihre Antwort darauf ebenfalls, entnahm ich ihr doch die ernstgemeinte Entschuldigung, dass sie mir nicht helfen konnte.

»Na schön«, stöhnte ich und setzte mich wieder aufrecht hin. »Dann muss ich es wohl selbst machen. Ihr drei seid mir ja eine schöne Hilfe. Morgen bemühe ich mich um neue Zofen. Und diesmal meine ich es ernst.«

Wieder kicherten sie, und ich versuchte, mich erneut den Zahlen zu widmen. Ich hatte zwar den Eindruck, dass der Bericht schlecht abgefasst war, aber das war auch kein Trost. Verbissen vertiefte ich mich in die ungeliebten Paragraphen und Tabellen, zog dabei die Augenbrauen zusammen und kaute auf meinem Stift herum.

Mit halbem Ohr hörte ich, wie Lucy leise auflachte, und blickte hoch, um zu sehen, worüber sie sich so amüsierte. Als ich ihrem Blick bis zur Tür folgte, sah ich, dass Maxon im Türrahmen lehnte.

»Sie haben mich verraten!«, beschwerte er sich bei Lucy, die immer weiter kicherte.

Ich schob schwungvoll den Stuhl zurück und warf mich in seine Arme. »Du kannst Gedanken lesen!«

»Kann ich das?«

»Bitte lass uns nach draußen gehen. Nur für einen kurzen Moment.«

Er lächelte. »Also gut, aber in zwanzig Minuten muss ich wieder hier sein.«

Ich zog ihn den Flur entlang, während hinter uns das aufgeregte Geschnatter meiner Zofen verklang.

Es bestand kein Zweifel, der Garten war *unser Ort* geworden. Immer wenn wir Gelegenheit hatten, allein zu sein, gingen wir dorthin. Es unterschied sich schon sehr von der Art, wie ich mit Aspen meine Zeit verbracht hatte – in dem winzigen Baumhaus in meinem Garten, dem einzigen Ort, wo wir gefahrlos zusammen sein konnten.

Plötzlich fragte ich mich, ob Aspen – ohne dass ich ihn unter all den anderen Wachen im Palast erblickte – irgendwo in der Nähe war und zusah, wie Maxon meine Hand hielt.

»Was hast du da?«, fragte Maxon und fuhr über meine Fingerspitzen.

»Schwielen. Das kommt vom Geige spielen.«

»Sie sind mir zuvor noch nie aufgefallen.«

»Stören sie dich?« Von den sechs übrig gebliebenen Mädchen gehörte ich der niedrigsten Kaste an, und ich bezweifelte, dass eine der anderen solche Hände hatte.

Maxon blieb stehen, hob meine Finger an seine Lippen und küsste die Fingerkuppen.

»Im Gegenteil. Ich finde sie sehr schön.« Ich spürte, wie ich rot wurde. »Ich habe die ganze Welt gesehen – wenn auch meistens nur durch Panzerglas oder vom Turm irgendeines alten Schlosses aus. Und mir steht das Wissen der Menschheit zur Verfügung. Aber diese kleine Hand hier«, er sah mir tief in die Augen, »diese Hand erzeugt Töne, die mit nichts zu vergleichen sind, was ich je gehört habe. Manchmal denke ich, ich habe nur geträumt, dass du Geige gespielt hast, so schön ist es gewesen. Aber diese Schwielen sind der Beweis, dass es real war.«

Manchmal war seine Art zu sprechen fast schon zu romantisch, um es ihm wirklich abzunehmen. Und obwohl seine Worte mein Herz bewegten, war ich nie völlig sicher, ob ich ihm trauen konnte. Woher sollte ich denn wissen, ob er den anderen Mädchen nicht auch solche reizenden Dinge sagte? Ich wechselte das Thema.

»Steht dir wirklich das Wissen der Menschheit zur Verfügung?«

»Ja. Frag mich irgendetwas. Und wenn ich die Antwort nicht weiß, dann weiß ich zumindest, wo wir sie finden können.«

»Egal, was?«

»Egal, was.«

Es war schwer, sich aus dem Stand heraus eine Frage auszudenken, noch dazu eine, die ihn verblüffen würde. Denn das wollte ich ja erreichen. Ich brauchte einen Moment, um mir klar zu werden, welche Dinge mich in meiner Kindheit am meisten interessiert hatten – zum Beispiel wie ein Flugzeug fliegen konnte, wie es früher in den Vereinigten Staaten gewesen war, wie die winzigen Musikabspielgeräte der oberen Kasten funktionierten.

Und dann hatte ich es.

»Was ist Halloween?«, fragte ich.

»Halloween?« Er hatte eindeutig noch nie davon gehört, was mich nicht überraschte. Mir selbst war das Wort auch nur ein einziges Mal begegnet – in einem alten Geschichtsbuch meiner Eltern. Ganze Teile des Buchs waren ziemlich ramponiert, entweder fehlten die Seiten oder sie waren weitgehend unleserlich. Dennoch hatte mich die Erwähnung dieses Feiertags, der bei uns völlig unbekannt war, immer fasziniert.

»Ist sich Eure Königliche Pfiffigkeit nun doch nicht mehr so sicher?«, neckte ich Maxon.

Er warf mir einen finsteren Blick zu, doch es war klar, dass er nur so tat, als sei er verärgert. Er sah auf seine Uhr und holte tief Luft.

»Also schön. Komm mit. Wir müssen uns beeilen«, sagte er, griff nach meiner Hand und lief mit großen Schritten los. Ich stolperte wegen meiner hohen Absätze, doch dann hielt ich mit ihm Schritt, als er mich mit einem breiten Grinsen zurück zum Palast führte. Ich liebte es, wenn Maxons sorglose Seite zum Vorschein kam, viel zu oft war er furchtbar ernst.

Ich schaffte noch den halben Weg durch die Halle, dann musste ich mit Blick auf meine Schuhe kapitulieren. »Maxon, bleib stehen!«, keuchte ich. »Ich kann nicht so schnell!«

»Komm schon, es wird dir gefallen«, sagte er und zog mich am Arm weiter, als ich langsamer wurde. Schließlich passte er sich jedoch meinem Tempo an, obwohl er offensichtlich darauf brannte, schneller zu gehen.

Wir waren zum Nordflügel unterwegs, dorthin, wo

der *Bericht aus dem Capitol* gedreht wurde, bogen jedoch vorher in ein Treppenhaus ab. Immer weiter stiegen wir nach oben, und ich konnte meine Neugier kaum noch bändigen.

»Wo genau gehen wir hin?«

Er drehte sich um und blickte mich an, dann wurde seine Miene plötzlich ernst. »Du musst schwören, niemandem von dieser kleinen Kammer zu erzählen. Nur einige wenige Mitglieder der Königsfamilie und eine Handvoll Wachen wissen überhaupt von ihrer Existenz.«

Ich starb fast vor Aufregung. »Ich schwöre es.«

Wir erreichten die oberste Treppenstufe, und Maxon hielt mir die Tür auf. Wieder nahm er meine Hand und zog mich einen Gang entlang, bis er schließlich vor einer Wand stehen blieb, die fast vollständig von einem prächtigen Gemälde bedeckt war. Maxon vergewisserte sich, dass außer uns niemand hier war, dann fasste er auf die Rückseite des Rahmens. Ich hörte ein schwaches Klicken, und im nächsten Moment schwang das Gemälde auf uns zu.

Unwillkürlich schnappte ich nach Luft. Maxon grinste.

Hinter dem Gemälde befand sich eine in die Wand eingelassene Tür, die nicht ganz bis zum Boden reichte. Sie besaß ein kleines Tastenfeld, ähnlich wie bei einem Telefon. Maxon tippte ein paar Zahlen ein, und ein leiser Piepton erklang. Dann bewegte er den Türgriff und blickte sich dabei zu mir um.

»Lass mich dir helfen. Es ist eine ziemlich hohe Stufe.« Er reichte mir seine Hand und bedeutete mir, zuerst hineinzugehen.

Was mich hinter der geheimen Tür erwartete, verschlug mir fast den Atem.

Der fensterlose Raum war voller Regale, in denen offenbar sehr alte Bücher standen. Zwei der Regale enthielten Bücher, deren Einband mit einem seltsamen roten Schrägstrich versehen war. An einer Wand lehnte ein riesiger Atlas. Die aufgeschlagene Seite zeigte den Umriss eines Landes, dessen Name ich nicht kannte. In der Mitte der Kammer gab es einen Tisch, auf dem ebenfalls mehrere Bücher lagen, die aussahen, als seien sie erst kürzlich benutzt und für den baldigen Wiedergebrauch herausgelegt worden. Und dann war da noch ein in die Wand eingelassener breiter Bildschirm, der einem Fernseher ähnelte.

»Was haben die roten Striche zu bedeuten?«, fragte ich.

»Das sind verbotene Bücher. Soweit wir wissen, sind es die einzigen Exemplare im gesamten Königreich von Illeá.«

Ich drehte mich zu Maxon um, und mein Blick verriet, was ich nicht laut zu sagen wagte.

»Ja, du kannst sie dir anschauen«, sagte er in einem Ton, der durchblicken ließ, dass ich ihm ganz schöne Umstände machte, jedoch mit einem Gesichtsausdruck, aus dem hervorging, dass er auf diese Bitte gehofft hatte.

Vorsichtig nahm ich eins der Bücher in die Hand, voller Angst, ich könnte aus Versehen einen einzigartigen Schatz zerstören. Ich blätterte ein paar Seiten um, stellte es dann jedoch sofort wieder zurück. Als ich mich umwandte, tippte Maxon auf einem Gerät herum, das wie eine flache

Schreibmaschine aussah und offensichtlich zu dem Bildschirm gehörte.

»Was ist das?«, fragte ich.

»Ein Computer. Hast du noch nie einen gesehen?« Ich schüttelte den Kopf und Maxon schien nicht allzu überrascht zu sein. »Es gibt nicht mehr viele Leute, die einen besitzen. Dieser hier enthält ein Verzeichnis aller Informationen, die in diesem Raum versammelt sind. Wenn es irgendetwas über dein Halloween gibt, wird das Gerät uns sagen, wo es zu finden ist.«

Ich verstand nicht genau, was er da sagte, aber ich bat ihn nicht, es mir zu erklären. Innerhalb weniger Sekunden ließ seine Suche eine Liste mit drei Treffern auf dem Bildschirm erscheinen.

»Oh, großartig!«, rief er aus. »Warte hier.«

Ich blieb neben dem Tisch stehen, während Maxon die drei Bücher heraussuchte, die uns erklären würden, was Halloween war. Ich hoffte, dass es nicht irgendetwas Blödes war und ich ihn nicht umsonst diesen ganzen Aufwand treiben ließ.

Im ersten Buch wurde Halloween als ein Fest der Kelten beschrieben, das das Ende des Sommers markierte. Weil ich keine weitere Verzögerung verursachen wollte, erwähnte ich gar nicht erst, dass ich keine Ahnung hatte, was ein Kelte war. Ferner stand dort, dass die Kelten glaubten, an Halloween könnten die Seelen der Toten die Welt verlassen oder in diese zurückkehren. Die Menschen trugen Masken, um die bösen Seelen zu vertreiben. Später entwickelte sich Halloween zu einem profanen Feiertag, hauptsächlich für die Kinder. Sie zogen verkleidet durch die Straßen und drohten mit Streichen, wenn sie keine Süßigkeiten bekamen. Der Spruch »Süßes oder Saures« entstand in diesem Zusammenhang.

Das zweite Buch enthielt eine ähnliche Definition, nur dass noch Kürbisse und der christliche Glaube erwähnt wurden.

»Das hier wird das Interessanteste sein«, meinte Maxon und blätterte ein Buch durch, das handgeschrieben und wesentlich dünner als die beiden anderen war.

»Und wieso?«, fragte ich und trat zu ihm, um es mir genauer anzusehen.

»Das hier ist ein Band von Gregory Illeás persönlichen Tagebüchern.«

»Wie bitte?«, rief ich überrascht aus. »Darf ich es anfassen?«

»Lass mich zuerst die Seite finden, nach der wir suchen. Schau mal, es gibt sogar ein Bild!«

Wie eine Erscheinung aus unbekannter Vergangenheit zeigte es Gregory Illeá – hochaufgerichtet, mit strengem Gesichtsausdruck und steifem Anzug. Es war verblüffend, wie sehr mich seine Haltung an die des Königs und Maxons erinnerte. Neben ihm schenkte eine Frau der Kamera ein halbherziges Lächeln. Irgendetwas an ihrem Gesicht verriet, dass sie einst bezaubernd ausgesehen haben musste. Doch der Glanz in ihren Augen war erloschen. Sie wirkte müde.

Drei Personen flankierten das Paar. Die erste war ein Mädchen im Teenageralter, das breit lächelte. Sie trug eine

Krone und ein Rüschengewand. Wie seltsam! Sie war als Prinzessin verkleidet. Und dann standen da noch zwei Jungen, der eine nur ein wenig größer als der andere. Die Figuren, die sie mit ihren Kostümen darstellten, kannte ich nicht. Die beiden sahen jedoch aus, als hätten sie jede Menge Unfug im Sinn. Unter dem Bild stand ein kurzer handschriftlich verfasster Text von Gregory Illeá:

Die Kinder haben dieses Jahr an Halloween eine Party gefeiert. Ich vermute, auf diese Weise können sie vergessen, was um sie herum geschieht. Doch mir kommt es geradezu frivol vor. Wir sind eine der wenigen Familien, die überhaupt noch genug Geld haben, um ein Fest zu veranstalten, doch dieser Kinderkram ist reine Verschwendung.

»Glaubst du, das ist der Grund, warum wir Halloween nicht mehr feiern? Weil es Verschwendung ist?«, fragte ich.

»Gut möglich. Das Datum des Eintrags mag ein Anhaltspunkt sein. Gregory Illeá verfasste ihn unmittelbar nachdem die Amerikanischen Staaten von China angefangen hatten zurückzuschlagen, kurz vor dem Vierten Weltkrieg. Zu diesem Zeitpunkt besaßen die meisten Menschen rein gar nichts – stell dir eine ganze Nation voller Siebener und dazu eine Handvoll Zweier vor.«

»Puuh.« Ich versuchte mir unser Land, wie es damals gewesen war, vorzustellen – vom Krieg zerstört, doch dann sammelte es alle Kräfte, um sich neu zu erschaffen.

»Wie viele von diesen Tagebüchern gibt es?«, fragte ich.

Maxon zeigte auf ein Regal mit einer ganzen Reihe von

Heften, die dem ähnelten, das wir in Händen hielten. »Ungefähr ein Dutzend.«

Ich konnte es kaum fassen! Die ganze Geschichte unseres Landes war hier in diesem kleinen geheimen Raum versammelt.

»Danke«, sagte ich. »Ich hätte mir nicht träumen lassen, dass ich jemals so etwas zu Gesicht bekommen würde. Ich kann fast nicht glauben, dass all das existiert.«

Maxon strahlte. »Möchtest du auch den Rest lesen?« Er deutete auf das Tagebuch.

»Ja, gerne!«, platzte ich heraus. Doch dann fielen mir meine Pflichten wieder ein. »Aber ich kann leider nicht allzu lange hierbleiben, ich muss mich weiter mit diesem furchtbaren Bericht herumschlagen. Und du musst zurück zu deiner Arbeit.«

»Stimmt. Nun, was hältst du davon? Du nimmst das Buch mit und leihst es dir für ein paar Tage aus.«

»Ist das denn erlaubt?«, fragte ich ehrfürchtig.

»Nein.« Maxon grinste spitzbübisch.

Ich zögerte, hatte Angst um das, was ich da in Händen hielt. Und wenn ich es nun verlor? Wenn ich es zerstörte? Ganz bestimmt musste er doch die gleichen Gedanken haben. Doch mir würde sich nie wieder eine solche Möglichkeit bieten. »Gut. Nur für einen Tag oder zwei. Dann gebe ich es wieder zurück.«

»Aber versteck es gut.«

Und genau das tat ich dann auch. Denn das hier war mehr als ein Buch – es war ein Beweis für Maxons Vertrauen. Ich verstaute das Tagebuch in meinem Klavierhocker unter einem Stapel Notenblätter. Dort machten meine Zofen nie sauber. Die einzigen Hände, die es berühren würden, waren meine.

4

»Ich bin ein hoffnungsloser Fall!«, klagte Marlee.

»Nein, nein, du machst das gut«, log ich.

Seit über einer Woche gab ich ihr fast täglich Klavierunterricht, doch es waren keinerlei Fortschritte zu erkennen. Dabei übten wir nach wie vor nur Tonleitern! Wieder schlug sie eine falsche Taste an, und ich konnte ein Zusammenzucken nicht unterdrücken.

»Siehst du?«, rief sie aus. »Ich könnte genauso gut mit den Ellenbogen Klavier spielen.«

Ich grinste. »Wäre zumindest einen Versuch wert. Vielleicht spielst du damit präziser.«

Marlee seufzte. »Ich geb's auf. Es tut mir leid, America, du bist so geduldig gewesen, aber ich hasse es, mich selbst spielen zu hören. Es klingt, als wäre das Klavier krank.«

»Eigentlich eher, als ob es im Sterben liegt.«

Marlee brach in Lachen aus, und ich fiel mit ein. Als sie mich um Klavierunterricht bat, hatte ich keine Ahnung gehabt, welcher Qual ich meine Ohren aussetzen würde.

»Vielleicht kommst du besser mit der Geige klar«, schlug ich vor. »Mit ihr kann man auch wunderschöne Musik machen.«

»Ich glaube nicht. Am Ende mache ich sie noch kaputt.« Marlee stand auf und ging zu dem kleinen Tisch, wo die Unterlagen, die wir eigentlich lesen sollten, zur Seite geschoben waren und meine reizenden Zofen Tee und Kekse für uns bereitgestellt hatten.

»Oh, nun ja, das wäre schon in Ordnung. Die hier stammt ohnehin aus dem Palast. Du könntest sie Celeste an den Kopf werfen, wenn du willst.«

»Führ mich nicht in Versuchung«, sagte Marlee und schenkte uns beiden Tee ein. »Ich werde dich so vermissen, America. Ich weiß nicht, was ich tun werde, wenn wir nicht mehr die Möglichkeit haben, uns jeden Tag zu sehen.«

»Tja, Maxon ist sehr unentschlossen, also musst du dir darüber noch keine Gedanken machen.«

»Ich weiß nicht«, sagte sie und wurde plötzlich ernst. »Er hat es zwar nicht so direkt gesagt, aber ich weiß, dass ich nur hier bin, weil das Volk mich mag. Und jetzt, da die meisten Mädchen aus dem Rennen sind, wird er bald umschwenken und sich eine neue Favoritin aussuchen. Dann wird er mich wegschicken.«

Ich wählte meine Worte sorgfältig, in der Hoffnung, sie würde mir den Grund für die Kluft zwischen sich und Maxon nennen. Außerdem wollte ich vermeiden, dass sie sich mir gegenüber wieder so verschloss. »Geht es dir denn gut damit? Ich meine, damit, dass du wohl nicht Maxons Frau wirst?«

Sie zuckte leicht mit den Schultern. »Er ist einfach nicht der Richtige. Es würde mir nicht sehr viel ausmachen, aus dem Wettbewerb auszuscheiden, aber ich möchte einfach nicht abreisen«, erklärte sie. »Außerdem will ich gar nicht mit einem Mann zusammen sein, der in eine andere Frau verliebt ist.«

Ich richtete mich kerzengerade auf. »In wen ist er denn ...?«

Marlees Blick war triumphierend und das Lächeln, das sie hinter ihrer Teetasse verbarg, bedeutete: *Erwischt!*

Und erwischt hatte sie mich wirklich.

Im Bruchteil einer Sekunde wurde mir klar, dass mich der Gedanke, Maxon könnte in eine andere verliebt sein, dermaßen eifersüchtig machte, dass ich es kaum aushielt. Und im nächsten Moment – als ich begriff, dass Marlee mich gemeint hatte – war ich unendlich beruhigt.

Ich hatte Mauer um Mauer um mich errichtet, Witze auf Maxons Kosten gemacht und die Vorzüge der anderen Mädchen angepriesen – doch mit einem einzigen Satz hatte sie all das entlarvt.

»Warum hast du das ganze Hin und Her nicht schon längst beendet, America?«, fragte sie sanft. »Du weißt doch, dass er dich liebt.«

»Das hat er nie gesagt«, schwor ich, und es war die Wahrheit.

»Natürlich hat er das nicht«, sagte sie, als ob das ganz klar wäre. »Aber er bemüht sich so sehr, dich für sich zu gewinnen, und jedes Mal, wenn er dir nahe kommt, stößt du ihn zurück. Warum tust du das?«

Konnte ich es ihr sagen? Konnte ich ihr anvertrauen, dass, während meine Gefühle für Maxon wuchsen und tiefer wurden, als mir offenbar selbst bewusst war, es noch jemand anderen gab, von dem ich mich nicht lösen konnte?

»Ich bin mir einfach ... nicht sicher, glaube ich.« Ich vertraute Marlee. Aber es war besser für uns beide, wenn sie es nicht wusste.

Sie sah aus, als wäre ihr klar, dass noch mehr dahintersteckte, aber sie drang nicht weiter in mich. Diese stille Akzeptanz unserer jeweiligen Geheimnisse war beinahe tröstlich.

»Dann finde einen Weg, dich zu vergewissern. Bald. Nur weil er für mich nicht der Richtige ist, heißt das nicht, dass Maxon kein toller Mann ist. Es würde mir sehr leid tun, wenn du ihn verlierst, nur weil du Angst hast.«

Und wieder lag sie richtig. Ich hatte Angst. Angst, dass Maxons Gefühle nicht so waren, wie es den Anschein hatte. Angst davor, was es bedeuten würde, eine Prinzessin zu sein. Angst, Aspen zu verlieren.

»Um zu etwas Erfreulicherem überzugehen«, sagte Marlee und stellte ihre Teetasse ab, »das gestrige Gespräch über Hochzeiten hat mich auf eine Idee gebracht.«

»Ja?«

»Würdest du gern meine, ähm, Brautjungfer sein, wenn ich eines Tages heirate?«

»Ach, Marlee, natürlich wäre ich das gern! Würdest du das Gleiche auch für mich tun?« Ich streckte die Hände nach ihr aus, und sie ergriff sie erfreut.

»Aber du hast doch Schwestern, wird ihnen das nichts ausmachen?«

»Sie werden es sicher verstehen. Also? Bitte!«

»Natürlich! Um nichts in der Welt würde ich mir *deine* Hochzeit entgehen lassen.« Ihr Tonfall schien zu besagen, dass meine Hochzeit das Ereignis des Jahrhunderts werden würde.

»Versprich mir, auch dann dabei zu sein, wenn ich irgendeinen namenlosen Achter heirate.«

Marlee bedachte mich mit einem ungläubigen Blick, zutiefst überzeugt, dass so etwas nicht passieren würde. »Selbst wenn dem so sein sollte – ich verspreche es.«

Sie bat mich nicht um einen ähnlichen Schwur, weshalb ich einmal mehr vermutete, dass es in ihrer Heimat einen anderen Vierer gab, an den sie ihr Herz verloren hatte. Doch ich würde nicht in sie dringen. Offensichtlich hatten wir beide unsere Geheimnisse.

An diesem Abend hoffte ich auf ein Treffen mit Maxon. Marlee hatte mich dazu gebracht, viele meiner Handlungen zu überdenken, aber auch meine Gefühle zu prüfen.

Als wir nach dem Abendessen aufstanden, um den Speisesaal zu verlassen, zupfte ich an meinem Ohrläppchen. Das war das geheime Zeichen zwischen Maxon und mir, mit dem wir einander um ein Treffen baten. Und eine solche Einladung schlug fast nie einer von uns beiden aus. Doch an diesem Abend blickte er mich bedauernd an und formte lautlos das Wort *Arbeit*. Enttäuscht winkte ich ihm ganz leicht zu, bevor wir uns alle zurückzogen.

Aber vielleicht war es am besten so. In Bezug auf Maxon gab es wirklich einige Dinge, über die ich nachdenken musste.

Als ich in den kleinen Gang zu meinem Zimmer einbog,

sah ich Aspen, der vor meiner Tür stand und dort Wache hielt. Er blickte mich von oben bis unten an und schien sich sichtlich an dem eng anliegenden grünen Kleid, das meine wenigen Kurven wunderbar betonte, zu weiden. Ohne ein Wort ging ich an ihm vorbei. Doch bevor ich die Türklinke herunterdrücken konnte, strich er plötzlich sacht über meinen bloßen Arm.

Es war nur eine ganz leichte, flüchtige Berührung, doch sogleich spürte ich ein Gefühl von Verlangen, das Aspen immer wieder in mir wachrief. Ein Blick aus seinen grünen Augen, intensiv und voller Sehnsucht, und ich merkte, wie meine Knie zu zittern anfingen.

So schnell es ging, schlüpfte ich in mein Zimmer. Zum Glück blieb mir kaum Zeit, darüber nachzudenken, welche Gefühle Aspen in mir weckte, denn in dem Augenblick, als die Tür hinter mir zufiel, wuselten meine Zofen bereits um mich herum und bereiteten mich für die Nacht vor. Während sie meine Haare bürsteten und drauflos plauderten, versuchte ich für einen Augenblick, alles um mich herum zu vergessen. Doch es gelang mir nicht. Ich musste mich entscheiden. Aspen oder Maxon.

Aber wie sollte ich mich zwischen diesen beiden entscheiden? Wie sollte ich eine Wahl treffen, die auf jeden Fall einen Teil von mir unglücklich machen würde? Am Ende tröstete ich mich mit dem Gedanken, dass mir noch Zeit blieb. Mir blieb immer noch Zeit ...

5

»Nun, Lady Celeste, Sie sind der Ansicht, dass die Anzahl der Soldaten nicht ausreicht, und meinen, bei der nächsten Einberufung sollten mehr Männer eingezogen werden?«

Die Frage kam von Gavril Fadaye, dem Moderator der Diskussionsrunde im *Bericht aus dem Capitol.* Er war der Einzige, der die Königsfamilie interviewen durfte.

Unsere Debatten im Hauptstadtbericht waren ein Test, und das wussten wir. Auch wenn Maxon keine genaue Zeitvorgabe hatte, lechzte das Volk danach, dass die Zahl der Bewerberinnen sich verringerte. Und ich spürte, dem König, der Königin und ihren Beratern ging es genauso. Wenn wir bleiben wollten, mussten wir uns beweisen – wann und wo immer sie es von uns verlangten. Zum Glück hatte ich diesen schrecklichen Bericht über die Soldaten schließlich doch noch durchgearbeitet und erinnerte mich an ein paar der Statistiken. Deshalb rechnete ich mir auch gute Chancen aus, an diesem Abend einen positiven Eindruck zu hinterlassen.

»Genau, Gavril. Der Krieg in New Asia zieht sich schon seit Jahren hin. Wenn wir die Zahl der Soldaten bei der nächsten oder bei den nächsten beiden Einberufungen erhöhen, hätten wir eine ausreichend große Armee, um ihn endlich zu beenden.«

Ich konnte Celeste einfach nicht ausstehen. Sie hatte ein Mädchen aus dem Wettbewerb geworfen, im letzten Monat Kriss' Geburtstagsparty ruiniert und im wahrsten Sinne des Wortes versucht, mir die Kleider vom Leib zu reißen. Ihr Status als Zwei ließ sie glauben, sie wäre etwas Besseres als der Rest. Um ehrlich zu sein, hatte ich zwar, was die Zahl der Soldaten von Illeá betraf, gar keine Meinung. Doch nun, da ich Celestes Standpunkt kannte, hielt ich unerbittlich dagegen.

»Da bin ich anderer Ansicht«, sagte ich so damenhaft wie möglich. Celeste wandte sich zu mir und die Bewegung ließ ihr dunkles Haar um ihre Schultern fliegen. Mit dem Rücken zur Kamera, fühlte sie sich sicher genug, um mich unverhohlen anzufunkeln.

»Aha, Lady America, Sie glauben, es ist keine gute Idee, die Anzahl der Soldaten zu erhöhen?«, fragte Gavril.

Ich spürte, wie sich meine Wangen röteten. »Zweier können es sich leisten, sich aus der Einberufung freizukaufen, und ich bin sicher, Lady Celeste hat noch nie gesehen, wie es Familien ergeht, die ihren einzigen Sohn verlieren. Noch mehr Männer einzuziehen, würde verheerende Folgen haben, besonders für die niedrigsten Kasten, die auf die Arbeit jedes Einzelnen angewiesen sind, um zu überleben.«

Marlee, die neben mir saß, verpasste mir einen anerkennenden Knuff.

Dann ergriff Celeste wieder das Wort. »Aber was sollen wir dann tun? Du willst doch bestimmt nicht vorschlagen, dass wir uns zurücklehnen und zusehen sollen, wie der Krieg immer weitergeht?«

»Nein, nein. Natürlich möchte ich, dass Illeá den Krieg beendet.« Ich schwieg kurz, um meine Gedanken zu ordnen, und blickte auf der Suche nach Unterstützung zu Maxon hinüber. Neben ihm saß der König, er wirkte ziemlich verärgert.

Ich musste eine andere Richtung einschlagen, deshalb stieß ich das Erstbeste hervor, das mir in den Sinn kam. »Und wenn der Eintritt in die Armee freiwillig wäre?«

»Freiwillig?«, fragte Gavril.

Celeste und Natalie kicherten, was alles nur noch schlimmer machte. Doch bei näherer Betrachtung drängte sich mir die Frage auf, ob das wirklich so eine schlechte Idee war?

»Genau. Natürlich weiß ich, dass bestimmte Voraussetzungen erfüllt sein müssen, aber können wir von einer Armee, die aus Männern besteht, die Soldaten *sein* wollen, nicht mehr erwarten als von einer Gruppe Jungen, die nur das tun, was erforderlich ist, um zu überleben? Die nur ein Ziel kennen – nämlich in das Leben zurückzukehren, das sie hinter sich gelassen haben.«

Nachdenkliches Schweigen senkte sich über das Studio. Offenbar hatte ich ins Schwarze getroffen.

»Das ist eine gute Idee«, pflichtete mir Elise bei. »Dann könnten wir alle ein bis zwei Monate neue Soldaten als Verstärkung schicken, sobald sich genügend Freiwillige gemeldet haben. Das würde sich vermutlich auch positiv auf die Männer auswirken, die bereits eine Weile in Diensten stehen.«

»Dem stimme ich zu«, ergänzte Marlee, was für gewöhnlich alles war, was sie von sich gab. Sie fühlte sich in solchen Diskussionsrunden eindeutig unwohl.

»Äh, ich weiß, das klingt vielleicht ein bisschen verrückt, aber vielleicht könnte man auch Frauen in die Armee aufnehmen«, schlug Kriss vor.

Celeste lachte laut auf. »Und welche Frauen sollten das sein? Würdest du in die Schlacht ziehen?« Ihre Stimme triefte nur so vor verletzendem Spott.

Doch Kriss ließ sich nicht beirren. »Nein, ich bin keine geeignete Soldatin. Aber«, fuhr sie an Gavril gewandt fort, »wenn ich eines während dieses Castings gelernt habe, dann, dass manche Mädchen zu allem fähig sind. Lassen Sie sich von den hübschen Ballkleidern nicht täuschen«, schloss sie lächelnd.

Als ich wieder in meinem Zimmer war, erlaubte ich meinen Zofen, ein wenig länger als gewöhnlich bei mir zu bleiben, damit sie mir halfen, die vielen Haarnadeln aus meinen Haaren zu entfernen.

»Also mir gefällt Ihre Idee, dass der Eintritt in die Armee freiwillig sein soll«, sagte Mary, während ihre flinken Finger unablässig arbeiteten.

»Mir auch«, stimmte Lucy zu. »Ich erinnere mich noch gut daran, wie schlecht es meinen Nachbarn ging, als ihre Söhne eingezogen wurden. Und es war fast unerträglich, als die meisten von ihnen dann nicht mehr zurückkamen.«

Ich konnte förmlich sehen, wie die Erinnerungen an ihrem inneren Auge vorbeizogen. Ich selbst besaß auch solche Erinnerungen.

Miriam Carrier wurde in jungen Jahren Witwe. Doch sie und ihr Sohn Aiden kamen zu zweit ganz gut zurecht. Als die Soldaten mit einem Brief, einer Fahne und ihren floskelhaften Beileidsbekundungen an ihrer Tür erschienen, gab sie auf. Allein schaffte sie es einfach nicht mehr. Selbst wenn sie die Möglichkeit dazu gehabt hätte, besaß sie nicht mehr den nötigen Lebensmut.

Manchmal sah ich sie als Acht auf demselben Platz betteln, auf dem ich mich von den Bürgern von Carolina verabschiedet hatte. Aber es gab nichts, womit ich ihr hätte helfen können.

»Ich weiß«, sagte ich zu Lucys Spiegelbild.

»Ich finde, Lady Kriss ist ein bisschen zu weit gegangen«, bemerkte Anne. »Kämpfende Frauen sind eine schreckliche Vorstellung.«

Ich lächelte über ihren sittsamen Gesichtsausdruck, während sie sich intensiv mit meinem Haar befasste. »Nach Ansicht meines Vaters sind Frauen für gewöhnlich …«

Ein kurzes, aber heftiges Klopfen an der Tür unterbrach unser Gespräch.

»Mir ist da ein Gedanke gekommen«, verkündete Maxon und trat ein, ohne auf Erlaubnis zu warten. Es schien ganz so, als hätten wir freitagabends nach dem *Bericht aus dem Capitol* eine feste Verabredung.

»Eure Majestät«, sagten meine Zofen im Chor und Mary ließ beim Knicks vor Schreck alle Haarnadeln fallen.

»Warten Sie, ich helfe Ihnen«, bot Maxon an und trat zu ihr.

»Danke. Es geht schon«, wehrte sie ab, wurde dunkelrot und ging rückwärts aus dem Zimmer. Dabei forderte sie Lucy und Anne mit den Augen auf, sich ebenfalls zurückzuziehen.

»Äh, gute Nacht, Miss«, stotterte Lucy und zog am Saum von Annes Kleid, damit sie ihr folgte.

Sobald sie gegangen waren, brachen Maxon und ich in Gelächter aus. Ich wandte mich wieder dem Spiegel zu und zog die restlichen Nadeln aus meinen Haaren.

»Die drei sind wirklich zu köstlich«, bemerkte Maxon.

»Das ist, weil sie dich so sehr bewundern.«

Er winkte bescheiden ab. »Tut mir leid, dass ich euch gestört habe«, sagte er und sah mich im Spiegel an.

»Kein Problem«, erwiderte ich und entfernte die letzte Haarnadel. Dann fuhr ich mir mit den Fingern durchs offene Haar. »Sehe ich einigermaßen annehmbar aus?«

Maxon nickte und starrte mich ein bisschen länger als nötig an. Dann riss er sich zusammen. »Also, meine Idee ...«

»Jetzt sag schon.«

»Du erinnerst dich an diesen Halloween-Feiertag?«

»Ja. Oje! Ich habe das Tagebuch noch nicht gelesen. Aber es ist gut versteckt«, versicherte ich.

»Schon gut. Niemand vermisst es. Nun, ich habe nachgedacht. In allen Büchern stand doch, dass er im Oktober stattfindet, oder?«

»Ja«, antwortete ich beiläufig.

»Wir haben jetzt Oktober. Warum veranstalten wir eigentlich keine Halloween-Party?«

Ich fuhr herum. »Wirklich? Ist das dein Ernst?«

»Würde dir das gefallen?«

»Gefallen? Ich fände es großartig!«

»Also, ich stelle mir das so vor, dass sich alle Mädchen der Elite Kostüme anfertigen lassen. Und die Wachen, die nicht im Dienst sind, könnten als Tanzpartner herhalten. Denn mich gibt es ja schließlich nur einmal, und es wäre unfair, wenn alle herumstehen und darauf warten müssten, dass sie an die Reihe kommen. Wir könnten während der nächsten ein, zwei Wochen Tanzunterricht anbieten. Du hast doch gesagt, es gäbe tagsüber manchmal nicht sehr viel zu tun. Und Süßigkeiten! Wir werden die allerbesten Süßigkeiten herbeischaffen lassen.« Maxon grinste schelmisch. »Am Ende des Abends werden wir dich wahrscheinlich vom Tanzparkett rollen müssen.«

Ich hing wie hypnotisiert an seinen Lippen.

»Wir werden verkünden, dass es für das ganze Land ein Festtag wird. Die Kinder sollen sich verkleiden, von Tür zu Tür gehen und ihre Streiche spielen – wie sie es früher getan haben. Das wird bestimmt auch deiner Schwester gefallen, oder?«

»Natürlich wird es das! Es wird *allen* gefallen!«

Maxon zögerte einen Moment. »Was meinst du, würde es ihr auch Spaß machen, hier mit uns zu feiern, im Palast?«

Es verschlug mir fast die Sprache. »Wie bitte?«

»Irgendwann im Laufe des Wettbewerbs sollte ich die Eltern der Elite ohnehin kennenlernen. Dann können wir auch genauso gut die Geschwister mit einladen und das Ganze mit einem Fest verbinden ...«

Er konnte nicht weitersprechen, weil ich mich vor Freude in seine Arme geworfen hatte. Ich war so froh, May und meine Eltern sehen zu können, dass ich meine Begeisterung einfach nicht mehr im Zaum halten konnte. Maxon legte die Arme um meine Taille und blickte mir tief in die Augen. Wie kam es, dass dieser Mensch – jemand, von dem ich gedacht hatte, er sei das absolute Gegenteil von mir – immer zu wissen schien, was mich glücklich machte?

»Meinst du das ernst? Dürfen sie wirklich herkommen?«

»Natürlich«, erwiderte er. »Ich brenne darauf, sie kennenzulernen. Außerdem glaube ich, es würde euch allen guttun, eure Familien wiederzusehen.«

»Danke«, flüsterte ich, sobald ich sicher war, nicht vor Rührung loszuweinen.

»Gerne ... Ich weiß doch, wie viel sie dir bedeuten.«

»Oh ja.«

Er grinste. »Und es ist offensichtlich, dass du fast alles für sie tun würdest. Schließlich bist du ihnen zuliebe nicht aus dem Wettbewerb ausgeschieden.«

Ich zuckte zurück und hielt ein wenig Abstand von ihm, damit ich ihm in die Augen schauen konnte. Das konnte ich nicht auf sich beruhen lassen, sondern musste ich klarstellen.

»Maxon, am Anfang waren sie tatsächlich der Grund,

warum ich hiergeblieben bin, doch mittlerweile hat sich das geändert. Das weißt du doch, oder? Ich bin hier, weil …«

»Weil?«

Ich blickte ihn an, sein Gesicht war voller Hoffnung. *Sag es, America. Sag es ihm einfach.*

»Weil?«, fragte er wieder und diesmal verzogen sich seine Lippen zu einem spitzbübischen Lächeln, was meinen Widerstand noch weiter bröckeln ließ.

Ich dachte an mein Gespräch mit Marlee und daran, wie ich mich neulich gefühlt hatte, als wir über das Casting geredet hatten. Es fiel mir schwer, Maxon als *meinen* Freund zu betrachten, wenn er sich auch mit anderen Mädchen traf, aber er war auch nicht einfach nur *ein* Freund. Wieder überfiel mich dieses Gefühl von Hoffnung, dieser Gedanke, dass uns beide etwas Besonderes verband. Maxon bedeutete mir viel mehr, als ich mir selbst eingestehen wollte.

Ich schenkte ihm ein kokettes Lächeln und ging auf die Tür zu.

»America Singer, du kommst sofort zurück!« Er stellte sich mir in den Weg und umfasste meine Taille, so dass wir eng aneinandergeschmiegt dastanden.

»Sag es mir«, flüsterte er.

Ich presste die Lippen zusammen.

»Na schön, dann muss ich wohl zu anderen Mitteln greifen.«

Ohne Vorwarnung küsste er mich, und ich spürte, wie ich nach hinten sank und von seinen starken Armen gehalten wurde. Ich legte ihm meine um den Hals und wollte ihn an mich drücken – doch da passierte es.

Wenn wir allein waren, konnte ich normalerweise alles andere verdrängen. Doch an diesem Abend dachte ich zum ersten Mal ernsthaft an die Möglichkeit, dass eine andere meinen Platz einnahm. Ich stellte es mir einfach nur vor – ein anderes Mädchen in Maxons Armen, das ihn zum Lachen brachte, ihn *heiratete* ... Und diese Vorstellung brach mir fast das Herz. Ich konnte nicht anders. Unwillkürlich fing ich an zu weinen.

»Liebling, was ist denn los?«

Liebling? Dieses Wort aus Maxons Mund, so zärtlich, ließ alle Dämme brechen. In diesem Augenblick verschwand jeglicher Wunsch, gegen meine Gefühle anzukämpfen. Ich wollte Maxons Liebling sein und nur ihm allein gehören.

Vielleicht bedeutete das, einer Zukunft entgegenzusehen, die ich mir nie hätte vorstellen können, und mich von Dingen zu verabschieden, die ich nie hatte aufgeben wollen – aber der Gedanke, ihn jetzt verlassen zu müssen, war mir unerträglich.

Es stimmte, ich war nicht die beste Kandidatin für die Krone, doch ich verdiente es nicht, weiter im Rennen zu sein, wenn ich nicht einmal genug Mut aufbrachte, ihm zu gestehen, was ich fühlte.

Ich holte tief Luft und versuchte meiner Stimme einen festen Klang zu geben. »Ich will das hier nicht aufgeben.«

»Wenn ich mich recht erinnere, hast du bei unserer ersten Begegnung gesagt, du würdest dich wie in einem Käfig fühlen.« Er lächelte verschmitzt. »Er wächst dir allmählich ans Herz, stimmt's?«

Ich schüttelte sacht den Kopf und ein schwaches Lachen kam aus meiner zugeschnürten Kehle. »Manchmal kannst du echt schwer von Begriff sein.«

Maxon ließ mich los, und ich lehnte mich so weit zurück, dass ich in seine braunen Augen sehen konnte.

»Es geht nicht um den Palast. Die Kleider oder mein schönes Bett könnten mir kaum gleichgültiger sein. Und, ob du es glaubst oder nicht, das gilt auch für das Essen.«

Maxon lachte. Es war kein Geheimnis, wie sehr mich die erlesenen Speisen hier begeistert hatten.

»Du bist es«, sagte ich. »Du bist es, den ich nicht verlassen will.«

»Ich?«

Ich nickte.

»Du willst mich?«

Ich schmunzelte über seinen verblüfften Gesichtsausdruck. »Das ist es, was ich dir gerade zu sagen versuche.«

Er schwieg einen Augenblick. »Wie ... Aber ... Was habe ich getan?«

»Ich weiß es nicht«, sagte ich achselzuckend. »Ich glaube einfach, wir würden ein gutes Wir abgeben.«

Ganz allmählich breitete sich ein Lächeln auf seinem Gesicht aus. »Wir wären ein wunderbares Wir!« Er zog mich an sich, fast ein wenig grob für seine Verhältnisse, und küsste mich noch einmal. »Bist du dir sicher?«, fragte er und blickte mich forschend an. »Bist du vollkommen überzeugt?«

»Wenn du dir sicher bist, bin ich es auch.«

Für den Bruchteil einer Sekunde veränderte sich seine

Miene. Doch es ging so schnell vorüber, dass ich mich fragte, ob ich es – was immer es gewesen sein mochte – wirklich gesehen hatte.

Maxon führte mich hinüber zum Bett. Wir setzten uns auf die Kante und hielten uns an den Händen, während mein Kopf auf seiner Schulter ruhte. Ich erwartete, dass er etwas sagte. War es denn nicht das, worauf er die ganze Zeit gewartet hatte? Doch es kam kein Wort von ihm. Ab und zu seufzte er tief. Allein daran erkannte ich, wie glücklich er war. Das vertrieb meine Unsicherheit zumindest ein wenig.

Nach einer Weile – vielleicht weil keiner von uns wusste, was er sagen sollte – richtete sich Maxon auf. »Ich sollte besser gehen. Wenn wir alle Familien zu dem Fest einladen wollen, bedarf es umfangreicher Planungen.«

Ich löste mich von ihm und lächelte, mir war immer noch schwindlig bei dem Gedanken, dass ich schon bald Mom, Dad und May in die Arme schließen konnte. »Noch einmal – danke!«

Auf dem Weg zur Tür hielt ich seine Hand ganz fest. Aus irgendeinem Grund hatte ich Angst, sie loszulassen. Dieser ganze Moment erschien mir irgendwie höchst fragil, als ob er durch die kleinste Bewegung zerstört werden könnte.

»Wir sehen uns morgen«, versprach er mir flüsternd, seine Nase war dabei nur Millimeter von meiner entfernt. Er sah mich so bewundernd an, dass mir meine Sorgen albern vorkamen. »Du bist unglaublich.«

Sobald er gegangen war, schloss ich die Augen und durchlebte unsere kurze Begegnung im Geiste noch einmal – die Art, wie er mich ansah, sein spitzbübisches Lächeln, die süßen Küsse. Wieder und wieder dachte ich daran, während ich mich zum Schlafengehen fertig machte. Und ich fragte mich, ob Maxon dasselbe tat.

6

Sehr schön, Miss. Zeigen Sie weiter auf die Skizzen und schauen Sie möglichst nicht zu mir«, bat mich der Fotograf.

Es war Samstag, und die gesamte Elite war vom obligatorischen Aufenthalt im Damensalon befreit worden. Beim Frühstück hatte Maxon die bevorstehende Halloween-Party angekündigt und bis zum Nachmittag hatten unsere Zofen bereits mit den Kostümentwürfen begonnen. Fotografen waren gekommen, um die Festvorbereitungen und den gesamten Ablauf zu dokumentieren.

Ich bemühte mich, möglichst natürlich auszusehen, während ich Annes Zeichnungen durchging und meine Zofen mit Stoffmustern, Paillettenschachteln und einem riesigen Berg von Federn hinter dem Tisch standen.

Die Kamera klickte, während wir verschiedene Konstellationen ausprobierten. Ich war gerade dabei, mit einem Stück Goldstoff neben meinem Gesicht zu posieren, als Maxon uns besuchte.

»Guten Tag, die Damen«, sagte er und schlenderte durch die offenstehende Tür.

Unwillkürlich stellte ich mich ein wenig aufrechter hin

und spürte, wie sich ein Lächeln auf meinem gesamten Gesicht ausgebreitete. Der Fotograf fing diesen Moment ein, dann wandte er sich an Maxon.

»Eure Majestät, es ist mir wie immer eine Ehre. Hätten Sie etwas dagegen, zusammen mit der jungen Dame fotografiert zu werden?«

»Im Gegenteil. Es wäre mir ein Vergnügen.«

Meine Zofen traten zurück und Maxon griff nach ein paar Skizzen. Er stellte sich direkt hinter mich und hielt mit der einen Hand die Entwürfe vor uns. Die andere ruhte auf meinem Rücken. Diese Berührung war eine eindeutige Botschaft für mich. *Warte nur,* schien sie zu sagen, *schon bald werde ich dich vor aller Augen so berühren. Du musst dir keine Sorgen machen.*

Es wurden ein paar Fotos geschossen, dann verabschiedete sich der Fotograf, um das nächste Mädchen auf seiner Liste aufzusuchen. Ich bemerkte, dass sich Anne, Mary und Lucy ebenfalls unauffällig entfernt hatten.

»Deine Zofen sind wirklich sehr talentiert«, sagte Maxon. »Das sind wundervolle Entwürfe.«

Ich versuchte mich so zu benehmen, wie ich mich immer in seiner Gegenwart verhielt, doch alles war nun anders – und es war gleichzeitig besser und schlechter. »Ich weiß. Ich bin wirklich in den besten Händen.«

»Hast du dich schon für eins der Kleider entschieden?«, fragte er und breitete die Skizzen auf meinem Schreibtisch aus.

»Wir sind alle von der Vogelidee sehr angetan. Ich glaube, es ist als Bezug zu meiner Halskette gedacht«, erklärte ich und berührte die dünne Silberkette. Die Singvogel-Halskette war ein Geschenk meines Vaters, und ich zog sie den schweren Schmuckstücken vor, die der Palast uns zur Verfügung stellte.

»Ich sage es nur ungern, aber ich glaube, Celeste hat sich auch etwas Vogelartiges ausgesucht. Und sie scheint bereits fest entschlossen zu sein«, bemerkte Maxon.

»Oh. Schon in Ordnung«, erwiderte ich. »Ich mache mir sowieso nicht so viel aus Federn.« Doch dann gefror mein Lächeln. »Du warst bei Celeste?«

Er nickte. »Nur ein kurzer Besuch, um ein wenig zu plaudern. Leider kann ich auch jetzt nicht lange bleiben. Vater ist von meiner Idee nicht gerade begeistert, doch er sieht die Notwendigkeit, im Rahmen des Castings ein paar Feste zu geben. Und er ist wie ich der Ansicht, dass es eine gute Gelegenheit ist, die Bekanntschaft der Familien zu machen. Ihm liegt viel daran, dass sich der Kreis der Mädchen möglichst bald verkleinert, und er erwartet von mir eine Entscheidung, sobald ich alle Eltern kennengelernt habe.«

Mir war nicht klar gewesen, dass es Teil des Halloween-Party-Plans war, eine weitere Auswahl zu treffen. Ich hatte es einfach nur als ein großes Fest betrachtet. Dieser neue Aspekt machte mich nervös, obwohl ich mir sagte, dass es dafür keinen Grund gab. Nicht nach unserem Gespräch von gestern Abend. Von allen Begegnungen, die ich bisher mit Maxon gehabt hatte, kam mir keine so real vor wie die vom Vorabend.

Maxon betrachtete noch immer die Entwürfe. »Ich denke, ich sollte meine Runde fortsetzen«, sagte er schließlich abwesend.

»Du gehst schon?«

»Keine Sorge, Liebling. Wir sehen uns beim Abendessen.«

Ja, dachte ich, *aber da siehst du auch alle anderen wieder.*

»Ist alles in Ordnung?«, fragte ich nach.

»Natürlich«, antwortete er und gab mir einen schnellen Kuss auf die Wange. »Ich muss mich beeilen. Wir sprechen uns bald wieder.«

Und so plötzlich wie er gekommen war, war er auch wieder verschwunden.

Am Sonntag war es noch etwas mehr als eine Woche bis zur Halloween-Party, was zur Folge hatte, dass der Palast vor Geschäftigkeit nur so brummte.

Am Montag verbrachte die Elite den Vormittag mit Königin Amberly, um verschiedene Speisen zu probieren und ein Menü für die Party auszuwählen. Am Nachmittag fehlte Celeste für ein paar Stunden im Damensalon, warum auch immer. Als sie schließlich gegen vier erschien, verkündete sie uns allen: »Maxon lässt herzlich grüßen.«

Am Dienstagnachmittag hießen wir weitere Mitglieder der königlichen Familie willkommen, die wegen des Festes in die Hauptstadt gekommen waren. Am Morgen desselben Tages sahen wir durchs Fenster zu, wie Maxon Kriss im Garten Unterricht im Bogenschießen erteilte.

Bei den Mahlzeiten waren jetzt viele Gäste zugegen, die

zeitig angereist waren. Maxon hingegen fehlte häufig – genau wie Marlee und Natalie.

Von Tag zu Tag schämte ich mich immer mehr. Es war ein Fehler gewesen, Maxon meine Gefühle zu gestehen. Trotz all seiner Worte konnte er kein ernsthaftes Interesse an mir haben, wenn ihn sein erster Impuls dazu verleitete, mit jeder außer mir Zeit zu verbringen.

Als ich am Freitag nach dem *Bericht aus dem Capitol* in meinem Zimmer am Klavier saß und wünschte, Maxon würde zu mir kommen, hatte ich schon fast die Hoffnung aufgegeben.

Und er kam auch nicht.

Am Samstag versuchte ich alle Gedanken daran aus meinen Kopf zu verbannen. Die Elite war dazu aufgefordert worden, vormittags die neu hinzugekommenen Damen im Damensalon zu unterhalten und am Nachmittag weiteren Tanzunterricht zu absolvieren.

Zum Glück hatte sich meine Familie als Fünf ganz auf Musik und Kunst konzentriert. Das verschaffte mir wenigstens einen kleinen Vorteil, denn ich war eine miserable Tänzerin. Die einzige Person im Saal, die noch schlechter tanzte als ich, war Natalie. Gemeinerweise war Celeste der Inbegriff von Grazie. Mehr als einmal baten die Tanzlehrer sie deshalb, anderen im Saal behilflich zu sein. Das Ergebnis war jedoch, dass Natalie sich beinahe den Knöchel verdrehte, weil Celeste sie absichtlich falsch anleitete. Unverfroren führte Celeste Natalies Probleme darauf zurück, dass sie zwei linke Füße hätte. Und die Lehrer glaubten ihr. Natalie hingegen ging einfach lachend darüber hinweg.

Ich bewunderte sie dafür, dass sie sich von Celeste nicht verunsichern ließ.

Aspen war bei allen Tanzstunden dabei. Am Anfang mied ich ihn, weil ich nicht sicher war, ob ich mit ihm Kontakt haben wollte. Ich hatte Gerüchte gehört, wonach die Wachen eifrig ihre Dienste tauschten. Einige von ihnen wollten unbedingt zum Fest gehen, während andere ein Mädchen zu Hause hatten und gewaltigen Ärger bekommen würden, wenn man sah, wie sie mit einer anderen tanzten. Vor allem, weil fünf von uns nicht nur bald wieder zu haben, sondern auch überaus begehrt sein würden. Doch da dies unsere letzte offizielle Unterrichtsstunde war, willigte ich ein, als Aspen mich zum Tanz aufforderte.

»Geht es dir gut?«, fragte er. »Die letzten paar Male, als ich dich gesehen habe, schienst du niedergeschlagen zu sein.«

»Ich bin nur müde«, log ich. Ich konnte doch mit ihm nicht über meinen Liebeskummer sprechen.

»Wirklich?«, fragte er zweifelnd. »Ich dachte schon, dein Verhalten würde bedeuten, dass ich mich auf schlechte Nachrichten einstellen muss.«

»Was meinst du damit?« Wusste er etwas, was ich nicht wusste?

Er seufzte. »Wenn du dich innerlich darauf vorbereitest, mir zu sagen, dass ich nicht länger um dich zu kämpfen brauche, dann ist das ein Gespräch, auf das ich gut verzichten kann.«

Um genau zu sein, hatte ich während der vergangenen Woche keinen einzigen Gedanken an Aspen verschwendet. Ich war so mit dem schlechten Timing meines Geständnisses und den von mir offenbar falsch gedeuteten Hinweisen beschäftigt, dass ich zu weiteren Erwägungen gar nicht fähig gewesen war. Und während ich mir Sorgen darüber machte, ob Maxon mich fallenlassen würde, hatte sich Aspen in Bezug auf mich offensichtlich die gleichen Gedanken gemacht.

»Das ist es nicht« antwortete ich vage und fühlte mich sogleich schuldig.

Er nickte. Für den Moment schien ihm diese Antwort zu reichen. »Autsch!«

»Oh, tut mir leid!«, murmelte ich. Ich musste mich ein bisschen mehr aufs Tanzen konzentrieren.

»Sorry, Mer, aber du tanzt wirklich furchtbar«, kicherte Aspen, obwohl ich ihm mit meinem Absatz bestimmt wehgetan hatte.

»Ich weiß, ich weiß«, sagte ich atemlos. »Aber ich schwöre, ich bemühe mich nach Kräften!«

Ich hüpfte weiter wie ein blinder Elch durch den Raum und versuchte durch Eifer wettzumachen, was mir an Grazie fehlte. Aspen tat freundlicherweise alles, um mich nicht bloßzustellen, und achtete jetzt weniger auf den Rhythmus der Musik, sondern mehr darauf, mit mir im Takt zu sein. Das war so typisch für ihn, immer war er besorgt um mich, immer wollte er mein Held sein.

Am Ende der letzten Unterrichtsstunde kannte ich wenigstens alle Tanzschritte. Ich konnte zwar nicht versprechen, dass ich nicht aus Versehen einen der eingeladenen Diplomaten mit einem schwungvollen Tritt außer Gefecht setzte, doch ich würde mein Bestes geben, um eine gute Figur zu machen. Als ich mir das bildlich vorstellte, wurde mir schlagartig klar – es war kein Wunder, dass Maxon nach Alternativen Ausschau hielt. Mich auf einen Staatsbesuch mitzunehmen, wäre einfach nur peinlich – ganz zu schweigen davon, wie ich im Palast jemanden empfangen würde. Ich besaß einfach nicht das Prinzessinnen-Gen.

Ich seufzte und ging los, um mir ein Glas Wasser zu holen. Aspen folgte mir, während die übrigen Mädchen den Raum verließen.

»Nun«, setzte er an. Ich blickte mich schnell im Saal um, weil ich sichergehen wollte, dass uns niemand beobachtete. »Wenn du dir also keine Gedanken über mich machst, muss ich annehmen, dass du dir Gedanken über ihn machst.«

Ich senkte den Blick und errötete. Wie gut er mich doch kannte.

»Nicht dass ich ihn ermuntern will, aber wenn er nicht sieht, wie wundervoll du bist, ist er ein Idiot.«

Ich lächelte, hielt die Augen aber weiterhin auf den Boden gerichtet.

»Und was macht es schon, wenn du nicht Prinzessin wirst? Dadurch bist du nicht weniger umwerfend. Und du weißt ... du weißt ...« Den Rest brachte er nicht über die Lippen, und ich riskierte es, ihn anzublicken.

In Aspens Augen sah ich tausend Varianten, den Satz zu beenden, und jede von ihnen verband mich mit ihm. Dass er noch immer auf mich wartete. Dass er mich besser als jeder andere kannte. Dass wir aus demselben Holz geschnitzt waren. Dass ein paar Monate im Palast zwei Jahre nicht ungeschehen machen konnten. Egal, was passierte, Aspen würde immer für mich da sein.

»Ich weiß, Aspen. Ich weiß.«

7

Ich stand in einer Reihe mit den anderen Mädchen in der großen Empfangshalle des Palastes und wippte ungeduldig auf den Füßen auf und ab.

»Lady America«, flüsterte Silvia eindringlich. Mehr war nicht nötig, damit ich wusste, dass ich mich inakzeptabel verhielt. Als verantwortliche Leiterin des Castings nahm sie unser Benehmen geradezu persönlich.

Ich ermahnte mich, still zu stehen. Doch insgeheim beneidete ich Silvia, die Dienerschaft und die Wachen, die in der Halle umherliefen – und sei es nur, weil sie sich bewegen durften. Vielleicht hätte ich das Warten besser ausgehalten, wenn Maxon schon dagewesen wäre. Aber vielleicht wäre ich dann auch noch angespannter gewesen. Ich konnte mir noch immer nicht erklären, warum er sich in letzter Zeit nicht mehr mit mir getroffen hatte.

»Sie sind da!«, ertönte es vom Palastportal. Ich war nicht die Einzige, die daraufhin einen kleinen Freudenschrei ausstieß.

»Also schön, meine Damen!«, rief Silvia. »Zeigen Sie sich von Ihrer besten Seite! Diener und Zofen nehmen bitte an der Wand Aufstellung.«

Wir versuchten uns wie reizende junge Damen zu benehmen, genau, wie sie es von uns erwartete. Aber in dem Moment, als Kriss' und Marlees Eltern durch die Tür traten, löste sich alles in Wohlgefallen auf. Es war offensichtlich, dass sie ihre Kinder viel zu sehr vermisst hatten, um sich groß um die Etikette zu kümmern. Sie kamen jubelnd hereingestürmt, und ohne auch nur eine Sekunde zu zögern, durchbrach Marlee daraufhin unsere Aufstellung.

Celestes Eltern konnten sich etwas besser beherrschen, auch wenn sie offensichtlich überaus entzückt waren, ihre Tochter endlich wiederzusehen. Celeste verließ ebenfalls ihren Platz in der Reihe, aber deutlich gesitteter als Marlee. Natalies und Elises Eltern nahm ich gar nicht mehr wahr, denn im nächsten Moment kam eine schmale Gestalt mit wilder roter Mähne hereingeschossen.

»May!«

Als sie mich aufgeregt rufen und winken sah, kam sie mir strahlend entgegen. Mom und Dad folgten ihr. Ich umarmte May fest und im Überschwang der Wiedersehensfreude sanken wir gemeinsam auf die Knie.

»Mer! Ich kann es nicht glauben!«, quietschte sie. »Du siehst so wunder-, wunderschön aus!« Bewunderung und ein Hauch Eifersucht schwangen in ihrer Stimme mit.

Vor lauter Freudentränen konnte ich nicht sprechen.

Einen Augenblick später spürte ich die Arme meines Vaters, der uns beide umfing. Dann kam Mom, die ebenfalls ihren üblichen Anstand fahren ließ. Und schon hielten wir uns alle in einem wuseligen Knäuel auf dem Boden umschlungen.

Ich vernahm einen Seufzer, der eindeutig von Silvia kam, aber in diesem Augenblick kümmerte es mich nicht.

»Ich freue mich so, dass ihr hier seid«, sagte ich, als ich wieder Luft bekam.

»Wir auch, Kätzchen«, beteuerte Dad. »Ich kann dir gar nicht sagen, wie sehr wir dich vermisst haben.« Ich spürte, wie er mich auf den Hinterkopf küsste.

Ich drehte mich herum, so dass ich ihn besser umarmen konnte. Bis zu diesem Moment hatte ich nicht gewusst, wie ich mich nach meiner Familie gesehnt hatte.

Zuletzt streckte ich die Hand nach Mom aus. Mir fiel auf, wie still sie war, und ich konnte kaum glauben, dass sie noch keinen detaillierten Bericht über meine Fortschritte in Bezug auf Maxon verlangt hatte. Doch dann bemerkte ich Tränen der Rührung in ihren Augen.

»Du bist so wunderhübsch, Liebes. Du siehst wie eine richtige Prinzessin aus.«

Ich lächelte. Es war so schön, dass sie mich zur Abwechslung mal nicht ausfragte oder belehrte. Sie genoss einfach den Moment, und mir ging es genauso.

Während wir uns noch in den Armen lagen, bemerkte ich, wie sich Mays Augen über meine Schulter hinweg auf etwas richteten.

»Da ist er«, hauchte sie.

Ich blickte sie fragend an. Dann wandte ich mich um und sah, wie Maxon uns von der großen Treppe aus beobachtete. Mit amüsiertem Blick bahnte er sich einen Weg zu uns. Sofort erhob sich mein Vater.

»Eure Hoheit.« In seiner Stimme lag Ehrerbietung.

Maxon ging zu ihm und streckte ihm die Hand entgegen. »Mr Singer, es ist mir eine Ehre. Ich habe schon so viel von Ihnen gehört. Und von Ihnen auch, Mrs Singer.« Er wandte sich an meine Mutter, die ebenfalls aufgestanden war und ihr Haar glättete.

»Eure Majestät«, hauchte sie, sichtlich beeindruckt von seiner Gegenwart. »Bitte entschuldigen Sie unser Verhalten.« Sie deutete auf den Boden, wo May und ich uns gerade aufrappelten.

Maxon schmunzelte. »Aber dafür doch nicht. Ich habe mir schon gedacht, dass die Angehörigen von Lady America genauso emotional sind wie sie selbst.« Bestimmt würde Mom für diese Aussage später eine Erklärung verlangen. »Und Sie müssen May sein.«

May wurde rot, als sie die Hand ausstreckte. Sie erwartete ein Händeschütteln, bekam stattdessen aber einen Handkuss.

»Ich hatte noch nicht die Gelegenheit, Ihnen dafür zu danken, dass Sie nicht geweint haben.«

»Wie bitte?«, fragte sie verständnislos, und in ihrer Verwirrung errötete sie noch mehr.

»Hat es Ihnen denn niemand erzählt?«, sagte Maxon strahlend. »Ihnen verdanke ich die erste Verabredung mit Ihrer bezaubernden Schwester. Ich stehe für immer in Ihrer Schuld.«

May kicherte verlegen. »Äh, gern geschehen.«

Maxon legte die Arme auf den Rücken, seine gute Erziehung fiel ihm wieder ein. »Ich bedaure, doch ich muss mich noch mit den anderen bekannt machen. Aber bitte bleiben Sie noch einen Moment hier. Ich werde eine kurze Ansprache halten. Und ich hoffe, dass ich bald Gelegenheit habe, ausführlicher mit Ihnen zu sprechen. Ich freue mich sehr, dass Sie kommen konnten.«

»In echt ist er noch viel süßer!«, wisperte May aufgeregt, und Maxons leichtem Kopfschütteln entnahm ich, dass er es gehört hatte.

Er ging hinüber zu Elises Familie, die sicherlich die kultivierteste von allen war. Ihre älteren Brüder standen so unbeweglich da wie Soldaten, und ihre Eltern verbeugten sich formvollendet vor Maxon, als er näher kam. Ich fragte mich, ob Elise ihnen geraten hatte, das zu tun, oder ob es einfach ihre Art war. Sie wirkten alle wie poliert mit ihren fast identisch aussehenden Köpfen und dem pechschwarzen Haar.

Neben ihnen flüsterten Natalie und ihre hübsche jüngere Schwester mit Kriss, während ihre Eltern sich gegenseitig begrüßten. Die ganze Halle war erfüllt von überschäumender Freude.

»Was soll das heißen, er hält uns für genauso emotional wie dich?«, forderte Mom in leisem Flüsterton eine Erklärung. »Ist es, weil du ihn angebrüllt hast, als ihr euch getroffen habt? Du hast das doch nicht noch einmal gemacht, oder?«

Ich seufzte. »Ehrlich gesagt streiten wir uns ziemlich häufig.«

»Wie bitte?« Sie starrte mich ungläubig an. »Dann hör auf damit!«

»Ach ja, und einmal hab ich ihm das Knie gegen den Oberschenkel gerammt.«

Für eine Sekunde herrschte betretenes Schweigen, dann konnte May nicht mehr an sich halten und brach in schallendes Gelächter aus. Dad presste die Lippen aufeinander, aber ich sah, dass er ebenfalls kurz davor war, die Beherrschung zu verlieren.

Mom hingegen war weiß wie ein Leintuch. »America, sag, dass das nur ein Scherz ist. Sag mir, dass du den Prinzen nicht angegriffen hast!«

Ich weiß nicht, warum, aber das Wort *Angriff* war einfach zu viel. May, Dad und ich bogen uns vor Lachen, während Mom uns nach wie vor entgeistert anstarrte.

»Bitte entschuldige, Mom«, stieß ich hervor.

»Oh mein Gott!« Fassungslos wandte sie sich ab. Irgendwie schien sie plötzlich sehr daran interessiert zu sein, Marlees Eltern kennenzulernen, und ich hielt sie nicht davon ab.

»Ihm gefällt also ein Mädchen, das ihm Paroli bieten kann«, sagte Dad, nachdem wir uns wieder beruhigt hatten. »Das macht ihn mir schon etwas sympathischer.«

Er sah sich in der Empfangshalle um und nahm die Atmosphäre des Palastes in sich auf, während ich dastand und über seine Worte nachdachte. Wie oft waren Aspen und mein Vater in den beiden Jahren, in denen wir uns heimlich getroffen hatten, zusammengekommen? Mindestens ein Dutzend Mal. Vielleicht sogar häufiger. Und ich hatte mir nie wirklich Gedanken darüber gemacht, ob ihm Aspen gefiel. Ich wusste, es würde schwer werden, Dads

Einverständnis zu erhalten, in eine niedrigere Kaste einzuheiraten. Doch ich war immer davon ausgegangen, dass er letztendlich zustimmen würde.

Aus irgendeinem Grund kam mir dies hier um ein Vielfaches schwieriger vor. Obwohl Maxon eine Eins war, obwohl er für uns alle sorgen konnte, wurde mir plötzlich eines klar. Es bestand durchaus die Möglichkeit, dass mein Vater ihn nicht mochte.

Dad war kein Rebell, er brannte keine Häuser nieder oder Ähnliches. Aber ich wusste, wie unzufrieden er mit den derzeitigen Verhältnissen in Illeá war. Und wenn sich seine Kritik an der Regierung auch auf Maxon bezog? Wenn er der Meinung war, ich sollte nicht mit ihm zusammen sein?

Noch bevor ich diesen Gedanken weiterverfolgen konnte, stieg Maxon ein paar Stufen der Treppe empor, um uns alle sehen zu können.

»Liebe Eltern und Geschwister, ich danke Ihnen für Ihr Erscheinen und freue mich sehr, Sie im Palast begrüßen zu dürfen – nicht nur, um das erste Halloween in Illeá seit Jahrzehnten zu feiern, sondern auch, um Sie alle besser kennenzulernen. Bedauerlicherweise können meine Eltern Sie momentan nicht ebenfalls begrüßen. Sie werden aber bald ihre Bekanntschaft machen.

Meine Mutter lädt die Mütter, Schwestern und die Elite heute Nachmittag zum Tee im Damensalon ein. Ihre Töchter werden Sie dorthin geleiten. Und die Herren treffen sich mit meinem Vater und mir auf eine Zigarre. Wir schicken einen Diener, der Sie abholt, Sie müssen sich also keine Gedanken darüber machen, wie Sie den Weg zum Rauchsalon finden.

Die Zofen bringen Sie nun zu Ihren Zimmern. Sie werden sich um Sie kümmern und Sie für Ihren Aufenthalt hier entsprechend ausstatten. Das gilt auch für das Fest morgen Abend.«

Damit winkte er uns kurz zu und wandte sich zum Gehen. Fast im selben Moment tauchte auch schon eine Zofe neben uns auf.

»Mr und Mrs Singer? Ich werde Sie und Ihre Tochter jetzt in Ihre Gemächer führen.«

»Aber ich will bei America bleiben!«, protestierte May.

»Mein Schatz, ich bin sicher, der König hat uns ein Zimmer zugewiesen, das genauso schön ist wie das von America. Willst du es dir denn nicht ansehen?«, ermunterte sie meine Mutter.

Doch May wandte sich an mich. »Ich will hier ganz genau so leben wie du. Nur für eine kleine Weile. Kann ich nicht bei dir bleiben?«

Ich seufzte. Für ein paar Tage würde ich also meine Privatsphäre aufgeben müssen, aber was machte das schon? Beim Anblick von Mays Gesicht konnte ich einfach nicht Nein sagen.

»Na schön. Wenn wir zu zweit sind, haben meine Zofen wenigstens mal richtig was zu tun.«

»Was hast du noch gelernt?«, fragte Dad. Ich hakte mich bei ihm unter, und wir spazierten gemeinsam durch den Palast. Ich musste mich noch immer daran gewöhnen, dass er einen Anzug trug. Aber wenn ich Dad nicht schon tausendmal in seinen dreckigen Malklamotten gesehen hätte, hätte ich schwören können, er sei als Einser geboren worden. So jung und elegant wirkte er in diesem Anzug. Er schien sogar größer zu sein als sonst.

»Ich glaube, ich habe dir alles erzählt, was wir über unsere Geschichte gelernt haben. Dass Präsident Wallis das letzte Oberhaupt der Vereinigten Staaten war, wie unser Land damals noch genannt wurde. Und dass er dann die Amerikanischen Staaten von China anführte. Ich wusste überhaupt nichts über ihn, du?«

Dad nickte. »Dein Großvater hat mir von ihm berichtet. Er soll ein fähiger Mann gewesen sein, doch als sich dann alles so katastrophal entwickelte, konnte er nicht mehr viel dagegen ausrichten.«

Erst seitdem ich im Palast war, kannte ich die ganze Geschichte des Staates Illeá. Aus irgendeinem Grund wurde die Geschichte von der Entstehung unseres Landes meist nur mündlich weitergegeben. Ich hatte viele verschiedene Dinge darüber gehört, aber nichts davon war so vollständig gewesen wie das Wissen, das mir während der letzten paar Monate im Palast vermittelt worden war.

Zu Beginn des Dritten Weltkriegs wurden die Vereinigten Staaten besetzt, weil sie nicht imstande waren, ihre riesige Schuldenlast gegenüber China abzutragen. Die Chinesen setzten daraufhin eine eigene Regierung ein. Sie schufen die Amerikanischen Staaten von China und nutzten die Amerikaner als Arbeitskräfte. Schließlich rebellierten die Vereinigten Staaten – nicht nur gegen China, sondern auch gegen die Russen, die die Arbeiterschaft, die China aufgebaut hatte, für sich beanspruchte. Sie verbündeten sich mit Kanada, Mexiko und einigen anderen lateinamerikanischen Ländern, um gemeinsam einen neuen Staat zu gründen. Das war der Vierte Weltkrieg. Und obwohl wir ihn überlebten und ein neuer Staat entstand, war er in ökonomischer Hinsicht verheerend.

»Maxon hat mir erzählt, dass die Menschen kurz vor dem Vierten Weltkrieg fast nichts mehr besaßen.«

»Da hat er recht. Das ist einer der Gründe, warum das Kastensystem so unfair ist.«

Ich wollte das nur ungern weiter vertiefen, denn ich wusste, Dad konnte sich da ziemlich reinsteigern. Er lag ja nicht einmal falsch – das Kastensystem war ungerecht –, aber das hier war ein Freudenbesuch, und ich wollte ihn nicht verderben, indem wir über Dinge sprachen, die wir nicht ändern konnten.

»Außer Geschichte haben wir hauptsächlich Unterricht in Etikette. Mittlerweile sind wir auch in die Kunst der Diplomatie eingestiegen. Ich glaube, wir werden unser Wissen bald anwenden müssen, weil sie gerade besonders viel Wert drauf legen. Jedenfalls die Mädchen, die hierbleiben werden.«

»Die hierbleiben werden?«

»Ja. Es hat sich herausgestellt, dass bald ein Mädchen zusammen mit seiner Familie abreisen wird. Maxon soll eine weitere Kandidatin nach Hause schicken, nachdem er alle Familien kennengelernt hat.«

»Du klingst traurig. Glaubst du, dass du es sein wirst?«

Ich zuckte mit den Schultern.

»Jetzt komm schon. Du musst doch mittlerweile wissen, ob er dich mag oder nicht. Wenn er dich mag, musst du dir keine Sorgen machen. Wenn nicht, stellt sich die Frage, warum du dann noch bleiben willst.«

»Ich schätze, du hast recht.«

Er blieb stehen. »Also was von beidem denn nun?«

Irgendwie war es mir peinlich, mit meinem Vater darüber zu sprechen, andererseits – mit Mom hätte ich es auch nicht gern getan. Und May wäre garantiert noch viel schlechter darin, Maxons Verhalten zu deuten, als ich.

»Ich glaube, er mag mich. Jedenfalls hat er das gesagt.«

Dad lachte. »Na, dann ist doch alles in Ordnung.«

»Aber seit der letzten Woche ist er ein wenig ... distanziert.«

»America, Liebes, er ist der Prinz dieses Landes. Vielleicht ist er gerade damit beschäftigt, Gesetze zu verabschieden.«

Ich wusste nicht, wie ich ihm erklären sollte, dass Maxon für alle anderen sehr wohl Zeit zu haben schien. Es war einfach zu demütigend.

»Kann schon sein.«

»Da wir schon von Gesetzgebung sprechen, habt ihr darüber auch schon etwas gelernt? Zum Beispiel, wie man eine Eingabe formuliert?«

Das Thema behagte mir ebenfalls nicht, aber wenigstens hatte es nichts mit Männern zu tun. »Noch nicht. Allerdings haben wir schon viele gelesen. Manchmal ist es ziemlich schwer, sie zu verstehen. Doch Silvia, die Dame, die unten in der Empfangshalle war, unsere Leiterin, versucht uns die verschiedenen Sachverhalte zu erklären. Und Maxon hilft mir ebenfalls, wenn ich ihn frage.«

»Tut er das?« Dad war sichtlich erfreut.

»Oh ja. Ich glaube, ihm ist es wichtig, dass wir alle das Gefühl haben, wir könnten Erfolg haben, verstehst du? Deshalb erklärt er wirklich sehr viel. Er hat mir sogar ...« Ich zögerte. Ich durfte den geheimen Raum mit den Büchern nicht erwähnen. Aber das hier war schließlich mein Vater. »Hör zu, du musst mir versprechen, dass du keinem ein Wort erzählst.«

Dad schmunzelte. »Die einzige Person, mit der ich rede, ist deine Mutter. Und wir alle wissen, dass man ihr kein Geheimnis anvertrauen kann. Deshalb verspreche ich, es ihr nicht zu sagen.«

Ich kicherte. Schon allein die Vorstellung, Mom könne etwas für sich behalten, war absurd.

»Du kannst dich auf mich verlassen, Kätzchen«, sagte er und legte mir den Arm um die Schultern.

»Es gibt da ein Zimmer, ein geheimes Zimmer, und es ist voller Bücher, Dad!«, gestand ich ihm leise, wobei ich mich mehrfach vergewisserte, dass niemand in der Nähe war. »Es enthält verbotene Bücher und alte Karten, auf denen die Länder abgebildet sind, wie sie früher aussahen. Dad, ich wusste gar nicht, dass so viele Staaten existiert haben! Außerdem gibt es einen Computer. Hast du schon mal einen in echt gesehen?«

Er schüttelte verblüfft den Kopf.

»Es ist toll. Du tippst einfach ein, wonach du suchst,

und der Computer prüft den Inhalt aller Bücher im Raum und gibt dir an, in welchem Exemplar du fündig wirst.«

»Aber wie funktioniert das?«

»Ich weiß es nicht, aber auf diese Weise hat Maxon herausgefunden, was Halloween bedeutet. Er hat mir erlaubt ...« Wieder blickte ich den Flur entlang. Ich war mir sicher, dass Dad kein Wort über die geheime Bibliothek verlieren würde, aber wenn ich ihm erzählte, dass ich eins der geheimen Bücher in meinem Zimmer versteckte, ging das vielleicht doch zu weit.

»Er hat dir sogar was erlaubt?«

»Er hat mir sogar erlaubt, dass ich mir ein Buch ausleihe, um es mir genauer anzusehen.«

»Ach, das ist ja sehr interessant! Und was war das für ein Buch? Darfst du es mir sagen?«

Ich biss mir auf die Lippe. »Es war eins von Gregory Illeás persönlichen Tagebüchern.«

Dad fiel fast die Kinnlade herunter, doch dann riss er sich zusammen. »America, das ist ja unglaublich! Was steht drin?«

»Ich habe es noch nicht ganz gelesen. Es ging hauptsächlich darum, herauszufinden, was Halloween ist.«

Er dachte einen Moment über meine Worte nach, dann schüttelte er den Kopf. »Warum machst du dir Sorgen, America? Es ist doch offensichtlich, dass Maxon dir vertraut.«

Ich seufzte und kam mir dumm vor. »Wahrscheinlich hast du recht.«

»Unglaublich«, wiederholte er und schien die Wände

plötzlich mit ganz anderen Augen zu betrachten. »Hier existiert also irgendwo ein geheimes Zimmer.«

»Ja, der Palast ist wirklich der Wahnsinn. Überall gibt es Tapetentüren und spezielle Vertäfelungen. Womöglich stürzen wir noch durch eine Falltür, wenn ich diese Vase berühre.«

»Hmm«, sagte Dad amüsiert. »Dann werde ich mich beim Weg in unser Zimmer also sehr in Acht nehmen müssen.«

»Du solltest übrigens bald gehen. Ich muss May noch für den Tee bei der Königin ausstaffieren.«

»Du und dein Tee mit der Königin«, zog er mich auf. »Na schön, Kätzchen. Wir sehen uns beim Abendessen. Aber sag mir eins, wie stelle ich es am besten an, unterwegs nicht in ein verborgenes Loch zu fallen?« Dabei hielt er im Gehen die Arme demonstrativ wie ein Schutzschild vor sich ausgestreckt.

Als er die Treppe unversehrt erreicht hatte, legte er die Hand aufs Geländer und rief. »Nur damit du Bescheid weißt, das hier ist sicher!«

»Danke, Dad.« Ich schüttelte grinsend den Kopf, winkte ihm noch einmal zu und machte mich ebenfalls auf den Weg in mein Zimmer.

Es fiel mir unglaublich schwer, nicht vor lauter Freude die Flure entlangzuhüpfen. Ich war so froh über den Besuch meiner Familie, dass ich es kaum aushielt. Wenn Maxon mich nicht nach Hause schickte, würde es noch schwerer werden, von ihnen getrenntzusein, als zuvor.

Als ich um die Ecke bog sah ich, dass die Tür zu meinem Zimmer offen stand.

»Wie sah er aus?«, hörte ich May fragen, als ich näher kam.

»Sehr gut. Jedenfalls für meine Begriffe. Sein Haar war wellig und wollte nie glatt am Kopf anliegen.« May kicherte und Lucy tat es ihr gleich. »Ein paar Mal bin ich ihm mit den Fingern durch die Haare gefahren. Manchmal denke ich noch daran. Aber nicht mehr so oft wie früher.«

Ich ging auf Zehenspitzen weiter, weil ich die beiden nicht stören wollte.

»Vermissen Sie ihn noch immer?«, fragte May, die wie immer vor Neugier platzte, wenn es um Männer ging.

»Immer seltener«, gab Lucy zu, aber ein hoffnungsvoller Ton lag in ihrer Stimme. »Als ich hier ankam, dachte ich, ich müsste vor Kummer sterben. In meinen Tagträumen überlegte ich mir immer neue Wege, um aus dem Palast zu entkommen und zu ihm zurückzukehren. Aber mittlerweile weiß ich, das wird nie geschehen. Ich könnte meinen Vater nicht allein lassen, und selbst wenn ich hier herauskäme, würde ich vermutlich nicht mehr nach Hause zurückfinden.«

Ich kannte einen Teil von Lucys Vergangenheit – dass ihre gesamte Familie sich einer Familie von Dreiern als Sklaven angeboten und als Gegenleistung das Geld für eine Operation bekommen hatte, der sich Lucys Mutter unterziehen musste. Trotz dieses Eingriffs starb Lucys Mutter, und als ihre Herrin herausfand, dass ihr Sohn Lucy liebte, verkaufte sie das Mädchen und ihren Vater an den Palast.

Ich spähte durch die Tür und sah May und Lucy auf dem Bett sitzen. Die Balkontüren standen offen, und die wunderbare Luft von Angeles wehte herein. Der Anblick von May im Palast kam mir so natürlich vor. Ihr Teekleid schmiegte sich perfekt an ihren Körper, während sie einen Teil von Lucys Haaren nach hinten flocht und den Rest lose herunterhängen ließ. Ich hatte Lucy noch nie anders als mit einem straffen Haarknoten gesehen. Sie sah einfach bezaubernd aus, so jung und sorglos.

»Wie ist es, verliebt zu sein?«, fragte May.

Einen Teil von mir schmerzte das. Warum hatte sie mich das noch nie gefragt? Doch dann fiel mir ein, dass ich – jedenfalls soweit May wusste – noch nie verliebt gewesen war.

Lucy lächelte. »Es ist die schönste und zugleich schrecklichste Sache, die einem passieren kann«, antwortete sie. »Man weiß, dass man etwas Wundervolles gefunden hat und möchte es für immer festhalten. Doch sobald man es hat, fürchtet man in jeder einzelnen Sekunde den Moment, in dem man es wieder verlieren könnte.«

Ich seufzte leise. Sie hatte ja so recht. Liebe war eine schöne Form von Angst.

Um nicht zu viel darüber nachzudenken, was ich vielleicht verlieren konnte, betrat ich mein Zimmer.

»Lucy! Lassen Sie sich anschauen!«

»Gefällt es Ihnen?« Sie griff nach hinten in die filigranen Zöpfe.

»Es sieht einfach wundervoll aus. May hat meine Haare früher auch ständig geflochten. Sie kann das wirklich sehr gut.«

May zuckte mit den Schultern. »Was blieb mir denn auch anderes übrig? Wir konnten uns keine Puppen leisten, also musste Mer herhalten.«

»Nun«, sagte Lucy und wandte ihr das Gesicht zu, »während Sie hier bei uns sind, werden Sie unsere kleine Puppe sein. Anne, Mary und ich werden Sie so hübsch wie die Königin aussehen lassen.«

May neigte zweifelnd den Kopf. »Niemand ist so hübsch wie sie.« Dann drehte sie sich schnell zu mir um. »Aber erzähl Mom nicht, dass ich das gesagt habe.«

»Keine Angst, werde ich nicht«, sagte ich schmunzelnd. »Aber jetzt müssen wir uns fertig machen. Es ist Zeit für den Tee.«

Aufgeregt klatschte May in die Hände und setzte sich vor den Spiegel. Lucy machte sich rasch einen Knoten, ohne die Zöpfe zu lösen, und setzte sich wieder die Haube auf, so dass fast alle Haare verdeckt waren. Ich verstand nur zu gut, warum sie sich wünschte, dass ihre Frisur noch ein bisschen länger so bleiben würde.

»Ach ja, für Sie ist ein Brief gekommen, Miss«, sagte Lucy und händigte mir einen Umschlag aus.

»Danke sehr«, antwortete ich und war ganz plötzlich beunruhigt. Die meisten Menschen, die mir hätten schreiben können, waren im Moment hier im Palast. Ungeduldig riss ich den Umschlag auf und las die kurze Nachricht. Die krakelige Schrift war mir sehr vertraut.

America,

leider habe ich viel zu spät erfahren, dass die Familien der Elite vor kurzem in den Palast eingeladen wurden und dass Vater, Mutter und May abgereist sind, um Dich zu besuchen. Mir ist klar, dass Kennas Schwangerschaft so weit fortgeschritten ist, dass sie nicht mehr reisen kann. Und Gerad ist noch viel zu klein. Aber ich versuche zu verstehen, warum sich diese Einladung nicht auch auf mich bezieht. Ich bin schließlich Dein Bruder.
Meine einzige Erklärung hierfür ist, dass Vater entschieden hat, mich auszuschließen. Jedenfalls hoffe ich sehr, dass das nicht Deine Idee war. Uns steht Großes bevor, America, Dir und mir. Und wir könnten uns in unserer jeweiligen Lage gegenseitig sehr unterstützen. Wenn unserer Familie also noch weitere besondere Privilegien eingeräumt werden, solltest Du an mich denken.
Hast Du mich zufällig schon dem Prinzen gegenüber erwähnt? Ich frage nur aus Neugier …

Schreib mir bald!

Kota

Im ersten Moment überlegte ich, den Brief zusammenzuknüllen und in den Papierkorb zu werfen. Ich hatte gehofft, Kotas maßloser Ehrgeiz wäre gestillt und er hätte gelernt, mit dem Erfolg, den er hatte, zufrieden zu sein. Das war offenbar nicht der Fall. Doch dann legte ich den Brief ganz hinten in eine Schublade und beschloss, das Ganze einfach zu vergessen. Kotas Eifersucht würde mir diesen Besuch nicht verderben.

Lucy läutete nach Anne und Mary, und während wir uns für die Tee-Einladung zurechtmachten, hatten wir jede Menge Spaß. Mays überschäumendes Temperament hielt uns alle bei Laune, und ich bemerkte, wie ich beim Umkleiden sogar leise vor mich hin summte. Kurz darauf erschien Mom und bat uns alle, noch mal genau zu prüfen, ob ihr Aussehen so akzeptabel war.

Natürlich war es das. Sie war kleiner und fülliger als die Königin, aber in ihrem Kleid sah sie mindestens genauso königlich aus. Als wir die Treppe hinuntergingen, ergriff May plötzlich meinen Arm. Sie sah traurig aus.

»Was ist los? Du freust dich doch darauf, die Königin kennenzulernen, oder?«

»Aber ja. Es ist nur ...«

»Was denn?«

Sie seufzte. »Wie soll ich denn nach all dem hier jemals wieder ganz normale Khakihosen tragen?«

Die Mädchen waren aufgeregt, und alle sprühten vor freudiger Erwartung. Natalies Schwester Lacey war ungefähr in Mays Alter. Die beiden saßen zusammen in einer Ecke und plauderten angeregt miteinander. Lacey sah ihrer Schwester unglaublich ähnlich. Sie waren beide schlank, blond und voller Liebreiz. Doch während May und ich charakterlich völlig verschieden waren, glichen Natalie und Lacey sich auch in diesem Punkt. Vielleicht war Lacey ein bisschen weniger launenhaft. Und sie wirkte nicht ganz so unbedarft wie ihre Schwester.

Die Königin machte die Runde, sprach mit den Müttern und stellte ihnen in ihrer überaus sympathischen Art Fragen. Als sei unser Leben genauso spannend wie das Ihre. Ich stand in einer kleinen Gruppe und lauschte Elises Mutter, die über ihre Familie in New Asia sprach, als May plötzlich an meinem Kleid zupfte und mich wegzog.

»May!«, zischte ich. »Was tust du da? Das schickt sich nicht, und schon gar nicht, wenn die Königin dabei ist!«

»Aber das musst du dir ansehen!«, beharrte sie.

Zum Glück war Silvia nicht zugegen. Sie hätte May bestimmt für ihr ungebührliches Verhalten gerügt.

Wir gingen zum Fenster, und May zeigte aufgeregt nach draußen in den Garten. »Schau mal!«

Ich spähte an den Büschen und Springbrunnen vorbei und entdeckte zwei Gestalten. Die erste war mein Vater, der etwas erklärte oder fragte und dabei mit den Händen in der Luft herumfuchtelte. Die zweite war Maxon, der schwieg und offenbar über eine Antwort nachdachte. Sie gingen mit langsamen Schritten, und ab und zu versenkte mein Vater die Hände in den Taschen oder Maxon verschränkte die seinen hinter dem Rücken. Worum es auch immer in diesem Gespräch ging, es sah aus, als wäre es wichtig.

Ich warf einen prüfenden Blick über die Schulter. Die anwesenden Frauen waren noch immer von der Geselligkeit und von der Königin selbst in Beschlag genommen. Niemand schien uns zu bemerken.

In diesem Moment blieb Maxon vor meinem Vater stehen und gab wohl etwas sehr Wichtiges von sich. Eine große Entschiedenheit lag in seiner Haltung. Nach einer Weile streckte Dad die Hand aus. Maxon lächelte und schüttelte sie eifrig. Wenig später schienen sie beide erleichtert zu sein und Dad gab Maxon einen freundschaftlichen Klaps auf den Rücken. Maxon wich unwillkürlich zurück. Er war es nicht gewohnt, angefasst zu werden. Doch dann legte Dad vertrauensvoll den Arm um seine Schulter – genau so, wie er es bei all seinen Kindern machte. Und das schien Maxon zu gefallen.

»Worüber haben sie wohl gesprochen?«, überlegte ich laut.

May zuckte mit den Schultern. »Es sah jedenfalls ziemlich wichtig aus.«

»Das stimmt.«

Wir blieben noch eine Weile am Fenster stehen, um herauszufinden, ob Maxon auch mit den anderen Vätern eine solche Unterredung führen würde. Doch wenn er es tat, dann nicht im Garten.

8

Die Halloween-Party war genauso wundervoll, wie Maxon es versprochen hatte. Als ich zusammen mit May den Großen Saal betrat, war ich überwältigt von der ungeheuren Pracht, die sich vor uns entfaltete. Alles war golden. Die Ornamente an den Wänden, die glitzernden Juwelen in den Lüstern, die Gläser, die Teller, sogar das Essen – an allem war ein Hauch von Gold. Es war einfach atemberaubend.

Aus einer Stereoanlage ertönte Popmusik, doch in einer Ecke des Saals wartete außerdem eine kleine Gruppe Musiker, um die passende Musik für die traditionellen Tänze zu spielen, die wir einstudiert hatten. Überall im Saal waren Kameras aufgestellt, die Fotos oder Videoaufnahmen machten. Ohne Zweifel würde die Party der Höhepunkt des morgigen Fernsehprogramms von Illeá sein. Einen kurzen Moment lang fragte ich mich, wie es wohl sein würde, wenn ich auch zu Weihnachten noch hier wäre.

Alle trugen hinreißende Kostüme. Marlee war als Engel verkleidet und tanzte mit Officer Woodwork. Sie hatte sogar Flügel, die regelrecht hinter ihr her zu schweben schienen und aussahen, als seien sie aus irisierendem Papier gefertigt. Celestes Kleid war ziemlich kurz und bestand aus jeder Menge Federn. Die größte befand sich jedoch an ihrem Hinterkopf und machte deutlich, dass sie ein Pfau sein sollte.

Kriss und Natalie hatten offenbar ihre Kostüme aufeinander abgestimmt. Natalies Mieder war mit lauter Blüten bedeckt und ihr üppiger Rock bestand aus schwingendem blauen Tüll. Kriss' Kleid war so golden wie der Saal und mit einander überlappenden Blättern verziert. Hätte ich raten müssen, hätte ich gesagt, sie stellten Frühling und Herbst dar. Es war eine entzückende Idee.

Elise hatte ein Seidenkleid gewählt, das ihre asiatische Abstammung zur Geltung brachte und dabei eine Überspitzung des sittsamen Stils darstellte, den sie gewöhnlich bevorzugte. Ihre üppig drapierten Ärmel wirkten unglaublich dramatisch, und ich bewunderte sie dafür, dass es ihr gelang, sich mit dem kunstvollen Kopfschmuck, den sie trug, überhaupt noch fortzubewegen. Elise stach normalerweise nicht besonders hervor, doch an diesem Abend sah sie einfach bezaubernd, fast königlich aus.

Alle Familienmitglieder und Freunde im Saal waren ebenfalls verkleidet, und auch die Wachen hatten sich verwegen kostümiert. Ich sah einen Baseballspieler, einen Cowboy, einen Mann im Anzug mit einem Namensschild, auf dem »Gavril Fadaye« stand. Einer der Wachmänner war sogar so kühn, ein Kleid zu tragen. Doch die meisten hatten sich für ihre Gala-Uniform entschieden, die aus einer weißen Hose und einer blauen Jacke bestand. Dazu trugen sie Handschuhe, aber keine Kopfbedeckung, weshalb man sie gut von den Wachen unterscheiden konnte, die tatsächlich im Dienst waren und den Saal bewachten.

»Nun, wie findest du es?«, fragte ich May, doch als ich mich umdrehte, stellte ich fest, dass sie bereits in der Menge verschwunden war, um den Saal zu erkunden. Kurz darauf entdeckte ich ihr bauschiges Kleid inmitten des Getümmels. Als sie verkündet hatte, sie wolle als Braut verkleidet zum Fest gehen – »so wie sie im Fernsehen aussehen« –, hatte ich das für einen Scherz gehalten. Trotzdem sah sie mit ihrem Schleier absolut umwerfend aus.

»Hallo, Lady America«, flüsterte plötzlich jemand in mein Ohr.

Ich zuckte zusammen und drehte mich um. Neben mir stand Aspen in Gala-Uniform.

»Du hast mich vielleicht erschreckt!«

Aspen grinste. »Dein Kostüm gefällt mir«, bemerkte er fröhlich.

»Danke schön. Mir auch.« Anne hatte mich in einen Schmetterling verwandelt. Ich trug ein Kleid aus hauchzartem, schwarz gesäumtem flatternden Stoff, das am Rücken spitz zulief. Eine kleine Maske in Flügelform bedeckte meine Augen, und ich kam mir sehr geheimnisvoll vor.

»Warum hast du dich nicht verkleidet?«, fragte ich. »Ist dir nichts eingefallen?«

Aspen schüttelte den Kopf. »Ich ziehe die Uniform vor.«

»Oh.« Ich fand es schade, eine so gute Gelegenheit, einmal etwas anderes auszuprobieren, zu vergeben. Warum nutzte er das hier nicht aus?

»Ich wollte nur kurz hallo sagen und sehen, wie es dir geht.«

»Gut«, antwortete ich rasch. Ich fühlte mich ein wenig unbehaglich.

»Aha«, erwiderte er knapp. »Also gut.«

Vielleicht erwartete er nach unserem letzten Gespräch eine ausführlichere Antwort, aber ich war noch nicht bereit dazu. Schließlich verbeugte er sich und ging davon, zu einem anderen Officer, der ihn wie einen Bruder umarmte. Ich fragte mich, ob ihm sein Dasein als Soldat ein Gefühl von Familie vermittelte. So ging es mir mit der Elite. Kurze Zeit später zogen mich Marlee und Elise auf die Tanzfläche. Während ich mich zur Musik hin und her wiegte und versuchte, dabei möglichst niemanden zu verletzen, erblickte ich Aspen, der am Rand der Tanzfläche mit Mom und May sprach. Mom fuhr gerade mit der Hand über Aspens Ärmel, als ob sie ihn glätten wollte, und May strahlte. Ich konnte mir lebhaft vorstellen, wie sie ihm versicherten, wie gut ihm seine Uniform stand und dass seine Mutter stolz auf ihn wäre, wenn sie ihn hier sehen könnte. Er lächelte sie an, und ich merkte, wie erfreut er war. Aspen und ich waren Exoten, eine Fünf und eine Sechs, die sich aus ihrem eintönigen Dasein befreit hatten und in einem Palast gelandet waren. Das Casting hatte mein Leben sosehr verändert, dass ich manchmal vergaß, diese Veränderung entsprechend zu würdigen.

Ich tanzte gerade mit einigen der Mädchen und Wachen im Kreis, als die Musik abbrach und der DJ das Wort ergriff.

»Meine verehrten Damen der Elite, meine hochgeschätzten Herren Offiziere, liebe Freunde und Verwandte der Königsfamilie, bitte heißen Sie König Clarkson, Königin Amberly und Prinz Maxon Schreave willkommen!«

Die Band spielte einen Tusch, und wir alle knicksten oder verbeugten uns, als die drei gemeinsam den Saal betraten. Der König war offenbar als König verkleidet, nur eben als Herrscher eines anderen Landes. Allerdings war mir nicht klar, von welchem. Das Kleid der Königin war so tiefblau, dass es fast schwarz wirkte. Es war mit glitzernden Juwelen nur so übersät und sah wie der nächtliche Sternenhimmel aus. Maxon war amüsanterweise als Pirat verkleidet. Seine Hose war an einigen Stellen zerrissen, und er trug ein weites Hemd mit einer Weste und hatte ein Tuch um den Kopf geschlungen. Um noch authentischer zu wirken, hatte er sich sogar ein oder zwei Tage lang nicht rasiert, und dunkelblonde Bartstoppeln bedeckten die untere Hälfte seines Gesichts.

Der DJ bat uns, die Tanzfläche zu räumen und dem König und der Königin den ersten Tanz zu überlassen. Maxon stellte sich derweil zwischen Kriss und Natalie, flüsterte ihnen abwechselnd etwas zu und brachte beide zum Lachen. Schließlich sah ich, wie sein Blick suchend durch den Saal glitt. Ich wusste nicht, ob er nach mir Ausschau hielt, aber ich wollte nicht dabei ertappt werden, dass ich ihn anstarrte. Also schüttelte ich mein Kleid auf und richtete den Blick auf seine Eltern. Die beiden sahen sehr glücklich aus.

Wieder einmal dachte ich über den Wettbewerb nach

und welch ein Wahnsinn das Ganze zu sein schien. Doch das Resultat sprach für sich. König Clarkson und Königin Amberly waren wie füreinander geschaffen. Er war offenbar sehr energisch, und sie glich das mit ihrem ruhigen Wesen aus. Sie war eine geduldige Zuhörerin, während er immer etwas zu sagen zu haben schien. Obwohl das Casting eigentlich nicht mehr zeitgemäß war, hatte es sich zumindest in ihrem Fall bewährt.

Hatten sich die beiden während des Wettbewerbs jemals einander entfremdet, so wie Maxon sich von mir distanzierte? Warum hatte er in letzter Zeit keinen einzigen Versuch unternommen, mich zu treffen, statt sich ständig mit den übrigen Mädchen zu verabreden? Vielleicht hatte er mit Dad gesprochen, um ihm zu erklären, warum er mich nach Hause schicken würde. Maxon war ein höflicher Mensch, es sah ihm also durchaus ähnlich, so etwas zu tun.

Ich ließ meinen Blick über die Menge schweifen und hielt nach Aspen Ausschau. Dabei stellte ich fest, dass Dad auch endlich eingetroffen war und Arm in Arm mit Mom auf der anderen Seite des Saals stand. May war zu Marlee hinübergegangen und stand direkt vor ihr. Marlee hatte in einer schwesterlichen Geste die Arme um Mays Schultern gelegt. Es überraschte mich nicht, dass sich die beiden in noch nicht mal einem Tag so nahgekommen waren. Wo steckte Aspen bloß?

Ich suchte weiter nach ihm und drehte mich um. Und da stand er, direkt hinter mir. Er wartete wie immer in meiner Nähe. Als sich unsere Blicke trafen, zwinkerte er mir kurz zu.

Nachdem der König und die Königin ihren Tanz beendet hatten, drängten alle auf die Tanzfläche. Die Wachen schoben sich durch die Menge und fanden sich mit den Mädchen mühelos zu Paaren zusammen. Maxon stand noch immer mit Kriss und Natalie am Rand. Ich hoffte, er würde vielleicht zu mir kommen und mich um einen Tanz bitten, und beschloss, dass ich ihm zumindest die Möglichkeit geben würde, mich zu fragen. Also fasste ich mir ein Herz, glättete mein Kleid und ging in seine Richtung. In der Absicht, mich in ihr Gespräch zu mischen, bahnte ich mir einen Weg durch die Tanzenden. Als ich nah genug herangekommen war, um mein Vorhaben in die Tat umzusetzen, wandte sich Maxon gerade an Natalie.

»Möchten Sie gern tanzen?«, fragte er.

Sie lachte und neigte ihren Kopf zur Seite, während ich schnurstracks an ihnen vorbeieilte, die Augen starr auf einen Tisch mit Schokolade gerichtet, als sei dies die ganze Zeit mein Ziel gewesen. Ich wandte der Tanzfläche den Rücken zu, probierte die köstlichen Süßigkeiten und hoffte, dass niemand bemerkte, wie rot ich geworden war.

Es waren ungefähr sechs weitere Musikstücke verklungen, als Officer Woodwork neben mir auftauchte. Wie Aspen hatte auch er es vorgezogen, in Uniform auf dem Fest zu erscheinen.

»Lady America«, sagte er mit einer Verbeugung. »Würden Sie mir diesen Tanz schenken?«

Seine Stimme klang heiter und warmherzig, und seine Begeisterung steckte mich unwillkürlich an. Ohne Umschweife ergriff ich seine Hand.

»Mit Vergnügen, Sir«, antwortete ich. »Aber ich muss Sie warnen, ich tanze nicht sehr gut.«

»Das macht nichts. Wir lassen es langsam angehen.« Sein Lächeln war so entwaffnend, dass ich mir keine Sorgen über meine miserablen Tanzkünste machte und ihm fröhlich auf die Tanzfläche folgte.

Die Musik war beschwingt, und Officer Woodwork redete während des ganzen Tanzes, weshalb es mir schwerfiel, mit ihm Schritt zu halten. So viel also zu »Wir lassen es langsam angehen«.

»Es scheint, als hätten Sie sich vollkommen davon erholt, dass ich Sie fast über den Haufen gerannt habe«, scherzte er.

»Bedauerlicherweise habe ich mich nicht ernsthaft verletzt«, konterte ich. »Wenn ich jetzt einen Gips trüge, müsste ich wenigstens nicht tanzen.«

Er lachte. »Es freut mich, dass Sie wirklich so lustig sind, wie alle sagen. Ich habe gehört, Sie sind eine Favoritin des Prinzen.« So, wie er es sagte, klang es, als sei das allgemein bekannt.

»Davon weiß ich nichts.« Ein Teil von mir hatte es satt, dass die Leute das sagten. Der andere Teil sehnte sich danach, dass es noch immer der Wahrheit entsprach.

Über Officer Woodworks Schulter hinweg sah ich Aspen, der mit Celeste tanzte. Beim Anblick der beiden zog sich etwas in mir zusammen.

»Hört sich so an, als kämen Sie mit fast allen sehr gut zurecht. Jemand hat gesagt, Sie hätten während des letzten Rebellenangriffs sogar ihre Zofen mit in den Schutzraum der königlichen Familie genommen. Ist das wahr?« Seine Stimme klang bewundernd. Damals war es mir völlig normal vorgekommen, die Mädchen zu schützen, die ich so ins Herz geschlossen hatte. Doch für alle anderen schien es sehr mutig und ungewöhnlich zu sein.

»Ich konnte sie doch nicht einfach zurücklassen«, erklärte ich.

Er schüttelte ehrfürchtig den Kopf. »Sie sind eine wahre Dame, Miss.«

Ich wurde rot. »Danke sehr.«

Nach dem Tanz musste ich erst wieder zu Atem kommen und setzte mich an einen der vielen Tische, die im Saal verteilt standen. Ich trank orangefarbenen Punsch und fächelte mir mit einer Serviette Luft zu, wobei ich den tanzenden Paaren zusah. Ich entdeckte Maxon mit Elise. Sie wirbelten im Kreis herum und sahen glücklich aus. Er tanzte nun schon zum zweiten Mal mit Elise, mich hingegen hatte er noch immer nicht aufgefordert.

Ich brauchte eine Weile, bis ich Aspen auf der Tanzfläche ausmachte, weil so viele Männer Uniform trugen. Schließlich entdeckte ich ihn in einer Ecke, wo er mit Celeste sprach. Ich beobachtete, wie sie ihm zuzwinkerte und ihre Lippen sich zu einem aufreizenden Lächeln verzogen.

Was glaubt sie eigentlich, wer sie ist? Unwillkürlich sprang ich auf, um sie zurechtzuweisen. Doch bevor ich auch nur einen Schritt getan hatte, wurde mir plötzlich klar, was das für Aspen und auch für mich bedeuten würde. Also setzte ich mich wieder hin und nippte weiter an meinem Punsch. Als das Lied zu Ende war, schlenderte ich jedoch zu ihm hinüber und platzierte mich so nah neben ihm, dass es für ihn ohne größere Umstände möglich war, mich zum Tanzen aufzufordern.

Und das tat er auch, zum Glück, denn ich glaube nicht, dass ich mich noch länger hätte beherrschen können.

»Was in aller Welt sollte das denn?«, fragte ich leise, aber mit unverhohlener Wut in der Stimme.

»Was sollte was?«

»Celeste hat überall an dir rumgefummelt!«

»Da ist ja jemand eifersüchtig«, sang er in mein Ohr und grinste breit.

»Ach, sei still! Sie benimmt sich unmöglich. Und außerdem verstößt sie gegen die Regeln!« Ich blickte mich um, weil ich sichergehen wollte, dass niemand mitbekam, wie vertraut wir miteinander redeten. Vor allen Dingen nicht meine Eltern. Ich erblickte Mom, die neben Natalies Mutter saß und sich mit ihr unterhielt. Dad war nirgends zu sehen.

»Und das ausgerechnet von dir«, sagte er und rollte scherzhaft mit den Augen. »Wenn wir nicht zusammen sind, kannst du mir auch nicht vorschreiben, mit wem ich reden darf und mit wem nicht.«

Ich verzog das Gesicht. »Du weißt, dass es anders ist.«

»Und wie ist es dann?«, flüsterte er. »Ich habe keine Ahnung, ob ich noch länger an dir festhalten soll.« Er schüttelte den Kopf. »Ich will ja gar nicht aufgeben, aber wenn es nichts gibt, worauf ich hoffen kann, dann sag es mir.«

Ich bemerkte, welche Mühe es ihn kostete, ruhig zu

bleiben, und hörte die Traurigkeit in seiner Stimme. Und auch mir setzte es zu. Bei dem Gedanken, *das* alles hier aufzugeben, verspürte ich einen stechenden Schmerz in der Brust.

Ich seufzte. »Er meidet mich«, gestand ich. »Er grüßt mich zwar, aber ansonsten ist er in letzter Zeit sehr darauf bedacht, sich mit den anderen Mädchen zu verabreden. Ich glaube, ich habe mir seine Zuneigung nur eingebildet.«

Aspen hielt einen Moment beim Tanzen inne, so geschockt war er über das, was ich gesagt hatte. Dann setzte er sich schnell wieder in Bewegung und betrachtete für eine Weile mein Gesicht.

»Mir war nicht klar, dass es das ist, was dich beschäftigt«, sagte er sanft. »Ich meine, du weißt, ich wünsche mir, mit dir zusammen zu sein. Gleichzeitig möchte ich nicht, dass du verletzt wirst.«

»Danke, Aspen. Ich komme mir unglaublich dumm vor.«

Aspen zog mich ein bisschen näher zu sich heran, hielt jedoch noch immer gebührenden Abstand. Ich wusste, er hätte gern enger mit mir getanzt. »Glaub mir, Mer, der Mann, der sich die Chance entgehen lässt, mit dir zusammen zu sein, ist ein Dummkopf.«

»Wenn mich nicht alles täuscht, wolltest du dir diese Chance entgehen lassen«, erinnerte ich ihn.

»Deshalb kann ich es ja beurteilen«, erwiderte er mit einem Lächeln.

Ich war froh, dass wir mittlerweile darüber lachen konnten. Über Aspens Schulter hinweg sah ich Maxon mit

Kriss tanzen. Schon wieder. Würde er mich denn nicht wenigstens ein einziges Mal auffordern?

Plötzlich beugte sich Aspen vor. »Weißt du, woran mich dieser Tanz erinnert? An den sechzehnten Geburtstag von Fern Tally.«

Ich sah ihn an, als hätte er den Verstand verloren. Fern war eine Sechs, und sie half manchmal aus, wenn Aspens Mutter viel zu tun hatte. An ihrem sechzehnten Geburtstag waren Aspen und ich schon seit sieben Monaten zusammen. Wir waren beide eingeladen, aber es war nicht gerade ein rauschendes Fest. Es gab einen Kuchen und Wasser und das Radio lief, weil sie keine CDs besaß. Die Lampen in ihrem noch nicht fertig ausgebauten Keller waren abgedunkelt. Dennoch war es insofern bemerkenswert, weil ich das erste Mal an einem Fest teilnahm, das kein *Familien*fest war. Nur wir Jugendlichen zusammen in einem Raum, das war schon ziemlich aufregend. Gleichwohl konnte man es in keiner Weise mit der Pracht vergleichen, die uns hier umgab.

»Wie um Himmels willen kann dieses Fest wie das von damals sein?«, fragte ich ungläubig.

Aspen schluckte. »Wir haben damals auch getanzt. Erinnerst du dich? Ich war so stolz darauf, dass du in meinen Armen lagst, und das vor den Augen aller anderen. Auch wenn du dabei aussahst, als hättest du einen Krampf.« Er zwinkerte mir zu.

Seine Worte trafen mich mitten ins Herz. Natürlich erinnerte ich mich daran. Von diesem Moment hatte ich Wochen gezehrt.

Unwillkürlich kamen mir all die kleinen Geheimnisse in den Sinn, die zwischen Aspen und mir entstanden waren und die wir uns bewahrt hatten. Die Namen, die wir uns für unsere zukünftigen Kinder ausgedacht hatten, unser Baumhaus, die kitzlige Stelle an seinem Nacken, die geheimen Botschaften, die wir uns geschrieben und die wir versteckt hatten, meine vergeblichen Versuche, selbst Seife herzustellen, wie wir auf seinem Bauch mit unseren Fingern *Drei gewinnt* gespielt hatten. Spiele, bei denen wir uns an unsere imaginären Züge nicht mehr erinnern konnten. Spiele, bei denen er mich immer gewinnen ließ.

»Sag mir, dass du auf mich warten wirst, Mer, dann werde ich mit allem anderen fertig«, hauchte er in mein Ohr.

Die Musik wechselte, ein traditionelles Lied erklang, und ein Officer, der in unserer Nähe stand, bat mich um den nächsten Tanz. Und ohne Aspen oder mir eine Antwort gegeben zu haben, wurde ich von ihm fortgeführt.

Im Verlauf des Abends ertappte ich mich immer wieder dabei, wie ich nach Maxon Ausschau hielt. Obwohl ich mich bemühte, es möglichst unauffällig zu tun, hätte ich wetten können, dass es jedem, der wirklich drauf geachtet hätte, aufgefallen wäre. Vor allem meinem Dad, wenn er denn im Saal gewesen wäre. Doch er schien mehr Interesse an der Erkundung des Palastes als am Tanzen zu haben.

Ich versuchte mich abzulenken, indem ich das Fest in vollen Zügen genoss. Ich tanzte wahrscheinlich mit allen Männern im Saal, außer mit Maxon. Als ich mich hinsetzte, damit meine müden Füße sich etwas ausruhen konnten, ertönte plötzlich seine Stimme hinter mir.

»Meine Dame?« Ich drehte mich um. »Würden Sie mir diesen Tanz gewähren?«

Ein ungeheures Glücksgefühl durchströmte mich. So zurückgewiesen ich mich auch fühlte, so beschämt ich auch war – diese Gelegenheit musste ich ergreifen.

»Aber gern.«

Maxon nahm meine Hand und führte mich auf die Tanzfläche, wo die Band gerade ein langsames Stück anstimmte. Er schien weder bedrückt zu sein noch sich unwohl zu fühlen. Im Gegenteil, er zog mich so fest an sich, dass ich sein Parfüm riechen konnte und seine Bartstoppeln an meiner Wange spürte.

»Ich habe mich schon gefragt, ob überhaupt noch ein Tanz für mich übrig bleiben würde«, bemerkte ich und schlug dabei einen scherzhaften Ton an.

Maxon zog mich noch fester an sich. »Diesen Tanz habe ich mir extra aufgespart. Ich habe allen anderen Mädchen ausreichend Zeit gewidmet und damit meine Verpflichtungen erfüllt. Jetzt kann ich den Rest des Abends mit dir genießen.«

Ich wurde rot, wie immer, wenn er solche Dinge sagte. Nach der letzten Woche hatte ich außerdem nicht mehr damit gerechnet, dass er jemals wieder so mit mir sprechen würde. Sofort beschleunigte sich mein Puls.

»Du siehst bezaubernd aus, America. Viel zu schön, um in den Armen eines gefährlichen Piraten zu liegen.«

Ich kicherte nervös. »Wie hättest du dich denn verkleiden sollen, um zu mir zu passen? Als Baum?«

»Zumindest als irgendein Strauch.«

Wieder lachte ich. »Ich würde einiges dafür geben, dich als Strauch verkleidet zu sehen!«

»Im nächsten Jahr«, versprach er.

Ich blickte ihn fragend an. *Im nächsten Jahr?*

»Würde es dir gefallen, wenn wir im nächsten Oktober wieder eine Halloween-Party geben?«

»Werde ich denn im nächsten Oktober überhaupt noch hier sein?«

Maxon blieb stehen. »Warum denn nicht?«

Ich hob zweifelnd die Schultern. »Du hast mich die ganze Woche über gemieden und dich mit den anderen Mädchen getroffen. Und ich habe gesehen, wie du mit meinem Vater gesprochen hast. Ich dachte, du hättest ihm erklärt, warum du seine Tochter nach Hause schickst.«

Mühsam versuchte ich, den Kloß in meinem Hals hinunterzuschlucken. Ich würde hier *nicht* anfangen zu weinen.

»America.«

»Schon verstanden. Irgendjemand muss nun mal gehen, und ich bin eine Fünf und Marlee ist der Liebling des Volkes ...«

»Hör auf, America«, sagte er sanft. »Ich bin ein solcher Idiot. Ich hatte ja keine Ahnung, dass du es so auffassen könntest. Ich dachte, du wärst dir deiner Position sicher.«

Irgendetwas hatte ich hier wohl nicht mitbekommen.

Maxon seufzte. »Ganz ehrlich? Aus Gründen der Fairness habe ich versucht, den anderen Mädchen eine Chance zu geben. Doch von Anfang an hatte ich nur Augen für dich, ich habe nur dich gewollt.« Ich errötete. »Als du mir deine Gefühle gestanden hast, war ich so erleichtert, dass ein Teil von mir es kaum fassen konnte. Es fiel mir schwer, zu glauben, dass es tatsächlich wahr sein sollte. Du wärst bestimmt überrascht zu hören, wie selten ich das bekomme, was ich mir wirklich wünsche.« Sein Blick verbarg einen tiefen Kummer, den er nicht teilen mochte. Doch er schüttelte ihn ab und fuhr mit seiner Erklärung fort, während er sich wieder im Takt der Musik wiegte.

»Ich hatte Angst, dass du jeden Moment deine Meinung wieder ändern könntest. Also habe ich nach einer passenden Alternative Ausschau gehalten, aber die Wahrheit ist ...«, Maxon blickte mich unverwandt an, »es gibt nur dich. Vielleicht suche ich nicht ernsthaft genug, vielleicht sind es einfach nicht die Richtigen. Es spielt keine Rolle. Ich weiß nur: Ich will dich. Und das macht mir furchtbare Angst. Ich habe die ganze Zeit damit gerechnet, dass du deine Worte zurücknimmst und mich bittest, dich gehen zu lassen.«

Ich brauchte einen Moment, um wieder ruhig zu atmen. Die vergangenen Tage erschienen mir plötzlich in einem völlig anderen Licht. Und ich verstand seine Gefühle. Es war zu schön, um wahr zu sein, zu schön, um darauf vertrauen zu können. »Das wird nicht geschehen, Maxon«, flüsterte ich an seinem Hals. »Wenn überhaupt, dann wirst du feststellen, dass ich nicht gut genug für dich bin.«

Seine Lippen waren direkt an meinem Ohr. »Nein, America, du bist einfach vollkommen.«

Mein Arm zog ihn noch näher zu mir, und auch er drückte mich an sich, bis wir uns körperlich so nah waren wie noch nie zuvor. Irgendwo in meinem Hinterkopf war mir bewusst, dass wir uns in einem Saal voller Leute befanden und meine Mutter bei unserem Anblick wahrscheinlich in Ohnmacht fiel. Aber das war mir egal. In diesem Moment hatte ich das Gefühl, wir wären die beiden einzigen Menschen auf der Welt.

Ich lehnte mich zurück, um Maxon ansehen zu können, und merkte, wie mir Tränen in die Augen stiegen. Doch ich schämte mich nicht.

»Ich möchte, dass wir uns füreinander Zeit nehmen«, erklärte Maxon weiter. »Und zwar nachdem ich morgen verkündet habe, wer uns verlassen wird. Ich will dich nicht drängen, America, aber ich bitte dich, dir bei Gelegenheit die Prinzessinnengemächer anzuschauen«, sagte er leise. »Sie grenzen direkt an meine.«

Bei dem Gedanken, die ganze Zeit so nah bei ihm zu sein, bekam ich weiche Knie.

»Ich finde, du solltest dir langsam überlegen, wie deine Gemächer aussehen sollen. Ich möchte, dass du dich ganz wie zu Hause fühlst. Du wirst auch noch weitere Zofen auswählen und entscheiden müssen, ob deine Familie im Palast oder in der Nähe wohnen soll. Ich werde dir bei allem beistehen.«

Ein kleiner Teil meines Herzens flüsterte: *Was ist mit Aspen?* Aber in diesem Moment war ich so auf Maxon fixiert, dass ich es kaum wahrnahm.

»Und wenn ich das Casting ordnungsgemäß beendet habe und um deine Hand anhalte, würde ich mich freuen, wenn dir das Ja so leicht über die Lippen kommt, als würdest du nur tief Luft holen. Ich verspreche dir, dass ich in der Zwischenzeit alles in meiner Macht Stehende tue, um dir das Leben im Palast zu erleichtern. Alles, was du brauchst, alles, was du dir wünschst – sag es einfach, und ich tue für dich, was ich kann.«

Ich war ergriffen. Er verstand mich so gut – wie nervös es mich machte, diese Bindung einzugehen, wie sehr es mich ängstigte, Prinzessin zu werden. Er würde mir jede verfügbare Sekunde schenken und mich in der Zwischenzeit mit allen möglichen Aufmerksamkeiten überschütten. Wieder erlebte ich einen dieser Momente, in denen ich nicht glauben konnte, dass all dies hier tatsächlich geschah.

»Das ist nicht fair, Maxon«, murmelte ich. »Was in aller Welt kann ich dir denn im Gegenzug geben?«

Er lächelte. »Das Einzige, was ich mir wünsche, ist das Versprechen, dass du bei mir bleibst, dass du ganz mir gehörst. Manchmal kommt es mir so vor, als wärst du ein Traum. Versprich mir, bei mir zu bleiben.«

»Natürlich. Ich verspreche es.«

Und dann legte ich meinen Kopf auf seine Schulter, und wir tanzten langsam zu der Musik – ein Lied nach dem anderen. Einmal erhaschte ich Mays Blick. Sie sah aus, als würde sie bei unserem Anblick vor Glück platzen. Mom und Dad beobachteten uns mit Stolz im Blick, und Dad schüttelte den Kopf, als wollte er sagen: *Und du dachtest, er schickt dich nach Hause.*

Da fiel mir plötzlich etwas ein.

»Maxon?«, fragte ich und wandte ihm das Gesicht zu.

»Ja, Liebling?«

Ich lächelte, als er mich so nannte. »Warum hast du eigentlich mit meinem Vater gesprochen?«

Er schmunzelte. »Ich habe ihm meine Absichten unterbreitet. Und du solltest wissen, dass er sie von ganzem Herzen billigt, solange du nur glücklich bist. Das scheint seine einzige Bedingung zu sein. Ich habe ihm versprochen, alles zu tun, damit du in Zukunft an meiner Seite glücklich wirst. Und ich habe ihm gesagt, dass du dich hier offenbar bereits sehr wohl fühlst.«

»Das tue ich auch.«

Ich spürte, wie sich Maxons Brust straffte. »Dann haben er und ich allen Grund, vollauf zufrieden zu sein.«

Er bewegte ganz leicht seine Hand, bis sie auf dem unteren Teil meines Rückens ruhte, und ermutigte mich, ihm nah zu bleiben. Diese Berührung machte mir mit einem Mal so vieles deutlich. Ich wusste, all das hier passierte wirklich, also konnte ich es auch ruhig glauben. Ich wusste, ich konnte die Freundschaften, die ich hier geschlossen hatte, aufgeben, wenn es nötig war, obwohl ich mir sicher war, dass Marlee kein Problem damit haben würde, den Wettbewerb zu verlieren. Und ich wusste, ich würde meine Verbindung zu Aspen beenden. Es würde eine Weile dauern, und ich würde mit Maxon darüber sprechen müssen, aber ich war bereit, es zu tun – weil ich nun ganz ihm gehörte.

Noch nie war ich mir so sicher gewesen.

Und zum ersten Mal sah ich es im Geiste vor mir – die erwartungsvollen Gäste, den Gang und Maxon, der an seinem Ende auf mich wartete. Durch diese kleine Berührung bekam plötzlich alles einen Sinn.

Das Fest zog sich bis weit in die Nacht und schließlich führte Maxon mich und die anderen fünf Mädchen der Elite auf den Balkon an der Vorderfront des Palastes, wo man die beste Sicht auf das Feuerwerk hatte. Celeste stolperte die Marmorstufen hinauf und Natalie hatte sich die Mütze irgendeines Wachmanns geschnappt. Es wurde Champagner gereicht, wobei Maxon für sich gleich eine ganze Flasche reservierte. Vor dem Hintergrund des vom Feuerwerk erleuchteten Himmels hob er sie in die Höhe und wandte sich an uns.

»Ich möchte einen Toast ausbringen!«, verkündete er.

Wir alle hoben unsere Gläser und warteten gespannt. Ich bemerkte, dass Elises Glas mit dem dunklen Lippenstift verschmiert war, den sie trug. Selbst Marlee hielt ein Glas in der Hand, wobei sie es vorzog, nur ein wenig daran zu nippen.

»Auf Ihr Wohl, meine wunderschönen Damen. Und auf meine zukünftige Frau!«, rief Maxon uns zu.

Die Mädchen jubelten, denn jede von ihnen glaubte, der Toast richte sich ganz speziell an sie. Doch ich wusste es besser. Als alle ihr Glas ansetzten, sah ich kurz zu Maxon herüber, meinem Quasi-Verlobten, der mir verstohlen zuzwinkerte, bevor er einen weiteren Schluck Champagner nahm. Ich war einfach überwältigt von der Pracht des Festes und den Ereignissen des heutigen Abends.

Ich hätte mir nicht vorstellen können, dass es irgendetwas gab, das dieses Glück zerstören konnte.

9

In dieser Nacht fand ich kaum Schlaf. Die Eindrücke des Festes und die Aufregung über das, was vor mir lag, machten es mir fast unmöglich, zur Ruhe zu kommen. Ich schmiegte mich dichter an May, denn ihre Wärme tröstete mich. Wenn sie abreiste, würde ich sie unglaublich vermissen, aber mir blieb zumindest die Aussicht, dass sie bald zusammen mit mir hier im Palast leben würde.

Ich fragte mich, wer als nächstes den Kreis der Elite verlassen würde. Es wäre mir unhöflich vorgekommen, Maxon zu fragen, deshalb hatte ich es nicht getan. Doch hätte ich raten müssen, ich hätte auf Natalie getippt. Marlee und Kriss waren beim Volk sehr beliebt – viel beliebter als ich – und Celeste und Elise verfügten über Beziehungen. Mir gehörte Maxons Herz, also blieb für Natalie nicht mehr viel, worauf sie sich stützen konnte.

Sofort kam ich mir schlecht vor, weil ich eigentlich nichts gegen Natalie hatte. Wenn überhaupt, dann wünschte ich mir, Celeste würde von hier verschwinden. Vielleicht schickte Maxon sie tatsächlich nach Hause, weil er wusste, wie sehr ich sie verabscheute. Schließlich hatte er gesagt, er wolle, dass ich mich hier wohl fühlte.

Ich seufzte und dachte wieder an das, was er auf dem Fest gesagt hatte. Es war einfach unglaublich. Wie konnte ich, America Singer – eine Fünf, ein Niemand –, mich in Maxon Schreave verlieben, eine Eins, *die* Eins? Wie konnte das passieren, wo ich doch die letzten beiden Jahre damit zugebracht hatte, mich darauf vorzubereiten, mein Leben als Sechs zu verbringen?

Ein winziger Teil meines Herzens zog sich bei diesem Gedanken zusammen. Wie sollte ich das Aspen erklären? Wie sollte ich ihm klarmachen, dass Maxon sich für mich entschieden hatte und dass auch ich mit ihm zusammen sein wollte? Würde er mich hassen? Allein der Gedanke daran brachte mich fast zum Weinen. Was auch geschah, ich wollte Aspens Freundschaft auf keinen Fall verlieren.

Meine Zofen klopften nicht an, als sie am nächsten Morgen hereinkamen. Sie ließen mich immer so lange wie möglich schlafen, und nach dem Fest brauchte ich wirklich Ruhe. Doch statt das Ankleiden vorzubereiten, ging Mary auf direktem Wege zu May und rüttelte sie sacht an der Schulter, um sie zu wecken.

Ich drehte mich herum und sah Anne und Lucy, die einen Kleidersack trugen. *Ein neues Kleid?*

»Miss May«, flüstert Mary, »es ist Zeit, aufzustehen.«

Langsam setzte May sich im Bett auf. »Kann ich nicht ausschlafen?«

»Nein«, sagte Mary betrübt. »Heute Morgen liegen wichtige Dinge an. Sie müssen jetzt gleich ins Zimmer Ihrer Eltern gehen.«

»Wichtige Dinge?«, fragte ich neugierig. »Was ist denn los?«

Mary sah zu Anne und ich folgte ihrem Blick. Doch Anne schüttelte nur den Kopf, und damit schien die Unterhaltung beendet zu sein.

Verwirrt stand ich auf und ermunterte May, das Gleiche zu tun. Bevor sie sich auf den Weg zu Mom und Dad machte, umarmte ich sie fest.

Als sie schließlich das Zimmer verlassen hatte, startete ich einen neuen Versuch. »Jetzt ist sie weg, können Sie es mir nun erklären?«, fragte ich Anne. Wieder schüttelte sie den Kopf. Ihre Hartnäckigkeit machte mich wütend. »Würde es etwas nützen, wenn ich Ihnen befehle, es mir zu sagen?«

Anne blickte mich weiter schweigend an, und großer Ernst lag in ihren Augen. »Die Order kommt von ganz oben. Sie werden sich gedulden müssen.«

Ich stand in der Tür zum Badezimmer und beobachtete die drei mit einer Mischung aus Neugier und nervöser Anspannung. Lucys Hände zitterten, als sie einige Handvoll Rosenblätter für mein Bad hervorholte. Und Mary legte mit zusammengezogenen Augenbrauen meine Schminksachen und die Haarnadeln bereit. Zugegeben, Lucy zitterte manchmal ohne jeden Grund, und Mary verzog häufiger so das Gesicht, wenn sie sich konzentrierte. Doch eigentlich war es auch eher Anne, die mir Angst machte.

Selbst in den gefährlichsten oder heikelsten Situationen war sie immer beherrscht, doch heute wirkte sie, als trüge sie an einer schweren Last. Ihre ganze Gestalt wirkte gebeugt vor Kummer, und immer wieder blieb sie stehen und rieb sich die Stirn, als könne sie so die Sorgen vertreiben.

Als sie schließlich mein Kleid aus der Hülle zog, war ich mir sicher, dass etwas Schreckliches passiert war. Es war dezent, schlicht – und pechschwarz. Das konnte nur eins bedeuten. Ohne zu wissen, um wen ich überhaupt trauerte, fing ich an zu weinen.

»Miss?« Mary eilte mir zu Hilfe.

»Wer ist gestorben?«, fragte ich. »Wer ist gestorben?«

Beherzt wie immer richtete Anne mich auf und wischte mir die Tränen weg. »Niemand ist gestorben«, sagte sie. Aber in ihrer Stimme lag kein Trost, sondern ein Befehl. »Seien Sie dankbar, wenn all das vorbei ist. Heute ist niemand gestorben.«

Ohne weitere Erklärungen schickte sie mich ins Bad. Lucy versuchte sich die ganze Zeit zusammenzureißen, doch als sie schließlich ebenfalls in Tränen ausbrach, forderte Anne sie auf, mir ein leichtes Frühstück zu besorgen.

Nachdem ich angekleidet war, kehrte Lucy mit ein paar Croissants und Apfelstückchen zurück. Doch bereits nach einem Bissen wusste ich, dass ich heute nichts hinunterbringen würde.

Schließlich befestigte Anne noch ein Namensschild an meiner Brust. Das Silber leuchtete wunderschön auf dem Schwarz meines Kleids. Nun blieb mir nichts anderes mehr übrig, als einem unwägbaren Schicksal entgegenzutreten.

Als ich die Tür öffnete, merkte ich, wie ich erstarrte. Ich drehte mich noch einmal zu meinen Zofen um und versuchte meine Angst mit einem tiefen Atemzug zu vertreiben. »Ich fürchte mich.«

Anne legte mir die Hände auf die Schultern. »Sie sind jetzt eine Dame, Miss. Und Sie müssen sich wie eine solche verhalten.«

Ich nickte leicht, als sie mich losließ, und ging davon. Ich wünschte, ich könnte behaupten, dass ich das hocherhobenen Hauptes tat. Doch in Wahrheit, Dame hin oder her, hatte ich schreckliche Angst.

Als ich die große Treppe erreichte, sah ich zu meiner Überraschung die übrigen Mädchen dort warten. Alle trugen dieselben Kleider und Mienen zur Schau wie ich. Eine Welle der Erleichterung erfasste mich. Ich war nicht das Problem. Wenn überhaupt, dann ging es um uns alle, also würde ich es zumindest nicht allein durchstehen müssen.

»Die Fünfte ist da«, sagte einer der Wachmänner zu seinem Kollegen. »Folgen Sie uns, meine Damen.«

Die Fünfte? Da stimmte doch was nicht. Es musste sechs heißen. Während wir die Treppe hinuntergingen, sah ich mich kurz unter den Mädchen um. Der Wachposten hatte recht. Wir waren nur zu fünft. Marlee war nicht dabei.

Mein erster Gedanke war, dass Maxon Marlee nach Hause geschickt hatte. Aber wäre sie dann nicht bei mir vorbeigekommen und hätte sich verabschiedet? Ich versuchte einen Zusammenhang zwischen dieser ganzen Geheimnistuerei und Marlees Abwesenheit herzustellen, doch alles, was mir einfiel, ergab keinen Sinn.

Am Fuß der Treppe wartete eine Gruppe von Soldaten mit unseren Familien. Mom, Dad und May wirkten irgendwie ängstlich. Alle anderen auch. Ich blickte sie fragend an, in der Hoffnung auf irgendeine Erklärung, doch Mom schüttelte nur den Kopf. Ich suchte die Reihen der Soldaten nach Aspen ab, doch er war nicht dabei.

Auf einmal sah ich, wie Marlees Eltern in Begleitung zweier Wachen hinter uns Aufstellung nahmen. Ihre Mutter war gramgebeugt. Sie stützte sich auf ihren Mann, dessen Gesicht so aussah, als sei er innerhalb einer Nacht um Jahre gealtert.

Moment mal. Wenn Marlee ausgeschieden war, warum waren ihre Eltern dann noch hier?

Ich wandte mich um, als plötzlich helles Licht die Empfangshalle durchflutete. Das erste Mal, seit ich im Palast war, stand das Eingangsportal weit offen, und wir wurden nach draußen geführt. Wir überquerten den großen Vorplatz und schritten an den dicken Mauern entlang, die das Palastgelände umgaben. Als sich die Tore knarrend öffneten, schlug uns der ohrenbetäubende Lärm einer riesigen Menschenmenge entgegen.

Auf der Straße war ein großes Podest errichtet worden. Hunderte, vielleicht sogar Tausende von Menschen waren hier versammelt, die Kinder saßen teilweise auf den Schultern ihrer Eltern. Um das Podest herum wurden gerade Kameras aufgestellt und Filmleute liefen vor die Menge und fingen die Szene ein. Wir wurden zu einem kleinen Tribünenbereich geführt, und während wir dort hinmarschierten, applaudierte die Menge. Die Leute riefen unsere Namen und warfen uns Blumen zu, und ich merkte, wie sich die Mädchen vor mir allmählich entspannten.

Als die Menge meinen Namen rief, hob ich die Hand und winkte. Ich kam mir dumm vor, weil ich mir Sorgen gemacht hatte. Wenn die Menschen so fröhlich waren, dann konnte doch auch nichts Schlimmes passieren. Die Dienerschaft im Palast musste die Art ihres Umgangs mit der Elite wirklich noch einmal überdenken. All die Aufregung wegen nichts.

May kicherte, sie genoss es sichtlich, Teil der allgemeinen Euphorie zu sein, und ich war erleichtert, dass sie wieder ganz die Alte war. Ich bemühte mich, auf all die guten Wünsche der Leute zu reagieren, doch der Anblick zweier seltsamer Vorrichtungen auf dem Podest lenkte mich ab. Das Erste war ein leiterartiges Gerüst in A-Form, das Zweite ein großer Holzklotz mit Schlaufen an beiden Seiten. Begleitet von einem Wachmann ließ ich mich auf meinem Sitz in der Mitte der ersten Reihe nieder und versuchte herauszufinden, was hier eigentlich vor sich ging.

Kurz darauf erschienen der König, die Königin und Maxon. Wieder brach die Menge in Jubel aus. Die drei waren ebenfalls dunkel gekleidet und wirkten sehr ernst. Ich drehte mich in Maxons Richtung. Was auch immer jetzt passierte, wenn er mich ansah und lächelte, würde alles gut werden. Ich versuchte ihn dazu zu bringen, mich anzublicken und mir irgendein Zeichen zu geben. Doch sein Gesicht war wie versteinert.

Einen Augenblick später gingen die Hochrufe der Menge in Schmähungen über, und ich wandte mich um, weil ich sehen wollte, was sie so erzürnte.

Beim Anblick, der sich mir bot, zog sich mein Magen

zusammen. Officer Woodwork wurde in Ketten herausgeführt. Seine Lippen bluteten und seine Kleider waren so schmutzig, dass es aussah, als hätte er sich die ganze Nacht im Schlamm gewälzt. Hinter ihm kam Marlee. Ihrem Engelskostüm fehlten die Flügel, und es war ebenfalls völlig verschmutzt. Auch sie war gefesselt. Eine Anzugsjacke bedeckte ihre Schultern, und sie blinzelte im hellen Licht.

Für einen winzigen Sekundenbruchteil begegneten sich unsere Blicke. Doch schon im nächsten Moment wurde sie weitergezerrt. Ihre Augen suchten die Menschenmenge ab, und ich wusste, nach wem sie Ausschau hielt. Zu meiner Linken sah ich Marlees Eltern, die fest aneinandergeklammert die gespenstische Szene beobachteten. Sie wirkten, als ob sie jeglichen Halt verloren hätten.

Ich schaute wieder zu Marlee und Officer Woodwork. Die Angst in ihren Gesichtern war unübersehbar, dennoch verriet ihre Haltung einen gewissen Stolz. Nur einmal, als Marlee über den Saum ihres Kleids stolperte, bekam diese Fassade einen Riss, und das blanke Entsetzen dahinter wurde sichtbar.

Nein. Nein, nein, nein, nein, nein.

Die Beiden wurden auf das Podest geführt, und ein Mann mit Maske ergriff nun das Wort. Die Menge verstummte.

Ganz offenbar hatte das hier – was immer es auch war – schon einmal stattgefunden, und die Leute wussten, wie sie sich zu verhalten hatten. Ich jedoch wusste es nicht. Ich zitterte, und wieder drehte sich mir der Magen um. Zum Glück hatte ich nichts gegessen.

»Marlee Tames«, rief der Mann, »Mitglied der Elite, Tochter Illeás, wurde letzte Nacht in einer intimen Situation mit diesem Mann überrascht – Carter Woodwork, einem Soldaten der königlichen Garde!«

Die Stimme des Anklägers triefte nur so vor Selbstgefälligkeit. Wieder buhte die Menge angesichts seiner Beschuldigungen.

»Miss Tames hat ihr Loyalitätsgelübde gegenüber Prinz Maxon gebrochen! Und Mr Woodwork hat sich durch seine Beziehung zu Miss Tames am Eigentum der königlichen Familie vergriffen! Diese Vergehen sind Verrat an der Königsfamilie!« Er schrie seine Anschuldigungen jetzt heraus in der Absicht, die Zustimmung der Menge zu erlangen. Und die Menschen kamen seiner Aufforderung nach.

Aber wie konnten sie nur? Wussten sie denn nicht, dass das hier Marlee war? Die süße, wunderhübsche, treuherzige, großzügige Marlee? Vielleicht hatte sie einen Fehler begangen, jedoch nichts, wofür sie solchen Hass verdiente.

Carter wurde von einem weiteren maskierten Mann an das A-förmige Gerüst gebunden. Dazu spreizte man seine Beine und brachte seine Arme in Position. Um seine Taille und seine Beine wurden gepolsterte Gurte gelegt, die so fest zugezogen wurden, dass es selbst von meinem Platz aus mehr als unbequem aussah. Marlee wurde dazu gezwungen, sich vor den großen Holzklotz zu knien. Ein Mann riss ihr das Jackett vom Rücken und fixierte ihre Hände mit nach oben geöffneten Handflächen in den Schlaufen.

Sie weinte.

»Ein solches Vergehen wird mit dem Tod bestraft! Aber in seiner großen Güte schenkt Prinz Maxon diesen beiden Verrätern das Leben. Lang lebe Prinz Maxon!«

Die Menge schloss sich dem Ausruf des Mannes an. Wenn ich bei klarem Verstand gewesen wäre, hätte ich gewusst, dass ich ebenfalls hätte einstimmen müssen. Oder zumindest applaudieren. Die Mädchen um mich herum taten es jedenfalls – und unsere Eltern auch, selbst wenn sie geschockt waren. Doch ich achtete gar nicht darauf. Ich sah nur die Gesichter von Marlee und Carter.

Man hatte uns mit Absicht die erste Reihe zugewiesen, um uns zu demonstrieren, was passieren würde, wenn wir solch einen dummen Fehler machten. Doch von meinem Platz aus, noch nicht einmal zehn Meter von dem Podest entfernt, konnte ich zugleich auch sehen und hören, was wirklich zählte.

Marlee sah zu Carter hinüber, und er erwiderte den Blick, wobei er sich fast den Hals verrenkte. Ihre Angst war unübersehbar, doch da war auch ein Ausdruck in ihren Augen, der ihm versicherte, dass er das alles wert war.

»Ich liebe dich, Marlee!«, rief er ihr zu. Durch den Lärm der Menge konnte man es kaum verstehen, ich aber hörte es. »Wir werden es schaffen. Alles wird gut werden, ich verspreche es.«

Vor lauter Angst bekam Marlee kein Wort heraus, doch sie nickte ihm zu.

»Marlee Tames und Carter Woodwork, Ihnen wird hiermit Ihre Kastenzugehörigkeit entzogen. Sie gehören jetzt zu den Niedrigsten der Niedrigen. Sie sind ab sofort Achter!«

Das Volk jubelte, was ich nicht nachvollziehen konnte. Gab es denn unter ihnen keine Achter, denen es nicht gefiel, so bezeichnet zu werden?

»Und damit Sie die gleiche Schande spüren und den gleichen Schmerz erleiden, den Sie Seiner Majestät zugefügt haben, werden Sie öffentlich mit fünfzehn Rutenschlägen bestraft. Mögen Ihre Narben Sie immer an Ihre zahlreichen Sünden erinnern!«

Rutenschläge? Was sollte das bedeuten?

Im selben Moment zogen die beiden maskierten Männer, die Carter und Marlee festgebunden hatten, lange Reisigbüschel aus einem Eimer mit Wasser und ließen sie ein paarmal hin- und hersausen, um sie zu testen. Ich hörte, wie die Zweige pfeifend die Luft durchschnitten. Die Menge beklatschte diese Aufwärmübungen mit der gleichen Begeisterung und Bewunderung, die sie eben noch bei der Elite an den Tag gelegt hatte.

In ein paar Sekunden würden Carters Rücken und Marlees zarte Hände für immer gezeichnet sein ...

»Nein!«, rief ich entsetzt. »Nein!«

»Ich glaube, mir wird schlecht«, flüsterte Natalie und Elise gab an der Schulter ihres Bewachers ein schwaches Stöhnen von sich. Doch der ganze Irrsinn ging einfach weiter.

Ich stand auf und stürzte in Richtung Maxons Platz, stolperte jedoch über die Beine meines Vaters.

»Maxon! Maxon, beende das!«

»Sie müssen sitzen bleiben, Miss«, sagte meine Wache und versuchte, mich zurück auf meinen Sitz zu drücken.

»Maxon, ich flehe dich an, bitte!«

»Bleiben Sie hier! Es ist zu gefährlich, Miss!«

»Lassen Sie mich los!«, fuhr ich den Wachmann an und trat ihn, so fest ich konnte. Doch sosehr ich mich auch wehrte, ich kam nicht los.

»America, bitte setz dich hin!«, drängte mich meine Mutter.

»Eins!«, rief der Mann auf dem Podest, und ich sah, wie die Rute im selben Augenblick auf Marlees Hände niedersauste. Ein mitleiderregendes Wimmern entfuhr ihr, es klang wie bei einem Hund, den man getreten hatte. »Maxon! Maxon!«, brüllte ich empört. »Beende das! Bitte beende das!«

Er hörte mich, ich wusste, dass er mich hörte. Ich sah, wie er langsam die Augen schloss und ein paarmal scharf schluckte – als ob er meine Stimme so aus seinem Kopf verbannen könnte.

»Zwei!«

Aus Marlees Schrei sprach die reine Qual. Sie musste unvorstellbare Schmerzen haben – und sie hatte noch dreizehn weitere Schläge vor sich.

»America, setz dich!«, befahl Mom. May saß zwischen ihr und Dad, das Gesicht vor Entsetzen verzerrt, ihre Schreie fast genauso schmerzgepeinigt wie die von Marlee.

»Drei!«

Ich blickte zu Marlees Eltern. Ihre Mutter vergrub ihren Kopf in den Händen, und ihr Vater hatte die Arme um seine Frau geschlungen, als könnte er sie auf diese Weise vor dem beschützen, was ihnen in diesem Augenblick widerfuhr.

»Lassen Sie mich los!«, schrie ich meinen Bewacher vergebens an. »MAXON!«, brüllte ich. Der Tränenschleier vor meinen Augen nahm mir die Sicht, doch ich konnte genug erkennen, um zu wissen, dass er mich gehört hatte.

Ich blickte verzweifelt zu den anderen Mädchen. Einige von ihnen schienen ebenfalls zu weinen. Elise saß vornübergebeugt da, hatte eine Hand gegen die Stirn gepresst und wirkte, als würde sie gleich ohnmächtig werden. Doch keine von ihnen schien empört zu sein. Warum bloß nicht?

»Fünf!«

Marlees Schreie würden mich den Rest meines Lebens verfolgen. Noch nie zuvor hatte ich etwas Ähnliches gehört. Genau wie das abscheuliche Echo der Menge, die johlte, als sei das Ganze reine Unterhaltung. Und Maxons Schweigen, das dies alles zuließ. Und das Weinen der Mädchen um mich herum, die es einfach hinnahmen.

Das Einzige, was mir so etwas wie Hoffnung einflößte, war Carters Verhalten. Obwohl er vor Schmerzen zitterte, gelang es ihm noch, ein paar tröstende Worte an Marlee zu richten.

»Es ist ... bald vorbei«, stieß er keuchend hervor.

»Sechs!«

»Ich liebe ... dich«, stammelte er.

Ich hielt es nicht mehr länger aus und versuchte meinen Bewacher zu kratzen, doch der dicke Stoff seiner Uniform schützte ihn, und er packte mich nur noch fester.

»Nehmen Sie die Hände von meiner Tochter!«, brüllte

Dad und zerrte an den Armen des Wachmanns. Das verschaffte mir ein wenig Raum, und ich wand mich so weit los, bis ich ihm gegenüberstand und ihm mit voller Wucht das Knie zwischen die Beine rammen konnte.

Der Mann stieß einen erstickten Schrei aus und stürzte rücklings zu Boden, wobei Dad seinen Sturz abfing.

Eingeschränkt wegen des Kleids und der hohen Schuhe sprang ich ungeschickt über das Geländer. »Marlee! Marlee!«, rief ich und lief, so schnell ich konnte. Fast hatte ich die Stufen zum Podest erreicht, als mich zwei Wachen einholten. Gegen sie konnte ich nichts mehr ausrichten.

Von meiner jetzigen Position aus hinter dem Podest sah ich, dass sie Carters Rücken entblößt hatten. Seine Haut war aufgeplatzt und hing bereits in Fetzen herunter. Blut tropfte auf seine Uniformhose. Den Zustand von Marlees Händen mochte ich mir gar nicht vorstellen.

Doch allein der Gedanke daran ließ mich noch hysterischer werden. Verzweifelt schrie ich und trat nach den Wachen, aber alle Anstrengungen führten nur dazu, dass ich einen meiner Schuhe verlor.

Während der maskierte Mann den nächsten Hieb ankündigte, wurde ich unsanft zurück zum Palast gezerrt. Ich wusste nicht, ob ich dankbar sein oder mich schämen sollte. Einerseits musste ich das Ganze jetzt nicht mehr mit ansehen, andererseits hatte ich das Gefühl, dass ich Marlee im schlimmsten Augenblick ihres Lebens im Stich gelassen hatte.

Wenn ich eine wahre Freundin gewesen wäre, hätte ich es dann nicht besser gemacht?

»Marlee!«, brüllte ich. »Marlee, es tut mir leid!« Doch die Menge tobte wie verrückt, und Marlee weinte so sehr, dass sie mich nicht hörte.

10

Während des gesamten Rückwegs schrie ich und versuchte um mich zu schlagen. Doch die Wachen hielten mich so fest umklammert, dass ich später lauter blaue Flecken haben würde.

»Wo ist ihr Zimmer?«, hörte ich einen von ihnen eine Dienerin fragen, die gerade den Gang entlangkam. Ich kannte sie nicht, aber sie wusste genau, wer ich war, und führte sie bis zu meiner Tür. Als meine Zofen öffneten, protestierten sie lauthals gegen die Art, wie ich behandelt wurde, jedoch ohne Erfolg.

»Beruhigen Sie sich, Miss. Das gehört sich nicht«, knurrte einer der Männer, als sie mich schließlich auf mein Bett warfen.

»Verlassen Sie verdammt nochmal mein Zimmer!«, brüllte ich.

Anne, Mary und Lucy eilten mir sogleich zu Hilfe. Mary versuchte den Dreck von meinem Kleid zu wischen, doch ich schlug ihre Hände weg. Sie hatten es gewusst. Sie hatten es gewusst, und sie hatten mich nicht gewarnt.

»Ihr auch!«, schrie ich sie an. »Ich will, dass ihr alle verschwindet! SOFORT!«

Bei diesen Worten schraken sie zurück, und das Zittern, das durch Lucys schmalen Körper ging, ließ mich das Gesagte fast bedauern. Aber ich musste jetzt allein sein.

»Es tut uns so leid, Miss«, sagte Anne und zog die anderen beiden von mir weg. Sie wussten, wie nah ich Marlee stand.

Marlee …

»Verschwindet einfach«, flüsterte ich, wandte mich ab und vergrub mein Gesicht in den Kissen.

Sobald die Tür ins Schloss gefallen war, streifte ich den verbliebenen Schuh ab und legte mich richtig ins Bett. Endlich fügten sich die vielen winzigen Details zu einem Ganzen zusammen. Das war also das Geheimnis, das Marlee aus Angst nicht mit mir geteilt hatte. Ihr lag nichts daran, im Palast zu bleiben, weil sie nicht in Maxon verliebt war, aber sie wollte auch nicht abreisen und damit von Carter getrennt sein.

Und plötzlich ergaben ein Dutzend Begebenheiten einen Sinn. Warum sie sich so häufig an bestimmten Stellen postierte oder in Richtung Tür starrte. Es ging immer um Carter. Als der König und die Königin von Swendway zu Besuch gewesen waren und sie nicht aus der Sonne gehen wollte – Carter. Er hatte auf Marlee gewartet, als ich vor der Toilette mit ihm zusammengestoßen war. Immer war er es gewesen, der still in der Nähe gestanden, sich vielleicht ab und zu einen Kuss gestohlen und auf den Zeitpunkt gewartet hatte, da sie wirklich zusammen sein konnten.

Wie sehr musste sie ihn lieben, um so leichtsinnig zu werden, um so viel zu riskieren?

Ich wusste, dass ein Vergehen wie dieses mit aller Härte bestraft wurde, doch dass es Marlee getroffen hatte und dass sie damit vom Hof verbannt war, das ging mir einfach nicht in den Kopf.

Ich meinen Schläfen pochte es. *Genauso gut hätte es mich erwischen können. Wenn Aspen und ich nicht so vorsichtig gewesen wären oder wenn gestern Abend jemand unser Gespräch auf der Tanzfläche belauscht hätte, hätten wir es sein können.*

Würde ich Marlee jemals wiedersehen? Wo würde man sie hinschicken? Würden ihre Eltern sie verstoßen? Ich hatte keine Ahnung, welcher Kaste Carter angehört hatte, bevor er durch die Einberufung zu einer Zwei wurde, aber ich nahm an, dass er eine Sieben gewesen war. Sieben war niedrig, aber immer noch um ein Vielfaches besser als Acht. Ich konnte es immer noch nicht fassen, dass Marlee nun eine Acht war.

Würde sie je wieder ihre Hände benutzen können? Wie lange brauchten solche Wunden, um zu heilen? Und was war mit Carter? Würde er irgendwann wieder in der Lage sein, aufrecht zu gehen?

Es hätte Aspen sein können, schoss es mir wieder durch den Kopf. *Ich hätte es sein können.*

Mir wurde schlecht. Einerseits verspürte ich eine ungeheure Erleichterung, dass es mich *nicht* getroffen hatte, andererseits waren meine Schuldgefühle über diese Erleichterung so übermächtig, dass ich kaum Luft bekam. Ich war ein schrecklicher Mensch, eine schreckliche Freundin, und ich schämte mich unendlich.

Den Rest des Vormittags und die meiste Zeit des Nachmittags lag ich eingerollt in meinem Bett. Meine Zofen brachten mir das Mittagessen, aber ich rührte es nicht an. Dankenswerterweise bestanden sie nicht darauf, bei mir zu bleiben, und ließen mich mit meinem Kummer allein.

Es gelang mir einfach nicht, mich zusammenzureißen. Je länger ich darüber nachdachte, was passiert war, desto grässlicher fühlte ich mich. Und ich bekam Marlees Schreie einfach nicht mehr aus meinem Kopf.

Von der Tür kam ein zögerliches Klopfen. Ich hatte das Gefühl, mich nicht bewegen zu können, und rührte mich nicht vom Fleck. Nach einer kleinen Weile trat Maxon ein.

»America?«, sagte er leise.

Ich antwortete nicht.

Er schloss die Tür, durchquerte das Zimmer und stellte sich neben mein Bett.

»America, es tut mir leid, aber ich hatte keine Wahl.«

Ich lag still da, unfähig zu sprechen.

»Sonst wären sie getötet worden. Die Kameraleute haben sie gestern Abend entdeckt und das Filmmaterial ohne unser Wissen weitergegeben.«

Eine Weile lang schwieg er, vielleicht dachte er, wenn er nur lang genug dastehen würde, würde ich einlenken.

Schließlich kniete er neben meinem Bett nieder. »America? Kannst du mich bitte ansehen, Liebling?«

Bei der Nennung des Kosenamens krampfte sich alles in mir zusammen, und ich vermied es, ihn anzusehen.

»Ich musste so entscheiden, America. Ich *musste.*«

»Wie konntest du einfach nur dasitzen?«, entgegnete

ich empört. Meine Stimme klang fremd. »Warum hast du nichts getan?«

»Ich habe dir schon einmal gesagt, dass es in meiner Position nötig ist, nach außen hin gelassen zu wirken, selbst wenn ich es nicht bin. Das ist etwas, das ich als Prinz dieses Landes beherrschen muss. Und glaub mir, du wirst es auch beherrschen.«

Ich zog die Augenbrauen hoch. Er dachte doch wohl nicht, dass ich das jetzt noch immer wollte? Offenbar doch. Als er meinen Gesichtsausdruck schließlich richtig deutete, wirkte er ziemlich geschockt.

»America, ich weiß, du bist außer dir, aber bitte hör mich an. Ich habe dir gesagt dass du die Einzige für mich bist. Bitte gib uns jetzt nicht auf.«

»Maxon, es tut mir leid, aber ich glaube nicht, dass ich das kann. Ich könnte nie tatenlos danebenstehen und zusehen, wie Menschen so etwas angetan wird – in dem Wissen, dass sie auf meinen Befehl hin in diese Lage gebracht wurden. Ich kann einfach keine Prinzessin sein.«

Er sog stockend den Atem ein, was wahrscheinlich die aufrichtigste Regung von Traurigkeit war, die ich je an ihm erlebt hatte. »America, du begründest den Rest deines Lebens auf diesen fünf Minuten. Solche Dinge passieren sehr selten. Du würdest so etwas nicht tun müssen.«

Ich setzte mich auf, in der Hoffnung, einen klaren Kopf zu bekommen. »Es ist nur so ... Ich kann im Moment gar nichts mehr denken.«

»Dann tu es auch nicht. Fälle keine Entscheidung über uns beide, wenn du so unglücklich bist.«

»Bitte«, flüsterte er eindringlich. Die Verzweiflung in seiner Stimme brachte mich schließlich dazu, ihn anzublicken. »Du hast versprochen, dass du bei mir bleibst. Gib nicht auf, nicht so. Bitte.«

Ich atmete langsam aus und nickte.

Seine Erleichterung war fast greifbar. »Danke.«

Maxon griff nach meiner Hand wie nach einem Rettungsanker. Es fühlte sich ganz anders an als gestern.

»Ich weiß, dass du wegen deiner künftigen Position zögerst«, fing er an. »Ich wusste die ganze Zeit, dass es dir schwerfallen würde, dieses Amt anzunehmen. Und bestimmt macht es dir dieses Erlebnis noch schwerer. Aber ... was ist mit mir? Bist du dir deiner Gefühle für mich nun auch nicht mehr sicher?«

Ich druckste herum, weil ich nicht wusste, was ich sagen sollte. »Versteh mich doch, momentan kann ich einfach nicht klar denken.«

»Oh. Natürlich.« Seine tiefe Niedergeschlagenheit war unübersehbar. »Ich lasse dich jetzt allein. Aber wir sprechen uns bald wieder.«

Er beugte sich vor, als ob er mich küssen wollte. Doch ich senkte den Kopf, und er räusperte sich. »Auf Wiedersehen, America.« Dann verschwand er.

Vielleicht vergingen Minuten, vielleicht auch Stunden, bis meine Zofen hereinkamen und mich völlig aufgelöst vorfanden.

»Ach, Miss!«, rief Mary und kam auf mich zu, um mich zu umarmen. »Kommen Sie, wir bereiten Sie für die Nacht vor.« Lucy und Anne machten sich an den Knöpfen meines Kleids zu schaffen, während Mary mein Gesicht säuberte und mein Haar glättete.

Alle drei saßen um mich herum und trösteten mich, während ich weinte. Ich wollte ihnen erklären, dass es um mehr als nur um Marlee ging, dass da auch dieser unbändige Schmerz wegen Maxon war. Doch ich fand es zu beschämend, zuzugeben, wie viel er mir bedeutete und wie sehr ich mich in ihm getäuscht hatte.

Als ich nach meinen Eltern fragte und Anne mir mitteilte, alle Familien seien eilig nach Hause gebracht worden, fing mein Herz wie wild an zu rasen. Ich hatte mich noch nicht einmal von ihnen verabschieden können.

Anne strich mir besänftigend übers Haar. Mary saß zu meinen Füßen und rieb mir tröstend die Beine. Und Lucy hatte einfach die Hände auf ihr Herz gelegt, als ob sie alle Gefühle mit mir teilen wollte.

»Danke«, flüsterte ich zwischen meinen Schluchzern. »Und es tut mir leid wegen vorhin.«

»Es gibt nichts, wofür Sie sich entschuldigen müssten, Miss«, versicherte Anne.

Ich wollte sie gerade berichtigen, weil ich mit der Art, wie ich sie behandelt hatte, ganz sicher eine Grenze überschritten hatte, als es wieder an der Tür klopfte. Ich überlegte, wie ich Maxons Besuch höflich ablehnen konnte, doch da war Lucy schon aufgesprungen und hatte die Tür geöffnet. Im nächsten Moment erschien Aspens Gesicht im Türrahmen.

»Bitte entschuldigen Sie die Störung, meine Damen,

aber ich habe das Weinen gehört und wollte mich nur vergewissern, ob es Ihnen gutgeht«, sagte er.

Er kam direkt auf mein Bett zu, was angesichts dessen, was wir an diesem Tag erlebt hatten, ausgesprochen kühn war.

»Lady America, es tut mir sehr leid wegen Ihrer Freundin. Wenn Sie irgendetwas brauchen, ich bin in Ihrer Nähe.« Der Blick in Aspens Augen besagte, dass er bereit war, jegliches in seiner Macht stehende Opfer zu bringen, damit es mir besser ging.

Was war ich doch für eine Idiotin gewesen. Um ein Haar hätte ich den einzigen Menschen auf der Welt ziehen lassen, der mich wirklich kannte, der mich wirklich liebte. Aspen und ich hatten von einem gemeinsamen Leben geträumt, und das Casting hätte dies beinahe zerstört. Aspen war mein Zuhause. Bei ihm war ich sicher.

»Danke«, antwortete ich leise. »Ihre Freundlichkeit bedeutet mir viel.«

Aspen schenkte mir ein fast unmerkliches Lächeln. Ich sah, dass er gerne geblieben wäre, und ich wünschte mir das Gleiche. Doch wegen meiner Zofen, die unermüdlich im Zimmer herumschwirrten, war das unmöglich. Plötzlich fiel mir wieder ein, wie ich neulich gedacht hatte, dass Aspen immer für mich da sein würde. Und dieser Gedanke hatte sich voll und ganz bewahrheitet.

11

Hallo Kätzchen,

es tut mir sehr leid, dass wir Dir nicht einmal Auf Wiedersehen sagen konnten. Der König schien der Ansicht zu sein, es sei das Beste für die Familien, so schnell wie möglich abzureisen. Ich schwöre, ich habe versucht, zu Dir zu gelangen. Aber es hat nicht geklappt.
Du sollst wissen, dass wir gut zu Hause angekommen sind. Der König hat erlaubt, dass wir die uns zur Verfügung gestellte Kleidung behalten, und May verbringt jeden freien Moment in ihren Sachen. Insgeheim hofft sie wohl darauf, nicht mehr zu wachsen, damit sie ihr Ballkleid auf ihrer Hochzeit tragen kann. Ich bin mir nicht sicher, ob ich der Königsfamilie jemals verzeihen kann, dass zwei meiner Kinder das alles miterleben mussten. Aber Du weißt ja, wie robust May ist. Du bist es, um die ich mir weit mehr Sorgen mache. Schreib uns bald.
Vielleicht ist es nicht richtig, wenn ich das sage, aber ich möchte, dass Du eins weißt: Als Du zu dem Podest gerannt bist, war ich so stolz auf Dich wie noch nie zuvor

in meinem Leben. Du warst schon immer schön, Du warst immer talentiert. Aber jetzt weiß ich, dass auch Dein moralischer Kompass perfekt funktioniert, dass Du klar erkennen kannst, wenn etwas falsch ist, und dass Du alles in Deiner Macht Stehende tust, um dagegen vorzugehen. Als Vater kann ich gar nicht mehr von Dir verlangen.
Ich liebe Dich, America. Und ich bin unglaublich stolz auf Dich.

Dad

Wie kam es nur, dass Dad immer die richtigen Worte fand? Wie Sterne in der Nacht spendeten sie Trost und gaben Orientierung in diesen dunklen Stunden.
Den Mitgliedern der Elite wurde die Möglichkeit eingeräumt, das Frühstück auf dem Zimmer einzunehmen, und ich machte von dem Angebot Gebrauch. Nach den jüngsten Ereignissen war ich noch nicht bereit, Maxon zu sehen. Am Nachmittag war ich zumindest so weit wiederhergestellt, dass ich beschloss, für eine Weile in den Damensalon hinunterzugehen. Nicht zuletzt gab es dort einen Fernseher, und ich konnte ein bisschen Ablenkung vertragen.

Die Mädchen schienen überrascht, mich zu sehen, was aber zu erwarten war. Ich neigte ohnehin dazu, mich immer mal wieder zurückzuziehen, und es gab wohl kaum ein passenderen Moment, das zu tun, als jetzt. Celeste lag auf einer Couch und blätterte in einer Zeitschrift. In Illeá gab es keine Zeitungen, wie ich es von anderen Ländern gehört hatte. Wir hatten den *Bericht aus dem Capitol*. Zeitschriften kamen gedruckten Nachrichten noch am nächsten, aber Leute wie ich konnten sie sich nicht leisten. Celeste schien jedoch immer eine zur Hand zu haben, und aus irgendeinem Grund ärgerte mich das heute.

Kriss und Elise saßen an einem Tisch und tranken Tee, während Natalie im Hintergrund stand und aus dem Fenster blickte.

»Ach, sieh mal an«, sagte Celeste gedankenverloren, »wieder eine Werbekampagne mit mir.«

Celeste war Model. Der Gedanke, dass sie sich ihre eigenen Fotos ansah, nervte mich einmal mehr.

»Lady America?«, rief jemand. Ich wandte mich um und entdeckte die Königin und einige ihrer Begleiterinnen in einer Ecke des Raums. Es sah aus, als sitze sie an einer Handarbeit.

Ich knickste, und sie winkte mich zu sich heran. Als ich an mein gestriges Verhalten dachte, zog sich alles in mir zusammen. Ich hatte nie beabsichtigt, sie damit zu beleidigen, und plötzlich hatte ich Angst, dass ich genau das getan hatte. Ich spürte die Blicke der anderen Mädchen auf mir. Die Königin sprach uns gewöhnlich als Gruppe an. Nur selten wandte sie sich direkt an eine von uns.

Ich näherte mich und knickste noch einmal. »Eure Majestät.«

»Bitte setzen Sie sich, Lady America«, sagte sie freundlich und deutete auf einen freien Stuhl ihr gegenüber.

Nervös gehorchte ich.

»Sie waren gestern ziemlich aufgebracht«, eröffnete sie das Gespräch.

Ich schluckte. »Ja, Eure Majestät.«

»Standen Sie dem Mädchen sehr nahe?«

Ich versuchte meinen Kummer zurückzudrängen. »Ja, Eure Majestät.«

Sie seufzte. »Trotzdem. Eine Dame sollte sich nicht so benehmen. Die Kameras waren zwar auf das eigentliche Geschehen gerichtet, deshalb haben sie Ihr Verhalten nicht aufgezeichnet. Dennoch ziemt es sich nicht, so um sich zu schlagen.«

Das war nicht die Kritik einer Königin. Das war der Tadel einer Mutter, was es tausendmal schlimmer machte. Es war, als ob sie sich für mich verantwortlich fühlte und ich sie enttäuscht hatte.

Ich senkte den Kopf. Zum ersten Mal bereute ich mein Verhalten wirklich.

Königin Amberly streckte die Hand aus und legte sie auf mein Knie. Ich blickte hoch, überrascht von dieser vertraulichen Geste.

»Nichtsdestotrotz«, flüsterte sie, »bin ich froh, dass Sie es getan haben.« Sie lächelte mich an.

»Sie war meine beste Freundin.«

»Das ist ja nicht vorbei, nur weil sie nicht mehr hier ist, Liebes.« Freundlich tätschelte sie mein Bein.

Es war genau das, was ich jetzt brauchte – mütterliche Zuwendung. Tränen traten mir in die Augen. »Ich weiß nicht, was ich tun soll«, flüsterte ich. Fast hätte ich an Ort und Stelle alle meine Gefühle vor ihr ausgebreitet, doch ich war mir bewusst, dass die anderen Mädchen mich mit Argusaugen beobachteten.

»Ich habe es mir verboten, mich einzumischen«, erklärte die Königin und seufzte. »Doch selbst wenn ich es wollte, bin ich nicht sicher, ob man mich anhören würde.«

Sie hatte recht. Wie konnten Worte das, was passiert war, ungeschehen machen?

Die Königin beugte sich zu mir. »Seien Sie trotzdem nachsichtig mit ihm«, sagte sie sanft.

Ich wusste, sie meinte es nur gut, aber ich wollte im Moment wirklich nicht über ihren Sohn sprechen. Ich nickte und stand auf. Sie lächelte mich nochmals freundlich an und bedeutete mir, dass ich entlassen war. Ich ging hinüber zu Elise und Kriss und setzte mich zu ihnen.

»Wie geht es dir?«, fragte Elise teilnahmsvoll.

»Gut. Marlee ist es, um die ich mir Sorgen mache.«

»Wenigstens sind die beiden zusammen. Solange sie einander haben, werden sie es schon schaffen«, bemerkte Kriss.

»Woher weißt du, dass Marlee und Carter zusammen sind?«

»Maxon hat es mir erzählt«, erwiderte sie, als ob es allgemein bekannt wäre.

»Aha«, sagte ich, und die Enttäuschung war mir deutlich anzumerken.

»Ich kann nicht glauben, dass Maxon es ausgerechnet dir nicht gesagt hat. Marlee und du, ihr wart doch so eng befreundet«, fuhr Kriss fort. »Außerdem bist du doch seine Favoritin, oder?«

Ich blickte erst Kriss und dann Elise an. Beide sahen besorgt, aber auch eine Spur erleichtert aus.

Celeste lachte. »Anscheinend ist sie das nicht länger«,

murmelte sie, wobei sie noch nicht mal von ihrer Zeitschrift aufblickte. Offensichtlich war mein Absturz nur eine Frage der Zeit.

Ich lenkte das Gespräch wieder auf Marlee. »Ich kann immer noch nicht fassen, dass Maxon ihr das angetan hat. Ich fand es unerträglich, wie ruhig er geblieben ist.«

»Aber was sie gemacht hat, war falsch«, ergriff Natalie das Wort. Ihr Ton war nicht verurteilend, sondern vermittelte eine stille Akzeptanz, als ob sie bestimmten Richtlinien des Palastes folgte.

»Er hätte sie töten lassen können«, mischte sich nun auch Elise ein. »In einem solchen Fall ist das Gesetz voll auf seiner Seite. Aber er hat sich gnädig gezeigt.«

»Gnädig?«, spottete ich. »Dass einem in aller Öffentlichkeit die Haut in Fetzen geprügelt wird, nennst du gnädig?«

»Ja, wenn man die Alternative berücksichtigt«, fuhr sie fort. »Ich wette, wenn wir Marlee fragen könnten, würde sie die Schläge dem Tod vorziehen.«

»Elise hat recht«, bemerkte Kriss. »Es stimmt, es war absolut furchtbar, aber ich würde auch lieber das ertragen, als zu sterben.«

»Ach komm«, höhnte ich, und meine angestaute Wut brach sich Bahn. »Du bist eine Drei. Jeder weiß, dass dein Vater ein berühmter Professor ist und du dein ganzes Leben sehr komfortabel in Bibliotheken verbracht hast. Du hättest diese Schläge niemals ertragen, ganz zu schweigen von einem Leben als Acht. Du würdest doch darum betteln, sterben zu dürfen.«

Kriss funkelte mich wütend an. »Tu nicht so, als ob du wüsstest, was ich ertragen kann und was nicht. Nur weil du eine Fünf bist, denkst du wohl, du bist die Einzige, die jemals in ihrem Leben leiden musste!«

»Nein, aber ich bin mir sicher, ich habe weitaus schlimmere Dinge erlebt als du«, sagte ich und meine Stimme wurde schrill vor Zorn. »*Ich* könnte jedenfalls nicht das ertragen, was Marlee erduldet hat. Deshalb bezweifle ich, dass du es könntest.«

»Ich bin tapferer, als du denkst, America. Du hast keine Ahnung, was ich all die Jahre für Opfer gebracht habe. Und wenn ich einen Fehler gemacht habe, dann trage ich auch die Konsequenzen.«

»Warum gibt es diese Konsequenzen überhaupt?«, warf ich trotzig ein. »Maxon betont ständig, welche Bürde das ganze Casting für ihn ist, wie schwer es ihm fällt, eine Entscheidung zu treffen. Und dann verliebt sich eine von uns in jemand anderen. Sollte er ihr nicht vielmehr dankbar sein, dass sie ihm die Entscheidung leichter gemacht hat?«

Natalie, die die ganze Diskussion offenbar zu sehr stresste, versuchte uns abzulenken. »Ich habe übrigens gestern etwas Interessantes gehört!«

Doch Kriss schnitt ihr das Wort ab. »Aber das Gesetz ...«

»Ich finde, America hat damit nicht ganz unrecht«, konterte Elise schnell, und im nächsten Augenblick brach die wohlgeordnete Konversation zusammen, und ein heftiger Streit entbrannte.

Wir fielen uns gegenseitig ins Wort, versuchten mit aller Leidenschaft unsere Standpunkte zu verteidigen und zu begründen, warum wir glaubten, dass das, was passiert war, richtig oder falsch war. Es war eine Premiere, doch eigentlich ein Umstand, den ich von Anfang an erwartet hatte. Bei so vielen Mädchen, die miteinander wetteiferten, war es unvermeidlich, dass wir irgendwann in Streit gerieten.

Und dann, inmitten unserer hitzigen Debatte, murmelte Celeste mit abwesender Stimme über ihrer Zeitschrift: »Sie hat bekommen, was sie verdient, diese Hure.«

Das folgende Schweigen war mindestens genauso aufgeladen wie unser Streit. Gerade noch rechtzeitig warf Celeste einen Blick über die Schulter und sah, wie ich mich auf sie stürzte. Sie schrie, als ich gegen sie prallte und uns beide in ein Kaffeetischchen riss. Ich hörte, wie eine Teetasse auf dem Boden zerschellte.

Mitten im Sprung hatte ich die Augen geschlossen, und als ich sie wieder öffnete, lag Celeste unter mir und versuchte meine Handgelenke zu packen. Ich holte mit dem rechten Arm aus und schlug sie, so fest ich konnte, ins Gesicht. Das Brennen in meiner Hand überwältigte mich fast, doch das schallende Geräusch war es das wert.

Sie heulte los und versuchte mich zu kratzen. Und zum ersten Mal bedauerte ich, dass ich mir die Nägel nicht so lang wachsen ließ wie die anderen Mädchen. Sie verpasste mir ein paar Kratzer am Arm, was mich nur noch wütender machte, und reflexartig schlug ich noch einmal zu. Diesmal platzte ihre Lippe auf. Als Reaktion griff sie nach der Untertasse ihres Teegeschirrs und knallte sie mir seitlich gegen den Kopf.

Aus dem Gleichgewicht gebracht wollte ich sie wieder packen, doch im selben Augenblick riss man uns auseinander. Vor lauter Wut hatte ich nicht einmal bemerkt, dass jemand die Wachen gerufen hatte.

»Habt ihr gesehen, was sie mir angetan hat?«, kreischte Celeste aufgebracht.

»Ach, halt den Mund!«, brüllte ich. »Und sprich nie wieder so über Marlee!«

»Sie ist verrückt geworden! Rastet hier total aus. Habt ihr gesehen, was sie getan hat?«

»Lassen Sie mich los!«, sagte ich und setzte mich gegen die Wachen zur Wehr.

»Du bist ja völlig durchgeknallt! Das werde ich sofort Maxon erzählen. Dann kannst du dich schon mal vom Palast verabschieden!«, drohte sie.

»Keine von Ihnen wird sich jetzt mit Maxon treffen«, sagte die Königin streng. Sie blickte erst Celeste und dann mich an. Ihre Enttäuschung war offenkundig. Ich senkte den Kopf. »Stattdessen werden Sie sich sofort in den Krankenflügel begeben.«

Der Krankenflügel war ein langer weißer Gang mit Betten zu beiden Seiten. Zwischen den Betten waren Vorhänge angebracht, die man zum Schutz der Privatsphäre zuziehen konnte. Ferner standen dort Schränke mit medizinischem Zubehör.

Klugerweise hatte man Celeste und mich an den jeweiligen Enden des Gangs untergebracht, Celeste lag nahe dem Eingang und ich ganz hinten in der Nähe eines Fensters. Celeste hatte den Vorhang sofort zugezogen, damit sie mich nicht mehr sehen musste. Ich konnte es ihr nicht einmal verübeln. Ich war immer noch überaus zufrieden mit mir. Selbst als die Krankenschwester die Wunde knapp hinter meinem Haaransatz versorgte, wo Celeste mich getroffen hatte, verzog ich keine Miene.

»Jetzt drücken Sie die Eispackung da drauf, damit es nicht so anschwillt«, riet sie mir.

Die Krankenschwester blickte den Gang hinauf und hinunter, um sich zu vergewissern, dass uns niemand hören konnte. »Gut gemacht«, wisperte sie. »Alle haben nur darauf gewartet, dass endlich so etwas passiert.«

»Tatsächlich?«, flüsterte ich und konnte mir das Grinsen nicht verkneifen.

»Ich habe unzählige Horrorgeschichten über sie gehört«, sagte die Schwester und nickte mit dem Kopf in Richtung Celestes Bettvorhang.

»Horrorgeschichten?«

»Nun, sie hat zum Beispiel das Mädchen, das sie geschlagen hat, provoziert.«

»Anna? Woher wissen Sie das?«

»Maxon ist ein guter Mensch«, sagte sie. »Er hat dafür gesorgt, dass sie vor ihrer Abreise hier noch mal untersucht wurde. Sie hat uns erzählt, was Celeste über ihre Eltern gesagt hat. Es war so widerwärtig, dass ich es nicht wiedergeben kann.«

»Die arme Anna. Ich wusste, dass es so etwas gewesen sein musste.«

»Dann kam eins der Mädchen mit blutenden Füßen zu

uns, nachdem jemand nachts heimlich Glasscherben in ihre Schuhe getan hatte. Wir können nicht beweisen, dass es Celeste war, aber wer sonst sollte so etwas Gemeines tun?«

Ich schnappte nach Luft. »Davon wusste ich nichts.«

»Das Mädchen hatte Angst, dass ihr noch Schlimmeres passieren würde. Also hat sie wohl beschlossen, den Mund zu halten. Außerdem schlägt Celeste ihre Zofen. Zwar nur mit den Händen, trotzdem kommen sie ab und zu her und bitten um Eis.«

»Oh nein!« Alle Zofen, denen ich bisher begegnet war, waren nette Mädchen. Ich konnte mir nicht vorstellen, dass eine von ihnen etwas tun könnte, was Schläge provozierte, schon gar nicht regelmäßig.

»Es genügt wohl zu sagen, dass Ihre ›Eskapaden‹ hier bereits die Runde gemacht haben. Für uns sind Sie jedenfalls eine Heldin«, sagte die Krankenschwester mit einem Augenzwinkern.

Ich fühlte mich aber nicht wie eine Heldin.

»Moment mal. Sie sagten, Maxon hätte dafür gesorgt, dass Anna noch einmal untersucht wurde, bevor er sie nach Hause geschickt hat?«

»Ja, Miss. Er ist sehr darum bemüht, dass man sich gut um alle Mitglieder der Elite kümmert.«

»Was ist mit Marlee? War sie auch hier? In welchem Zustand war sie, als sie abgereist ist?«

Doch bevor die Krankenschwester antworten konnte, drang Celestes Kleinmädchenstimme durch den Raum.

»Maxon, Liebster!«, rief sie theatralisch, als er durch die Tür trat.

Für einen kurzen Augenblick trafen sich unsere Blicke, dann ging er zu Celestes Bett. Die Krankenschwester marschierte davon und ließ mich mit der Frage, ob sie Marlee nun gesehen hatte oder nicht, allein zurück.

Celestes weinerliche Stimme reizte mich mehr, als ich ertragen konnte. Ich hörte, wie Maxon Mitleidsbekundungen murmelte und das »arme Ding« auch noch tröstete, dann befreite er sich von ihr, kam um den Vorhang herum und richtete seine Augen auf mich. Er wirkte erschöpft, als er den Gang entlangkam.

»Du kannst von Glück sagen, dass mein Vater alle Kameras aus dem Palast verbannt hat, sonst wäre jetzt der Teufel los.« Verzweifelt fuhr er sich mit der Hand durchs Haar. »Wie soll ich das bloß erklären, America?«

»Dann wirst du mich also rauswerfen?« Während ich auf seine Antwort wartete, zupfte ich nervös an meinem Kleid herum.

»Natürlich nicht.«

»Und was ist mit ihr?«, fragte ich und deutete mit dem Kopf auf Celestes Bett.

»Auch nicht. Der gestrige Tag hat euch alle aufgewühlt, und ich kann euch keinen Vorwurf machen. Ich bin zwar nicht sicher, ob mein Vater das als Entschuldigung akzeptiert, aber so werde ich es ihm versuchen zu erklären.«

Ich schwieg. »Vielleicht solltest du ihm sagen, dass es meine Schuld war. Vielleicht solltest du mich einfach nach Hause schicken.«

»Du reagierst über, America.«

»Nein, Maxon.« Ich spürte den Kloß in meinem Hals

und konnte kaum weitersprechen. »Ich wusste von Anfang an, dass ich nicht die nötigen Voraussetzungen für dieses Amt mitbringe. Ich dachte, ich könnte mich ändern oder es irgendwie anders hinkriegen. Aber ich kann nicht länger hierbleiben. Ich kann nicht.«

Maxon setzte sich auf meine Bettkante. »America, du hasst das Casting und bist wegen der Sache mit Marlee völlig außer dir. Doch ich weiß, dass ich dir zu viel bedeute, als dass du mich in dieser Situation jetzt einfach im Stich lässt.«

Ich ergriff seine Hand. »Aber du bedeutest mir auch genug, um dir zu sagen, dass du einen Fehler gemacht hast.«

Ich sah den Schmerz in Maxons Gesicht, und er drückte meine Hand noch fester, als ob er mich so für immer bei sich behalten könnte. Zögernd beugte er sich vor und flüsterte: »Es ist nicht immer so schwer. Und das würde ich dir gern zeigen. Doch du musst mir Zeit lassen. Ich kann dir beweisen, dass es auch gute Seiten gibt, aber dafür musst du Geduld haben.«

Ich holte tief Luft und wollte ihm gerade widersprechen, doch er kam mir zuvor.

»Seit Wochen bittest du mich um Zeit, America, und ich habe sie dir ohne Zögern gewährt, weil ich dir vertraut habe. Jetzt bitte ich *dich* um ein wenig Vertrauen.«

Ich hatte keine Ahnung, was Maxon anführen wollte, damit ich meine Meinung änderte. Aber wie konnte ich ihm nicht mehr Zeit einräumen, wenn er sie mir zuvor immer gewährt hatte?

Ich seufzte. »Na schön.«

»Ich danke dir.« Die Erleichterung in seiner Stimme war deutlich herauszuhören. »Ich muss jetzt zurück, aber ich werde dich bald wieder besuchen.«

Ich nickte. Maxon stand auf und ging, blieb allerdings noch kurz bei Celeste stehen und verabschiedete sich von ihr. Ich sah ihm nachdenklich nach und fragte mich, ob ich gut beraten war, ihm zu vertrauen.

12

Da Celeste und ich nur geringfügig verletzt waren, wurden wir bereits nach einer Stunde zurück auf unsere Zimmer geschickt. Zum Glück entließ man uns ein wenig zeitversetzt, so dass wir nicht zusammen gehen mussten.

Als ich oben auf dem Treppenabsatz um die Ecke bog, sah ich eine Wache auf mich zukommen. Aspen. Obwohl er durch das viele Training muskulöser geworden war, erkannte ich ihn sofort an seinem Gang und seiner Silhouette, die wie tausend andere Dinge tief in meinem Herzen verankert waren.

Im Näherkommen hielt er kurz inne und machte eine kleine Verbeugung.

»Das Glas«, flüsterte er, richtete sich wieder auf und ging weiter.

Verwirrt blieb ich einen Moment stehen, dann verstand ich, was er meinte. Eilig schritt ich den Gang entlang und unterdrückte den Wunsch zu rennen.

Als ich meine Zimmertür öffnete, stellte ich sowohl erleichtert als auch überrascht fest, dass meine Zofen nicht da waren. Also ging ich schnurstracks hinüber zu dem Glas auf dem Tischchen neben meinem Bett und sah, dass der

Penny Gesellschaft bekommen hatte. Ich hob den Deckel ab und zog ein gefaltetes Stück Papier heraus. Wie schlau von Aspen. Meine Zofen hätten es wahrscheinlich gar nicht bemerkt. Und selbst wenn, hätten sie nie auf solche Weise meine Privatsphäre verletzt.

Neugierig faltete ich das Papier auseinander und studierte die Liste klarer Anweisungen. Wie es schien, hatten Aspen und ich heute Abend eine Verabredung.

Aspen hatte alles ganz genau geplant. Über einen Umweg gelangte ich ins Erdgeschoss, wo ich nach der Tür neben der anderthalb Meter hohen Vase Ausschau halten sollte. Von früheren Spaziergängen durch den Palast erinnerte ich mich an diese Vase. Welche Blume brauchte wohl ein so großes Gefäß?

Ich fand die Tür und vergewisserte mich mehrmals, dass mir niemand gefolgt war. Mir selbst wäre es nie gelungen, mich so erfolgreich der Aufsicht der Wachen zu entziehen. Nicht eine von ihnen war zu entdecken. Langsam öffnete ich die Tür und betrat das dahinter liegende Zimmer. Der Mond schien durchs Fenster und spendete ein spärliches Licht.

»Aspen?«, flüsterte ich, wobei ich gleichzeitig Angst hatte und mir blöd vorkam.

»Wie in alten Zeiten, was?«, ertönte seine Stimme, obwohl ich ihn nicht sehen konnte.

»Wo bist du?« Ich kniff die Augen zusammen. Dann bewegte sich der schwere Vorhang am Fenster, und Aspen kam zum Vorschein.

»Himmel, hast du mich erschreckt!«, beschwerte ich mich scherzhaft.

»Das wäre nicht das erste Mal und wird auch nicht das letzte Mal sein, hoffe ich.« Am Klang seiner Stimme merkte ich, dass er grinste.

Ich ging zu ihm hinüber, wobei ich auf dem Weg gegen jedes einzelne Hindernis stieß.

»Pssst!«, zischte er mich an. »Wenn du weiterhin alles umstößt, wird bald der ganze Palast wissen, dass wir hier sind.«

»Tut mir leid«, sagte ich und lachte leise. »Können wir denn nicht das Licht einschalten?«

»Nein. Wenn jemand den Lichtschein durch den Türschlitz sieht, könnte man uns entdecken. Dieser Gang wird zwar kaum bewacht, aber ich möchte lieber kein Risiko eingehen.«

»Woher kennst du dieses Zimmer überhaupt?« Ich streckte die Hand aus und bekam endlich Aspens Arme zu fassen. Er zog mich an sich und führte mich dann in die rückwärtige Ecke des Raums.

»Ich bin schließlich eine Palastwache«, sagte er. »Und ich mache meinen Job sehr gut. Ich kenne das gesamte Palastgelände in- und auswendig. Jeden noch so kleinen Winkel, alle Verstecke und die meisten der verborgenen Zimmer und Schutzräume. Außerdem kenne ich zufälligerweise den Turnus des Wachwechsels, weiß, welche Bereiche gewöhnlich am wenigsten bewacht werden und wann die Wachmannschaft am schwächsten besetzt ist. Falls du also jemals unbemerkt im Palast herumschleichen möchtest, dann bin ich genau der richtige Mann.«

»Nicht zu fassen«, murmelte ich. Wir saßen hinter der breiten Rückenlehne eines Sofas, ein Fleck hellen Mondlichts bedeckte den Boden. Endlich konnte ich auch Aspens Gesicht sehen.

»Bist du dir sicher, dass uns hier niemand entdeckt?« Falls er irgendwelche Zweifel hatte, würde ich noch in dieser Sekunde davonrennen. Uns beiden zuliebe.

»Vertrau mir, Mer. Es müssten schon eine Menge außergewöhnlicher Dinge zusammenkommen, damit uns jemand findet. Wir sind hier absolut sicher.«

Ich machte mir immer noch Sorgen, hatte Trost jedoch so bitter nötig, dass ich ihm nicht widersprach.

Er legte einen Arm um mich und zog mich nah an sich heran. »Wie geht es dir?«

Ich seufzte. »Na ja. Ich bin traurig und wütend. Die meiste Zeit aber wünsche ich mir, ich könnte die letzten beiden Tage ungeschehen machen und Marlee zurückbekommen. Und auch Carter, dabei kenne ich ihn überhaupt nicht.«

»Ich schon«, murmelte Aspen. »Er ist ein großartiger Mensch. Ich habe gehört, er hat Marlee die ganze Zeit über gesagt, dass er sie liebt, und versucht, ihr dabei zu helfen, die Schläge besser zu ertragen.«

»Das hat er«, bestätigte ich. »Zumindest am Anfang. Man hat mich ja mittendrin weggezerrt.«

Aspen küsste mich auf den Kopf. »Ja, davon habe ich auch gehört. Und ich bin stolz, dass du protestiert hast. Das ist ganz mein Mädchen.«

»Mein Vater war auch stolz. Die Königin hingegen war der Meinung, ich hätte mich nicht so aufführen dürfen. Trotzdem war sie froh, dass ich es getan habe. Das ist alles ziemlich verwirrend. Als ob es prinzipiell schon eine gute Idee gewesen wäre, aber irgendwie auch wieder nicht. Und dann hat es ja sowieso gar nichts bewirkt.«

Aspen umarmte mich noch fester. »Es war gut. Und es hat mir eine Menge bedeutet.«

»Dir?«

Er räusperte sich. »Ja, denn ab und zu habe ich mich schon gefragt, ob dich das Casting verändert hat. Man liest dir jeden Wunsch von den Augen ab und alles ist so gewichtig und bombastisch. Ich wusste nicht mehr, ob du noch die alte America bist. Doch dein Verhalten hat mir gezeigt, dass sie dich nicht verbogen haben.«

»Na ja, das Ganze hat schon seine Spuren hinterlassen. Doch die meiste Zeit über erinnert mich dieser Ort daran, dass ich nicht dazu geboren wurde, so etwas zu tun.«

Ich barg meinen Kopf an Aspens Brust, so wie ich es schon immer getan hatte, wenn es mir schlechtging.

»Hör mir zu, Mer, die Sache ist die – Maxon ist ein Schauspieler. Immer wirkt er so perfekt, als ob er über allem stünde. Aber er ist auch nur ein Mensch und mindestens genauso verkorkst wie jeder andere auch. Ich weiß, er bedeutet dir etwas, sonst wärst du nicht hiergeblieben. Aber mittlerweile solltest du eigentlich wissen, dass nichts an ihm echt ist.«

Ich nickte. Maxon mit seinem ganzen Gerede, dass man gelassen bleiben musste. War das seine Masche? Spielte er mir etwas vor, wenn wir zusammen waren? Wie sollte ich das denn je herausfinden?

»Vielleicht ist es gut, dass du es jetzt erfahren hast«, fuhr Aspen fort. »Was wäre, wenn du ihn geheiratet und dann erst festgestellt hättest, was für ein Mensch er ist?«

»Ich weiß. Darüber habe ich auch schon nachgedacht.« Wieder und wieder hörte ich in meinem Kopf die Worte, die Maxon auf der Tanzfläche gesagt hatte. Er schien sich unserer Zukunft so sicher zu sein, war bereit, mir so viel zu geben. Ich hatte ernsthaft geglaubt, dass ihm einzig und allein mein Glück am Herzen lag. Sah er denn nicht, wie *unglücklich* ich jetzt war?

»Du hast ein großes Herz, Mer. Ich weiß, dass du manche Dinge nicht einfach hinter dir lassen kannst, aber es reicht schon, es sich wenigstens zu wünschen. Nur darum geht es.«

»Ich komme mir so dumm vor«, flüsterte ich und hätte fast angefangen zu weinen.

»Du bist nicht dumm.«

»Doch, bin ich.«

»Mer, hältst du mich für schlau?«

»Aber natürlich.«

»Weil ich es auch bin. Und ich bin natürlich viel zu schlau, um mich in ein dummes Mädchen zu verlieben. Also kannst du dir diesen Gedanken gleich wieder aus dem Kopf schlagen.«

Dieser bestechenden Logik gab es nichts mehr hinzuzufügen. Ich gab ein kurzes Schniefen von mir und überließ mich wieder Aspens Umarmung.

»Ich schätze, ich habe dich furchtbar verletzt. Ich verstehe nicht, wie du überhaupt noch in mich verliebt sein kannst«, gestand ich.

Er zuckte die Achseln. »Es ist einfach so. Wie ein Naturgesetz. Der Himmel ist blau, die Sonne ist hell und Aspen liebt America. So ist es nun mal. Im Ernst, Mer, du bist das einzige Mädchen, das ich je gewollt habe. Ich könnte mir nicht vorstellen, mit einer anderen zusammen zu sein. Ich habe es versucht, aber es geht einfach nicht.«

Einen Augenblick lang saßen wir einfach nur da und hielten einander fest. Jede noch so kleine Berührung seiner Finger und die Wärme seines Atems in meinem Haar waren wie Balsam für meine Seele.

»Wir sollten bald gehen«, sagte er. »Ich bin mir zwar ziemlich sicher, dass man uns hier nicht findet, aber wir müssen es ja nicht heraufbeschwören.«

Ich seufzte. Es kam mir vor, als wären wir gerade erst hierhergekommen, aber er hatte vermutlich recht. Ich machte Anstalten aufzustehen, und Aspen sprang auf, um mir zu helfen. Dann umarmte er mich ein letztes Mal.

»Wahrscheinlich ist es schwer für dich zu glauben, aber es tut mir wirklich leid, dass sich Maxon als so übler Kerl erwiesen hat. Ich wollte nicht, dass man dir wehtut. Und vor allen Dingen nicht auf diese Weise.«

»Danke, Aspen.«

»Es ist mir ernst, America.«

»Das weiß ich.« Aspen hatte seine Fehler, aber er war ganz bestimmt kein Lügner. »Es ist aber noch nicht vorbei. Nicht, solange ich hier bin.«

»Ja, aber ich kenne dich doch. Du wirst das Ganze auszusitzen versuchen, damit deine Familie Geld bekommt und du mich sehen kannst. Wenn Maxon die Sache wiedergutmachen wollte, müsste er schon die Zeit zurückdrehen können.«

Ich stieß einen Seufzer aus. Es schien, als könnte Aspen recht haben. Maxons Einfluss auf mich schwand zusehends, und er fiel von mir ab wie eine Hülle.

»Mach dir keine Sorgen, Mer. Ich werde mich um dich kümmern.«

Aspen hatte in diesem Augenblick keine Möglichkeit, das zu beweisen, dennoch glaubte ich ihm. Er tat alles für die Menschen, die er liebte, und ich wusste, dass ich die Person war, die ihm zweifellos am meisten bedeutete.

Am nächsten Morgen kehrten meine Gedanken beim Ankleiden, beim Frühstück und in den Stunden, die ich im Damensalon verbrachte, immer wieder zu Aspen zurück. Ich befand mich in einem Zustand seliger Losgelöstheit – bis ein Stapel Magazine klatschend auf dem Tisch vor mir landete und mich in die Realität zurückkatapultierte.

Ich sah hoch und erblickte Celeste, deren Lippe immer noch ordentlich geschwollen war. Sie zeigte auf eine ihrer Klatschzeitschriften, die aufgeschlagen dalag. Ich brauchte noch nicht mal eine Sekunde, um Marlees schmerzverzerrtes Gesicht auf der Doppelseite zu erkennen.

»Ich dachte, das solltest du sehen«, sagte Celeste und stolzierte davon.

Ich war mir nicht ganz sicher, was sie damit bezweckte,

aber ich war so begierig, mehr über Marlees Schicksal zu erfahren, dass ich den Artikel sofort verschlang.

Von allen großen Traditionen unseres Landes löst wohl kaum eine solche Begeisterung aus wie das Casting. Einst geschaffen, ein tieftrauriges Volk aufzuheitern, scheint es noch immer euphorisierend zu sein, mitzuerleben, wie zwischen einem Prinzen und seiner zukünftigen Prinzessin eine große Liebesgeschichte entsteht. Als Gregory Illeá vor mehr als achtzig Jahren den Thron bestieg und sein ältester Sohn Spencer plötzlich starb, betrauerte das ganze Land den Verlust dieses geheimnisvollen und vielversprechenden jungen Mannes. Und nachdem dann sein jüngerer Bruder Damon als Thronfolger eingesetzt wurde, fragten sich viele, ob er mit gerade mal achtzehn Jahren schon in der Lage wäre, sich auf dieses schwierige Amt vorzubereiten. Doch Damon war reif genug für den Schritt ins Erwachsenenleben und bewies dies durch die wichtigste Verbindung, die es im Leben gibt – die Ehe. Innerhalb weniger Monate wurde das Casting ins Leben gerufen, und die Aussicht, dass ein ganz normales Mädchen aus dem Volk Prinzessin von Illeá werden konnte, hob die Moral der gesamten Nation.

Doch in letzter Zeit können wir nicht umhin, den Sinn dieses Wettbewerbs anzuzweifeln. Zwar liegt dem Ganzen eine romantische Idee zugrunde, dennoch mehren sich die Stimmen, dass es falsch sei, die Prinzen zu verpflichten, Frauen aus niedrigeren Kasten zu heiraten. Zwar kann niemand das tadellose Auftreten und die Schönheit un-

serer gegenwärtigen Königin, Amberly Station Schreave, leugnen. Dennoch erinnern sich einige von uns bestimmt noch an die Gerüchte um Abby Tamblin Illeá, die ihren Ehemann, Prinz Justin Illeá, angeblich nach wenigen Ehejahren vergiftet hat. Sie willigte später ein, seinen Cousin Porter Schreave zu heiraten und so die königliche Linie fortzuführen.

Auch wenn sich dieses Gerücht nie bestätigt hat, lässt sich jedoch mit Sicherheit sagen, dass das Verhalten der Mädchen im derzeitigen Wettbewerb nichts weniger als skandalös ist. Marlee Tames, die jetzt eine Acht ist, wurde nach dem Halloween-Ball mit einem Wachmann in eindeutiger Situation in einem Abstellraum erwischt. Der Ball sollte der Höhepunkt der Veranstaltungen im Rahmen des Castings sein. Das prunkvolle Ereignis wurde jedoch gänzlich von Miss Tames' verantwortungslosem Verhalten überschattet.

Doch abgesehen von Miss Tames' unentschuldbarem Fauxpas sind es die im Palast verbliebenen Mädchen möglicherweise ebenfalls nicht wert, die Krone zu tragen. Aus anonymer Quelle haben wir erfahren, dass sich einige Mitglieder der Elite ständig streiten und sich kaum bemühen, die Tugenden an den Tag zu legen, die von ihnen erwartet werden. Wir alle erinnern uns noch an Anna Farmers Ausschluss Anfang September, nachdem sie vorsätzlich die bezaubernde Celeste Newsome, ein Model aus Clermont, angegriffen hatte. Und unsere Quelle hat uns glaubhaft versichert, dass das nicht die einzige körperliche Auseinandersetzung war, die im Pa-

last zwischen den Mitgliedern der Elite stattgefunden hat. Was den Autor dieses Artikels dazu veranlasst, die Auswahl der Mädchen zumindest in Frage zu stellen.

Als wir angesichts dieser Gerüchte um einen Kommentar des Königshauses baten, äußerte König Clarkson lediglich: »Einige der Mädchen stammen aus nicht so kultivierten Kasten und haben deshalb nicht das tadellose Benehmen verinnerlicht, das im Palast erwartet wird. Miss Tames war auf ein Leben als Eins nicht vorbereitet. Meine Frau verfügt in dieser Hinsicht über ein besonderes, nicht näher zu erklärendes Naturtalent und ist eine der rühmlichen Ausnahmen von den Gesetzmäßigkeiten niedriger Kasten. Sie hat außerdem immer danach gestrebt, ein für eine Königin angemessenes Niveau zu erreichen. Es wäre ein wirklicher Glücksfall, jemanden zu finden, der noch geeigneter für den Thron ist als sie. Doch bei den im jetzigen Wettbewerb verbliebenen Mädchen aus den niedrigeren Kasten besteht kein Anlass zur Hoffnung. Im Gegenteil. Man konnte leider nichts anderes erwarten als das, was wir erlebt haben.«

Obwohl Natalie Luca und Elise Whisks beide Vierer sind, haben sie sich der Öffentlichkeit immer als sehr kultiviert präsentiert, vor allem Lady Elise, die überaus gebildet ist. Deshalb müssen wir annehmen, dass unser König auf America Singer anspielt, die einzige Fünf, der es gelungen ist, länger als einen Tag im Wettbewerb zu bleiben. Miss Singer rangiert im Mittelfeld des Castings. Sie ist zwar sehr hübsch, aber doch nicht ganz das, was sich Illeá von einer neuen Prinzessin verspricht. Die Inter-

views mit ihr im Bericht aus dem Capitol *sind mitunter recht amüsant, doch was wir brauchen, ist eine neue Führungspersönlichkeit, keine Komödiantin!*

Ferner hat uns die Nachricht erreicht, dass Miss Singer versucht hat, Miss Tames während der Vollstreckung der Rutenstrafe zu befreien – was sie in den Augen des Autors zu einer mutmaßlichen Komplizin von Miss Tames macht.

Angesichts all dieser Neuigkeiten (und ohne Miss Tames in der Spitzenposition) interessiert uns nun vor allem eins – wer soll die neue Prinzessin von Illeá werden?

Eine kurzfristig durchgeführte Umfrage unter unseren Lesern hat bestätigt, was wir schon die ganze Zeit vermuteten. Wir gratulieren deshalb Miss Celeste Newsome und Miss Kriss Ambers zu ihrer Kopf-an-Kopf-Platzierung als Spitzenreiterinnen unserer Meinungsumfrage. Elise Whisks liegt auf dem dritten Platz, gefolgt von Natalie Luca. Mit großem Abstand bildet America Singer auf Rang vier erwartungsgemäß das Schlusslicht.

Ich denke, ich spreche für ganz Illeá, wenn ich Prinz Maxon hiermit auffordere, sich bei der Wahl einer geeigneten Prinzessin ausreichend Zeit zu lassen. Dadurch dass Miss Tames ihre wahre Natur verriet, bevor man ihr die Krone aufs Haupt setzte, konnte eine Katastrophe gerade noch verhindert werden.

Wem auch immer Ihre Liebe gilt, Prinz Maxon, stellen Sie sicher, dass die junge Dame sie auch wert ist. Denn wir möchten sie auch lieben!

13

Ich stürzte aus dem Zimmer. Natürlich hatte Celeste mir keinen Gefallen tun wollen. Sie verwies mich damit vielmehr auf meinen Platz. Aber warum kümmerte mich das überhaupt? Der König rechnete mit meinem Versagen, das Volk wollte mich nicht, und ich selbst war mir sicher, als Prinzessin ungeeignet zu sein.

Eilig stieg ich die Treppe zu meinem Zimmer empor. Es war doch klar, wer die anonyme Quelle der Zeitschrift war.

»Lady America!«, sagte Anne überrascht, als ich durch die Tür trat. »Ich dachte, Sie würden bis zum Mittagessen unten bleiben.«

»Könnten Sie bitte gehen?«

»Verzeihung?«

Ich schnaubte und bemühte mich, nicht die Beherrschung zu verlieren. »Ich möchte bitte allein sein.«

Meine Zofen knicksten verdutzt und verließen wortlos den Raum. Ich ging hinüber zum Klavier und versuchte, mich ein wenig mit Musik abzulenken. Ich spielte ein paar Lieder, die ich auswendig kannte, aber das half nicht viel. Ich musste mich wirklich ernsthaft auf etwas konzentrieren.

Ich stand auf und suchte im Klavierhocker nach anspruchsvolleren Stücken. Beim Durchblättern meiner Noten fiel mein Blick auf Gregory Illeás Tagebuch. Das hatte ich ja völlig vergessen! Es würde mich bestimmt schnell auf andere Gedanken bringen. Vorsichtig trug ich das Buch hinüber zum Bett.

Wie von selbst öffnete es sich auf der Seite mit dem Halloween-Foto, denn das dicke Fotopapier wirkte wie ein natürliches Lesezeichen. Noch einmal las ich den Beginn des Eintrags.

Die Kinder haben dieses Jahr an Halloween eine Party gefeiert. Ich vermute, auf diese Weise können sie vergessen, was um sie herum geschieht. Doch mir kommt es geradezu frivol vor. Wir sind eine der wenigen Familien, die überhaupt noch genug Geld haben, um ein Fest zu veranstalten, doch dieser Kinderkram ist reine Verschwendung.

Neugierig betrachtete ich das Foto, das Mädchen interessierte mich besonders. Wie alt sie wohl war? Was hatte sie für Aufgaben? Gefiel es ihr, Gregory Illeás Tochter zu sein? Machte sie das sehr beliebt?

Als ich die Seite umblätterte, stellte ich fest, dass es dort keinen neuen Eintrag gab. Stattdessen führte Gregory Illeá seine Gedanken weiter aus.

Ich glaube, ich hatte damit gerechnet, dass wir nach dem Einmarsch Chinas unsere Fehler klar erkennen würden. Es ist nämlich offensichtlich, wie faul wir geworden sind, vor allem in letzter Zeit. Daher ist es kein Wunder, dass China unser Land so leicht besetzen konnte und dass wir so lange gebraucht haben, um zurückzuschlagen. Wir haben den Kampfgeist verloren, der Menschen Ozeane überqueren lässt und sie durch verheerende Winter oder Bürgerkriege bringt. Wir sind bequem geworden. Und während wir uns zurückgelehnt haben, hat China die Zügel in die Hand genommen.

Während der letzten Monate ist in mir der Wunsch gewachsen, die Kriegsanstrengungen mit mehr als nur mit Geld zu unterstützen. Ich möchte künftig vielmehr als Anführer Einfluss geltend machen. Ich habe Ideen, und da ich so großzügig gespendet habe, ist nun der Zeitpunkt gekommen, sie auch kundzutun. Wir brauchen eine Veränderung. Und mittlerweile frage ich mich, ob ich vielleicht die einzige Person bin, die sie herbeiführen kann.

Schauer liefen mir über den Rücken. Automatisch verglich ich Maxon mit seinem Vorgänger. Gregory schien eine Vision zu haben. Er wollte das zerstörte Land wieder aufbauen und es unter seiner Herrschaft einen. Unwillkürlich fragte ich mich, was er über die Monarchie sagen würde, wenn er sie heute erleben könnte.

Als Aspen in dieser Nacht leise meine Tür öffnete, wäre ich am liebsten mit allem herausgeplatzt, was ich gelesen hatte. Doch dann fiel mir ein, dass ich das Tagebuch bereits gegenüber meinem Vater erwähnt und schon dadurch mein Versprechen gebrochen hatte.

»Wie ist es dir ergangen?«, fragte er und kniete sich neben mein Bett.

»Na ja, Celeste hat mir heute diesen Artikel gezeigt.« Ich schüttelte den Kopf. »Ich weiß nicht, ob ich überhaupt darüber reden will. Ich habe sie so satt.«

»Ich schätze, jetzt, da Marlee weg ist, wird Maxon wohl eine Weile niemanden mehr nach Hause schicken, oder?«

Ich hob zweifelnd die Schultern. Mir war klar, dass die Bevölkerung sich auf eine Entscheidung gefreut hatte. Und was mit Marlee passiert war, war viel dramatischer, als alle erwartet hatten.

»Hey«, sagte er und im Mondlicht, das durch die offenstehende Balkontür fiel, riskierte er eine kurze Berührung. »Alles wird gut.«

»Ich weiß. Aber ich vermisse sie so sehr. Und ich bin verwirrt.«

»Verwirrt? Weswegen?«

»Wegen allem. Was ich hier mache, wer ich bin. Ich dachte, ich wüsste ... Ach, ich weiß noch nicht mal, wie ich es richtig erklären soll.« Das schien in letzter Zeit mein Problem zu sein. Ich hatte keinen einzigen klaren Gedanken mehr im Kopf und bekam nichts auf die Reihe.

»Du weißt, wer du bist, Mer. Lass nicht zu, dass sie dich verbiegen.« Seine Stimme war ernst und für einen Moment fühlte ich mich sicher. Nicht weil ich irgendwelche Antworten parat gehabt hätte, sondern weil ich Aspen hatte. Wenn ich jemals aus den Augen verlor, wer ich wirklich war, würde er mich auf den richtigen Weg zurückführen.

»Aspen, kann ich dich etwas fragen?«

Er nickte.

»Das klingt jetzt vielleicht komisch, aber wenn Prinzessin sein nicht bedeuten würde, dass ich jemanden heiraten müsste, wenn es einfach nur ein Beruf wäre, glaubst du, dass ich das Zeug dazu hätte?«

Als ihm die Tragweite der Frage klar wurde, riss er für einen kurzen Augenblick seine grünen Augen auf. Immerhin erwog er die Möglichkeit ernsthaft.

»Tut mir leid, Mer, ich glaube nicht. Du bist nicht so berechnend, wie sie es sind und wie du es dann auch sein müsstest.« Er blickte mich schuldbewusst an, aber ich war nicht beleidigt. Dennoch überraschte mich seine Begründung ein wenig.

»Berechnend? Wieso?«

»Als Soldat komme ich im Palast viel rum, Mer, und dabei kommt mir so einiges zu Ohren. Unten im Süden gibt es in den Gebieten, in denen sehr viele Menschen niedrigen Kasten angehören, viele Unruhen. Von den älteren Wachen habe ich erfahren, dass diese Leute nie mit Gregory Illeás Methoden einverstanden waren und dass dort schon lange Unzufriedenheit herrscht. Gerüchte besagen, dies sei der Grund, weshalb die Königin für den König einst so attraktiv gewesen ist. Sie stammt aus dem Süden, und ihre Wahl zur Königin hat die Leute dort eine Weile besänftigt. Doch das scheint seine Wirkung verloren zu haben.«

Wieder hätte ich das Tagebuch gern erwähnt, hielt mich jedoch zurück. »Das erklärt aber nicht, was du mit berechnend meinst.«

Er zögerte. »Ich wurde neulich in eins der Dienstzimmer gerufen, noch vor dem ganzen Halloween-Kram. Sie erwähnten die Sympathisanten der Rebellen im Süden. Mir wurde daraufhin aufgetragen, Briefe in den Postflügel zu bringen. Es waren über dreihundert Briefe, America. Dreihundert Familien, die eine Kaste heruntergestuft wurden, weil sie gewisse Dinge nicht berichtet oder jemandem geholfen hatten, den der Palast als Bedrohung ansah.«

Ich schnappte nach Luft.

»Ich weiß. Kannst du dir das vorstellen? Was, wenn es dich getroffen hätte, du aber außer Klavierspielen nichts anderes gelernt hast? Plötzlich sollst du wissen, wie man Büroarbeiten erledigt, wie man überhaupt einen solchen Job ergattert. Das ist eine ziemlich klare Botschaft.«

Ich nickte. »Weiß Maxon das?«

»Bestimmt. Er wird doch schon bald selbst das Land regieren.«

Tief in meinem Herzen wollte ich nicht glauben, dass Maxon *so* einer Entscheidung zugestimmt haben sollte. Aber es war sehr wahrscheinlich, dass er davon wusste. Und man erwartete schließlich absolute Loyalität von ihm.

Wäre ich zu so etwas in der Lage gewesen?

»Aber sag es bitte niemandem, ja? So etwas könnte mich glatt den Job kosten«, warnte mich Aspen.

»Natürlich nicht. Ich habe es schon vergessen.«

Aspen lächelte mich an. »Ich vermisse es, mit dir zusammen zu sein, America, weit weg von all dem hier. Und ich vermisse unsere alten Probleme.«

Ich lachte. »Ja, ich weiß, was du meinst. Heimlich aus

dem Fenster zu klettern war viel besser, als heimlich in einem Palast herumzuschleichen.«

»Und einen Penny für dich zu sparen, war immer noch besser, als dir gar nichts schenken zu können.« Er tippte auf das Glas neben meinem Bett, in dem die vielen hundert Pennys gewesen waren, die er mir dafür gegeben hatte, dass ich im Baumhaus für ihn sang. Er fand, ich verdiente diese Bezahlung. »Bis zu deiner Abreise damals hatte ich keine Ahnung, dass du sie aufbewahrt hattest.«

»Natürlich habe ich das! Nachdem du Schluss gemacht hast, waren sie alles, woran ich mich klammern konnte. Manchmal habe ich sie auf dem Bett über meiner Hand ausgeschüttet – nur damit ich sie danach wieder einsammeln konnte. Ich war froh, etwas zu besitzen, was du berührt hattest.« Unsere Blicke trafen sich und alles andere rückte in weite Ferne. Die Erinnerung an unseren geheimen Zufluchtsort, den wir uns Jahre zuvor geschaffen hatten, war für uns beide tröstlich. »Was hast du mit ihnen gemacht?« Bei meiner Abreise von Carolina war ich so wütend auf ihn gewesen, dass ich sie Aspen zurückgegeben hatte. Bis auf den einen, der jetzt auf dem Boden des Glases lag.

Er lächelte. »Sie sind zu Hause und warten.«

»Worauf?«

Seine Augen funkelten. »Das kann ich nicht sagen.«

Ich seufzte und lächelte ebenfalls. »Na schön, behalt deine Geheimnisse für dich. Und mach dir keine Sorgen, weil du mir nichts geben kannst. Ich bin einfach nur froh, dass du da bist und dass wir beide wenigstens alles wieder in Ordnung bringen können. Auch wenn es nicht mehr wie früher ist.«

Doch natürlich gab sich Aspen damit nicht zufrieden. Er griff sich an den Ärmel und riss einen seiner goldenen Knöpfe ab.

»Ich habe buchstäblich nichts anderes, was ich dir schenken könnte, doch es ist etwas zum Festhalten – etwas, das ich berührt habe –, so dass du jederzeit an mich denken kannst. Und gleichzeitig erinnert dich der Knopf daran, dass auch ich an dich denke.«

Es war dumm, aber ich konnte einfach nicht damit aufhören, Aspen mit Maxon zu vergleichen. Selbst jetzt, da der Gedanke, sich für einen von beiden entscheiden zu müssen, in weite Ferne gerückt war, wägte ich sie gegeneinander ab. Und Aspens Geste rührte mich zutiefst.

Für Maxon war es bestimmt ein leichtes, mir Geschenke zu machen – einen Feiertag wiederzubeleben oder dafür zu sorgen, dass ich von allem nur das Beste bekam –, weil ihm die ganze Welt zur Verfügung stand. Aspen hingegen schenkte mir in aller Heimlichkeit kostbare Momente oder ein kleines Andenken, um unsere Verbindung zu stärken. Doch es fühlte sich an, als ob er mir damit viel mehr gegeben hätte.

Plötzlich wurde mir bewusst, dass Aspen schon immer so gewesen war. Für mich hatte er seinen Schlaf geopfert, für mich hatte er riskiert, nach Anbruch der Sperrstunde erwischt zu werden, für mich hatte er von seinem Lohn eisern Pennys gespart, um damit meine Lieder zu bezahlen. Aspens Großzügigkeit war schwerer zu erkennen, weil sie nicht so eindrucksvoll war wie Maxons, doch in seinen Gaben steckte viel mehr Herz.

Ich schniefte, damit ich nicht losweinte. »Ich weiß nicht, wie ich das jetzt ausdrücken soll. Ich glaube, ich weiß gar nicht mehr, wie so etwas geht. Ich ... also ich habe dich nicht vergessen, ja? Es ist immer noch da.«

Ich legte eine Hand auf meine Brust, zum einen, um meinen Worten Nachdruck zu verleihen, zum anderen, um diese seltsame Sehnsucht zu lindern. Und Aspen verstand.

»Das reicht mir schon.«

14

Am nächsten Morgen beim Frühstück beobachtete ich Maxon verstohlen. Ich fragte mich, wie viel er über die Menschen wusste, die im Süden ihrer Kastenzugehörigkeit beraubt worden waren. Nur einmal blickte er in meine Richtung, aber er schien weniger mich als vielmehr irgendjemand oder irgendetwas anderes in meiner Nähe anzusehen.

Jedes Mal, wenn ich mich unwohl fühlte, streckte ich die Hand aus und berührte Aspens Knopf, den ich auf ein dünnes Band gefädelt hatte und wie ein Armband trug. Er würde mir wie ein Talisman dabei helfen, die Zeit hier durchzustehen.

Gegen Ende des Frühstücks stand der König auf, und richtete das Wort an uns. »Da jetzt nur noch wenige von Ihnen übrig sind, wäre es schön, wenn wir heute vor dem *Bericht aus dem Capitol* gemeinsam Tee trinken. Schließlich wird eine von Ihnen unsere Schwiegertochter, und die Königin und ich würden gern die Gelegenheit ergreifen, uns mit Ihnen zu unterhalten, um mehr über Ihre Interessen zu erfahren.«

Ich war ein wenig nervös. Mit der Königin zusammen

zu sein, war eine Sache, aber ich war mir nicht sicher, wie ich zum König stand. Während ihn die anderen Mädchen erwartungsvoll ansahen, nippte ich an meinem Saft.

»Bitte kommen Sie eine Stunde, bevor der *Bericht* beginnt, in den Salon im ersten Stock. Keine Sorge, falls Sie nicht wissen, wo er sich befindet. Die Türen werden offen stehen, und es wird Musik spielen. Sie werden uns also vermutlich hören, bevor Sie uns sehen«, sagte er schmunzelnd.

Die anderen kicherten verhalten.

Kurz danach begaben wir uns in den Damensalon. Ich seufzte. Manchmal hatte dieser Raum trotz seiner Größe eine klaustrophobische Wirkung auf mich. Gewöhnlich versuchte ich mich mit den anderen zu unterhalten. Doch wegen der Zeitschriftenumfrage war heute Celestes großer Tag. Also würde ich mich vor den Fernseher setzen und mich berieseln lassen.

Aber das war leichter gesagt als getan, denn die anderen Mädchen schienen besonders redselig zu sein.

»Ich frage mich, was der König wohl von uns wissen will«, hörte ich Kriss sagen.

»Wir müssen uns einfach nur an alles erinnern, was Silvia uns zum Thema Benehmen beigebracht hat«, bemerkte Elise.

»Ich hoffe nur, meine Zofen haben ein gutes Kleid für heute Nachmittag in petto. Ich möchte nicht noch einmal so etwas wie an Halloween durchmachen müssen. Sie sind manchmal dermaßen konfus«, ließ sich Celeste verärgert vernehmen.

»Ich wünschte, der König würde sich einen Bart stehen lassen«, warf Natalie verträumt ein. Ich warf einen Blick über die Schulter und sah, wie sie sich über einen imaginären Bart an ihrem Kinn strich. »Ich glaube, das würde ihm stehen.«

»Ja, das kann ich mir auch gut vorstellen«, bestätigte Kriss schnell, bevor Natalie weiterredete.

Ich schüttelte den Kopf und versuchte, mich auf die alberne Show im Fernsehen zu konzentrieren. Doch sosehr ich mich auch bemühte, es gelang mir nicht, die Gespräche der anderen Mädchen auszublenden.

Beim Mittagessen war ich schließlich ein einziges Nervenbündel. Worüber würde sich der König mit mir unterhalten wollen – mit dem Mädchen, das der niedrigsten Kaste angehörte? Über welches Thema würde er mit jemanden, von dem er so wenig erwartete, reden?

König Clarkson hatte recht gehabt. Ich hörte die perlende Klaviermusik, lange bevor ich den Salon entdeckte. Der Pianist war gut, jedenfalls besser als ich.

Bevor ich eintrat, zögerte ich kurz. Ich nahm mir vor, mir Zeit zu lassen, bevor ich etwas sagte, und meine Worte sorgsam abzuwägen. Ich wollte dem König beweisen, dass er sich irrte. Und dem Autor des Artikels ebenfalls. Selbst wenn ich das Casting nicht gewinnen würde, wollte ich nicht als Versagerin nach Hause zurückkehren. Dabei überraschte mich selbst am meisten, wie wichtig mir das plötzlich war.

Schließlich trat ich durch die Tür und entdeckte als

Erstes Maxon, der an der gegenüberliegenden Wand stand und mit Gavril Fadaye redete. Ich sah, wie sein Blick über mich hinwegglitt, und hätte schwören können, dass seine Lippen ein bewunderndes *Wow* formten.

Errötend drehte ich den Kopf zur Seite und wechselte die Richtung. Dann riskierte ich nochmals einen kurzen Seitenblick und merkte, dass Maxon noch immer jede meiner Bewegungen mit den Augen verfolgte. Es fiel mir schwer, einen klaren Kopf zu behalten, wenn er mich auf diese Weise ansah.

In einer Ecke unterhielt sich König Clarkson mit Natalie, in der anderen Königin Amberly mit Celeste. Elise nippte an ihrem Tee und Kriss spazierte durchs Zimmer. Ich beobachtete, wie sie an Maxon und Gavril vorbeilief und dabei Gavril ein freundliches Lächeln schenkte. Sie sagte etwas, worauf beide schmunzelten, ging weiter und warf Maxon noch einmal einen Blick über die Schulter zu.

Dann kam sie zu mir. »Du kommst spät«, schalt sie mich scherzhaft.

»Ich weiß. Und ich bin ein bisschen nervös.«

»Ach, es gibt keinen Grund, sich Sorgen zu machen. Es hat sogar Spaß gemacht.«

»Hast du es etwa schon hinter dir?« Wenn der König bereits mit zwei Mädchen gesprochen hatte, blieb mir weniger Zeit, mich zu sammeln, als ich gedachte hätte.

»Ja. Komm, wir setzen uns. Während du wartest, können wir Tee trinken.«

Kriss zog mich zu einem Tisch, und sofort näherte sich eine Dienerin, die Tee, Milch und Zucker vor uns abstellte.

»Und was hat er dich gefragt?«, stieß ich hervor.

»Es war eher eine harmlose Plauderei. Ich glaube nicht, dass er wirklich etwas über uns erfahren will. Eher möchte er ein Gefühl für unsere Persönlichkeit bekommen. Ich habe ihn einmal zum Lachen gebracht, es lief richtig gut«, sprudelte sie hervor. »Und du bist ja schon von Natur aus witzig. Wenn du also mit ihm wie mit jedem anderen redest, wird schon alles gutgehen.«

Ich nickte, bevor ich meine Teetasse hob. Bei ihr klang es so, als ob es gar nicht schlimm wäre. Wahrscheinlich bediente sich der König je nach Situation verschiedener Verhaltensmuster. War das Land in Gefahr, musste er entschlossen und kühl, schnell und überlegt reagieren. Doch das hier war nur eine Verabredung zum Tee mit ein paar Mädchen. Es gab keinen Grund für ihn, sich uns gegenüber so streng zu zeigen.

Die Königin war von Celeste zu Natalie gegangen und unterhielt sich nun leise mit ihr. Aus Natalies Gesichtsausdruck sprach grenzenlose Bewunderung. Zunächst hatte mich ihre verträumte Art ziemlich genervt. Doch mittlerweile wusste ich, sie war einfach nur arglos, und das war schon fast wieder erfrischend.

In kleinen Schlucken trank ich meinen Tee. König Clarkson stolzierte hinüber zu Celeste und sie schenkte ihm ein verführerisches Lächeln. Wie unpassend. Kannte sie denn gar keine Grenzen?

Kriss beugte sich vor und berührte den Stoff meines Kleids. »Es ist wirklich wundervoll und passt perfekt zu deinen Haaren. Du siehst phantastisch darin aus.«

»Danke«, sagte ich und blinzelte. Das Licht spiegelte sich in ihrer Halskette, und für einen Moment blendete es mich. »Meine Zofen haben wirklich Talent.«

»Allerdings. Ich bin mit meinen zwar auch zufrieden, aber wenn ich Prinzessin werde, werde ich dir deine abspenstig machen!«

Sie lachte. Vielleicht waren ihre Worte wirklich scherzhaft gemeint, vielleicht aber auch nicht. Doch ganz gleich, wie es sich verhielt, allein der Gedanke, dass meine Zofen ihre Kleider nähen würden, störte mich plötzlich. Trotzdem zwang ich mich zu lächeln.

»Was ist so lustig?«, fragte Maxon, der sich zu uns gesellte.

»Ach, es geht um Mädchenthemen«, antwortete Kriss kokett. Sie war heute Abend wirklich in Form. »Ich habe versucht, America zu beruhigen. Sie ist ein wenig nervös wegen des Gesprächs mit Ihrem Vater.«

Vielen Dank, Kriss.

»Sie müssen sich keine Sorgen machen. Seien Sie einfach nur Sie selbst. Großartig aussehen tun Sie ohnehin.« Maxon schenkte mir ein aufmunterndes Lächeln. Es war offensichtlich, dass er versuchte, das Vertrauen zwischen uns wiederherzustellen.

»Das sage ich doch die ganze Zeit!«, rief Kriss aus. Sie warfen sich einen kurzen Blick zu, und ich hatte das seltsame Gefühl, als wären die beiden ein eingespieltes Team.

»Nun, dann überlasse ich Sie mal wieder Ihren Mädchenthemen. Bis bald.« Damit verbeugte sich Maxon kurz vor uns beiden und ging hinüber zu seiner Mutter.

Kriss seufzte und sah ihm lächelnd hinterher. »Er ist wirklich unglaublich.« Dann sprang sie plötzlich auf und verwickelte Gavril in ein Gespräch.

Ich beobachtete das rege Treiben um mich herum, Paare, die sich zu einer Unterhaltung zusammenfanden und sich wieder trennten, um sich neuen Gesprächspartnern zuzuwenden. Schließlich war ich froh, dass Elise mir in meiner Ecke Gesellschaft leistete, auch wenn sie nicht viel redete.

»Oje, meine Damen, wir haben die Zeit ganz aus den Augen verloren!«, rief der König plötzlich. »Wir müssen jetzt nach unten.«

Ich blickte hoch zur Uhr und sah, dass er recht hatte. Uns blieben noch ungefähr zehn Minuten, um zum Studio zu gehen und uns herzurichten.

Es schien wohl keine Rolle zu spielen, was ich von der Position einer Prinzessin hielt oder wie ich über Maxon dachte. Der König hielt mich offenbar für so ungeeignet, dass er sich nicht einmal die Mühe machte, mit mir zu sprechen. Ich wurde ausgeschlossen, vielleicht sogar mit Absicht, und niemand bemerkte es.

Während des *Berichts* riss ich mich am Riemen. Ich bewahrte sogar noch Haltung, bis ich meine Zofen entlassen hatte. Doch sobald ich allein war, brach sich meine Enttäuschung Bahn.

Falls Maxon angeklopft hätte, hätte ich ihm meinen Zustand nur schwer erklären können. Doch diese Überlegung erwies sich als überflüssig. Er tauchte gar nicht erst auf. Und ich fragte mich unwillkürlich, wessen Gesellschaft er stattdessen genoss.

15

Meine Zofen waren einfach wunderbar. Sie verloren kein Wort über meine geschwollenen Augen oder die tränennassen Kissen. Sie halfen mir einfach nur, die Fassung zu bewahren. Ich gestattete mir, mich von ihnen verhätscheln zu lassen, und war dankbar für ihre Zuwendung. Würden sie zu Kriss genauso nett sein, wenn sie den Wettbewerb gewann und sie mir wegnahm?

Während ich noch darüber nachdachte, stellte ich überrascht fest, dass es Spannungen zwischen den dreien zu geben schien. Mary war noch am unbeschwertesten; sie wirkte höchstens ein wenig bekümmert. Doch Anne und Lucy machten den Eindruck, als ob sie absichtlich jeden Augenkontakt vermieden. Sie redeten auch nicht miteinander, außer wenn es unumgänglich war.

Ich hatte keine Ahnung, was mit ihnen los war, und ich wusste nicht, ob es angebracht war, sie zu fragen. Sie ließen mich in meinem Kummer oder meiner Wut auch immer in Ruhe. Daher war es wohl nur recht und billig, wenn ich mich ihnen gegenüber genauso verhielt.

Während sie schweigend meine Haare frisierten und mich für einen weiteren langen Tag im Damensalon ankleideten, versuchte ich mich von der gedrückten Stimmung nicht runterziehen zu lassen. Zu gern hätte ich eine der Hosen angezogen, die Maxon mir für samstags geschenkt hatte. Doch es schien kein guter Zeitpunkt dafür zu sein. Wenn ich schon ausschied, dann wollte ich es als Dame tun, so dass man mir zumindest dafür Anerkennung zollte.

Als ich den Damensalon betrat, um einen weiteren Tag mit Teetrinken und Lesen zu verbringen, sprachen die anderen Mädchen über den vergangenen Abend. Alle außer Celeste, die die neuesten Klatschzeitschriften durchblätterte. Ich fragte mich, ob darin auch etwas über mich stand.

Während ich noch erwog, ihr die Zeitschrift, in der sie gerade las, aus der Hand zu reißen, kam Silvia mit dicken Papierstapeln in den Armen herein. Na großartig. Noch mehr Arbeit.

»Guten Morgen, meine Damen!«, säuselte sie. »Ich weiß, dass Sie samstags üblicherweise Gäste erwarten, doch heute haben die Königin und ich eine ganz besondere Aufgabe für Sie.«

»So ist es«, pflichtete die Königin ihr bei und kam zu uns herüber. »Zugegeben, es ist sehr kurzfristig, aber wir werden nächste Woche Besuch bekommen. Zwei ausländische Delegationen bereisen zurzeit unser Land und werden im Palast Station machen, um Sie alle kennenzulernen.«

»Wie Sie wissen, ist die Königin normalerweise für den Empfang solch wichtiger Gäste zuständig. Sie alle haben miterlebt, wie überaus zuvorkommend sie unsere Freunde aus Swendway betreut hat.« Silvia deutete auf Königin Amberly, die bescheiden lächelte.

»Wie dem auch sei, unsere Gäste stammen aus Italien und der Deutschen Föderation und sind sogar noch bedeutender als die Königsfamilie aus Swendway. Deshalb dachten wir, dass dieser Besuch eine hervorragende Übung für Sie alle sein könnte. Vor allem, weil wir uns in letzter Zeit so viel mit Diplomatie beschäftigt haben. Sie werden also in Teams den Empfang Ihrer jeweiligen Gäste vorbereiten und für das Essen, das Unterhaltungsprogramm und die Gastgeschenke sorgen«, erklärte Silvia.

Ich schluckte, als sie fortfuhr.

»Für uns ist es nicht nur wichtig, bestehende Beziehungen zu pflegen, sondern auch neue Kontakte mit anderen Ländern zu knüpfen. Wir haben Ihnen einige Richtlinien bezüglich der angemessenen Etikette im Umgang mit unseren Gästen sowie einen Leitfaden, was typischerweise bei diesen Veranstaltungen verpönt ist, mitgebracht. Aber die Verantwortung für die jeweilige Durchführung der Empfänge liegt ganz und gar in Ihren Händen.«

»Wir möchten, dass es dabei so gerecht wie möglich zugeht«, ergriff die Königin wieder das Wort. »Und ich glaube, das ist uns gelungen, da wir Sie alle mit der gleichen Aufgabe betrauen. Celeste, Natalie und Elise – Sie werden den ersten Empfang organisieren. Und Sie, Kriss und America, sind für den zweiten verantwortlich. Da Sie nur zu zweit sind, bekommen Sie allerdings einen zusätzlichen Tag für die Vorbereitung. Unsere Gäste aus der Deutschen Föderation treffen am Mittwoch ein, die Gäste aus Italien am Donnerstag.«

Es entstand ein kurzes Schweigen, während wir das Gesagte noch verarbeiteten.

»Sie meinen, uns bleiben nur vier Tage?«, kreischte Celeste.

»Genau«, bestätigte Silvia. »Doch bedenken Sie – eine Königin muss eine solche Aufgabe in der Regel ganz allein bewältigen und manchmal sogar in viel kürzerer Zeit.«

Die Panik, die sie damit auslöste, war nahezu greifbar.

»Dürfen wir dann bitte möglichst schnell unsere Unterlagen haben?«, fragte Kriss und streckte die Hand aus. Instinktiv tat ich es ihr nach, und innerhalb von Sekunden versenkten wir uns in den Text.

»Das wird hart«, bemerkte Kriss. »Auch mit einem zusätzlichen Tag.«

»Keine Sorge«, beruhigte ich sie, »wir werden gewinnen.«

Sie lachte nervös. »Wieso bist du dir da so sicher?«

»Weil ich auf keinen Fall zulassen werde, dass Celeste besser ist als ich«, erwiderte ich entschieden.

Wir brauchten fast zwei Stunden, um die Unterlagen durchzulesen und noch eine, um alle Inhalte auch wirklich zu verinnerlichen. Es gab so viele Dinge zu berücksichtigen, so viele Details zu planen. Silvia verkündete, dass sie zu unserer Verfügung stünde. Doch ich hatte das Gefühl, dass es uns als Nachteil ausgelegt würde, wenn wir sie um Hilfe baten und die Aufgabe nicht allein bewältigen konnten. Deshalb schied das aus.

Allein die Dekoration würde eine Herausforderung darstellen. Wir durften keine roten Blumen verwenden, weil sie mit Heimlichtuerei assoziiert wurden. Gelbe Blumen waren verpönt, weil sie mit Eifersucht in Verbindung gebracht wurden. Und Lila schied grundsätzlich aus, denn mit dieser Farbe verband man Unglück.

Der Wein, das Essen und alles andere mussten in großer Opulenz dargeboten werden. Luxus wurde nicht als Angeberei betrachtet, sondern als Selbstdarstellung des Palastes. Sollte es den hohen Ansprüchen der Gäste nicht genügen, würden diese vielleicht völlig unbeeindruckt abreisen und kein Interesse mehr daran haben, nochmals mit uns zusammenzutreffen. Außerdem mussten wir die Dinge, die wir bis jetzt gelernt hatten – deutliche Aussprache, gute Tischmanieren und dergleichen mehr –, an eine Kultur anpassen, über die weder Kriss noch ich etwas wussten außer dem, was in unseren Unterlagen stand.

Das ganze Unterfangen machte mir unglaublich Angst.

Kriss und ich verbrachten den Rest des Tages damit, Ideen zu sammeln und uns Notizen zu machen. Am Tisch neben uns taten die anderen das Gleiche, und im Laufe des Nachmittags entwickelte sich eine Diskussion, welches Team sich in der schlimmeren Lage befand.

»Ihr beide habt wenigstens einen Tag mehr«, bemerkte Elise.

»Aber Illeá und die Deutsche Föderation sind bereits Verbündete. Ihr habt eine viel bessere Ausgangsposition als wir. Vielleicht hassen die Italienerinnen ja alles, was wir machen!«, sorgte sich Kriss.

»Wisst ihr, dass wir bei unserem Empfang nur dunkle

Farben tragen dürfen?«, jammerte Celeste. »Das wird bestimmt eine äußerst steife Veranstaltung werden.«

»Also, unser Empfang soll außerordentlich festlich werden. Und ihr müsst alle euren schönsten Schmuck tragen«, schärfte ich den anderen ein. »Wir müssen einen tadellosen ersten Eindruck machen, und dabei ist die äußere Erscheinung sehr wichtig.«

»Gott sei Dank. Dann werde ich wenigstens auf einem dieser dämlichen Empfänge gut aussehen«, seufzte Celeste und schüttelte den Kopf.

Es war deutlich, dass jede von uns an der Aufgabe zu knabbern hatte. Nach allem, was passiert war – erst das mit Marlee und dann das ignorante Verhalten des Königs –, tröstete mich der Gedanke, dass wir zumindest im Moment alle im gleichen Boot saßen. Doch am Ende des Tages überwog meine Paranoia. Ganz bestimmt würde eins der anderen Mädchen – am ehesten natürlich Celeste – versuchen, unseren Empfang zu sabotieren.

»Wie vertrauenswürdig sind eigentlich deine Zofen?«, fragte ich Kriss beim Abendessen.

»Warum?«

»Ich überlege, ob wir einige Unterlagen nicht besser in unseren Zimmern statt im Damensalon aufbewahren sollten. Du weißt schon, damit uns die anderen unsere Ideen nicht stehlen können.«

Das war nur ein klein wenig gelogen.

Sie nickte. »Das ist ein guter Vorschlag. Vor allem weil wir als Zweite an der Reihe sind und es so aussehen könnte, als ob wir sie kopiert hätten.«

»Genau.«

»Du bist so schlau, America. Kein Wunder, dass Maxon dich so sehr mochte.« Damit wandte sie sich wieder ihrem Essen zu.

Ihre beiläufige Verwendung der Vergangenheitsform entging mir nicht. Während ich mir Gedanken darüber gemacht hatte, ob ich gut genug war, um Prinzessin zu werden, und gleichzeitig unsicher gewesen war, ob ich das überhaupt wollte, hatte Maxon mich vielleicht schon aus seinem Herzen verbannt.

Doch dann redete ich mir ein, dass Kriss nur versuchte, ihr Selbstvertrauen in Bezug auf Maxon zu stärken. Außerdem waren erst ein paar Tage vergangen, seit Marlee die Rutenschläge erhalten hatte. Wie viel konnte sie da eigentlich wissen?

Das durchdringende Heulen einer Sirene riss mich aus dem Schlaf. Das Geräusch klang so fremd, dass ich noch nicht einmal ansatzweise ahnte, was das sein konnte.

Sekunden später wurde die Tür zu meinem Zimmer aufgestoßen, und Aspen polterte herein.

»Mist, Mist, Mist«, murmelte er.

»Wie bitte?«, sagte ich verschlafen, als er zu mir herübereilte.

»Steh auf, Mer!«, rief er, und ich tat, was er sagte. »Wo sind deine verdammten Schuhe?«

Erst jetzt erkannte ich das Geräusch. Maxon hatte mir mal erzählt, im Falle eines Angriffs der Rebellen gäbe es ein Alarmsystem, doch das sei beim letzten Überfall vollständig zerstört worden. Offenbar hatte man es repariert.

»Hier«, sagte ich, als ich die Schuhe entdeckte und hineinschlüpfte. »Ich brauche meinen Morgenmantel.« Ich zeigte auf das Bettende, und Aspen griff danach und wollte mir hineinhelfen. »Nicht nötig, ich nehme ihn so.«

»Du musst dich beeilen«, drängte er. »Ich weiß nicht, wie nah sie schon sind.«

Ich nickte und wandte mich zur Tür. Aspens Hand lag auf meinem Rücken. Doch bevor ich auf den Flur treten konnte, riss er mich plötzlich herum und küsste mich. Seine Hand legte sich dabei auf meinen Hinterkopf und einen Augenblick lang presste er meine Lippen auf seine. Und dann – als hätte er die Gefahr völlig vergessen – drückte er mit der anderen Hand meine Taille gegen seinen Körper, und sein Kuss wurde noch leidenschaftlicher. Es war lange her, seit er mich so geküsst hatte. Doch in dieser Nacht verstand ich das nur zu gut. Vielleicht würde etwas Schlimmes passieren – dann wäre das unser letzter Kuss.

Als wir uns voneinander lösten, hatten wir kaum Zeit, uns noch einmal anzusehen. Aspen legte mir die Hand auf den Arm und schob mich zur Tür hinaus. »Geh jetzt.«

Ich rannte zu dem Geheimgang, der am Ende des Flurs verborgen war. So schnell ich konnte, lief ich die steilen, dunklen Stufen zum Schutzraum hinunter, der der königlichen Familie vorbehalten war.

Während ich die Treppe hinabeilte, wurde es immer kälter. Ich wollte mir den Morgenmantel überwerfen, hatte jedoch Angst zu stolpern. Erst als ich die Lichter des Schutzraums sah, wurde ich mutiger. Ich sprang die letzte Stufe hinunter und sah eine Gestalt zwischen den Wachen stehen. Maxon. Obwohl es mitten in der Nacht war, trug er noch immer Anzughose und Hemd, alles zwar ein bisschen verknittert, aber vorzeigbar.

»Bin ich die Letzte?«, fragte ich und streifte im Näherkommen meinen Morgenmantel über.

»Nein«, erwiderte er. »Kriss ist noch da draußen. Und Elise auch.«

Ich blickte angestrengt in den dämmrigen Gang, der sich endlos lang zu erstrecken schien. In beiden Richtungen konnte ich die Umrisse von Treppen ausmachen, die von irgendwoher im Palast hier herunterführten. Doch es war niemand zu sehen.

So wie Maxon das sagte, schienen seine Gefühle für Kriss und Elise nicht besonders ausgeprägt zu sein. Dennoch entnahm ich seinem Blick, welche Sorgen er sich um sie machte. Er rieb sich die Augen und reckte den Hals, als ob ihm das in dieser Dunkelheit irgendetwas genutzt hätte. Angespannt beobachteten wir die Treppen, während sich die Wachen an der Tür versammelten und darauf drangen, sie zu verschließen.

Plötzlich seufzte er und stemmte die Hände in die Hüften. Und dann umarmte er mich ohne jede Vorwarnung. Ich konnte nicht anders, als mich an ihn zu klammern.

»Ich weiß, dass du wahrscheinlich immer noch traurig bist, und das ist vollkommen in Ordnung. Aber ich bin froh, dich in Sicherheit zu wissen.«

Seit der Halloween-Party hatte Maxon mich nicht mehr berührt. Zwar war seither gerade einmal eine knappe Woche vergangen, aber aus irgendeinem Grund fühlte es sich wie eine Ewigkeit an. Vielleicht weil in dieser Nacht und in der Folge so viel passiert war.

»Ich bin auch froh, dass es dir gutgeht.«

Er drückte mich noch fester an sich. Plötzlich keuchte er auf. »Da kommt Elise.«

Ich wandte mich um und sah ihre schmale Gestalt eine der Treppen hinuntereilen. Doch wo war Kriss?

»Du solltest hineingehen«, drängte mich Maxon sanft. »Silvia wartet schon.«

»Wir sprechen uns bald wieder.«

Er warf mir ein kurzes, hoffnungsvolles Lächeln zu und nickte. Ich betrat den Schutzraum, und Elise folgte mir. Als sie hereinkam, bemerkte ich, dass sie weinte. Ich legte ihr den Arm um die Schulter.

»Wo warst du so lange?«

»Ich glaube, meine Zofe ist krank. Es ging alles so langsam, als sie mir geholfen hat. Und dann hat mich die Sirene so erschreckt, dass ich für einen Moment ganz durcheinander war und nicht mehr wusste, wo ich hinsollte. Ich habe gegen vier verschiedene Wände gedrückt, bevor ich endlich die richtige gefunden habe.«

»Hab keine Angst«, sagte ich und umarmte sie. »Jetzt bist du in Sicherheit.«

Sie nickte langsam und versuchte gleichmäßig zu atmen. Von uns fünfen war sie eindeutig die Labilste.

Weiter hinten im Schutzraum erblickte ich den König

und die Königin, die nah beieinandersaßen. Beide trugen Morgenmäntel und Pantoffeln. Der König hatte einen kleinen Stoß Unterlagen auf dem Schoß, als ob er die Zeit hier unten zum Arbeiten nutzen wollte. Beide wirkten sehr ernst, und eine Zofe tätschelte der Königin beruhigend die Hand.

»Was denn, diesmal ganz ohne Begleitung, Lady America?«, scherzte Silvia bei unserem Erscheinen.

»Meine Zofen waren nicht bei mir«, erklärte ich und machte mir plötzlich Sorgen um die drei.

Doch Silvia lächelte zuversichtlich. »Keine Angst. Ich bin sicher, es geht ihnen gut. Bitte kommen Sie hier entlang.«

Wir folgten ihr zu einer Reihe von Pritschen, die an der Wand aufgestellt waren. Bei unserem letzten Aufenthalt war deutlich geworden, dass die für den Schutzraum verantwortlichen Leute nicht auf das Chaos vorbereitet gewesen waren, das die Teilnehmerinnen des Castings hier unten verursacht hatten. Seither hatten sie zwar Fortschritte gemacht, doch die neuesten Entwicklungen wohl noch nicht ganz berücksichtigt. Es gab nämlich immer noch sechs Betten.

Celeste lag zusammengerollt auf der Pritsche, die dem König und der Königin am nächsten war. Neben ihr hatte sich Natalie niedergelassen.

»Ich erwarte, dass Sie jetzt schlafen«, verkündete Silvia streng. »Sie alle haben eine schwere Woche vor sich, und ich kann Ihnen nicht die Planung für die Empfänge überlassen, wenn Sie völlig übermüdet sind.« Mit diesen

Worten marschierte sie davon. Wahrscheinlich suchte sie nach Kriss.

Elise und ich stöhnten auf. Ich konnte kaum glauben, dass sie uns wirklich dazu zwingen würden, die Sache mit den Empfängen durchzuziehen. War das hier etwa nicht aufreibend genug? Wir legten uns auf benachbarte Pritschen, und Elise wickelte sich schnell in die Decken. Sie war offensichtlich todmüde.

»Elise?«, sagte ich leise. »Wenn du etwas brauchst, dann sag es mir, ja?«

Sie lächelte. »Danke.«

»Aber gern.«

Dann drehte sie sich auf die Seite, und innerhalb von Sekunden war sie eingeschlafen. Ich blickte mich um und sah, wie Maxon Kriss in den Schutzraum trug, Silvia kam direkt hinter ihm. Sobald auch sie eingetreten war, wurde die Tür fest verschlossen.

»Ich bin gestolpert«, erklärte Kriss Silvia, die sich über sie aufregte. »Ich glaube zwar nicht, dass ich mir den Knöchel gebrochen habe, trotzdem tut es sehr weh.«

»Da hinten gibt es Verbandszeug. Wir können den Fuß also zumindest bandagieren«, ordnete Maxon an.

Auf der Suche nach dem Verbandskasten rauschte Silvia an uns vorbei. »Sie sollen schlafen! Sofort!«, befahl sie streng.

Ich protestierte und war damit nicht die Einzige. Natalie schien mit der Situation recht gut klarzukommen, doch Celeste wirkte sichtlich entnervt. Das brachte mich dazu, mein eigenes Verhalten zu überdenken. Wenn ich mich auch nur ansatzweise so wie sie benahm, musste ich etwas verändern. Schließlich zwang ich mich dazu, mich auf meiner Pritsche auszustrecken und den Blick zur Wand zu richten.

Ich versuchte nicht an Aspen zu denken, der nun oben kämpfte, und auch nicht an meine Zofen, die es vielleicht nicht rechtzeitig bis zu ihrem Versteck geschafft hatten. Ich versuchte die Gedanken an die vor mir liegende Woche auszublenden sowie die Möglichkeit, dass die Rebellen aus dem Süden stammten und danach trachteten, die Menschen im Palast zu töten.

Doch genau über all das dachte ich nach. Und das erschöpfte mich so sehr, dass ich schließlich auf meiner kalten, harten Pritsche einschlief.

Ich hatte keine Ahnung, wie spät es war, als ich wieder aufwachte. Es mussten Stunden vergangen sein, seit wir den Schutzraum betreten hatten. Ich drehte mich um und blickte hinüber zu Elise. Sie schlief friedlich. Der König blätterte in seinen Unterlagen, wobei er so ungeduldig an den Seiten riss, als sei er wütend auf sie. Der Kopf der Königin ruhte auf der Rückenlehne ihres Stuhls. Im Schlaf sah sie sogar noch schöner aus als sonst.

Natalie schlief ebenfalls, zumindest wirkte es so. Doch Celeste war wach, sie lag auf einen Arm gestützt da und blickte quer durch den Raum. In ihren Augen lag ein wütendes Funkeln, das normalerweise nur für mich reserviert war. Ich folgte ihrem Blick zur gegenüberliegenden Wand, wo sie Kriss und Maxon beobachtete.

Die beiden saßen nebeneinander, und er hatte den Arm um ihre Schulter gelegt. Kriss hatte ihre Beine hochgezogen und sah aus, als versuchte sie sich zu wärmen, obwohl sie einen Morgenmantel trug. Ihr linker Knöchel war mit Verbandsmull umwickelt, schien sie aber im Augenblick nicht besonders zu stören. Lächelnd unterhielten sie sich. Da ich mir das nicht länger ansehen wollte, drehte ich mich wieder zur Wand.

Als Silvia mir wenig später auf die Schulter tippte, um mich zu wecken, war Maxon bereits verschwunden. Und Kriss ebenfalls.

16

Ich trat aus dem Geheimgang, und mein erster Gedanke war, dass die Nordrebellen hier gewesen waren. Auf dem Flur lag ein Berg von Trümmern. Ich musste darüberklettern, um mir einen Weg zu meinem Zimmer zu bahnen. Doch was ich dann erblickte, legte die Vermutung nahe, dass es sich vielleicht doch um Südrebellen gehandelt hatte. Sonst waren die schlimmsten Verwüstungen bereits immer beseitigt gewesen, wenn wir den Schutzraum verlassen durften. Dieses Mal sah es jedoch so aus, als hätten die Bediensteten nicht alles rechtzeitig bewältigen können. Ich beobachtete eine Gruppe von Dienern, die sich abmühten, riesige Buchstaben von einer Wand zu schrubben.

WIR KOMMEN.

Die Drohung wiederholte sich zigfach auf der gesamten Länge des Flures. Manchmal war sie mit Schlamm geschrieben, manchmal mit Farbe und manchmal sogar mit Blut. Blut der Toten? Ich schauderte und wich unwillkürlich einen Schritt zurück.

Während ich noch geschockt dastand, liefen meine Zofen auf mich zu. »Miss, geht es Ihnen gut?«, fragte Anne.

»Ja. Alles in Ordnung.«

»Kommen Sie da weg, Miss. Wir kleiden Sie an«, sagte Mary in strengen Ton.

Gehorsam folgte ich ihnen, immer noch erschrocken über das, was ich da sah, und zu verwirrt, um etwas anderes tun zu können. Die drei gingen sehr bedächtig zu Werke, so, wie sie es meistens taten, wenn sie mich durch die Routine des Ankleidens zu besänftigen versuchten. Als ich fertig war, kam eine Dienerin, um mich in den Garten zu geleiten, wo wir an diesem Morgen anscheinend arbeiten sollten.

Die Verwüstungen und die furchteinflößenden Graffiti ließen sich in der Sonne von Angeles leicht vergessen. Maxon und der König standen mit ihren Beratern an einem Tisch, prüften einen Stapel Schriftstücke und trafen Entscheidungen. Unter einem Pavillon beschäftigte sich die Königin ebenfalls mit irgendwelchen Dokumenten, wobei sie die Dienerin neben sich auf bestimmte Details hinwies. Daneben saßen Elise, Celeste und Natalie an einem Tisch und besprachen die Durchführung ihres Empfangs. Sie waren so vertieft, dass es den Anschein hatte, als hätten sie die Nacht im Schutzraum vollkommen vergessen.

Kriss und ich setzten uns unter einen ähnlichen Pavillon ihnen gegenüber, doch wir kamen mit unseren Vorbereitungen nur langsam voran. Es fiel mir schwer, mit ihr zu reden, weil ich das Bild von ihr und Maxon einfach nicht aus dem Kopf bekam. Ich sah zu, wie sie einzelne Passagen in den Unterlagen unterstrich und sich am Rand Notizen machte.

»Ich glaube, ich habe einen Weg gefunden, wie wir das

mit den Blumen hinbekommen«, bemerkte sie, ohne aufzuschauen.

»Oh, prima.«

Mein Blick wanderte gedankenverloren hinüber zu Maxon. Jeder, der genau hinsah, konnte mitverfolgen, wie der König vorgab, Maxons Einwürfe nicht zu hören. Das verstand ich nicht. Wenn sich der König Sorgen machte, ob Maxon das Land gut regieren würde, musste er ihn doch umso intensiver anleiten, statt ihn von allem fernzuhalten, nur weil er befürchtete, dass sein Sohn einen Fehler machen könnte.

Maxon schob ein paar Papiere zusammen und sah hoch. Unsere Blicke trafen sich, und er winkte. Ich wollte gerade die Hand heben, als ich aus dem Augenwinkel bemerkte, wie Kriss ihm begeistert zurückwinkte. Schnell blickte ich wieder auf die Unterlagen und versuchte nicht rot zu werden.

»Sieht er nicht phantastisch aus?«, fragte Kriss. »Ich stelle mir andauernd vor, wie Kinder mit seinen Haaren und meinen Augen aussehen würden.«

»Wie geht es deinem Knöchel?«

»Ach«, sagte sie und seufzte. »Es tut ein bisschen weh, aber Dr. Ashlar meint, bis zum Empfang ist alles wieder in Ordnung.«

»Gut. Es wäre auch zu blöd, wenn du bei der Ankunft der Italienerinnen noch herumhumpeln würdest.« Ich versuchte freundlich zu klingen, aber ich merkte, dass sich Kriss über meinen spitzen Ton wunderte.

Sie öffnete den Mund und wollte etwas sagen, doch

dann blickte sie schnell woanders hin. Ich folgte ihrem Blick und stellte fest, dass Maxon gerade zu dem Tisch mit Erfrischungen ging, den die Diener aufgebaut hatten.

»Ich bin gleich zurück«, sagte sie und humpelte schneller zu Maxon hinüber, als ich es für möglich gehalten hätte.

Ich musste einfach hinsehen. Celeste ging ebenfalls zu dem provisorischen Büfett, und während sich die drei Wasser einschenkten oder nach einem Sandwich griffen, unterhielten sie sich leise. Celeste sagt etwas und Maxon lachte. Es hatte den Anschein, als würde Kriss lächeln, doch meiner Einschätzung nach fühlte sie sich eindeutig zu sehr von Celeste gestört, als dass sie sich aufrichtig amüsierte.

In diesem Augenblick war ich Celeste fast dankbar. Mich regten bestimmt hundert Sachen an ihr auf, aber eins musste man ihr lassen. Sie ließ sich einfach nicht einschüchtern. Von dieser Hartnäckigkeit hätte ich mir eine Scheibe abschneiden können.

Im selben Moment fuhr der König seinen Berater an, und mein Kopf flog in seine Richtung. Ich hörte nicht genau, was er sagte, aber er klang verärgert. Hinter ihm erkannte ich Aspen, der seine Runden drehte.

Er schaute kurz zu mir herüber und riskierte ein leichtes Zwinkern. Ich wusste, dass er mich damit ein bisschen aufmuntern wollte, und es gelang ihm tatsächlich. Gleichwohl fragte ich mich besorgt, was er letzte Nacht hatte durchmachen müssen, denn er hinkte leicht und trug einen Verband neben dem Auge.

Während ich noch überlegte, wie ich ihn unauffällig bitten konnte, mich heute Nacht zu besuchen, ertönte ein Ruf aus dem Inneren des Palastes.

»Rebellen!«, brüllte eine Wache. »Weg hier! Rebellen im Palast! Sie kommen!«

Sofort schoss mir die Drohung an den Wänden wieder durch den Kopf. WIR KOMMEN.

Dann ging alles sehr schnell. Die Zofen führten die Königin eilig zur Seite des Gebäudes. Einige zogen sie an den Händen, damit sie schneller lief, andere rannten pflichtbewusst hinter ihr her, um sie abzuschirmen.

Celestes rotes Kleid flatterte im Wind, als sie der Königin folgte. Vermutlich nahm sie an, dass das der sicherste Weg war. Maxon hob Kriss mit ihrem verletzten Fuß hoch, wirbelte herum und übergab sie dem nächstbesten Wachmann. Zufälligerweise war es Aspen.

»Weg hier!«, schrie er Aspen zu. »Los, weg!«

Mit übertriebener Loyalität stürzte Aspen los und trug Kriss davon, als wöge sie rein gar nichts.

»Maxon, nein!«, rief sie über seine Schulter hinweg.

Durch die offenen Palasttüren ertönte ein lauter Knall, und ich schrie auf. Als mehrere Wachen in ihre Uniformen griffen und Pistolen herauszogen, verstand ich, was das Geräusch zu bedeuten hatte. Es knallte noch zweimal, und ich merkte, wie ich erstarrte und reglos zusah, wie alle in Panik losrannten. Die Wachen lenkten die Leute zu den Schmalseiten des Palastes und drängten sie, aus der Schusslinie zu gehen. Ein kleiner Trupp Rebellen in robusten Hosen und derben Jacken und mit bis zum Rand gefüllten Rucksäcken stürzte fast zeitgleich nach draußen. Ein weiterer Schuss ertönte.

Endlich begriff auch ich, dass ich hier wegmusste. Ohne nachzudenken, drehte ich mich um und lief los.

Da die Rebellen aus dem Palast herausströmten, wandte ich mich automatisch in Richtung Wald. Die finster wirkende Meute folgte mir. Ich lief so schnell ich konnte, wobei ich ein paarmal in meinen flachen Schuhen ausrutschte. Für eine Sekunde überlegte ich, sie auszuziehen, doch dann beschloss ich, dass rutschige Schuhe immer noch besser waren als gar keine Schuhe.

»America!«, rief Maxon. »Nicht! Komm zurück!«

Ich riskierte einen Blick über die Schulter und sah, wie der König Maxon am Kragen seines Jacketts packte und ihn wegzerrte. Maxon starrte mir hinterher, und die Angst in seinen Augen war unübersehbar. Ein weiterer Schuss wurde abgefeuert.

»Feuer einstellen!«, brüllte Maxon. »Ihr werdet sie umbringen! Aufhören!«

Erneut fielen Schüsse und Maxon brüllte immer noch seine Befehle, doch ich war mittlerweile zu weit entfernt, um sie hören zu können. Ich rannte immer weiter und stellte plötzlich fest, dass ich ganz allein war. Maxon wurde von seinem Vater in Schach gehalten und Aspen tat seine Pflicht. Wenn mir jetzt ein Wachmann zu Hilfe eilen wollte, musste er hinter den Rebellen herlaufen. Mir blieb also nichts anderes übrig, als um mein Leben zu rennen.

Die Angst verlieh mir Flügel, und sobald ich den Wald

erreicht hatte, war ich überrascht, wie gut ich durch das Unterholz vorankam. Der Boden war trocken und hart, ausgedorrt von den vielen Monaten ohne Regen. Flüchtig war mir bewusst, dass ich mir die Beine zerkratzte, aber ich drosselte mein Tempo nicht.

Ich schwitzte, und mein Kleid klebte mir am Körper, während ich immer weiterlief. Im Wald war es zwar kühler, und es wurde immer dunkler, trotzdem war mir heiß. Zu Hause war ich manchmal mit Gerad um die Wette gerannt. Doch seit Monaten saß ich nur im Palast herum und hatte mich am leckeren Essen gütlich getan. Das spürte ich jetzt. Meine Lunge brannte und meine Beine drohten nachzugeben. Doch ich lief weiter.

Nachdem ich weit genug in den Wald vorgedrungen war, blickte ich mich um, um festzustellen, wie nah die Rebellen schon waren. Mir rauschte das Blut in den Ohren, so dass ich nichts hören konnte. Ich sah auch niemanden. Deshalb beschloss ich, dass dies hier die beste Gelegenheit war, mich zu verstecken, bevor mich mein leuchtendes Kleid noch verriet.

Ich lief noch ein Stückchen weiter, bis ich einen Baum fand, dessen Stamm mir dick genug schien. Als ich mich dahinter verbarg, bemerkte ich einen Ast, der so tief hing, dass ich daran hochklettern konnte. Ich zog meine Schuhe aus und schleuderte sie von mir, in der Hoffnung, sie würden die Rebellen nicht auf direktem Wege zu mir führen. Dann kletterte ich nach oben, setzte mich auf einen Ast und lehnte mich mit dem Rücken an den Stamm.

Ich konzentrierte mich darauf, gleichmäßig zu atmen,

weil ich fürchtete, mein Keuchen könnte mich verraten. Nachdem mir das halbwegs gelungen war, herrschte einen Augenblick lang Stille. Vielleicht hatte ich sie abgehängt. Ich bewegte mich nicht und wartete, um ganz sicherzugehen. Sekunden später hörte ich plötzlich ein Rascheln.

»Wir hätten in der Nacht herkommen sollen«, ertönte die Stimme eines Mädchens. Sie keuchte, und es hörte sich an, als ob sie sich ziemlich abplagen musste.

Ich presste mich gegen den Baum und betete, dass ich dabei keinen Zweig abbrach.

»In der Nacht wären sie nicht im Garten gewesen«, erwiderte die Stimme eines Jungen. »Komm, ich nehme dir welche ab«, bot er an, und es kam mir so vor, als seien sie schon sehr nahe.

»Lass nur. Ich schaff das schon.«

Ich hielt den Atem an und beobachtete, wie die beiden direkt unter meinem Baum vorbeiliefen. Gerade als ich glaubte, davongekommen zu sein, riss die Tasche des Mädchens, und ein Stapel Bücher fiel auf den Waldboden. Was wollte sie bloß mit den ganzen Büchern?

»Mist!«, fluchte sie und kniete sich hin. Sie trug eine Jeansjacke, die über und über mit bunten Blumen bestickt war.

»Ich hab dir meine Hilfe angeboten«, sagte der Junge.

»Ach, sei still!«, rief das Mädchen und stieß ihn spielerisch gegen das Bein. Es war deutlich, wie vertraut die beiden miteinander waren.

In der Ferne ertönte ein Pfiff.

»Ist das Jeremy?«, fragte sie.

»Klingt so.« Er beugte sich vor und hob ein paar Bücher auf.

»Dann los, geh schon mal vor. Ich komme gleich nach.«

Der Junge wirkte ein wenig unentschlossen, willigte jedoch ein und küsste sie auf die Stirn, bevor er davonlief.

Das Mädchen hob derweil den Rest der Bücher auf, schnitt mit einem Messer den Riemen von ihrer Tasche ab und band sie damit zusammen.

Als sie sich erhob, spürte ich meine Erleichterung. Sicher würde sie gleich loslaufen. Doch stattdessen warf sie ihre Haare nach hinten, hob dabei die Augen zum Himmel – und entdeckte mich.

Nichts würde mich jetzt mehr retten. Würden die Wachen kommen, wenn ich losschrie? Oder war der Rest der Rebellen viel zu nah, so dass mir das gar nichts nützte?

Reglos starrten wir einander an. Ich wartete darauf, dass sie nach den anderen rief. Hoffentlich würde das, was sie dann mit mir anstellten, nicht allzu schmerzhaft sein.

Doch außer einem leisen Lachen gab sie kein Geräusch von sich, vielmehr schien sie unsere Situation zu amüsieren.

Ein weiterer Pfiff ertönte, er klang etwas anders als der erste, und wir beide schauten automatisch in die Richtung, aus der er gekommen war. Dann blickten wir einander wieder an. Und plötzlich schwang sie ein Bein hinter das andere und machte einen eleganten Knicks. Dann erhob sie sich wieder, lächelte und rannte dem Pfiff hinterher. Verblüfft beobachtete ich, wie ihre Jacke mit den vielen aufgestickten Blumen im Gestrüpp verschwand.

Nachdem ich ungefähr eine Stunde gewartet hatte, beschloss ich, den Baum wieder hinunterzuklettern. Unten angekommen, musste ich feststellen, dass ich keine Ahnung hatte, wo meine Schuhe waren. Ich ging um den Stamm herum und suchte vergeblich nach den kleinen weißen Pantoletten. Schließlich gab ich auf. Am besten würde ich jetzt unverzüglich zum Palast zurückkehren.

Doch als ich mich umsah, stellte ich fest, dass daraus nichts werden würde. Ich hatte mich verirrt.

17

Mom hatte uns immer eingeschärft, uns nicht vom Fleck zu rühren, wenn wir uns verirrten. Ich ließ mich also zu Füßen des Baums nieder, zog die Knie hoch und wartete. Immerhin verschaffte mir das Zeit, darüber nachzudenken, was passiert war.

Wie war es möglich, dass die Rebellen an zwei aufeinanderfolgenden Tagen in den Palast eindringen konnten? *An zwei aufeinanderfolgenden Tagen!* Hatte sich die Lage so verschärft, seit das Casting begonnen hatte? Nach dem, was ich früher in Carolina und bisher im Palast erlebt hatte, war das eine völlig neue und äußerst beunruhigende Entwicklung.

Meine Beine hatten jede Menge Kratzer abbekommen und nun, da die Anspannung nachließ, spürte ich das Brennen. Am Oberschenkel hatte ich außerdem eine kleine Prellung, von der ich nicht wusste, wie ich sie mir zugezogen hatte. Ich hatte Durst, und als ich es mir bequem machte, spürte ich, wie sehr mich die Anstrengung des Tages mitgenommen hatte. Ich lehnte meinen Kopf gegen den Baum und schloss die Augen, um ein wenig auszuruhen. Völlig erschöpft schlief ich ein.

Etwas später hörte ich das Geräusch von Schritten. Ich riss die Augen auf, und der Wald kam mir auf einmal viel dunkler vor. Wie lange hatte ich geschlafen?

Mein erster Impuls war, wieder auf den Baum zu klettern, und ich lief auf die andere Seite, wobei ich auf die Überreste der Tasche trat, die das Rebellenmädchen bei sich gehabt hatte. Doch dann hörte ich jemanden meinen Namen rufen.

»Lady America! Wo sind Sie?«

»Lady America?«, brüllte eine andere Stimme. Dann, nach einer Weile, wurde mit lauter Stimme ein Kommando erteilt: »Durchsucht alles gründlich. Verteilt euch und schaut genau hin.«

»Jawohl, Sir!«, antworteten mehrere Männer im Chor.

Ich spähte um den Stamm herum und kniff die Augen zusammen, um die Gestalten, die sich im Schatten bewegten, besser erkennen zu können. Ich war mir nicht sicher, ob sie wirklich hier waren, um mich zu retten. Doch einer der Männer, der trotz seines leichten Hinkens kein bisschen langsamer als die anderen war, räumte schließlich alle Zweifel aus.

Ein kleiner Fleck schwindenden Sonnenlichts fiel auf Aspens Gesicht, und ich rannte los. »Ich bin hier!«, rief ich. »Hier drüben!«

Ich lief direkt in seine Arme, und diesmal kümmerte es mich nicht, wer uns sah.

»Gott sei Dank«, flüsterte er in mein Haar. Dann wandte er sich an die anderen: »Ich habe sie! Sie lebt!«

Aspen beugte sich vor, hob mich hoch und wiegte mich

in seinen Armen. »Ich hatte solche Angst, dass wir irgendwo deine Leiche finden würden. Tut dir etwas weh?«

»Die Beine, aber nur ein bisschen.«

Sekunden später umringten uns weitere Wachen, die Aspen zu seinem erfolgreichen Einsatz gratulierten.

»Lady America«, fragte der Befehlshaber, »sind Sie verletzt?«

Ich schüttelte den Kopf. »Nur ein paar Kratzer an den Beinen.«

»Hat man Ihnen wehgetan?«

»Nein. Die Rebellen haben mich gar nicht eingeholt.«

Er wirkte ein wenig überrascht. »Ich glaube nicht, dass eins der anderen Mädchen sie hätte abhängen können«, bemerkte er.

Ich grinste und entspannte mich endlich. »Von den anderen Mädchen ist ja auch keine eine Fünf.«

Einige der Wachmänner grinsten und auch Aspen schmunzelte.

»Da ist was dran. Kommen Sie, wir bringen Sie zurück.«

Der Befehlshaber ging voraus und rief den anderen Wachen zu: »Seid auf der Hut. Sie könnten noch immer hier irgendwo in der Gegend sein.«

Während ich ihm folgte, sagte Aspen leise zu mir: »Ich weiß, du bist schnell und clever, trotzdem hatte ich Angst.«

»Ich habe den Officer angelogen«, flüsterte ich.

»Was meinst du damit?«

»Sie haben mich schließlich doch eingeholt.«

Entsetzt blickte Aspen mich an.

»Sie haben mir nichts getan, keine Sorge, aber ein Mädchen hat mich gesehen. Sie machte einen Knicks und rannte dann weg.«

»Sie machte einen Knicks?«

»Ich war auch überrascht. Sie wirkte überhaupt nicht bedrohlich. Eigentlich sah sie eher wie ein ganz normales Mädchen aus.«

Ich dachte an Maxons Beschreibung der beiden Rebellengruppierungen und mutmaßte, dass das Mädchen aus dem Norden stammen musste. Es war keinerlei Aggressivität von ihr ausgegangen, nur das Bestreben, ihre Aufgabe zu erfüllen. Doch der Angriff der letzten Nacht ging, wie uns Aspens Befehlshaber nach jüngsten Informationen mitteilte, auf das Konto der Südrebellen. Bedeutete das also, dass die Angriffe nicht nur dicht aufeinanderfolgten, sondern auch von verschiedenen Gruppierungen ausgeführt wurden? Beobachteten uns die Nordrebellen womöglich und warteten, bis wir irgendwann erschöpft waren? Der Gedanke, dass sie den Palast ausspionierten, war irgendwie erschreckend.

Gleichzeitig mutete der Angriff in seiner Unverfrorenheit fast schon grotesk an. Waren sie einfach zur Vordertür hereinspaziert? Und wie lange hatten sie sich im Palast aufgehalten und ihre Schätze zusammengeklaubt? Wobei mir wieder etwas einfiel.

»Sie hatten Bücher bei sich, und zwar eine ganze Menge«, sagte ich.

Aspen nickte. »Das scheint öfter vorzukommen. Keine Ahnung, was sie damit vorhaben. Vielleicht ist es kalt, dort, wo sie sich verstecken.«

»Hmm«, erwiderte ich ausweichend. »Wenn ich Brennmaterial bräuchte, wüsste ich Orte, an denen ich es mir leichter als im Palast beschaffen könnte.« Und der Eifer, mit dem das Mädchen die Bücher wieder eingesammelt hatte, legte nahe, dass es um hier mehr als nur um Brennstoff ging.

Wir brauchten über eine Stunde in langsamem, stetigem Tempo, um zurück zum Palast zu kommen. Aspen stützte mich den ganzen Weg über. Es machte fast den Eindruck, als würde er den Marsch trotz des zusätzlichen Gewichts genießen. Und ich genoss ihn ebenfalls.

»In den nächsten Tagen bin ich wahrscheinlich sehr beschäftigt, aber ich versuche, dich so bald wie möglich wieder zu besuchen«, flüsterte er, während wir den breiten Rasen überquerten, der zum Palast führte.

»Okay«, antwortete ich leise.

Er lächelte kurz und blickte nach vorn. Ich tat es ihm gleich und genoss den Anblick, der sich mir bot. Der Palast glänzte in der Spätnachmittagssonne, und in jedem Stockwerk leuchteten die Fenster hell auf. So hatte ich ihn noch nie gesehen. Es war wunderschön.

Aus irgendeinem Grund hatte ich gedacht, Maxon würde an den Glastüren zum Garten auf mich warten. Aber er war nicht da. Keiner war da. Aspen wurde befohlen, mich zum Krankenflügel zu bringen, damit Dr. Ashlar sich um meine Beine kümmern konnte. Eine andere Wache begab sich zur königlichen Familie, um ihr mitzuteilen, dass man mich lebend gefunden hatte.

Doch meine Rückkehr fand anscheinend keine Beachtung. Mit verbundenen Beinen lag ich allein in einem Krankenbett, und da blieb ich auch, bis ich einschlief.

Jemand nieste. Ich öffnete die Augen. Für einen Moment war ich verwirrt, bis mir wieder einfiel, wo ich war. Blinzelnd blickte ich mich im Zimmer um.

»Ich wollte dich nicht wecken«, sagt Maxon in gedämpftem Ton. »Schlaf weiter.« Er saß auf einem Stuhl neben meinem Bett.

»Wie spät ist es?« Ich rieb mir die Augen.

»Fast zwei.«

»In der Nacht?«

Maxon nickte. Er sah mich aufmerksam an, und ich machte mir plötzlich Sorgen, wie ich aussah. Nach meiner Rückkehr hatte ich mir zwar das Gesicht gewaschen und die Haare hochgesteckt, trotzdem war ich mir ziemlich sicher, dass sich auf meiner Wange ein Kissenabdruck abzeichnete.

»Schläfst du denn nie?«, fragte ich.

»Doch. Aber ich bin oft einfach viel zu nervös dazu.«

»Berufsrisiko?« Ich setzte mich auf.

Er lächelte schief. »Etwas in der Art.«

Eine Zeit lang saßen wir schweigend da.

»Als ich heute im Wald war, habe ich über etwas nachgedacht«, sagte ich beiläufig.

Dass ich den Vorfall so gut überwunden hatte, schien Maxon zu freuen. Sein Lächeln verstärkte sich. »Ach, wirklich?«

»Und zwar über dich.«

Er kam ein Stückchen näher, und seine braunen Augen blickten mich erwartungsvoll an. »Erzähl schon.«

»Also, ich habe darüber nachgedacht, wie du dich letzte Nacht verhalten hast, als Elise und Kriss zunächst nicht auftauchten. Wie besorgt du warst. Und heute habe ich gesehen, wie du versucht hast, mir nachzulaufen, als die Rebellen kamen.«

»Ich habe es wirklich versucht, America. Es tut mir leid.« Er schüttelte den Kopf, beschämt, dass er nicht mehr unternommen hatte.

»Aber ich bin nicht wütend«, erklärte ich. »Das ist es ja gerade. Als ich allein dort draußen war, habe ich mich gefragt, ob du wohl Angst um mich hast und wie sehr du dich um die anderen Mädchen sorgst. Ich kann zwar nicht behaupten, ich wüsste, wie du zu uns allen stehst. Doch was ich weiß, ist, dass wir beide im Moment nicht gerade unsere beste Zeit durchmachen.«

Er grinste. »Wir haben in der Tat schon bessere Tage gesehen.«

»Trotzdem bist du mir hinterhergerannt. Und du hast Kriss einer Wache anvertraut, weil sie nicht laufen konnte. Du hast versucht, uns alle in Sicherheit zu bringen. Warum solltest du also jemals einer von uns wehtun wollen?«

Er saß still da, unsicher, worauf ich hinauswollte.

»Da dir unser Wohlergehen also offensichtlich am Herzen liegt, hast du Marlee das ganz bestimmt nicht antun wollen. Das habe ich jetzt endlich kapiert. Und ich bin sicher, du wärst eingeschritten, wenn du es gekonnt hättest.«

Er seufzte. »Sofort.«

»Ich weiß.«

Zaghaft griff Maxon über das Bett hinweg nach meiner Hand, und ich ließ es zu. »Erinnerst du dich, dass ich gesagt habe, ich wolle dir etwas zeigen?«

»Ja.«

»Vergiss es nicht, ja? Der Zeitpunkt wird kommen. In meiner Position muss ich eine Menge Dinge tun, die nicht immer angenehm sind. Aber manchmal ... manchmal kann man auch Großes bewirken.«

Ich wusste nicht, was er damit meinte, aber ich nickte.

»Ich fürchte jedoch, das muss noch warten, bis du dein Projekt beendet hast. Du bist ein bisschen im Verzug, stimmt's?«

»Oh Gott!« Ich entzog Maxon meine Hand und schlug sie vor den Mund. Ich hatte den Empfang völlig vergessen. Dann schaute ich wieder zu ihm. »Das heißt, sie wollen noch immer, dass wir das übernehmen? Es gab zwei Rebellenangriffe, und ich bin den größten Teil des gestrigen Tages im Wald herumgeirrt. Wir werden es total vermasseln.«

In Maxons Gesicht spiegelte sich Mitleid wider. »Ich weiß, aber ich fürchte, du wirst dich da durchkämpfen müssen.«

Ich ließ den Kopf aufs Kissen zurücksinken. »Es wird eine einzige Katastrophe werden.«

Maxon lächelte. »Keine Angst. Selbst wenn du es nicht so gut machst wie die anderen, würde ich es nicht übers Herz bringen, dich nach Hause zu schicken.«

Ich setzte mich wieder auf. »Willst du damit andeuten, dass – sollten es die anderen noch schlechter machen – eine von *ihnen* ausscheiden könnte?«

Maxon zögerte einen Moment, offenbar wusste er nicht, was er antworten sollte.

»Maxon?«

»Mir bleiben noch ungefähr zwei Wochen, bis ich eine weitere Entscheidung treffen muss. Die Empfänge werden dabei eine große Rolle spielen. Dich und Kriss erwartet die schwerere Aufgabe. Ein neuer Kontakt, und ihr seid nur zu zweit. Und dann noch die Tatsache, dass euch bisher kaum Zeit blieb, euch darauf vorzubereiten ...«

Ich fragte mich, ob man sehen konnte, wie mir schlagartig alles Blut aus dem Gesicht wich.

»Offiziell darf ich euch nicht helfen, aber wenn du etwas brauchst, sag es mir bitte. Ich kann einfach keine von euch beiden nach Hause schicken.«

Der Schmerz traf mich mit voller Wucht. Bis jetzt hatte ich mir noch einreden können, dass alles, was ich zwischen ihm und Kriss beobachtet hatte, nur Einbildung gewesen war. Doch nun hatte ich Gewissheit.

Er mochte sie. Vielleicht genauso sehr wie mich.

Unfähig etwas zu sagen, nickte ich nur zu seinem Hilfsangebot.

Krampfhaft versuchte ich, die Kontrolle über mein Herz zurückzugewinnen. Das zwischen Maxon und mir hatte mit Freundschaft begonnen, und vielleicht war das wirklich alles, was wir sein sollten – gute Freunde. Trotzdem war ich am Boden zerstört.

»Ich gehe jetzt besser«, sagte er. »Du hast einen langen Tag hinter dir und brauchst Schlaf.«

Ich verdrehte die Augen. Er hatte ja keine Ahnung.

Maxon erhob sich und strich seinen Anzug glatt. »Ich wollte dir noch so viel mehr sagen. Ich dachte wirklich, ich hätte dich verloren.«

»Mir geht es gut, Maxon. Ehrlich.«

»Das sehe ich jetzt auch, aber mehrere Stunden lang musste ich mit dem Schlimmsten rechnen.« Er schwieg und wog seine Worte sorgfältig ab. »Normalerweise bist du von allen Mädchen diejenige, mit der ich am leichtesten darüber reden kann, wie wir zueinander stehen. Doch ich habe das Gefühl, dass das im Moment vielleicht nicht besonders klug wäre.«

Ich senkte den Kopf und nickte fast unmerklich. Ich konnte nicht über meine Gefühle zu jemandem sprechen, der offensichtlich in eine andere verliebt war.

»Sieh mich an, America«, bat er sanft.

Ich hob den Blick.

»Für mich ist das kein Problem. Ich kann warten. Doch du sollst wissen ... wie erleichtert ich bin, dass du heil zurückgekommen bist. Noch nie war ich für etwas so dankbar.«

Ich schwieg, völlig überwältigt, wie immer, wenn er die geheimsten Winkel meines Herzens berührte. Irgendwo tief in mir drin machte ich mir aber auch Sorgen, wie leicht ich seinen Worten Glauben schenkte.

18

Es war Montagnacht oder vielleicht schon Dienstagmorgen. Kriss und ich waren den ganzen Tag damit beschäftigt gewesen, passende Stoffbahnen auszuwählen, Diener zu finden, die sie aufhängten, unsere Kleider und den Schmuck abzustimmen, Porzellan auszusuchen und ein vorläufiges Menü zusammenzustellen. Dabei hatten wir die ganze Zeit einem Sprachlehrer zugehört, der uns italienische Redewendungen vorsagte in der Hoffnung, dass einiges davon bei uns hängen bleiben würde. Wenigstens hatte ich den Vorteil, dass ich Spanisch konnte. Da sich die Sprachen ziemlich ähnlich waren, lernte ich die Floskeln schneller. Und Kriss bemühte sich, es mir nachzutun.

Eigentlich hätte ich nach einem solchen Tag völlig erschöpft sein müssen, doch stattdessen gingen mir ständig Maxons Worte im Kopf herum.

Wie war das mit Kriss passiert? Warum stand sie ihm plötzlich so nah? Und warum kümmerte mich das überhaupt?

Aber es ging schließlich um Maxon. Sosehr ich mich auch bemühte, auf Abstand zu gehen, musste ich doch zugeben, dass er mir noch immer etwas bedeutete. Ich war nicht bereit, ihn völlig aufzugeben.

Es musste doch irgendwie möglich sein, dieses ganze Gefühlschaos in den Griff zu bekommen. Während ich alles, was geschehen war, noch einmal Revue passieren ließ, versuchte ich, die einzelnen Aspekte voneinander zu trennen. Und wirklich – es schien, als ließen sie sich allesamt jeweils einer von vier Kategorien zuordnen: meinen Gefühlen für Maxon, Maxons Gefühlen für mich, dem was zwischen Aspen und mir war, und wie ich dazu stand, Prinzessin zu werden.

Von allem, was in meinem Kopf durcheinanderwirbelte, schien die Prinzessinnenfrage am leichtesten lösbar zu sein. Zumindest in diesem Bereich konnte ich auf etwas zurückgreifen, was die anderen Mädchen nicht besaßen. Ich hatte Gregory Illeá.

Ich ging hinüber zum Klavierhocker, zog sein Tagebuch hervor und hoffte inständig, dass er ein paar Weisheiten für mich parat hatte. Er war nicht als König geboren worden, sicher hatte er sich erst daran gewöhnen müssen. Nach dem, was er in seinem Halloween-Eintrag geschrieben hatte, bereitete er sich auf eine große Veränderung in seinem Leben vor.

Ich legte mich wieder ins Bett, zog die Decke hoch und vertiefte mich in seine Aufzeichnungen.

Ich würde gern das altmodische amerikanische Ideal verkörpern. Ich habe eine attraktive Familie, und ich bin sehr vermögend. Diese beiden Umstände stützen dieses Bild, denn sie wurden mir nicht in die Wiege gelegt. Jeder, der mich heute sieht, weiß, wie hart ich dafür gearbeitet habe.

Doch die Tatsache, dass ich meine Position dazu genutzt habe, so viel zu geben, während andere es nicht taten oder nicht tun konnten, hat aus dem gesichtslosen Milliardär einen Wohltäter gemacht. Aber darauf kann ich mich nicht ausruhen. Ich muss mehr tun, muss mehr sein. Wallis führt das Land, nicht ich, und ich muss herausfinden, wie ich dem Volk geben kann, was es braucht, ohne gleichzeitig als Usurpator dazustehen. Vielleicht kommt irgendwann die Zeit, in der ich an der Macht bin und tun kann, was ich für richtig halte. Einstweilen unterwerfe ich mich den geltenden Regeln, werde diesen Rahmen aber so weit wie möglich ausschöpfen.

Ich versuchte aus seinen Worten ein paar nützliche Ratschläge für mich und meine Situation herauszuziehen. Er war der Meinung, man solle seine Position nutzen. Und sich an die Regeln halten. Vielleicht hätte mir das reichen müssen. Tat es aber nicht. Da Gregory Illeá also keine echte Hilfe war, konnte ich jetzt nur noch auf einen einzigen Mann zählen. Ich ging hinüber zum Schreibtisch, zog Füller und Papier hervor und schrieb einen Brief an meinen Vater.

19

Der Dienstag verging wie im Flug, und am Mittwoch machten Kriss und ich uns in konservativen grauen Kleidern auf den Weg zum Empfang der anderen Mädchen.

»Wie verhalten wir uns?«, fragte Kriss, als wir den Flur entlanggingen.

Ich überlegte einen Moment. Ich konnte Celeste nicht ausstehen, und es würde mir nichts ausmachen, wenn sie versagte. Doch ich war mir nicht sicher, ob ich mir wünschte, dass es gleich in so großem Stil geschah.

»Wir sollten höflich sein, ihnen aber nicht helfen. Außerdem müssen wir auf die Reaktionen von Silvia und der Königin achten. Kein noch so kleines Detail darf uns entgehen. Und dann setzen wir alles daran, dass unser Empfang besser wird.«

»Einverstanden.« Kriss holte tief Luft. »Los, komm.«

Wir hatten uns extra bemüht, pünktlich zu sein, weil das in der Kultur der Gäste besonders wichtig war, doch bei unserem Eintreffen steckten die Mädchen bereits in Schwierigkeiten. Es war, als hätte Celeste sich selbst sabotiert. Während Elise und Natalie seriöse dunkelblaue Kleider trugen, hatte Celeste ein schneeweißes gewählt.

Hätte man ihr einen Schleier aufgesetzt, wäre es glatt als Hochzeitskleid durchgegangen. Ganz zu schweigen, wie freizügig es wirkte – vor allem, wenn sie neben einer der deutschen Frauen stand. Trotz des warmen Wetters trugen die meisten von ihnen langärmelige Kleider.

Natalie war für die Blumen verantwortlich und hatte nicht beachtet, dass Lilien traditionell als Trauerschmuck galten. Alle Blumengestecke mussten daraufhin eiligst entfernt werden.

Nur Elise schien ein Bild der Ruhe zu sein, obwohl sie aufgeregter als gewöhnlich war. Unseren Gästen musste sie wie der Star der Elite vorkommen.

Da sie nur gebrochen Englisch sprachen, machte ich mir Sorgen um die Verständigung mit den Damen der Deutschen Föderation und versuchte, mich besonders gastfreundlich zu zeigen. Doch zum Glück erwiesen sich die Damen trotz ihres strengen Auftretens als sehr freundlich.

Schnell war klar, dass die eigentliche Gefahr von Silvia und ihrem Klemmbrett drohte. Während die Königin den Mädchen gütigerweise dabei half, die deutschen Gäste zu bewirten, schlich Silvia immer wieder prüfend herum, und ihren scharfen Augen entging nichts. Noch bevor der Empfang zu Ende war, schien sie sich seitenweise Notizen gemacht zu haben. Kriss und ich wussten also, dass unsere einzige Chance darin bestand, Silvia am Donnerstag für unseren Empfang zu begeistern.

Am nächsten Morgen kam Kriss mit ihren Zofen in mein Zimmer, und wir bereiteten uns gemeinsam vor.

Wir wollten uns in ähnlicher Weise kleiden, damit deutlich wurde, wer die Verantwortung trug. Es war lustig mit so vielen Mädchen in meinem Zimmer. Die Zofen kannten sich untereinander und unterhielten sich angeregt, während sie uns zurecht machten. Es erinnerte mich fast ein wenig daran, wie es mit May gewesen war.

Bevor die Gäste eintrafen, begaben Kriss und ich uns zum Salon, um alles noch einmal zu überprüfen. Im Gegensatz zum gestrigen Empfang hatten wir auf Tischkärtchen verzichtet, so dass unsere Gäste ihren Platz frei wählen konnten. Die Band erschien, um einen Soundcheck durchzuführen, und der von uns ausgewählte Stoff für die Wanddekoration erwies sich als besonderer Glücksgriff, da er die Akustik günstig beeinflusste.

Ich richtete Kriss' Halskette, und wir fragten einander ein letztes Mal italienische Höflichkeitsfloskeln ab. Dabei lobte ich ihr Italienisch. Es klang wirklich sehr natürlich.

»Danke«, sagte sie.

»Grazie«, erwiderte ich.

»Nein, nein«, entgegnete Kriss und sah mich ernst an. »Ich meine, ich danke dir. Du hast das wirklich toll gemacht. Ich dachte, nach dem, was mit Marlee passiert ist, würdest du vielleicht aufgeben. Und ich hatte Angst, ich müsste das hier alleine stemmen, aber du hast dir so viel Mühe gegeben. Du warst wirklich großartig.«

»Danke. Du aber auch. Ich weiß nicht, ob ich es überlebt hätte, mit Celeste zusammenzuarbeiten. Du hast es mir sehr leicht gemacht.« Kriss lächelte. »Aber du hast recht. Ohne Marlee wares sehr schwer für mich, trotzdem will ich nicht aufgeben. Das hier wird absolut phantastisch. Du wirst sehen.«

Kriss biss sich auf die Lippe und überlegte einen Augenblick. »Dann willst du also noch immer gewinnen? Das heißt, du willst Maxon noch immer?«, fügte sie schnell hinzu, als ob sie sonst den Mut verloren hätte.

Natürlich war es nicht so, als hätte ich nicht gewusst, was wir alle hier machten, doch bisher hatte noch keins der Mädchen so offen darüber gesprochen. Für einen Moment war ich sprachlos und fragte mich, ob ich ihr antworten sollte. Und wenn ich es tat, was sollte ich ihr dann sagen?

Im selben Moment kam Silvia hereingeeilt. »Meine Damen!«, trällerte sie. Noch nie hatte ich mich so über ihr Erscheinen gefreut. »Es ist bald so weit. Sind Sie fertig?«

Hinter ihr trat die Königin ein. Sie sah sich im Salon um und bewunderte sichtlich zufrieden unser Werk. Es war eine Riesenerleichterung, sie lächeln zu sehen.

»Fast fertig«, erklärte Kriss. »Wir müssen uns nur noch um ein paar Details kümmern. Und dafür brauchen wir Sie und die Königin.«

»Ach ja?«, entgegnete Silvia neugierig.

Die Königin kam zu uns herüber, ihre dunklen Augen leuchteten vor Stolz. »Es ist alles wunderschön. Und Sie beide sehen hinreißend aus.«

»Danke«, erwiderten wir im Chor. Die blassblauen Kleider mit den üppigen goldenen Accessoires waren meine Idee gewesen. Festlich und hübsch, aber nicht übertrieben.

»Nun, Sie haben vielleicht unsere Halsketten bemerkt«,

sagte Kriss. »Wir haben uns überlegt, dass sie den Leuten helfen werden, uns als Gastgeberinnen zu erkennen.«

»Eine hervorragende Idee«, bemerkte Silvia und kritzelte emsig auf ihrem Klemmbrett herum.

Kriss und ich lächelten uns an. »Und da Sie beide ebenfalls Gastgeberinnen sind, sind wir der Meinung, Sie sollten auch solche Ketten tragen«, sagte ich, und Kriss nahm zwei Schachteln vom Tisch.

»Für ... für mich?«, fragte Silvia überrascht.

»Aber natürlich«, sagte Kriss liebenswürdig und reichte ihr den Schmuck.

»Sie haben uns beiden so viel geholfen. Das ist schließlich auch Ihr Werk«, fügte ich hinzu.

Ich sah, wie sehr unsere Geste die Königin freute, doch Silvia war für einen Moment vollkommen sprachlos. Plötzlich fragte ich mich, ob ihr im Palast überhaupt irgendjemand Aufmerksamkeit schenkte. Zwar hatten wir uns das gestern hauptsächlich ausgedacht, um Silvia für uns einzunehmen, doch jetzt war ich noch aus anderen Gründen froh, dass wir es getan hatten.

Vielleicht war Silvias Verhalten oft erdrückend, doch es war ja nur zu unserem Besten, dass sie uns diese ganzen Regeln einbläute. Ich gelobte jedenfalls, ihr in Zukunft dankbarer zu sein.

Ein Diener teilte uns mit, dass die Gäste im Anmarsch waren, und Kriss und ich stellten uns zu beiden Seiten der Flügeltür auf, um sie willkommen zu heißen. Die Band spielte im Hintergrund leise Musik, und die Diener kamen mit kleinen Häppchen herein.

Elise, Celeste und Natalie betraten als Nächste den Raum, zu unserer Überraschung waren sie pünktlich. Als sie sahen, wie wir den Salon ausstaffiert hatten – der wogende Stoff, der die eintönigen Wände verhüllte, die funkelnde Tischdekoration, der üppige Blumenschmuck –, stand Elise und Celeste das Entsetzen deutlich ins Gesicht geschrieben. Natalie jedoch war viel zu begeistert, um sich solche Gedanken zu machen.

»Es duftet wie in einem Garten«, sagte sie begeistert und kam mit tänzelnden Schritten näher. »Herrlich!«

»Für meinen Geschmack ein bisschen zu sehr«, fügte Celeste spitz hinzu. »Die Leute werden Kopfschmerzen bekommen.« Man konnte wirklich darauf wetten, dass sie immer ein Haar in der Suppe fand.

»Bitte, verteilt euch auf die verschiedenen Tische«, sagte Kriss, als die drei an uns vorbeimarschierten.

Celeste sog zischend die Luft ein und tat so, als wäre Kriss' Bitte eine absolute Zumutung. Ich hätte ihr gern gesagt, sie solle sich zusammenreißen. Wir hatten uns bei ihrem Empfang schließlich auch tadellos benommen. Doch dann hörte ich schon das fröhliche Geplapper der Italienerinnen, die den Flur entlangkamen, und vergaß Celeste darüber.

Die Damen aus Italien erwiesen sich als klassische Schönheiten. Sie waren groß, ihre Haut schimmerte in einem warmen Goldton, und alle waren ausgesprochen hübsch. Und als ob das nicht genug gewesen wäre, waren sie alle auch noch überaus freundlich. Es war, als trügen sie die Sonne in ihrem Herzen, die alles um sie herum erstrahlen ließ.

Die Monarchie in Italien war noch jünger als die in Illeá. Laut Unterlagen hatten die Italiener viele Jahrzehnte lang unsere Annäherungsversuche abgewehrt, und das hier war das erste Mal, dass wir uns die Hände reichten. Dieses Treffen war der allererste Schritt hin zu einer engeren Beziehung zu einer aufstrebenden Nation. Der Gedanke daran schüchterte mich ein wenig ein – bis zu dem Moment, als die Damen durch die Tür traten und ihre spontane Herzlichkeit alle Befürchtungen dahinschmelzen ließ. Überschwänglich küssten sie Kriss und mich auf beide Wangen und riefen: *»Salve!«*

Erleichtert versuchte ich, ebenso enthusiastisch zu reagieren. Dabei patzte ich bei ein paar der italienischen Begrüßungsfloskeln, doch unsere liebenswürdigen Besucherinnen gingen einfach darüber hinweg und halfen mir, mich zu korrigieren. Ihr Englisch war beeindruckend, und wir bewunderten gegenseitig unsere Frisuren und Kleider. Es schien, als hätte unser optischer Auftritt einen guten ersten Eindruck gemacht, und das sorgte dafür, dass ich mich allmählich ein wenig entspannte.

Fast die ganze Zeit über saß ich neben Orabella und Noemi, zwei Cousinen der italienischen Prinzessin.

»Der ist wirklich köstlich!«, rief Orabella begeistert und hob ihr Weinglas.

»Wie schön, dass er Ihnen schmeckt«, erwiderte ich, wobei ich mich beunruhigt fragte, ob ich im Vergleich zu ihnen schüchtern und steif wirkte. Die beiden sprühten nämlich nur so vor Temperament.

»Sie müssen ihn unbedingt auch probieren!«, forderte

Orabella mich auf. Ich hatte zwar seit der Halloween-Party keinen Alkohol mehr getrunken, und ich machte mir auch nicht besonders viel daraus. Aber ich wollte nicht unhöflich sein, also nahm ich das Glas Wein, das sie mir reichte, und nippte daran.

Sie hatte recht. Er war phantastisch. Champagner bestand im Prinzip nur aus kleinen Bläschen, doch der dunkelrote Wein vereinte ganz verschiedene Aromen in sich, die sich überlagerten und nacheinander in den Vordergrund traten.

»Mmmmmmh«, seufzte ich genießerisch.

»Also, dieser Maxon, er sieht wirklich gut aus. Wie kann ich am Casting teilnehmen?«, scherzte Noemi, um meine Aufmerksamkeit auf sich zu lenken.

»Dafür müssen Sie nur einen Haufen Papierkram erledigen«, erwiderte ich lachend.

»Das ist alles? Wo ist mein Füller?«, rief sie entschlossen.

»Ich werde die Formulare auch ausfüllen«, mischte sich Orabella fröhlich ein. »Ich würde Maxon zu gern mit nach Hause nehmen.«

»Glauben Sie mir, das Ganze ist ziemlich kompliziert.«

»Ach, Sie brauchen einfach nur mehr Wein«, stellte Noemi kurzerhand fest.

»Genau!«, unterstützte sie Orabella und rief nach einem Diener, damit er mir nachschenkte.

»Sind Sie schon einmal in Italien gewesen?«, fragte Noemi.

Ich schüttelte den Kopf. »Bis zum Casting habe ich meine Heimatprovinz noch nie verlassen.«

»Sie müssen uns unbedingt besuchen kommen!«, rief Orabella. »Sie können jederzeit bei mir wohnen.«

»Ach, immer reißt du alles an dich«, beschwerte sich Noemi. »Sie wohnt natürlich bei mir.«

Die berauschende Wirkung des Weins und die Heiterkeit der beiden ließen mich fast ausgelassen werden.

»Also, küsst er gut?«, fragte Noemi ohne Umschweife.

Ich verschluckte mich und nahm das Glas vom Mund, weil ich lachen musste. Ich wollte nicht zu viel verraten, doch mein verschmitztes Lächeln schien ihnen Antwort genug.

»Wie gut?«, wollte Orabella wissen. Als ich keine Antwort gab, wedelte sie demonstrativ mit der Hand. »Wir brauchen noch mehr Wein!«

»Sie bringen mich noch in Schwierigkeiten!«, erwiderte ich mit scherzhaft erhobenem Zeigefinger. Doch die beiden warfen die Köpfe in den Nacken und brachen in herzliches Gelächter aus, und ich konnte nicht anders, als miteinzustimmen. Gespräche unter Mädchen machten so viel mehr Spaß, wenn nicht alle um denselben Mann buhlten. Trotzdem durfte ich mich nicht zu sehr darauf einlassen.

Ich erhob mich, um nicht irgendwann betrunken unter dem Tisch zu landen. Ich musste unbedingt etwas essen. »Er kann sehr romantisch sein, wenn er möchte«, sagte ich zum Abschluss. Und als ich davonging, applaudierten und lachten die beiden wieder. Ihre ausgelassene Art war einfach ansteckend.

Nachdem ich ein wenig Wasser getrunken und etwas

gegessen hatte, spielte ich ein paar Volkslieder auf der Geige, und fast alle im Salon sangen mit. Aus dem Augenwinkel sah ich Silvia, die sich Notizen machte und gleichzeitig mit dem Fuß im Takt der Musik wippte.

Als Kriss und ich später aufstanden und vorschlugen, auf das Wohl der Königin und das von Silvia zu trinken, weil sie uns geholfen hatten, spendeten ihnen alle Beifall. Ich hob mein Glas in Richtung unserer Gäste. Sie kreischten vor Entzücken, stürzten ihren Wein herunter und warfen kurzerhand die Gläser an die Wand. Weil es so unerwartet kam, zuckten Kriss und ich zusammen. Doch dann beschlossen wir, uns diesem Brauch anzuschließen, und zerschmetterten ebenfalls lachend unsere Gläser.

Die armen Diener mussten zwar anschließend am Boden herumkrabbeln, um die Scherben aufzusammeln, doch als die Band erneut zu spielen begann, war alles wieder in Ordnung und der komplette Salon tanzte. Den Höhepunkt des Ganzen bildete jedoch Natalie, die auf einem der Tische stand und einen Tanz vollführte, der sie wie ein Krake aussehen ließ.

Zufrieden ließ ich meinen Blick durch den Raum schweifen. Königin Amberly saß in einer Ecke und plauderte fröhlich mit der italienischen Königin. Bei diesem Anblick überkam mich plötzlich ein Gefühl des Erfolgs, und ich war so davon in Beschlag genommen, dass ich regelrecht erschrak, als Elise mich ansprach.

»Eurer ist besser«, sagte sie widerstrebend, aber aufrichtig. »Ihr beide habt wirklich einen unglaublichen Empfang auf die Beine gestellt.«

»Danke. Eine Zeitlang habe ich mir Sorgen gemacht – wir hatten einen richtig schlechten Start.«

»Ich weiß. Und das macht es noch beeindruckender. Es sieht aus, als hättet ihr beiden Wochen dafür geschuftet.« Sie blickte sich im Raum um und starrte sehnsüchtig auf die prächtige Dekoration.

Ich legte ihr die Hand auf die Schulter. »Weißt du, Elise, jeder hat gestern gemerkt, dass du in eurem Team am härtesten gearbeitet hast. Ich bin sicher, Silvia wird dafür sorgen, dass Maxon das erfährt.«

»Meinst du?«

»Natürlich. Und ich verspreche dir, falls das hier eine Art Wettbewerb ist und du verlierst, sage ich Maxon persönlich, wie gut du warst.«

Sie kniff ihre ohnehin schon schmalen Augen zusammen. »Das würdest du tun?«

»Na klar. Warum denn nicht?«, sagte ich lächelnd.

Elise schüttelte den Kopf. »Ich bewundere dich wirklich dafür, wie du bist. Ich nehme an, du meinst es ehrlich. Aber du musst endlich begreifen, dass wir miteinander konkurrieren, America.« Mein Lächeln verschwand. »Ich würde nicht lügen oder irgendetwas Schlechtes über dich sagen, aber ich würde auch nicht so nett sein und Maxon erzählen, dass du etwas gut gemacht hast. Das kann ich einfach nicht.«

»So muss es aber doch nicht laufen«, sagte ich leise.

Sie schüttelte den Kopf. »Doch, muss es. Das hier ist nicht einfach nur ein Preis. Es geht um einen Ehemann, die Krone, die Zukunft. Und du bist vermutlich diejenige, die von uns am meisten gewinnen oder verlieren kann.«

Ich stand da und war völlig sprachlos. Ich hatte gedacht, wir wären Freundinnen. Bis auf Celeste hatte ich diesen Mädchen wirklich vertraut. Hatte ich die Augen davor verschlossen, wie sehr sie alle kämpften?

»Das bedeutet nicht, dass ich dich nicht mag«, fuhr Elise fort. »Ich mag dich sogar sehr. Aber ich kann dich nicht bejubeln, damit du gewinnst.«

Ich nickte und versuchte ihre Worte zu begreifen. Es war eindeutig, dass ich innerlich nicht so beteiligt war wie sie. Was mich noch mehr daran zweifeln ließ, ob ich für diese Position die Richtige war.

Elise lächelte über meine Schulter hinweg, und als ich mich umwandte, sah ich, dass die italienische Prinzessin auf uns zukam.

»Bitte entschuldigen Sie. Darf ich bitte kurz mit der Gastgeberin sprechen?«, fragte sie mit ihrem reizenden Akzent.

Elise machte einen Knicks und mischte sich wieder unter die Tanzenden. Ich versuchte unser Gespräch so schnell wie möglich zu vergessen und mich auf die Person zu konzentrieren, auf die ich Eindruck machen sollte.

»Prinzessin Nicoletta, bitte entschuldigen Sie, dass wir heute noch nicht die Gelegenheit hatten, uns ausführlicher zu unterhalten«, sagte ich und knickste ebenfalls.

»Das macht doch nichts! Sie waren auch sehr beschäftigt. Meine Cousinen sind ganz begeistert von Ihnen!«

Ich lachte. »Dieses Kompliment kann ich nur zurückgeben. Die beiden sind sehr witzig.«

Nicoletta zog mich in eine Ecke des Saals. »Wir haben bisher gezögert, diplomatische Beziehungen zu Illeá aufzunehmen. Unser Volk ist viel ... viel freier als Ihres.«

»Das fällt mir auch auf.«

»Nein, nein«, sagte sie ernst. »Ich meine die Freiheit des *Einzelnen*. Bei Ihnen herrscht noch immer das Kastensystem, oder?«

Ich nickte, plötzlich verstand ich, dass es hier um mehr als nur um eine harmlose Plauderei ging.

»Natürlich beobachten wir Ihr Land. Wir sehen, was hier vor sich geht. Die Aufstände, die Rebellen. Es scheint, als sei Ihr Volk nicht besonders glücklich.«

Ich hatte keine Ahnung, was ich darauf sagen sollte. »Eure Majestät, ich weiß nicht, ob ich die geeignete Person für solch ein Gespräch bin. Ich habe wirklich keinerlei Einfluss.«

Nicoletta ergriff meine Hände. »Aber Sie könnten welchen haben.«

Ein Schauer überlief mich. Wollte sie damit wirklich das andeuten, was ich vermutete?

»Wir haben gesehen, was mit dem blonden Mädchen passiert ist«, flüsterte sie.

»Marlee.« Ich nickte. »Sie war meine beste Freundin.«

Nicoletta lächelte. »Und wir haben Sie gesehen. Es gab kaum Filmmaterial, aber wir haben gesehen, wie Sie losgerannt sind. Wie Sie gekämpft haben.«

Der Blick in ihren Augen war der gleiche, mit dem mich

Königin Amberly heute Vormittag angeschaut hatte. Es lag unmissverständlich Respekt darin.

»Wir sind sehr daran interessiert, Beziehungen zu einem mächtigen Land zu knüpfen, wenn sich dieses Land zum Positiven verändert. Inoffiziell gesprochen heißt das: Wenn wir irgendetwas tun können, um Ihnen dabei zu helfen, die Krone zu erlangen, dann lassen Sie es uns wissen. Sie haben unsere volle Unterstützung.«

Damit drückte sie mir ein Stück Papier in die Hand und ging davon. Sobald sie mir den Rücken zugedreht hatte, rief sie etwas auf Italienisch, und der ganze Raum jubelte vor Begeisterung. Mein Kleid hatte keine Taschen, deshalb schob ich den Zettel schnell in meinen Ausschnitt und betete, dass es niemand bemerkte.

Unser Empfang dauerte viel länger als der erste – was vermutlich daran lag, dass unsere Gäste ihren Aufenthalt in vollen Zügen genossen.

Stunden später machte ich mich völlig erschöpft auf den Weg in mein Zimmer, und obwohl es erst später Nachmittag war, kam mir der Gedanke, sofort ins Bett zu gehen, sehr verlockend vor.

Doch bevor ich überhaupt nur einen Blick auf mein Bett werfen konnte, kam Anne mit einer Überraschung auf mich zu. Ich schnappte nach Luft und nahm ihr den Brief sofort aus der Hand. Das musste ich den Mitarbeitern der palasteigenen Post wirklich lassen. Sie waren sehr schnell.

Voller Vorfreude riss ich den Umschlag auf, ging auf den Balkon und sog die letzten Sonnenstrahlen und die Worte meines Vaters in mich auf.

Liebe America,

Du musst May unbedingt bald schreiben. Als sie erfuhr, dass der Brief nur für mich bestimmt war, war sie sehr enttäuscht. Und ich muss sagen, ich selbst war auch ein bisschen überrascht. Ich weiß zwar nicht, was ich erwartet hatte, aber ganz sicher nicht diese Fragen.
Aber der Reihe nach. Zunächst einmal – es stimmt. Als wir zu Besuch im Palast waren, habe ich mit Maxon gesprochen, und er hat mir seine Absichten in Bezug auf Dich dargelegt. Meiner Ansicht nach kann er gar nicht anders als ehrlich sein, und ich habe ihm geglaubt (und das tue ich noch immer), dass Du ihm sehr viel bedeutest. Ich nehme an, wenn das ganze Verfahren einfacher wäre, hätte er sich schon längst für Dich entschieden. Doch mitunter habe ich den Eindruck, dass dieser langwierige Wettbewerb Dir sogar entgegenkommt. Oder irre ich mich da?
Meine Antwort ist jedenfalls ein klares Ja. Ich bin mit Maxon einverstanden, und wenn Du mit ihm zusammen sein möchtest, dann hast Du meinen Segen. Wenn nicht, dann verstehe ich auch das. Ich liebe Dich, und ich möchte Dich vor allem glücklich wissen. Und wenn das bedeutet, dass Du statt in einem Palast in unserem schäbigen kleinen Haus wohnst, dann bin ich auch damit voll und ganz einverstanden.
Was Deine andere Frage betrifft, so beantworte ich sie ebenfalls mit Ja. America, ich weiß, Du hältst nicht viel von Dir selbst, aber Du solltest endlich damit anfangen, deine Zweifel abzulegen. Seit Jahren erzählen wir Dir,

welches Talent Du hast. Doch Du hast uns nicht geglaubt, bis Du immer häufiger gebucht worden bist. Ich erinnere mich noch an den Tag, als Du den vollen Terminkalender sahst und wusstest, dass es an Deiner schönen Stimme lag. Du warst so stolz. Es war, als hättest Du plötzlich erkannt, zu was Du alles in der Lage bist. Und so lange ich denken kann, sagen wir Dir, wie schön Du bist. Aber ich bin mir nicht sicher, ob Du dich jemals selbst so gesehen hast – bis Du für das Casting ausgewählt wurdest.
Außerdem steckt in Dir eine Führungspersönlichkeit, America. Du hast einen klugen Kopf, und Du bist bereit, dazuzulernen. Und was wahrscheinlich am wichtigsten ist – Du kannst Mitgefühl zeigen. Das ist etwas, wonach sich die Menschen in diesem Land mehr sehnen, als Du ahnst.
Wenn Du also die Krone haben willst, America, dann nimm sie Dir! Nimm sie! Weil Du sie verdienst!
Wenn Du aber diese Bürde nicht tragen willst, werde ich Dir keinerlei Vorwürfe machen. Im Gegenteil. Ich werde Dich zu Hause mit offenen Armen empfangen. Ich liebe Dich.

Dad

Lautlos liefen mir die Tränen über die Wangen. Er glaubte wirklich, dass ich für dieses Amt geeignet war. Aber damit war er der Einzige. Na ja, er und Nicoletta.

Nicoletta!

Ich hatte den Zettel völlig vergessen. Hastig griff ich in

mein Kleid und zog ihn heraus. Es stand nur eine Telefonnummer darauf. Nicoletta hatte noch nicht einmal ihren Namen dazugeschrieben. Wahrscheinlich konnte ich mir nicht mal ansatzweise vorstellen, wie viel sie riskiert hatte, um mir dieses Angebot zu machen.

Nachdenklich hielt ich das kleine Stück Papier und den Brief meines Vaters in den Händen und dachte daran, wie überzeugt Aspen davon war, dass ich nicht als Prinzessin taugte. Ich dachte an meinen letzten Platz in der Zeitschriftenumfrage. Und ich dachte an Maxons rätselhaftes Versprechen bei seinem Besuch im Krankenflügel.

Ich schloss die Augen und ging in mich. Wäre ich dazu wirklich in der Lage? Konnte ich die nächste Prinzessin von Illeá sein?

20

Am Tag nach dem Empfang für die Italienerinnen versammelten wir uns nach dem Frühstück im Damensalon. Die Königin war nicht anwesend, und keiner wusste, was das zu bedeuten hatte.

»Ich wette, sie hilft Silvia dabei, den abschließenden Bericht zu schreiben«, vermutete Elise.

»Ich glaube nicht, dass sie dabei viel zu sagen hat«, hielt Kriss dagegen.

»Vielleicht hat sie einen Kater«, überlegte Natalie laut und presste die Finger gegen die Schläfen.

»Nur weil du einen hast, gilt für sie nicht automatisch das Gleiche«, zischte Celeste.

»Vielleicht geht es ihr einfach nicht gut«, sagte ich. »Sie ist häufig krank.«

Kriss nickte. »Ich frage mich allerdings, warum.«

»Ist sie nicht im Süden aufgewachsen?«, fragte Elise. »Ich habe gehört, die Luft und das Wasser dort unten sind nicht sehr sauber. Vielleicht liegt es also daran, unter welchen Umständen sie großgeworden ist.«

»Also ich habe gehört, dass südlich von Sumner alles schlecht ist«, fügte Celeste hinzu.

»Vielleicht ruht sie sich einfach nur aus«, warf ich ein. »Heute Abend wird der *Bericht* ausgestrahlt, und sie will bestimmt fit sein. Sie ist eben klug. Jetzt ist es noch nicht mal zehn, und ich könnte auch schon einen Mittagsschlaf gebrauchen.«

»Ja, wir sollten uns alle ein wenig hinlegen«, sagte Natalie matt.

Eine Dienerin mit einem kleinen Tablett in der Hand betrat den Salon und durchquerte ihn so leise und flink, dass wir sie kaum bemerkten.

»Warte mal«, sagte Kriss. »Du glaubst doch nicht, dass im *Bericht aus dem Capitol* die Sache mit den Empfängen zur Sprache kommt, oder?«

Celeste stöhnte. »Oh nein. Du und America, ihr habt doch einfach nur Schwein gehabt.«

»Das soll wohl ein Scherz sein, was? Hast du irgendeine ...«

Kriss verstummte, als die Dienerin links neben mir stehen blieb und mir das Tablett hinhielt. Ein gefalteter Zettel lag darauf.

Ich spürte die Augen aller auf mir ruhen, als ich zögernd danach griff und die Nachricht las.

»Ist der von Maxon?«, fragte Kriss, wobei sie versuchte, nicht allzu interessiert zu klingen.

»Ja.« Ich blickte nicht auf.

»Was steht drin?«, bohrte sie nach.

»Dass er mich kurz sehen möchte.«

»Hört sich an, als wärst du in Schwierigkeiten«, höhnte Celeste.

Ich seufzte und stand auf, um der Dienerin zu folgen. »Es gibt wohl nur einen Weg, das herauszufinden.«

»Vielleicht schmeißt er sie endlich raus«, flüsterte Celeste so laut, dass ich es hören konnte.

»Meinst du?«, fragte Natalie eine Spur zu begeistert.

Ein Schauer überlief mich. Vielleicht warf er mich ja tatsächlich raus! Wenn er mit mir reden oder Zeit mit mir verbringen wollte, hätte er mir das dann nicht auf andere Weise mitgeteilt?

Maxon wartete in der Halle, und ich ging beklommen auf ihn zu. Er wirkte nicht verärgert, schien aber irgendwie angespannt zu sein.

Ich nahm allen Mut zusammen. »Und?«

Er ergriff meinen Arm. »Wir haben fünfzehn Minuten. Und was ich dir zeigen will, ist nur für deine Augen bestimmt. Verstanden?«

Ich nickte.

»Na, dann los.«

Wir liefen die Treppe bis zum dritten Stock hinauf. Sanft, aber mit einer gewissen Eile zog Maxon mich den Flur entlang bis zu einer weißen Flügeltür.

»Fünfzehn Minuten«, erinnerte er mich noch einmal.

»Fünfzehn Minuten.«

Er zog einen Schlüssel aus der Tasche und entriegelte die Tür. Dann hielt er sie mir auf, so dass ich als Erste eintreten konnte. Das Zimmer war groß und hell, mit vielen Fenstern und Türen, die auf einen Balkon hinausgingen, der sich über die ganze Breite des Raums erstreckte. Es gab ein Bett, einen großen Kleiderschrank und einen Tisch mit Stühlen. Doch ansonsten war das Zimmer leer, keine Bilder an den Wänden und keinerlei Gegenstände in den Regalen. Selbst die Wandfarbe wirkte ein wenig trist.

»Das ist das Gemach der Prinzessin«, erklärte Maxon leise.

Ich riss die Augen auf.

»Ich weiß, im Moment macht es nicht viel her. Die künftige Prinzessin soll es nach ihren Vorstellungen gestalten. Es wurde leergeräumt, nachdem meine Mutter in die Gemächer der Königin umgezogen ist.«

Königin Amberly hatte hier geschlafen. Irgendwie verlieh das dem Raum etwas Magisches.

Maxon trat nun ebenfalls ein. »Diese Türen führen auf den Balkon. Und durch die da drüben«, er zeigte auf das andere Ende des Raums, »gelangt man in das private Arbeitszimmer der Prinzessin. Und direkt hier«, er wies auf eine Tür zu unserer Rechten, »kommt man zu meinem Zimmer. Ich könnte es einfach nicht ertragen, wenn die Prinzessin zu weit entfernt wäre.«

Bei dem Gedanken, in unmittelbarer Nähe zu Maxon zu schlafen, wurde ich rot.

Er ging weiter zu dem großen Schrank. »Und der hier? Hinter diesem Möbelstück befindet sich der Geheimgang zum Schutzraum. Aber man gelangt auch an andere Orte im Palast.« Er schmunzelte. »Deshalb habe ich ihn heute ein wenig zweckentfremdet.«

Er legte seine Hand auf einen verborgenen Riegel, und der Schrank und die Verkleidung dahinter schwangen augenblicklich nach vorne. Ich sah, wie er dem, was sich dahinter verbarg, ein Lächeln zuwarf. »Genau rechtzeitig.«

»Das würde ich mir doch nie entgehen lassen«, erwiderte eine andere Stimme.

Ich hielt den Atem an. Es war schlicht unmöglich, dass die Stimme der Person gehörte, die ich dahinter vermutete. Neugierig trat ich vor, um an dem riesigen Möbelstück und an Maxons lächelndem Gesicht vorbeizuspähen. Und da stand – in schlichter Kleidung, die Haare zu einem Knoten hochgesteckt – Marlee.

»Marlee!«, flüsterte ich überglücklich und war sicher, dass das ein Traum sein musste. »Was machst du denn hier?«

»Du hast mir so gefehlt!«, rief sie und rannte mit ausgebreiteten Armen auf mich zu. Dabei konnte ich deutlich die roten, schon ein wenig verheilten Striemen auf ihren Handflächen erkennen. Es war wirklich Marlee.

Sie schlang die Arme um mich und drückte mich an sich. Ich war völlig überwältigt und konnte gar nicht aufhören zu fragen, was in aller Welt sie hier machte.

Als ich mich einigermaßen beruhigt hatte, meldete sich Maxon zu Wort. »Zehn Minuten. Ich warte draußen. Sie können dann auf dem gleichen Weg zurück, auf dem Sie hergekommen sind, Marlee.«

Marlee nickte und Maxon ließ uns allein.

»Ich verstehe das nicht«, sagte ich. »Du solltest doch in den Süden gebracht werden. Und eine Acht werden. Und wo ist Carter?«

Marlee lächelte über meine Verwirrung. »Wir waren

die ganze Zeit über hier. Ich habe gerade begonnen, in der Küche zu arbeiten. Carter ist noch nicht ganz wiederhergestellt, aber ich denke, er wird bald in den Stallungen anfangen können.«

»Noch nicht wiederhergestellt?« Mir schossen so viele Fragen durch den Kopf, dass ich nicht wusste, warum gerade diese aus mir heraussprudelte.

»Ja, er läuft und kann sitzen und stehen, aber jede körperliche Anstrengung fällt ihm noch schwer. Bis er sich vollkommen erholt hat, hilft er ebenfalls in der Küche aus. Aber er wird ganz sicher wieder gesund. Und schau mich an«, sagte sie gut gelaunt und streckte mir beide Hände entgegen. »Man hat uns sehr gut gepflegt. Es sieht zwar nicht hübsch aus, aber wenigstens tut es nicht mehr weh.«

Vorsichtig berührte ich die geschwollene Haut auf ihren Handflächen, ich konnte mir nicht vorstellen, dass sie wirklich keine Schmerzen mehr hatte. Doch sie zuckte nicht zurück, und nach einer Weile ließ ich meine Hand in ihre gleiten. Es fühlte sich seltsam, aber gleichzeitig völlig natürlich an. Marlee war hier. Und ich hielt ihre Hand.

»Maxon hat euch also die ganze Zeit über hier im Palast versteckt?«

Sie nickte. »Nach der öffentlichen Bestrafung befürchtete er, man würde uns etwas antun, wenn wir ganz auf uns allein gestellt wären. Deshalb behielt er uns hier. Stattdessen wurde ein Geschwisterpaar, das Familie in Panama hat, dort hingeschickt. Wir tragen jetzt neue Namen, und Carter lässt sich einen Bart stehen. Nach einer Weile werden wir nicht mehr weiter auffallen. Momentan wissen nur ganz wenige Menschen, dass wir hier im Palast sind – ein paar von den Köchen, mit denen ich zusammen arbeite, eine von den Krankenschwestern und Maxon. Ich glaube, nicht einmal die Wachen wissen Bescheid, weil sie direkt dem König unterstehen. Und der wäre nicht erfreut, wenn er es herausfände.«

Marlee schüttelte den Kopf, dann sprach sie schnell weiter. »Unsere Wohnung ist sehr klein, sie hat gerade genug Platz für unser Bett und ein paar Regale. Aber wenigstens ist sie sauber. Ich versuche gerade, uns einen neuen Bettüberwurf zu nähen, aber ich bin nicht ...«

»Moment mal. Unser Bett? Im Sinne von ›das Bett teilen‹?«

Sie lächelte. »Ja. Carter und ich haben vor zwei Tagen geheiratet. An dem Morgen, an dem wir die Rutenschläge erhalten haben, habe ich Maxon gesagt, wie sehr ich Carter liebe und dass er derjenige ist, den ich heiraten möchte. Und ich habe mich bei ihm entschuldigt, dass ich ihn verletzt habe. Vor zwei Tagen kam er dann zu mir und sagte, gerade fände ein großes Ereignis im Palast statt, und wenn wir wollten, wäre das eine gute Gelegenheit, um zu heiraten.«

Ich rechnete zurück. Vor zwei Tagen hatten uns die Damen der Deutschen Föderation besucht. Alle Angestellten des Palastes waren entweder damit beschäftigt gewesen, sie zu bedienen oder den Empfang für die Italienerinnen vorzubereiten.

»Maxon hat den Brautführer gegeben. Ich weiß ja gar nicht, ob ich meine Eltern jemals wiedersehe. Je mehr Abstand sie zu mir halten, desto besser für sie.«

Ich merkte, wie sehr es sie schmerzte, das zu sagen, doch ich verstand ihre Gründe. Wenn es mich getroffen hätte und ich plötzlich eine Acht gewesen wäre, wäre Untertauchen das Beste gewesen, was ich für meine Familie hätte tun können. Es hätte eine Weile gedauert, aber irgendwann hätten die Leute es vergessen und dann wären meine Eltern rehabilitiert gewesen.

Um ihre traurigen Gedanken zu verscheuchen, zeigte mir Marlee ihren Ehering. Es war zwar nur ein mit einem einfachen Knoten zusammengebundenes Stück Band an ihrer linken Hand, das aber die gleiche klare Botschaft vermittelte wie ein Ring: Ich bin vergeben.

»Ich werde Carter wohl schon bald ein neues Band umbinden müssen. Dieses hier habe ich auch schon fast durchgescheuert. Und wenn er erst einmal in den Stallungen arbeitet, braucht er bestimmt jeden Tag ein neues.« Sie zuckte fröhlich mit den Schultern. »Aber das macht mir nichts aus.«

Meine Gedanken kreisten in diesem Zusammenhang um eine andere Frage, von der ich fürchtete, dass sie vielleicht zu indiskret war. Doch ich wusste, ich würde weder mit meiner Mutter noch mit Kenna je diese Art von Gespräch führen können.

»Also habt ihr …? Du weißt schon …«

Sie brauchte einen Moment, um zu verstehen, was ich meinte, doch dann lachte sie. »Ach! Ja, haben wir.«

Wir kicherten beide. »Und, wie ist es?«

»Ganz ehrlich? Zuerst war es ein bisschen unangenehm. Beim zweiten Mal war es schon besser.«

»Oh.«

»Ja.«

Es entstand eine kleine Pause.

»Ich habe mich ohne dich schrecklich einsam gefühlt, Marlee. Du fehlst mir.« Ich spielte mit dem kleinen Stück Band an ihrem Finger.

»Du fehlst mir auch, America. Wenn du erst mal Prinzessin bist, kann ich mich ja vielleicht häufiger hier hochschleichen.«

Ich schnaubte. »Ich bin mir nicht sicher, dass das jemals geschehen wird.«

»Was meinst du damit?«, fragte sie, und ihr Gesicht wurde ernst. »Du bist doch noch immer seine Favoritin, oder nicht?«

Ich hob ratlos die Schultern.

»Was ist passiert?« In ihrer Frage lag so viel Sorge, und ich wollte nicht zugeben, dass mit ihrem Verschwinden alles angefangen hatte. Es war schließlich nicht ihre Schuld.

»America, was ist los?«

Ich seufzte. »Nachdem man dich so schrecklich bestraft hat, war ich ungeheuer wütend auf Maxon. Es hat eine Weile gedauert, bis ich verstanden habe, dass er es verhindert hätte, wenn es ihm möglich gewesen wäre.«

Marlee nickte. »Er hat sich wirklich bemüht, America. Und als er nichts ausrichten konnte, hat er alles dafür getan, um uns wenigstens die Situation zu erleichtern. Also sei nicht böse auf ihn.«

»Das bin ich nicht mehr, aber ich bin mir auch nicht sicher, ob ich überhaupt Prinzessin werden will. Ich weiß nicht, ob ich tun könnte, was er getan hat. Und dann war da noch diese Umfrage in einer Zeitschrift, die Celeste mir gezeigt hat. Die Leute mögen mich nicht, Marlee, ich liege auf dem letzten Platz. Ich habe keine Ahnung, ob ich die richtigen Voraussetzungen mitbringe. Ich war nie die ideale Wahl, und es scheint, als würde mein Stern sinken. Und jetzt ... jetzt ... Ich glaube, Maxon will jetzt Kriss.«

»Kriss? Wann soll denn das passiert sein?«

»Ich weiß es nicht, und ich weiß auch nicht, was ich tun soll. Ein Teil von mir denkt sogar, dass es gut so ist. Sie wird eine bessere Prinzessin abgeben als ich, und wenn er sie wirklich mag, dann soll er mit ihr glücklich werden. Es wird von Maxon erwartet, dass er in Kürze ein weiteres Mädchen nach Hause schickt. Als er mich heute zu sich bestellt hat, dachte ich, ich wäre es.«

Marlee lachte. »Du bist wirklich albern. Wenn Maxon keine Gefühle mehr für dich hegen würde, hätte er dich schon längst nach Hause geschickt. Glaub mir, nur weil er sich weigert, die Hoffnung aufzugeben, bist du immer noch hier.«

Eine Mischung aus Husten und Lachen überkam mich.

»Ich wünschte, wir könnten uns länger unterhalten, aber ich muss jetzt gehen«, sagte sie. »Wir haben für diese Aktion den Wachwechsel genutzt.«

»Egal, wie kurz es war, Marlee. Ich bin einfach nur froh zu wissen, dass es dir gutgeht.«

Sie umarmte mich. »Gib noch nicht auf, ja?«

»Keine Sorge. Vielleicht kannst du mir ja ab und zu einen Brief schicken?«

»Das könnte vielleicht klappen. Ich werde sehen, was sich machen lässt.« Marlee ließ mich los, und wir standen noch einen Moment nah beieinander. »Wenn sie mich befragt hätten, hätte ich für dich gestimmt. Ich fand immer, dass du es werden solltest«, sagte sie.

Ich wurde rot. »Jetzt geh lieber. Und grüß deinen Mann von mir.«

Sie lächelte. »Das tue ich.« Behände lief sie hinüber zum Schrank und griff nach dem Riegel.

Aus irgendeinem Grund hatte ich geglaubt, die Schläge hätten Marlee gebrochen, aber sie war viel stärker geworden. Sie wandte sich noch einmal um, warf mir einen Kuss zu, dann verschwand sie.

Eilig verließ ich das Zimmer und stellte fest, dass Maxon im Flur auf mich wartete. Als er die Tür hörte, blickte er lächelnd von seinem Buch auf. Ich ging zu ihm und ließ mich neben ihm nieder.

»Warum hast du es mir nicht eher erzählt?«

»Ich musste mich erst vergewissern, dass die beiden in Sicherheit sind. Mein Vater weiß nicht, was ich getan habe, und um sie nicht zu gefährden, war ich gezwungen, alles für mich zu behalten. Ich hoffe, ich kann es so einrichten, dass du sie öfter siehst, aber das wird noch eine Weile dauern.«

Ich war unendlich erleichtert – als ob die zentnerschweren Sorgen, die ich die ganze Zeit mit mir herumgeschleppt hatte, plötzlich von mir abgefallen wären. Die Freude über die Begegnung mit Marlee, die Gewissheit, dass Maxon der Mensch war, für den ich ihn gehalten hatte, und die allgemeine Erleichterung, dass es bei diesem Treffen nicht darum gegangen war, mich nach Hause zu schicken, hatten alle Last von mir genommen.

»Danke«, flüsterte ich.

»Gern.«

Ich schwieg. Nach einer Weile räusperte sich Maxon.

»America, ich weiß, dass dir der unangenehme Teil meiner Aufgaben zuwider ist, aber es gibt eben auch eine Menge Möglichkeiten in meinem Amt. Ich glaube, du könntest als Prinzessin Großes bewirken. Jetzt endlich siehst du den Prinzen in mir. Das ist wichtig, wenn du jemals wirklich die Meine sein willst.«

Ich blickte ihm in die Augen. »Ich weiß.«

»Das Problem ist, ich kann nicht mehr erkennen, was du denkst. Am Anfang, als ich dir noch egal war, habe ich dir immer alles angemerkt. Als sich die Dinge zwischen uns dann geändert haben, hast du mich auf einmal mit einem anderen Blick betrachtet. Und jetzt gibt es Momente, in denen ich glaube, dass dieser Blick noch da ist, und andere, in denen es scheint, als hättest du dich innerlich bereits verabschiedet.«

Ich nickte.

»Ich bitte dich nicht, mir zu sagen, dass du mich liebst, America. Ich bitte dich nicht, dich ganz plötzlich dafür zu entscheiden, Prinzessin zu werden. Aber ich muss wissen, ob du überhaupt noch hier sein willst.«

Das war genau der Punkt. Ich wusste noch immer nicht, ob ich für die Position geeignet war, aber ich war mir auch nicht sicher, ob ich so einfach alles hinwerfen wollte.

Maxons Güte gab schließlich den Ausschlag. Es gab zwar immer noch sehr viele Fragezeichen, aber ich konnte nicht aufgeben. Nicht jetzt.

Maxons Hand lag auf seinem Bein, und ich schob meine darunter. Er drückte sie erfreut. »Wenn du es noch immer willst, dann würde ich gerne bleiben.«

Maxon stieß einen erleichterten Seufzer aus. »Darüber wäre ich sehr froh.«

Ich ging kurz zur Toilette und kehrte dann in den Damensalon zurück. Bis ich mich hingesetzt hatte, sagte keiner ein Wort. Es war Kriss, die letztlich mutig genug war, mich zu fragen.

»Worum ging es denn?«

Ich blickte nicht nur in ihre, sondern auch in die neugierigen Augen der anderen. »Darüber möchte ich lieber nicht reden.«

Mein verquollenes Gesicht und eine Antwort wie diese reichten aus, um es so aussehen zu lassen, als sei das Treffen nicht gerade erfreulich verlaufen. Und wenn meine Antwort dazu diente, Marlee zu schützen, dann konnte ich gut damit leben.

Was mir jedoch einen Stich versetzte, war Celeste, die die Lippen zusammenpresste, um sich ein Lächeln zu verkneifen; Natalie, die die Augenbrauen hochzog, während sie so tat, als läse sie in ihrer Zeitschrift; und der hoffnungsvolle Blick zwischen Kriss und Elise.

Der Konkurrenzkampf zwischen uns war noch viel härter, als ich bisher gedacht hatte.

21

Im *Bericht aus dem Capitol* ersparte man uns freundlicherweise, uns mit den Resultaten der Empfänge auseinandersetzen zu müssen. Die Besuche der ausländischen Gäste wurden beiläufig erwähnt, doch der eigentliche Ablauf der Veranstaltungen nicht näher thematisiert. Erst am nächsten Morgen erschienen Silvia und die Königin, um mit uns über unsere Leistungen zu sprechen.

»Wir haben Ihnen eine sehr anspruchsvolle Aufgabe übertragen. Deshalb freue ich mich, Ihnen mitteilen zu dürfen, dass sich beide Teams sehr gut geschlagen haben.« Silvia sah jede von uns anerkennend an.

Wir alle seufzten erleichtert, und ich griff spontan nach Kriss' Hand, die im gleichen Moment dasselbe tat. So durcheinander ich wegen ihr und Maxon auch war, wusste ich doch, dass ich das Ganze ohne sie auf keinen Fall durchgestanden hätte.

»Wenn ich ganz ehrlich sein soll, dann war einer der Empfänge ein wenig gelungener, doch Sie alle können stolz auf Ihre Leistung sein. Von unseren langjährigen Freunden aus der Deutschen Föderation haben wir Briefe erhalten, in denen sie sich nochmals für die liebenswürdige Bewirtung bedanken«, sagte Silvia und blickte Celeste, Natalie und Elise an. »Es gab ein paar kleinere Patzer, doch hat es ihnen ganz ohne Zweifel gut gefallen. Und was Sie beide betrifft«, Silvia wandte sich Kriss und mir zu, »die Damen aus Italien haben sich bestens amüsiert. Sie waren sehr beeindruckt von Ihrem Auftritt und dem Essen. Und sie haben extra noch einmal den Wein gelobt, den Sie ausgewählt hatten. Also bravo! Es würde mich nicht überraschen, wenn wir dank dieses Empfangs einen neuen Verbündeten gewonnen hätten. Sie verdienen ein großes Lob.«

Kriss quietschte erfreut, und ich brach in nervöses Lachen aus – zum einen, weil es endlich vorbei war, aber natürlich auch, weil wir die anderen erfolgreich geschlagen hatten.

Silvia fuhr fort mit der Ankündigung, dass sie einen offiziellen Bericht schreiben würde, der auch dem König und Maxon ausgehändigt würde. Dennoch bräuchte sich keine von uns darüber Sorgen zu machen. Während sie redete, huschte eine Dienerin ins Zimmer und lief zur Königin, um ihr etwas ins Ohr zu flüstern.

»Natürlich können sie hereinkommen«, erklärte die Königin und stand auf.

Die Dienerin eilte zurück und öffnete dem König und Maxon die Tür. Ich wusste, dass Männer den Damensalon nur mit Erlaubnis der Königin betreten durften, trotzdem war es interessant, mitzuerleben, wie diese Regel auch angewandt wurde.

Als die beiden den Salon betraten, erhoben wir uns zu einem Knicks, doch die Einhaltung von Förmlichkeiten schien sie im Moment nicht sonderlich zu interessieren.

»Meine Damen, es tut uns leid, Sie stören zu müssen, aber wir haben wichtige Neuigkeiten«, hob der König an.

»Leider hat der Krieg in New Asia eine neue Eskalationsstufe erreicht«, sagte Maxon mit fester Stimme. »Die Lage ist so bedenklich, dass mein Vater und ich sofort aufbrechen müssen, um zu prüfen, was wir noch ausrichten können.«

»Was ist denn passiert?«, fragte die Königin und wurde vor Schreck ganz blass.

»Nichts, worüber man sich Sorgen machen muss, meine Liebe«, versuchte der König sie zu beschwichtigen. Doch das konnte ja wohl nicht der Wahrheit entsprechen, wenn sie so plötzlich abreisen mussten.

Maxon ging zu seiner Mutter, und die beiden flüsterten einen Moment miteinander. Anschließend küsste sie ihn auf die Stirn, und er umarmte sie. Dann betete der König eine Liste von Anweisungen herunter, während Maxon sich einzeln von uns verabschiedete.

Sein Abschied von Natalie geriet dabei so kurz, dass man ihn kaum mitbekam. Natalie schien das nicht allzu sehr zu stören, doch ich wusste nicht, was ich davon halten sollte. Bereitete ihr Maxons Mangel an Zuwendung tatsächlich keine Kopfschmerzen, oder traf es sie so sehr, dass sie sich zwang, nach außen Gelassenheit zu demonstrieren?

Celeste warf sich Maxon theatralisch entgegen und brach in das schlimmste Pseudogeheul aus, das ich je erlebt hatte. Irgendwie erinnerte es mich an May, als sie noch kleiner war und dachte, ihre Tränen würden uns auf magische Weise mit Geld versorgen. Als Maxon sich von ihr losmachte, drückte sie ihm einen Kuss auf die Lippen, den er aber sofort und so unauffällig wie möglich abwischte, nachdem er ihr den Rücken zugedreht hatte.

Elise und Kriss standen so nah bei mir, dass ich Maxons Abschiedsworte gut verstehen konnte.

»Rufen Sie schon einmal an, und sagen Sie ihnen, sie sollen uns schonen«, sagte er zu Elise.

Ich hatte den Hauptgrund dafür, dass sie noch immer im Rennen war, schon fast vergessen. Sie besaß familiäre Bindungen zu den Herrschern in New Asia. Ich fragte mich, ob es sie ihren Platz kosten würde, wenn der Krieg verlorenging. Und plötzlich wurde mir klar, dass ich keine Ahnung hatte, was für Illeá bei einer Niederlage überhaupt auf dem Spiel stand.

»Lassen Sie mir ein Telefon bringen, und ich rede mit meinen Eltern«, versprach sie.

Maxon nickte und küsste Elise die Hand, dann ging er weiter zu Kriss.

Sofort verschränkte sie ihre Finger mit seinen. »Meinst du, es wird gefährlich werden?«, fragte sie leise, und ihre Stimme fing an zu zittern.

Ich stutzte, weil ich noch nie gehört hatte, dass sie Maxon duzte.

»Ich weiß es nicht. Während unserer letzten Reise nach New Asia war die Lage nicht annähernd so brisant. Diesmal kann ich es nicht genau sagen.«

Seine Stimme war so zärtlich, dass ich fand, sie hätten dieses Gespräch lieber ohne Zeugen führen sollen. Kriss hob den Blick zur Decke und seufzte, und in diesem kurzen Augenblick schaute Maxon zu mir herüber. Ich wandte die Augen ab.

»Bitte sei vorsichtig«, flüsterte sie, und eine Träne lief ihr über die Wange.

»Aber natürlich, meine Liebe.« Maxon salutierte scherzhaft, was ihr ein kleines Lächeln entlockte. Dann küsste er sie auf die Wange und raunte ihr ins Ohr: »Bitte versuch meine Mutter abzulenken. Sie macht sich große Sorgen.«

Er lehnte sich zurück, um ihr in die Augen zu sehen, und Kriss nickte und gab seine Hände frei. Als sie sich losließen, lief ein Schauer durch ihren Körper. Und Maxons Hände zuckten kurz, als ob er sie umarmen wollte, doch dann trat er zurück und kam auf mich zu.

Als ob seine Worte in der letzten Woche noch nicht ausgereicht hätten, war das hier der sichtbare Beweis ihrer Verbundenheit. Dem Anschein nach existierte etwas sehr Liebevolles und Wahrhaftiges zwischen ihnen. Man musste Kriss nur ansehen, um festzustellen, wie viel er ihr bedeutete. Und falls es sich doch anders verhielt, war sie eine phantastische Schauspielerin.

Ich versuchte den Blick, den Maxon mir zuwarf, mit der Art zu vergleichen, wie er Kriss angesehen hatte. War er gleich? Oder lag weniger Wärme darin?

»Versuch dich ausnahmsweise aus allen Schwierigkeiten rauszuhalten, während ich weg bin, ja?«, neckte er mich im Flüsterton.

Mit Kriss hatte er keine Witze gemacht. Bedeutete *das* etwas?

Ich hob die rechte Hand. »Ich schwöre, dass ich mich von meiner besten Seite zeigen werde.«

Er grinste. »Sehr gut. Eine Sorge weniger.«

»Und wie sieht es umgekehrt aus? Müssen wir uns Sorgen machen?«

Maxon schüttelte den Kopf. »Ich denke, wir sind in der Lage, die ganze Sache wieder ins Lot zu bringen. Vater kann sehr diplomatisch sein und …«

»Manchmal bist du wirklich ein Idiot«, sagte ich leise, und Maxon zog verwirrt die Augenbrauen zusammen. »Ich meine doch, um dich. Müssen wir uns um dich Sorgen machen?«

Sein Gesicht wurde mit einem Mal sehr ernst, und das war nicht gerade dazu angetan, mich zu beruhigen.

»Wir fliegen hin und dann sofort wieder zurück. Wenn wir es überhaupt bis nach unten schaffen …« Er schluckte, und ich erkannte, wie groß seine Angst war.

Ich wollte ihn noch etwas anderes fragen, aber ich bekam plötzlich kein Wort mehr heraus.

Er räusperte sich. »America, bevor ich aufbreche …«

Ich sah ihm ins Gesicht und spürte, wie mir die Tränen in die Augen traten.

»Ich will, dass du weißt, dass alles …«

»Maxon!«, rief der König ungehalten. Maxon hob den Kopf und erwartete ergeben die Befehle seines Vaters. »Wir müssen gehen!«

Maxon nickte. »Auf Wiedersehen, America«, sagte er

leise und hob zum Abschied meine Hand an die Lippen. Dabei bemerkte er mein selbstgemachtes Armband. Er betrachtete es und schien einen Moment lang verwirrt zu sein, dann küsste er mir zärtlich die Hand.

Der federleichte Kuss rief in mir eine Erinnerung wach, die Jahre her zu sein schien. So hatte er meine Hand auch an meinem ersten Abend im Palast geküsst, als ich ihn angeblafft und er mich trotzdem nicht nach Hause geschickt hatte.

Die Blicke der anderen Mädchen waren auf den König und Maxon gerichtet, während sie den Salon verließen, ich hingegen beobachtete die Königin. Sie schien überaus geschwächt zu sein. Wie oft mussten sich ihr Mann und ihr einziges Kind noch in Gefahr begeben, bevor sie daran zerbrach?

In dem Augenblick, als die Tür hinter den beiden ins Schloss fiel, blinzelte Königin Amberly ein paarmal, holte tief Luft und richtete sich dann zu ihrer vollen Größe auf.

»Bitte entschuldigen Sie, meine Damen, aber infolge dieser überraschenden Neuigkeiten wartet eine Menge Arbeit auf mich. Damit ich mich ganz darauf konzentrieren kann, ist es wohl das Beste, wenn ich mich in meine Gemächer begebe.« Sie rang sichtlich um Fassung. »Wie wäre es, wenn ich Ihnen das Mittagessen hier servieren ließe, so dass Sie nach Belieben essen können? Ich leiste Ihnen dann beim Abendessen wieder Gesellschaft.«

Wir nickten.

»Wunderbar«, sagte sie und wandte sich zum Gehen.

Ich wusste, wie stark sie war. Sie war in einer armen Gegend aufgewachsen, und hatte in einer Fabrik gearbeitet, bis sie für das Casting ausgewählt worden war. Dann, als sie endlich Königin wurde, hatte sie eine Fehlgeburt nach der anderen erlitten, bevor sie endlich ein Kind zur Welt brachte. Wie es ihre Position verlangte, würde sie auf dem Weg in ihr Zimmer ganz wie eine Dame wirken. Doch sobald sie allein war, würde sie in Tränen ausbrechen.

Nachdem die Königin gegangen war, verschwand Celeste ebenfalls. Also beschloss ich, dass auch ich nicht länger bleiben musste, und begab mich auf mein Zimmer, weil ich allein sein und nachdenken wollte.

Meine Gedanken kreisten noch immer um Kriss. Wie hatten Maxon und sie sich so plötzlich gefunden? Es war noch nicht lange her, dass er mir eine gemeinsame Zukunft versprochen hatte. Also konnte er zu dem Zeitpunkt doch noch kein besonderes Interesse an ihr gehabt haben. Es musste danach passiert sein.

Der Rest des Tages ging schnell vorbei. Als mich meine Zofen nach dem Abendessen für die Nacht fertig machten, riss mich ein einzelner Satz aus meinen Überlegungen.

»Wissen Sie, wen ich heute Morgen hier drin entdeckt habe, Miss?«, fragte Anne, während sie sanft mit einer Bürste durch meine Haare fuhr.

»Nein?«

»Officer Leger.«

Für den Bruchteil einer Sekunde erstarrte ich. Ein »Ach« war alles, was ich herausbekam. Als sie weiterredeten, richtete ich den Blick auf mein Spiegelbild.

»Ja«, bestätigte Lucy. »Er meinte, er würde Ihr Zimmer überprüfen. Und dass es um die Sicherheit ginge.« Sie sah ein wenig verwirrt aus.

»Trotzdem war es irgendwie seltsam«, fuhr Anne fort, und ihr Gesichtsausdruck glich dem von Lucy. »Er trug normale Kleidung, nicht seine Uniform. Er sollte in seiner Freizeit eigentlich keine Sicherheitsüberprüfung durchführen.«

»Er scheint sehr engagiert zu sein«, bemerkte ich in möglichst neutralem Ton.

»Ja, ich glaube, das ist er«, sagte Lucy ehrfürchtig. »Immer wenn ich ihn irgendwo im Palast sehe, fällt ihm irgendetwas auf. Er ist ein sehr guter Wachmann.«

»Stimmt«, sagte Mary. »Einige der Männer, die hierherkommen, eignen sich nämlich ganz und gar nicht als Wachen.«

»Und ihm steht die Zivilkleidung ausgezeichnet. Die meisten Männer sehen grauenvoll aus, sobald sie die Uniform ablegen«, bemerkte Lucy.

Mary kicherte und wurde rot, und selbst Anne rang sich ein Lächeln ab. Es war lange her, dass sie mir so entspannt vorgekommen waren. An einem anderen Tag und zu einem anderen Zeitpunkt hätte es mir wahrscheinlich Spaß gemacht, über die Wachen zu lästern. Aber nicht heute. Ich konnte nur noch daran denken, dass sich eine Nachricht von Aspen in meinem Zimmer befand. Am liebsten hätte ich einen Blick über die Schulter auf mein Pennyglas geworfen, aber ich traute mich nicht.

Es kam mir wie eine Ewigkeit vor, bis die drei mich endlich allein ließen. Ich zwang mich dazu, noch ein paar Minuten verstreichen zu lassen, um ganz sicherzugehen, dass sie nicht zurückkehrten. Dann schoss ich hinüber zum Bett und griff nach dem Glas. Und tatsächlich wartete da ein kleiner Zettel auf mich.

Maxon ist abgereist. Das ändert alles.

22

Hallo?«, flüsterte ich und befolgte damit die Anweisungen, die mir Aspen am Tag zuvor hinterlassen hatte. Vorsichtig betrat ich den Raum, der nur vom schwächer werdenden Tageslicht erhellt wurde, das durch die hauchdünnen Vorhänge fiel. Doch es reichte aus, um die Freude in Aspens Gesicht zu sehen. Ich schloss die Tür hinter mir, und sofort lief er auf mich zu und hob mich hoch.

»America, du hast mir unglaublich gefehlt.«

»Du mir auch. Ich war so mit dem Empfang beschäftigt, dass ich kaum Luft holen konnte.«

»War es sehr schwer, hierherzukommen?«, fragte er im Scherz.

Ich kicherte. »Nein, Aspen, du machst deine Arbeit fabelhaft.«

Seine Idee war so simpel, dass es schon fast komisch war. Unter der Königin verlief das Leben im Palast ein wenig entspannter. Vielleicht hatte sie auch nur andere Dinge im Kopf. Wie auch immer, beim Abendessen konnte man nun zwischen zwei Möglichkeiten wählen. Entweder man aß auf dem Zimmer oder unten im Speisesaal. Meine Zofen kleideten mich also für das Essen an, doch anstatt mich nach unten zu begeben, lief ich nur quer über den Flur in Bariels altes Zimmer. Die Idee war einfach genial.

Er lächelte über mein Lob und führte mich in die hinterste Ecke des Raums, wo er schon ein paar Kissen übereinandergestapelt hatte. »Sitzt du einigermaßen bequem?«

Ich nickte und erwartete, dass er sich gleichfalls hinsetzte. Doch stattdessen schob er ein großes Sofa zu uns herüber, so dass man uns von der Tür aus nicht sehen konnte. Dann zog er einen Tisch heran, der unsere Köpfe verbarg, und griff nach dem Bündel, das obendrauf lag. Es roch nach Essen.

»Fast wie zu Hause, was?« Er ließ sich neben mir nieder und rutschte dann hinter mich, so dass ich zwischen seinen Beinen saß. Diese Haltung war mir sehr vertraut – es fühlte sich tatsächlich ein bisschen wie in unserem alten Baumhaus an. Es war, als hätte er ein Stück von dem, was ich für immer verloren glaubte, wieder hervorgeholt.

»Es ist sogar noch besser«, seufzte ich und lehnte mich an ihn. Nach einer Weile spürte ich seine Finger durch meine Haare gleiten und Schauer liefen mir durch den Körper.

Eine Zeitlang saßen wir ganz still da. Ich schloss die Augen und konzentrierte mich auf Aspens Atem. Dieser friedliche Moment war alles, wonach ich mich gesehnt hatte.

»Worüber denkst du nach, Mer?«

»Über alles Mögliche. Über zu Hause, dich, Maxon, das Casting, einfach alles. Vor allem, wie verwirrend die ganze Situation ist. Zum Beispiel glaube ich manchmal zu verstehen, was mit mir passiert. Und dann verändert sich plötzlich die Lage, und das wirkt sich dann wiederum auf meine Gefühle aus.«

Aspen schwieg für ein paar Sekunden. »Verändern sich deine Gefühle für mich auch?«, fragte er, und ich konnte den Kummer in seiner Stimme hören.

»Nein!«, entgegnete ich und kuschelte mich noch enger an ihn. »Wenn es eine Konstante in meinem Leben gibt, dann bist du das. Selbst wenn alles auf den Kopf gestellt wird, wirst du noch immer hier sein. Das Ganze hier ist so verrückt, dass meine Liebe für dich in den Hintergrund gedrängt wurde, doch ich weiß, sie ist noch da. Ergibt das für dich einen Sinn?«

»Ja. Ich weiß, ich mache die Dinge nur noch komplizierter, als sie ohnehin schon sind. Aber es tut gut, zu wissen, dass ich noch nicht ganz aus dem Rennen bin.«

Aspen schlang die Arme um mich, als ob er mich so für immer bei sich behalten könnte.

»Ich habe uns nicht vergessen«, versicherte ich ihm.

»Manchmal habe ich den Eindruck, dass Maxon und ich uns in einem ganz persönlichen Wettstreit befinden. Nur er und ich. Und am Schluss bekommt der Sieger dich. Dabei fällt es mir schwer, zu beurteilen, wer von uns beiden die schlechtere Position hat. Maxon weiß gar nicht, dass wir miteinander wetteifern, also strengt er sich vielleicht nicht genug an. Ich hingegen muss alles im Verborgenen tun. Deswegen kann ich dir nicht das geben, was er dir geben kann. Auf jeden Fall ist es kein fairer Wettkampf.«

»So solltest du das nicht sehen.«

»Ich weiß nicht, wie ich es sonst sehen sollte, Mer.«

Ich stieß den Atem aus. »Dann lass uns nicht mehr darüber reden.«

»Na schön. Ich rede sowieso nicht gern über ihn. Was ist mit all den anderen Dingen, die dich verwirren?«

»Bist du eigentlich gern Soldat?«, fragte ich unvermittelt und drehte mich zu ihm um.

Aspen nickte begeistert und öffnete das Essenspaket. »Es ist toll, Mer, ehrlich. Ich dachte, ich würde jede einzelne Sekunde hassen, aber es ist großartig.« Er stopfte sich ein Stück Brot in den Mund und fuhr fort. »Ich meine, es gibt ganz offensichtliche Vorteile – wie zum Beispiel die regelmäßigen Mahlzeiten. Sie wollen, dass wir kräftig sind, deshalb gibt es jede Menge zu essen. Na ja, und auch die Spritzen«, ergänzte er. »Aber die sind nicht so schlimm. Und außerdem bekomme ich eine Vergütung. Obwohl ich alles habe, was ich brauche, kriege ich Geld.«

Er machte eine kurze Pause und spielte mit einem Orangenschnitz. »Du weißt ja selbst, wie gut es sich anfühlt, Geld nach Hause schicken zu können.«

Ich sah ihm an, dass er an seine Mutter und seine sechs Geschwister dachte. Zu Hause war er die Vaterfigur gewesen, und ich fragte mich, ob er deshalb vielleicht noch mehr Heimweh hatte als ich.

Aspen räusperte sich. »Aber es gibt noch andere Dinge, von denen ich nicht gedacht hätte, dass sie mir gefallen. Ich genieße zum Beispiel die Disziplin und die Routine. Und ich mag den Gedanken, etwas Sinnvolles zu tun. Ich fühle mich dadurch so ... zufrieden. In den Jahren, als ich nur Waren gezählt oder Häuser geputzt habe, war ich immer ruhelos. Jetzt habe ich das Gefühl, ich tue das, was meine Bestimmung ist.«

»Dann ist das also ein eindeutiges Ja? Es gefällt dir?«

»Absolut.«

»Aber du kannst Maxon nicht leiden. Und du bist nicht einverstanden mit der Art, wie Illeá regiert wird. Zu Hause haben wir doch dauernd darüber gesprochen. Und dann noch dieser Vorfall mit den Menschen aus dem Süden, die ihre Kastenzugehörigkeit verloren haben. Ich weiß doch, dass dir das alles missfällt.«

Er nickte. »Ja, ich finde das grausam.«

»Wieso macht es dir dann nichts aus, ausgerechnet dieses System zu schützen? Du kämpfst gegen die Rebellen, damit dem König und Maxon nichts passiert. Sie sind diejenigen, die für das Ganze verantwortlich sind, und dir gefällt nichts von dem, was sie tun. Wie kannst du da dein Leben als Soldat lieben?«

Aspen kaute und dachte angestrengt nach. »Ich weiß, es klingt wie ein Widerspruch. Und wahrscheinlich ist es auch schwer nachzuvollziehen, aber wie ich schon sagte, ich fühle mich gefordert und ausgelastet – und habe die Möglichkeit, mehr aus meinem Leben zu machen. Vielleicht ist Illeá nicht perfekt. Ganz sicher ist es sogar weit davon entfernt. Aber ich habe ... ich habe wenigstens Hoffnung.«

Einen Augenblick lang ließen wir das Wort auf uns wirken.

»Ich habe den Eindruck, als hätten sich einige Dinge

bereits verbessert, obwohl ich ehrlicherweise zugeben muss, dass ich unsere Geschichte nicht gut genug kenne, um das beweisen zu können. Und ich habe das Gefühl, dass es zukünftig noch besser wird. Vielleicht hört sich das albern an, aber es ist *mein* Land. Mir ist klar, wie kaputt es ist, aber das heißt noch lange nicht, dass diese Anarchisten einfach herkommen und es übernehmen können. Es ist noch immer mein Land. Das klingt irgendwie verrückt, oder?«

Ich knabberte an meinem Brot und dachte über Aspens Worte nach. Sie ließen mich an unsere zahlreichen Gespräche im Baumhaus denken. Selbst wenn ich anderer Meinung war, halfen sie mir dabei, die Dinge besser zu verstehen. Doch diesmal war ich ganz auf seiner Seite. Und ich erkannte endlich, was sich vielleicht die ganze Zeit über in meinem Herz verborgen hatte.

»Nein. Es hört sich überhaupt nicht verrückt an. Es klingt absolut vernünftig.«

»Hilft dir das bei deinen Überlegungen weiter?«

»Ja.«

»Willst du darüber reden?«

Ich blickte lächelnd zu ihm auf. »Noch nicht.«

Aspen war ziemlich schlau, also hatte er es vielleicht ohnehin schon erraten. Der wehmütige Ausdruck in seinen Augen ließ es jedenfalls vermuten.

Er wandte kurz den Blick ab und ließ seine Hand meinen Arm entlanggleiten. Unten angekommen, spielte er mit dem Knopfarmband an meinem Handgelenk. »Wir beide, das ist ein ganz schönes Chaos, was?«

»Ein Riesenchaos.«

»Manchmal habe ich das Gefühl, wir sind wie ein Knoten, der zu verschlungen ist, um ihn wieder aufzubekommen.«

Ich nickte. »Das stimmt. Ich bin so eng mit dir verbunden. Ohne dich fühle ich mich irgendwie verloren.«

Aspen zog mich an sich, strich mir mit der Hand über Schläfe und Wange. »Dann ist das wohl einfach genau richtig so.«

Er küsste mich ganz sanft, so als ob er diesen Moment zerstören könnte und wir alles verlieren würden, wenn er mich zu sehr bedrängte. Vielleicht hatte er recht. Ganz langsam ließ er mich auf den Kissenstapel gleiten, wobei er mich weiter festhielt, über meinen Körper strich und mich wieder und wieder küsste. All das war mir so vertraut und gab mir ein Gefühl von Sicherheit.

Ich fuhr mit den Fingern durch Aspens kurzgeschnittene Haare und dachte daran, wie sie mich früher beim Küssen im Gesicht gekitzelt hatten. Seine Arme waren jetzt auch viel kräftiger. Sogar die Art, wie er mich festhielt, hatte sich verändert. Da war ein neu erwachtes Selbstvertrauen, hervorgerufen durch die Tatsache, dass er eine Zwei, dass er ein Soldat geworden war.

Viel zu schnell verging unser geheimes Treffen, und es wurde Zeit, aufzubrechen. Aspen begleitete mich bis zur Tür und gab mir zum Abschied einen langen Kuss. »Ich versuche dir bald wieder eine Nachricht zukommen zu lassen«, versprach er.

»Ich freue mich darauf.« Ich lehnte mich gegen ihn und

hielt mich eine Weile an ihm fest. Dann ging ich, um uns beide nicht zu gefährden.

Während mich meine Zofen bettfertig machten, war ich wie benommen. Ich hatte immer das Gefühl gehabt, als müsste ich beim Casting nur eine Wahl treffen – Maxon oder Aspen. Doch aus dieser Herzensentscheidung war so viel mehr geworden. War ich eine Fünf oder eine Drei? Wenn der Wettbewerb vorüber war, würde ich dann eine Zwei oder eine Eins sein? Würde ich letztlich meine Tage als Offiziersgattin oder als Frau eines Königs verbringen? Würde ich mich still im Hintergrund halten, wo ich mich immer so wohlgefühlt hatte? Oder würde ich mich überwinden, ins Rampenlicht zu treten, das ich stets gemieden hatte? Könnte ich eher auf die eine oder eher auf die andere Art glücklich sein? Wenn ich mich für Aspen entschied, könnte ich dann diejenige akzeptieren, die Maxon zur Frau nahm? Und wenn ich bei Maxon blieb, könnte ich dann Aspens Frau ertragen?

Als ich mich schließlich hinlegte und das Licht löschte, rief ich mir in Erinnerung, dass es mein eigener Entschluss gewesen war, hierherzukommen. Vielleicht hatte Aspen mir dazu geraten und meine Mutter mich sogar gedrängt, aber niemand hatte mich gezwungen, die Formulare für das Casting auszufüllen. Was immer die Zukunft bereithielt, ich würde mich ihr stellen.

23

Ich betrat den Speisesaal und knickste vor der Königin, doch sie schien es gar nicht zu bemerken. Ich warf Elise, die als Einzige schon da war, einen fragenden Blick zu. Doch sie zuckte bloß mit den Schultern. Als ich mich hinsetzte, kamen Natalie und Celeste herein, fanden jedoch ebenfalls keine Beachtung. Schließlich erschien Kriss und ließ sich neben mir nieder, wobei sie die Königin nicht aus den Augen ließ.

Königin Amberly starrte die meiste Zeit auf den Boden, nur ab und zu richtete sie den Blick auf die leeren Stühle von Maxon und dem König, als ob etwas nicht stimmte.

Die Diener trugen das Frühstück auf, und fast alle Mädchen begannen zu essen, nur Kriss schaute weiterhin zum Kopf des Tisches.

»Weißt du, was los ist?«, flüsterte ich.

Kriss beugte sich zu mir herüber. »Elise hat ihre Familie angerufen, um herauszufinden, was dort unten los ist. Sie hat ihre Verwandten gebeten, sich mit Maxon und dem König zu treffen, sobald diese in New Asia ankommen. Doch Elises Verwandte behaupten, dass sie bislang noch nicht eingetroffen sind.«

»Sie sind gar nicht angekommen?«

Kriss nickte. »Das Merkwürdige dabei ist, dass der König nach ihrer Landung angerufen hat. Er und Maxon haben mit der Königin gesprochen und gesagt, es ginge ihnen gut und sie wären in New Asia. Doch Elises Familie beharrt darauf, dass sie nicht aufgetaucht sind.«

Ich runzelte die Stirn und versuchte, das Ganze zu verstehen. »Und was bedeutet das?«

»Keine Ahnung«, gestand sie. »Das ergibt alles keinen Sinn.«

»Hm«, murmelte ich, unsicher, was ich noch sagen sollte. Und was, wenn Maxon und der König tatsächlich nicht in New Asia waren? Aber wo konnten sie dann sein?

Kriss beugte sich noch näher zu mir. »Da gibt es noch etwas, worüber ich gern mit dir sprechen möchte«, flüsterte sie. »Können wir nach dem Frühstück ein bisschen im Garten spazieren gehen?«

»Aber klar«, erwiderte ich, denn ich brannte darauf zu erfahren, was sie mir sagen wollte.

Eilig verspeisten wir unser Frühstück. Ich wusste zwar nicht, worum es sich handelte, aber wenn sie draußen mit mir reden wollte, dann ging es offenbar um etwas Geheimes.

Es war ein wundervolles Gefühl, kurz darauf den sonnigen Garten zu betreten.

»Es ist schon eine Weile her, seit ich das letzte Mal hier draußen war«, sagte ich, schloss die Augen und hielt mein Gesicht in die Sonne.

»Normalerweise bist du immer mit Maxon hier, nicht wahr?«

»Mmh.« Eine Sekunde später fragte ich mich, woher sie das wusste. War das etwa allgemein bekannt?

Ich räusperte mich. »Also, worüber möchtest du mit mir sprechen?«

Sie blieb im Schatten eines Baums stehen und drehte sich zu mir um. »Wir müssen uns über Maxon unterhalten.«

»Was ist mit ihm?«

Kriss zappelte nervös herum. »Ich hatte mich damit abgefunden, zu verlieren. Ich glaube, wir alle hatten das, bis auf Celeste vielleicht. Es war so offensichtlich, America. Er wollte dich. Und dann passierte das mit Marlee. Und plötzlich hat sich alles geändert.«

Ich hatte keine Ahnung, worauf sie hinauswollte. »Willst du mir etwa erzählen, es täte dir leid, dass du jetzt die Favoritin bist?«

»Nein«, sagte Kriss energisch. »Keineswegs. Andererseits sehe ich doch, wie viel du ihm noch immer bedeutest. Ich glaube einfach, dass du und ich im Moment fast gleichauf sind. Ich mag dich, America, und ich fände es schlimm, wenn das Ganze – wie auch immer es letztlich ausgeht – irgendwie hässlich endet.«

Sie knetete ihre Hände und versuchte, die richtigen Worte zu finden. »Ich biete dir absolute Ehrlichkeit an, was mein Verhältnis zu Maxon angeht, und hoffe, du hältst es umgekehrt genauso.«

Ich verschränkte die Arme und stellte schließlich die Frage, die mir auf der Seele brannte. »Wie seid ihr zwei euch eigentlich so nah gekommen?«

Kriss' Gesicht bekam einen verträumten Ausdruck.

»Gleich nach der Sache mit Marlee. Es klingt vielleicht seltsam, aber ich habe ihm eine Karte gebastelt. Das habe ich zu Hause auch immer gemacht, wenn meine Freunde Kummer hatten. Er war jedenfalls begeistert und meinte, ihm hätte noch nie jemand etwas geschenkt.«

Was? Ach! Nach allem, was er für mich getan hatte, hatte ich wirklich umgekehrt noch nie etwas für ihn getan.

»Er hat sich so gefreut und mich gebeten, ein wenig mit ihm in seinem Zimmer zu sitzen und ...«

»Du warst in seinem Zimmer?«, fragte ich geschockt.

»Ja, du nicht?«

Mein Schweigen war Antwort genug.

»Oh«, hauchte sie peinlich berührt. »Na ja, da hast du nichts verpasst. Es ist ziemlich dunkel, es gibt einen Gewehrständer, und dann hängen da noch jede Menge Bilder an der Wand. Es ist wirklich nichts Besonderes«, versicherte sie und wedelte beschwichtigend mit der Hand. »Wie auch immer, danach hat er mich in jeder freien Minute besucht. Es hat sich alles ziemlich schnell entwickelt.«

Ich seufzte. »Im Grunde hat er es mir schon erzählt«, gestand ich. »Er hat so eine Andeutung gemacht, dass er uns beide hier bräuchte.«

»Tja ...« Kriss biss sich nervös auf die Lippe. »Das ist das Problem. Ich weiß nicht, ob es ihm ernst ist und bin mir ziemlich sicher, dass er dich noch immer mag.«

Das hatte sie doch ohnehin schon vermutet. Oder wollte sie es einfach noch mal von mir selbst hören?

»Kriss, möchtest du das wirklich so genau wissen?«

»Ja! Ich muss einfach wissen, woran ich bin. Und ich

werde dir im Gegenzug auch alles sagen, was du wissen willst. Wir haben zwar keinen Einfluss auf den Ausgang des Castings, aber das heißt noch lange nicht, dass wir jegliche Kontrolle aus der Hand geben müssen.«

Ich lief nachdenklich im Kreis herum, um einige Dinge für mich klarzukriegen. Ich wusste nicht, ob ich den Mut aufbringen würde, Maxon nach Kriss zu fragen. Ich schaffte es ja kaum, offen mit ihm über mich zu sprechen. Und dadurch hatte ich ständig das Gefühl, nicht genau zu wissen, wo ich eigentlich stand. Vielleicht war das meine einzige Chance, mehr zu erfahren.

»Ich bin mir ziemlich sicher, dass er mich noch eine Zeitlang hier haben will. Aber du sollst ebenfalls dableiben.«

Sie nickte. »Das dachte ich mir.«

»Hat er dich geküsst?«, stieß ich hervor.

Kriss lächelte schüchtern. »Nein, aber ich glaube, er hätte gern, wenn ich ihn nicht gebeten hätte, damit zu warten. In meiner Familie gibt es die Tradition, sich erst dann zu küssen, wenn man verlobt ist. Es gibt sogar ein Fest, bei dem das Paar sein Hochzeitsdatum verkündet, und alle kommen, um den ersten Kuss zu sehen. Das wünsche ich mir auch für mich.«

»Aber hat er es versucht?«

»Nein, ich habe es ihm rechtzeitig erklärt. Doch er küsst sehr oft meine Hände, manchmal auch meine Wangen. Irgendwie süß«, sprudelte es aus ihr heraus.

Ich blickte betreten auf den Rasen.

»Moment mal«, sagte sie zögernd. »Hat er dich denn geküsst?«

Ein Teil von mir hätte gern damit geprahlt, dass ich die Erste war, die er überhaupt geküsst hatte. Dass es mir bei dem Kuss so vorgekommen war, als wäre die Zeit stehengeblieben.

»Etwas in der Art. Es ist schwer, das zu erklären«, wich ich aus.

Sie verzog das Gesicht. »Nein, ist es nicht. Hat er oder hat er nicht?«

»Wie gesagt, es ist kompliziert.«

»America, wenn du nicht ehrlich bist, ist das hier reine Zeitverschwendung. Ich bin mit der Absicht hergekommen, ganz offen mit dir zu reden. Ich dachte, es würde uns beiden nützen, wenn wir uns freundschaftlich begegnen.«

Ich stand da, rang die Hände und überlegte, wie ich mein Verhalten erklären sollte. Schließlich mochte ich Kriss. Falls ich nach Hause geschickt würde, wollte ich, dass sie gewann.

»Ich möchte deine Freundin sein, Kriss. Ich habe sogar gedacht, wir wären schon Freunde.«

»Ich auch«, sagte sie leise.

»Es fällt mir einfach schwer, über so private Dinge zu sprechen. Ich schätze deine Ehrlichkeit, aber ich weiß nicht, ob ich wirklich alles wissen will. Obwohl ich ja gerade gefragt habe«, sagte ich schnell, weil ich ihr ansah, was sie dachte. »Ich wusste bereits, dass er Gefühle für dich hegt. Ich habe es natürlich gemerkt. Aber für mich wäre es gut, wenn die Dinge zum jetzigen Zeitpunkt noch ein wenig in der Schwebe blieben.«

Kriss lächelte. »Das respektiere ich. Würdest du mir trotzdem einen Gefallen tun?«

»Wenn ich kann, natürlich.«

Einen Augenblick lang wandte sie sich ab. Als sie mich wieder anblickte, sah ich Tränen in ihren Augen. »Könntest du mich bitte warnen, wenn du dir sicher bist, dass er mich nicht will? Ich kenne deine Gefühle nicht, aber ich liebe ihn. Und ich würde es vorziehen, Bescheid zu wissen.«

Sie liebte ihn! Sie hatte es laut ausgesprochen. Kriss liebte Maxon!

»Wenn er es mir ausdrücklich sagt, werde ich es dich wissen lassen.«

Sie nickte. »Vielleicht können wir uns noch ein Versprechen geben? Dass wir einander nicht absichtlich Steine in den Weg legen? Ich will nicht auf solche Weise gewinnen, und ich glaube, du auch nicht.«

»Ich bin doch nicht Celeste«, schnaubte ich verächtlich, und sie lachte. »Ich verspreche, mich fair zu verhalten.«

»Dann ist es gut.« Sie tupfte sich die Augen und glättete ihr Kleid. Ich konnte mir gut vorstellen, wie elegant sie mit einer Krone auf dem Kopf aussehen würde.

»Ich muss jetzt gehen«, log ich.

»Danke für deine Gesprächsbereitschaft. Und es tut mir leid, wenn ich zu aufdringlich war.«

»Schon okay.« Ich trat einen Schritt zurück. »Wir sehen uns später.«

»Ja.«

So schnell es die Höflichkeit zuließ, drehte ich mich

um und marschierte zurück zum Palast. Sobald ich im Gebäude war, beschleunigte ich meine Schritte und lief die Treppen hoch. Ich sehnte mich nach der Geborgenheit meines Zimmers.

Im zweiten Stock angekommen, entdeckte ich auf dem Weg dorthin einen Zettel auf dem Boden. Er lag genau an der Stelle, wo es zu meinem Zimmer abging, also nahm ich an, er könnte für mich sein. Ich hob ihn auf und las, was darauf stand.

Heute Morgen weiterer Rebellenangriff, diesmal in Paloma. Nach jüngster Schätzung über dreihundert Tote und mehr als hundert Verletzte. Wieder scheint die Hauptforderung zu sein, das Casting zu beenden und somit das Ende der Monarchie herbeizuführen. Wir erwarten Ihre Befehle.

Mir wurde eiskalt. Ich suchte auf beiden Seiten des Zettels nach einem Datum. Heute Morgen weiterer Rebellenangriff? Selbst wenn die Nachricht ein paar Tage alt war, war es mindestens die zweite dieser Art. Und *wieder* lautete die Forderung, das Casting zu beenden. War es das, worum es in den letzten Angriffen auf den Palast gegangen war? Versuchten sie uns loszuwerden? Und war es wirklich so, dass Nord- *und* Südrebellen »das Ende der Monarchie« herbeiführen wollten?

Ich hatte keine Ahnung, was ich tun sollte. Dieser Zettel war sicher nicht für mich bestimmt, also konnte ich auch mit niemandem darüber reden. Doch kannten die Leute, für die er gedacht war, bereits seinen Inhalt? Ich beschloss, den Zettel zurück auf den Boden zu legen. Dann würde hoffentlich bald eine Wache vorbeikommen und ihn dem eigentlichen Adressaten überbringen.

Fürs Erste blieb mir nichts anderes übrig, als darauf zu vertrauen, dass irgendjemand auf die Nachricht reagieren würde.

24

Während der nächsten beiden Tage nahm ich alle Mahlzeiten in meinem Zimmer ein. Auf diese Weise ging ich Kriss bis zum Abendessen am Mittwoch aus dem Weg. Ich hatte gehofft, mein vorübergehender Rückzug würde dazu führen, dass ich mich in ihrer Gegenwart weniger verlegen fühlte. Leider hatte ich mich geirrt. Wir tauschten ein stilles Lächeln aus, doch ich brachte kein Wort über die Lippen. Fast wünschte ich mir, auf der anderen Seite des Saals neben Celeste und Elise zu sitzen. Aber nur fast.

Kurz bevor der Nachtisch an diesem Abend serviert wurde, kam Silvia so schnell hereingestürzt, wie es ihre hochhackigen Schuhe zuließen. Sie knickste kurz, lief zur Königin und flüsterte ihr aufgeregt etwas zu.

Die Königin schnappte daraufhin nach Luft und rannte dann mit Silvia aus dem Zimmer. Wir anderen blieben allein zurück.

Man hatte uns während der letzten Monate beigebracht, nie die Stimme zu erheben, doch in diesem Augenblick konnten wir nicht mehr an uns halten.

»Weiß jemand, was los ist?«, rief Celeste, die für ihre Verhältnisse ungewöhnlich betroffen wirkte.

»Ihr glaubt doch nicht, dass ihnen etwas passiert ist, oder?«, fragte Elise.

»Oh nein«, stöhnte Kriss.

»Schon gut, Kriss. Nimm noch ein Stück Kuchen«, versuchte Natalie sie abzulenken.

Ich war wie erstarrt und hatte Angst, auch nur darüber nachzudenken, was das Ganze bedeuten konnte.

»Was ist, wenn sie gefangen genommen wurden?«, fragte Kriss besorgt.

»Ich glaube nicht, dass die Führung in New Asia so etwas tun würde«, entgegnete Elise, obwohl ich ihr ansah, wie beunruhigt sie war. Allerdings war mir nicht klar, ob ihre Sorge Maxons Sicherheit galt oder der Tatsache, dass ein solcher Akt, ausgeübt von Menschen, mit denen sie eng verbunden war, ihre Chancen auf die Krone zerstören würde.

»Und wenn ihr Flugzeug abgestürzt ist?«, sagte Celeste leise.

Sie blickte hoch, und ich bemerkte überrascht die aufrichtige Sorge, die sich in ihrem Gesicht widerspiegelte. Ihre Worte ließen uns alle verstummen.

Was, wenn Maxon tot war?

Im selben Augenblick kehrte Königin Amberly mit Silvia im Schlepptau zurück, und wir alle sahen sie erwartungsvoll an. Zu unserer großen Erleichterung strahlte sie übers ganze Gesicht.

»Ich habe gute Neuigkeiten, meine Damen. Der König und der Prinz kehren noch heute Abend zurück!«

Natalie klatschte begeistert in die Hände, und Kriss und ich sanken erleichtert zurück auf unsere Stühle. Ich hatte gar nicht gemerkt, wie angespannt ich die ganze Zeit über gewesen war.

»Da sie anstrengende Tage hinter sich haben, haben wir beschlossen, auf größere Feierlichkeiten zu verzichten«, klinkte sich Silvia ein. »Je nachdem, wann sie in New Asia abgeflogen sind, treffen sie ohnehin nicht vor dem späten Abend ein.«

»Danke, Silvia«, sagte die Königin ein wenig ungeduldig. Also wirklich, wen interessierte das denn? »Bitte entschuldigen Sie, meine Damen, aber ich habe noch viel zu tun. Genießen Sie Ihren Nachtisch, und dann wünsche ich Ihnen eine gute Nacht.« Damit drehte sie sich um und schwebte förmlich zur Tür hinaus.

Sekunden später verschwand auch Kriss. Wahrscheinlich wollte sie eine »Willkommen daheim«-Karte basteln.

Ich aß so schnell wie möglich auf und ging dann zurück nach oben. Als ich über den Flur zu meinem Zimmer kam, sah ich blonde Haare unter einer weißen Haube aufblitzen und den flatternden schwarzen Rock einer Zofentracht, der auf die Treppe auf der anderen Seite des Flurs zulief. Es war Lucy, und es hörte sich an, als ob sie weinte. Sie schien so bestrebt zu sein, sich unbemerkt davonzustehlen, dass ich beschloss, ihr nicht hinterherzurufen. Als ich in den kleinen Gang zu meinem Zimmer einbog, sah ich meine Tür weit offen stehen. Der Streit zwischen Anne und Mary drang bis in den Flur, so dass ich jedes Wort verstehen konnte.

»Warum bist du auch immer so streng mit ihr?«, fragte Mary anklagend.

»Was sollte ich ihr denn sonst sagen? Dass sie alles haben kann, was sie will?«, konterte Anne.

»Ja! Was würde es denn schon schaden, wenn du einfach mal sagst, dass du an sie glaubst?«

Was war hier los? War das der Grund, warum sie sich in letzter Zeit so distanziert zueinander verhalten hatten?

»Ihre Ziele sind zu hoch gesteckt!«, verteidigte sich Anne. »Es wäre nicht nett von mir, falsche Hoffnungen in ihr zu wecken.«

Marys Stimme triefte vor Sarkasmus. »Ach und alles andere, was du gesagt hast, war ja *so* nett. Wenn du mich fragst, bist du einfach nur verbittert!«

»Wie bitte?«, keifte Anne zurück.

»Du bist verbittert. Du kannst es nicht ertragen, dass sie näher an etwas dran ist, was du dir selbst wünschst!«, brüllte Mary. »Du hast immer auf Lucy herabgesehen, weil sie nicht so lange im Palast erzogen wurde wie du. Und auf mich bist du eifersüchtig gewesen, weil ich hier geboren wurde. Warum bist du nicht zufrieden mit dem, was du bist, statt auf ihr herumzutrampeln, nur damit du dich selbst besser fühlst?«

»Aber das wollte ich doch gar nicht!«, sagte Anne, dann versagte ihr die Stimme.

Ihr heftiges Schluchzen brachte Mary zum Schweigen. Mich hätte es auch verstummen lassen, denn dass Anne weinte, war ein Ding der Unmöglichkeit.

»Ist es denn so falsch, dass ich mir mehr wünsche als das hier?«, fragte Anne mit tränenerstickter Stimme. »Ich weiß, mein Einsatz ist eine Ehre für mich, und ich erfülle mit Freuden meine Pflicht, aber ich möchte das doch nicht für den *Rest meines Lebens* machen. Ich will mehr als das. Ich will einen Mann. Ich will …« Ihr Kummer übermannte sie mitten im Satz.

Es brach mir fast das Herz. Annes einziger Ausweg aus diesem Dasein war eine Heirat. Und es war nicht gerade so, dass Horden von Dreiern oder Vierern durch die Gänge des Palastes zogen und nach einer Zofe Ausschau hielten, die sie heiraten wollten. Sie war regelrecht gefangen hier.

Ich straffte die Schultern und betrat das Zimmer.

»Lady America«, sagte Mary und knickste. Anne tat es ihr nach. Aus dem Augenwinkel sah ich, wie sie sich eilig die Tränen aus dem Gesicht wischte.

Ihr zuliebe ließ ich mir nichts anmerken und marschierte geradewegs an den beiden vorbei zum Spiegel.

»Wie geht es Ihnen?«, fragte Mary.

»Ich bin wirklich müde. Ich glaube, ich gehe sofort ins Bett«, sagte ich und konzentrierte mich auf die Nadeln in meinem Haar. »Wisst ihr was? Ihr könnt gehen und euch ausruhen. Ich komme auch allein zurecht.«

»Sind Sie sicher, Miss?«, fragte Anne und bemühte sich, ihrer Stimme einen festen Klang zu geben.

»Aber ja. Wir sehen uns morgen wieder.«

Zum Glück brauchten sie keine weitere Aufforderung. Mir war im Augenblick vermutlich genauso wenig wie ihnen daran gelegen, dass sie sich um mich kümmerten. Sobald ich mein Kleid ausgezogen hatte, legte ich mich ins Bett und dachte über Maxon nach.

Dabei ging mir immer wieder durch den Kopf, welch

unglaubliches Glücksgefühl ich verspürt hatte, als ich erfuhr, dass er unversehrt und auf dem Heimweg war. Und insgeheim fragte ich mich, ob Maxon im Verlauf seiner Reise auch an mich gedacht hatte.

Stundenlang wälzte ich mich herum. Gegen ein Uhr morgens beschloss ich zu lesen, wenn ich schon nicht schlafen konnte. Ich knipste die Lampe an und zog Gregory Illeás Tagebuch hervor. Diesmal überblätterte ich die Einträge vom Herbst und suchte einen von Februar aus.

Manchmal muss ich fast lachen, wie einfach alles gewesen ist. Wenn es ein Buch darüber gäbe, wie man eine Regierung stürzt und sich ein Land untertan macht, dann wäre ich der Star in diesem Buch. Oder vielleicht sollte ich es gleich selbst schreiben. Ich bin nicht ganz sicher, was ich als Schritt eins definieren würde – weil man ja nicht wirklich ein anderes Land zu einer Invasion zwingen oder Idioten die Verantwortung übertragen kann. Doch ganz sicher würde ich jeden mit Führungsambitionen dazu ermuntern, sich mit allen Mitteln eine riesige Menge Geld zu beschaffen.

Allerdings würde Geld allein nicht ausreichen. Man muss es besitzen und zusätzlich in einer Position sein, andere herumkommandieren zu können. Mein fehlender politischer Hintergrund hat mich nicht daran gehindert, mir Loyalität zu sichern. Vielmehr würde ich sogar behaupten, die Tatsache, dass ich diesen Bereich komplett gemieden habe, ist vielleicht eine meiner größten Stärken. Keiner traut Politikern. Warum sollte man auch? Wallis hat jahrelang leere Versprechungen gemacht – in der Hoffnung, dass sich eine von ihnen erfüllen würde. Dabei ist das absolut ausgeschlossen. Ich hingegen biete den Menschen lediglich Perspektiven an. Keine Garantien, bloß eine vage Aussicht darauf, dass sich die Dinge bald ändern könnten. Dabei spielt es zum jetzigen Zeitpunkt noch nicht mal eine Rolle, welcher Art die Veränderung sein könnte. Die Menschen sind so verzweifelt, dass ihnen das völlig egal ist. Mehr noch. Es fällt ihnen noch nicht einmal ein, danach zu fragen.

Vielleicht ist der Schlüssel zur Macht, ruhig zu bleiben, wenn andere in Panik geraten. Wallis ist mittlerweile so verhasst, dass er mir schon fast von selbst die Präsidentschaft übertragen hat. Und kein Mensch beklagt sich darüber. Ich sage nichts, tue nichts, und während um mich herum alles in Hysterie versinkt, lächle ich freundlich. Ein Blick auf den Feigling neben mir reicht aus, um zu wissen, dass ich am Rednerpult oder beim Händeschütteln mit einem Premierminister den besseren Eindruck mache. Und Wallis ist so erpicht darauf, jemanden an seiner Seite zu haben, den die Leute mögen, dass es ziemlich sicher nur zwei oder drei geschickt formulierter Abmachungen bedarf, bis ich über alles die Kontrolle besitze.

Dieses Land gehört mir. Es ist fast wie beim Schachspiel: Ich habe die richtigen Züge gewählt und werde das Spiel auf jeden Fall gewinnen. In den Augen dieses Landes, das mich aus nicht genau zu benennenden Gründen bewundert, bin ich schlauer, reicher und auch viel qualifizierter. Und wenn der Zeitpunkt kommt, dass jemand diese Gründe genauer analysiert, wird es keine Rolle mehr spielen. Ich kann tun, was mir gefällt, und es ist niemand mehr da, der mich aufhalten kann. Was ist also der nächste Schritt?

Ich denke, es ist an der Zeit, das System zusammenbrechen zu lassen. Diese bedauernswerte Republik ist bereits ein Scherbenhaufen und funktioniert kaum noch. Die zentrale Frage ist: Mit wem soll ich mich verbünden? Wie mache ich diesen Umsturz zu etwas, wonach das Volk lechzt?

Ich habe da bereits eine Idee. Meiner Tochter wird sie nicht gefallen, aber das ist mir egal. Sie kann sich jetzt endlich einmal als nützlich erweisen.

Verwirrt knallte ich das Buch zu. Hatte ich da etwas nicht richtig verstanden? Welches System wollte er zusammenbrechen lassen? Und was bedeutete »andere herumkommandieren«? War die Struktur unseres Landes keine Notwendigkeit, sondern einfach nur zweckmäßig für das Machtstreben eines einzelnen Mannes? Ich überlegte, das ganze Buch durchzublättern und nachzulesen, was mit seiner Tochter passiert war. Doch ich war bereits so durcheinander, dass ich mich dagegen entschied. Stattdessen ging ich auf den Balkon, in der Hoffnung, die frische Luft würde mir helfen, meine Gedanken zu ordnen.

Doch ich wusste nicht mal, wo ich anfangen sollte. Ich ließ den Blick durch den Garten schweifen und blieb an etwas Weißem hängen. Maxon. Er spazierte allein umher. Er war also wieder zu Hause. Sein Hemd hing über der

Hose, und er trug weder Jacke noch Krawatte. Was tat er so spät noch hier draußen? Und dazu noch mit einer seiner Kameras in der Hand? Wahrscheinlich konnte er auch nicht schlafen.

Ich zögerte einen Moment, aber mit wem hätte ich sonst über den Tagebucheintrag sprechen können?

»Pssst!«

Ruckartig drehte er den Kopf, um festzustellen, woher das Geräusch kam. Ich wiederholte es noch einmal und winkte, bis er mich entdeckte. Ein überraschtes Lächeln erschien auf seinem Gesicht, und er winkte zurück. Ich zog mir am Ohrläppchen und Maxon tat das Gleiche. Dann zeigte ich auf ihn und auf mein Zimmer. Er nickte und hob einen Finger, um mir zu bedeuten, dass er in einer Minute bei mir sein würde. Ich nickte ebenfalls und ging wie er hinein.

Rasch zog ich meinen Morgenmantel an und fuhr mir mit den Fingern durchs Haar. Ich wusste nicht, wie ich es am besten ansprechen sollte, aber im Grunde wollte ich Maxon fragen, ob ihm klar war, dass er an der Spitze einer Regierung stand, die viel weniger altruistisch war, als sie das Volk glauben machte. Gerade als ich mich fragte, wo er so lange blieb, klopfte es an der Tür.

Ich lief hinüber, um sie zu öffnen, und sah mich unvermittelt seiner Kamera gegenüber, die mein geschocktes Lächeln einfing. Mein Gesichtsausdruck änderte sich jäh und gab ihm deutlich zu verstehen, wie sehr mir diese kleine Einlage missfiel. Doch auch diesen Ausdruck fing er feixend mit der Kamera ein.

»Du bist albern. Komm rein«, sagte ich streng und packte ihn am Arm.

Maxon folgte mir grinsend. »Tut mir leid, ich konnte einfach nicht widerstehen.«

»Du hast ganz schön lange gebraucht«, beklagte ich mich und setzte mich auf die Bettkante. Er hockte sich neben mich, ließ aber so viel Platz zwischen uns, dass wir einander ansehen konnten.

»Ich musste erst noch kurz in mein Zimmer.« Er legte seine Kamera vorsichtig auf dem Nachttisch ab, wobei er einen kurzen Blick auf das Glas mit dem Penny warf und einen belustigten Laut von sich gab.

»Nun, wie war deine Reise?«

»Ziemlich merkwürdig«, gestand er. »Letztendlich waren wir im ländlichen Teil von New Asia. Vater meinte, es ginge um eine regionale Auseinandersetzung, doch als wir dort ankamen, war schon wieder alles in Ordnung.« Maxon schüttelte den Kopf. »Ehrlich gesagt war das Ganze völlig sinnlos. Wir haben ein paar Tage damit verbracht, die alten Städte zu besuchen und mit deren Bewohnern zu sprechen. Vater ist übrigens ziemlich enttäuscht, wie schlecht ich die Sprache beherrsche. Er besteht darauf, dass ich sie besser lerne. Als ob ich im Moment nicht genug zu tun hätte.«

»Das ist wirklich irgendwie seltsam«, pflichtete ich ihm bei.

»Ich nehme an, es sollte eine Art Test sein. In letzter Zeit kommen sie mir ziemlich willkürlich vor, und manchmal erkenne ich sie nicht einmal als solche. Vielleicht ging es diesmal um das Treffen von Entscheidungen oder darum, wie ich mit ungewohnten Situationen zurechtkomme. Ich weiß es nicht.« Er zuckte mit den Schultern. »Wie auch immer, bestimmt habe ich versagt.«

Maxon seufzte und richtete den Blick ins Leere. »Vater wollte außerdem noch mit mir über das Casting sprechen. Ich glaube, er dachte, der Abstand würde mir guttun und mir eine andere Sicht auf die Elite verschaffen. Aber ich habe es wirklich satt, dass alle sich in eine Entscheidung einmischen, die *ich* treffen soll.«

Ich war mir sicher – die Vorstellung des Königs von einer »anderen Sicht« bedeutete für ihn nichts anderes, als dass Maxon mich endlich aufgab. Ich hatte schließlich gesehen, wie er die anderen Mädchen bei den Mahlzeiten anlächelte oder ihnen auf den Gängen zunickte. Bei mir tat er das nie. Sofort fühlte ich mich schlecht und wusste nicht mehr, was ich sagen sollte.

Maxon offenbar auch nicht.

Ganz bestimmt war jetzt nicht der geeignete Moment, um ihn zu dem Tagebuch zu befragen. Das alles schien ihn ziemlich zu quälen – wie er regieren sollte, was für eine Art von König er sein wollte. In dieser Situation konnte ich keine Antworten von ihm fordern, die er vielleicht gar nicht kannte. Ein winziger Teil von mir wurde jedoch den Gedanken nicht los, dass er mehr wusste, als er je zugeben würde. Aber bevor ich mit ihm sprach, musste ich erst noch mehr herausfinden.

Maxon räusperte sich und zog ein kleines Perlenarmband aus der Hosentasche.

»Wie gesagt, wir sind auch durch ein paar Städte gekommen, und da habe ich dies hier auf einem Basar entdeckt. Ich musste sofort an dich denken. Du magst doch Blau, oder?«

»Ich liebe Blau«, flüsterte ich.

Gerührt betrachtete ich das Armband in seiner Hand. Ein paar Tage zuvor war Maxon auf der anderen Seite der Erdkugel gewesen und hatte beim Anblick des Armbands an mich gedacht.

»Für die anderen Mädchen habe ich leider nichts gefunden, kann das also bitte unter uns bleiben?«

Ich nickte.

»Du warst ja nie der Typ, der angibt«, murmelte er.

Ich konnte den Blick gar nicht mehr von dem Armband wenden. Es wirkte so hübsch mit seinen polierten Perlen. Entzückt streckte ich die Hand aus und fuhr mit dem Finger darüber.

»Soll ich es dir anlegen?«

Ich nickte und hielt ihm das noch freie Handgelenk hin. Maxon legte mir die kühlen Perlen auf die Haut und verknotete das kleine Band, das sie zusammenhielt.

»Bezaubernd«, sagte er.

Und da war sie wieder und drängte sich an allen Bedenken vorbei – die Hoffnung.

Ganz plötzlich sehnte ich mich nach ihm und wollte alles, was seit Halloween passiert war, ungeschehen machen. Ich wollte diese Nacht zurückholen und diese beiden Menschen auf der Tanzfläche am liebsten für immer festhalten. Doch im selben Moment sank mein Mut wieder. Wäre es noch wie an Halloween, hätte ich gar keinen Grund gehabt, sein Geschenk anzuzweifeln.

Und selbst wenn alles stimmte, was mein Vater über mich sagte – nie könnte ich wie Kriss sein. Kriss war einfach besser.

Ich war so müde, angespannt und verwirrt, dass mir die Tränen kamen.

»America?«, fragte Maxon zögernd. »Was ist denn?«

»Ich verstehe es einfach nicht.«

»Was verstehst du nicht?«, fragte er leise, und mir fiel auf, wie viel besser er mittlerweile mit weinenden Mädchen umgehen konnte.

»Dich«, sagte ich. »Ich bin jetzt wirklich verwirrt wegen dir.« Ich wischte mir eine Träne von der Wange, und er tupfte mir sanft eine weitere Träne auf der anderen Seite weg.

Irgendwie war es seltsam, wieder auf diese Weise von ihm berührt zu werden. Und gleichzeitig war es so vertraut, dass es mir falsch vorgekommen wäre, wenn er es nicht getan hätte.

»America«, sagte er ernst, »wann immer du etwas über mich wissen willst – was für mich zählt oder wer ich bin –, brauchst du mich nur zu fragen.«

Er blickte mich so aufrichtig an, dass ich ihn fast angefleht hätte, mir alles zu erzählen – ob er Kriss schon die ganze Zeit in Betracht gezogen hatte, ob er den Inhalt der Tagebücher kannte, was es mit diesem kleinen Armband auf sich hatte, bei dessen Anblick er an mich denken musste.

Aber woher sollte ich wissen, ob er die Wahrheit sagen

würde? Und – da mir langsam klar wurde, dass er die verlässlichere Wahl war – was war mit Aspen?

»Ich weiß nicht, ob ich dazu schon bereit bin.«

Maxon dachte einen Augenblick nach, dann sah er mich an. »Ich verstehe. Jedenfalls glaube ich das. Aber wir sollten uns sehr bald ernsthaft unterhalten. Und wenn du bereit bist, bin ich für dich da.«

Er drängte mich nicht weiter, sondern stand auf, verbeugte sich kurz, nahm seine Kamera und ging zur Tür. Bevor er den Flur betrat, blickte er mich noch ein letztes Mal an, und es überraschte mich, wie sehr es mich schmerzte, ihn weggehen zu sehen.

25

Privatstunden?«, fragte Silvia. »Und gleich mehrere die Woche?«

»Genau«, erwiderte ich.

Zum ersten Mal, seit ich hier war, war ich wirklich froh, dass es Silvia gab. Denn sie würde sich auf keinen Fall die Chance entgehen lassen, dass jemand aufmerksam an ihren Lippen hing. Und wenn sie mir Extra-Arbeiten aufhalste, war das eine willkommene Ablenkung für mich.

Im Moment war es mir einfach zu viel, über Maxon, Aspen, das Tagebuch und die übrigen Mädchen nachzudenken. Die Benimmregeln standen schwarz auf weiß da. Die einzelnen Schritte für einen Gesetzesvorschlag waren genau vorgeschrieben. Das waren Dinge, mit denen ich momentan gut zurechtkam.

Silvia blickte mich noch immer ziemlich überrascht an, doch dann erschien ein strahlendes Lächeln auf ihrem Gesicht. »Ach, das wird wundervoll!«, rief sie und umarmte mich stürmisch. »Endlich versteht eine von Ihnen, wie wichtig diese Dinge sind!« Sie hielt mich auf Armeslänge von sich weg. »Wann wollen Sie anfangen?«

»Sofort?«

Sie platzte fast vor Freude. »Gut. Dann besorge ich Ihnen ein paar Bücher.«

Ich stürzte mich regelrecht auf die Aufgaben, war dankbar für die Fakten und Zahlen, mit denen sie mein Hirn vollzustopfen versuchte. Und wenn ich nicht mit Silvia zusammen war, verbrachte ich zahllose Stunden im Damensalon und las, was sie mir aufgetragen hatte.

Als wir das nächste Mal zu fünft Unterricht hatten, forderte Silvia uns auf, unsere Interessenschwerpunkte anzugeben. Ich notierte Familie, Musik und – das Wort verlangte geradezu danach, schriftlich fixiert zu werden – Gerechtigkeit.

»Ich frage Sie das, weil die Königin von Illeá üblicherweise einem Komitee vorsteht, das sich zum Wohle des Landes einsetzt. Königin Amberly hat zum Beispiel ein Programm ins Leben gerufen, das Familien dazu befähigen soll, sich um geistig oder körperlich versehrte Angehörige zu kümmern. Viele von ihnen landen auf der Straße, wenn die Familien sich nicht ausreichend um sie kümmern können, und die Zahl der Achter wächst auf ein unbeherrschbares Maß an. Die Statistiken der letzten zehn Jahre haben jedoch bewiesen, dass die Zahlen dank ihres Programms gesunken sind.«

»Sollen wir uns etwa ein ähnliches Programm ausdenken?«, fragte Elise sichtlich nervös.

»Ja, das ist Ihre neue Aufgabe«, antwortete Silvia. »Im *Bericht aus dem Capitol* in zwei Wochen wird man Sie auffordern, Ihre Idee vorzustellen und zu erläutern, welche Schritte für ihre Umsetzung vorgesehen sind.«

Natalie gab einen kleinen aufgeregten Kiekser von sich, und Celeste verdrehte genervt die Augen. Kriss dagegen sah aus, als ob sie sich bereits etwas überlegte. Ihr Eifer beunruhigte mich, und mir fiel ein, dass Maxon über eine bevorstehende Entscheidung gesprochen hatte. Ich hatte zwar das Gefühl, als wären Kriss und ich leicht im Vorteil, aber das war eben nur ein vages Gefühl.

»Bringt uns das denn wirklich etwas?«, fragte Celeste. »Ich würde lieber Dinge lernen, die wir als Prinzessin tatsächlich brauchen.«

Trotz ihres besorgten Tonfalls hörte ich heraus, dass die Aufgabe sie entweder langweilte oder aber komplett überforderte.

»Und wie Sie das brauchen werden!«, sagte Silvia aufgebracht. »Wer auch immer von Ihnen die neue Prinzessin wird, wird für ein Wohlfahrtsprojekt verantwortlich sein.«

Celeste murmelte missmutig vor sich hin und fingerte an ihrem Stift herum. Ich fand es unerträglich, dass sie zwar die Stellung einer Prinzessin, nicht aber die damit verbundene Verantwortung haben wollte.

Ich wäre eine bessere Prinzessin als sie, schoss es mir unwillkürlich durch den Kopf. Und im gleichen Augenblick wusste ich, dass das wirklich stimmte. Ich verfügte zwar nicht über Celestes Verbindungen oder Kriss' Gelassenheit, aber zumindest war mir nicht alles egal. Und das war doch auch etwas wert, oder?

Das erste Mal seit langem packte mich der Ehrgeiz. Das war eine Aufgabe, die es mir erlauben würde, zu zeigen, was mich von den anderen unterschied. Und ich war entschlossen, mich da richtig reinzuknien und etwas wirklich Herausragendes zu präsentieren. Vielleicht würde ich am Ende verlieren, vielleicht würde ich nicht einmal gewinnen *wollen*. Aber ich würde versuchen, dem Ideal einer Prinzessin so nahe wie möglich zu kommen. Und ich würde meinen Frieden mit dem Wettbewerb machen.

Es war hoffnungslos. Sosehr ich mich auch bemühte, mir fiel einfach kein geeignetes Wohlfahrtsprojekt ein. Ich informierte mich in Büchern. Ich fragte meine Zofen, aber auch sie hatten keine Idee. In meiner Not hätte ich sogar Aspen aufgesucht, aber ich hatte seit Tagen nichts von ihm gehört. Da Maxon wieder zu Hause war, musste er vermutlich besonders vorsichtig sein.

Dass Kriss offenbar schon mitten in der Vorbereitung für ihre Präsentation steckte, machte die Sache nur noch schlimmer. Sie schwänzte viele Stunden im Damensalon, um zu lesen, und wenn sie da war, hatte sie die Nase in ein Buch vergraben oder machte sich wie wild Notizen.

Verdammt!

Als es auf Freitag zuging und mir klar wurde, dass mir nur noch eine Woche blieb und mir noch immer nichts Geeignetes eingefallen war, wäre ich am liebsten gestorben. Während des *Berichts* informierte Gavril die Zuschauer über den Ablauf der nächsten Sendung und erklärte, es würde lediglich ein paar Ankündigungen geben, der Rest des Abends sei unseren Präsentationen gewidmet.

Allein beim Gedanken daran brach mir der Schweiß aus.

Ich bemerkte, dass Maxon mich ansah. Er zog sich am Ohrläppchen, und ich wusste nicht, wie ich reagieren sollte. Ich wollte nur ungern Ja sagen, aber ich wollte ihn auch nicht zurückweisen. Schließlich erwiderte ich unser Geheimzeichen, und er wirkte erleichtert.

Während ich auf sein Erscheinen wartete, lief ich unruhig in meinem Zimmer auf und ab und zwirbelte meine Haarspitzen.

Maxon klopfte kurz an und trat dann sofort ein, wie er es immer tat. Ich hatte das Gefühl, ich müsste ein bisschen formeller als gewöhnlich auftreten. Ich wusste, es war lächerlich, aber ich war nicht in der Lage, mich anders zu verhalten.

»Wie geht es dir?«, fragte er und kam auf mich zu.

»Ganz ehrlich? Ich bin nervös.«

»Weil ich so gut aussehe, nicht wahr?«

Ich lachte über seinen Scherz. »Stimmt. Ich sollte wohl besser die Augen abwenden. Aber eigentlich liegt es eher an dem Wohlfahrtsprojekt.«

»Oh«, sagte er und setzte sich an den Tisch. »Du kannst deine Präsentation gern mit mir durchgehen, wenn du möchtest. Kriss hat das auch getan.«

Mir blieb fast die Luft weg. Natürlich war Kriss schon fertig.

»Ich habe noch nicht mal eine Idee«, gestand ich und setzte mich ihm gegenüber.

»Aha. Ja, ich verstehe, wie belastend das sein kann.«

Ich warf ihm einen Blick zu, der ihm klarmachen sollte, dass er keine Ahnung hatte.

»Was ist dir denn wichtig? Es muss doch etwas geben, das dich wirklich berührt und das die anderen vielleicht übersehen.« Maxon lehnte sich bequem im Stuhl zurück und legte eine Hand auf den Tisch.

Wie konnte er nur so gelassen sein? Merkte er denn nicht, dass ich fast durchdrehte?

»Ich habe mir schon die ganze Zeit das Hirn zermartert, aber mir fällt einfach nichts ein.«

Maxon lachte leise. »Also eigentlich hätte ich gedacht, dass du es am leichtesten hast. Du hast in deinem Leben mehr Not erlebt als die anderen vier zusammen.«

»Das stimmt, aber ich wusste nie, wie man das hätte ändern können. Das ist das Problem.« Ich blickte auf den Tisch und erinnerte mich plötzlich wieder an das Leben in Carolina. »Ich sehe das alles noch genau vor mir – die Siebener, die sich in ihren Knochenjobs verletzen und dann plötzlich zu Achtern herabgestuft werden, weil sie nicht mehr arbeiten können. Die Mädchen, die kurz vor der Sperrstunde die Straßen entlanglaufen und in den Betten einsamer Männer alles tun, was von ihnen verlangt wird. Die Kinder, die nie genug haben – nie genug Essen, nie genug Wärme, nie genug Liebe –, weil sich ihre Eltern zu Tode arbeiten. Dagegen waren meine schlimmsten Tage gar nichts. Aber eine praktikable Lösung finden, um gegen all diese Missstände etwas zu tun? Was sollte ich da vorschlagen?«

Ich blickte ihn an in der Hoffnung, die Antwort in seinen Augen zu finden. Aber da war nichts.

»Das hast du ganz hervorragend zusammengefasst«, sagte Maxon leise und schwieg.

Ich dachte über das, was ich gesagt hatte, nach. Und auch über seine Antwort. Wusste er also doch mehr über Gregory Illeás Pläne, als ich gedacht hatte? Oder fühlte er sich schuldig, weil er so viel hatte und andere so wenig?

Er räusperte sich. »Das war aber nicht das, worüber ich heute Abend mit dir sprechen wollte.«

»Was hattest du denn im Sinn?«

Maxon blickte mich an, als ob ich verrückt sei. »Dich natürlich.«

Ich schob mir eine Haarsträhne hinters Ohr. »Und was genau?«

Er veränderte seine Sitzhaltung und verrückte seinen Stuhl, so dass wir näher beieinander saßen. Dann beugte er sich vor, als ob es ein Geheimnis zu verraten gäbe. »Ich dachte, jetzt, da du weißt, dass es Marlee gutgeht, würden sich die Dinge wieder ändern. Ich war mir sicher, du würdest wieder auf mich zukommen. Aber das ist nicht geschehen. Selbst heute Abend, wo du dich bereitwillig mit mir getroffen hast, bist du irgendwie reserviert.«

Er hatte es also bemerkt.

Ich fuhr mit den Fingern über den Tisch und hielt den Blick gesenkt. »Du bist es nicht, mit dem ich ein Problem habe. Es ist die Stellung als Prinzessin. Ich dachte, du wüsstest das.«

»Aber nachdem Marlee nun ...«

Ich hob den Kopf. »Nach dem Treffen mit Marlee sind weitere Dinge geschehen. In der einen Minute habe ich eine vage Vorstellung, wie es sein könnte, Prinzessin zu sein, und im nächsten Moment ist es schon wieder vorbei. Ich bin nicht wie die anderen Mädchen. Ich gehöre der niedrigsten Kaste an. Mag sein, dass Elise eine Vier gewesen ist, aber ihre Familie unterscheidet sich sehr von den meisten Vierern. Bei ihrem Reichtum wundert es mich fast, dass sie sich nicht schon längst in eine höhere Kaste eingekauft haben. Du bist mit all dem hier aufgewachsen, Maxon. Für mich jedoch bedeutet es eine enorme Veränderung.«

Er nickte, seine Geduld war unerschütterlich. »Das verstehe ich ja, America. Deswegen habe ich dir auch jede Menge Zeit gelassen. Doch du musst bei alldem auch an mich denken.«

»Das tue ich doch.«

»Nein, das meine ich damit nicht. Nicht in dem Sinne, dass ich Teil der Gleichung bin. Du musst das Dilemma berücksichtigen, in dem ich stecke. Mir bleibt nicht mehr viel Zeit. Nach der Präsentation der Wohlfahrtsprojekte werde ich eine weitere Entscheidung treffen müssen. Das hast du dir doch bestimmt schon gedacht.«

Ich senkte den Kopf. Natürlich hatte ich das.

»Was soll ich also tun, wenn ihr nur noch zu viert seid? Dir noch mehr Zeit einräumen? Sobald ihr zu dritt seid, muss ich mich endgültig entscheiden. Wenn du dann immer noch darüber nachdenkst, ob du die Verantwortung tragen willst, ob du die Belastung aushältst, ob du mich haben willst – was soll ich denn dann machen?«

Ich biss mir auf die Lippe. »Ich weiß es nicht.«

Maxon schüttelte den Kopf. »Das kann ich auf Dauer nicht akzeptieren, America. Ich brauche eine Antwort.

Denn ich kann nicht jemanden nach Hause schicken, der die Krone wirklich will, der mich will, wenn du am Ende dann doch kneifst.«

Mein Atem beschleunigte sich. »Dann muss ich dir also jetzt eine Antwort geben? Auf was soll ich denn genau antworten? Wenn ich sage, ich will bleiben, heißt das dann, ich will Prinzessin werden?« Ich spürte, wie sich meine Muskeln anspannten.

»Du musst jetzt gar nichts sagen, doch spätestens nach der Präsentation musst du wissen, ob du das hier willst oder nicht. Es gefällt mir nicht, dir ein Ultimatum stellen zu müssen, aber für mich gibt es nur diese eine Wahl. Und du gehst ein wenig leichtsinnig damit um.«

Er seufzte, bevor er weitersprach. »Darüber wollte ich eigentlich auch nicht sprechen. Vielleicht sollte ich jetzt besser gehen.«

Ich hörte ihm an, dass er sich wünschte, ich würde ihn bitten zu bleiben und ihm versichern, dass sich alles schon von selbst fügen würde. Doch ich brachte es nicht fertig.

»Ich denke, das wäre das Beste«, flüsterte ich.

Maxon zuckte verärgert mit den Schultern und stand auf. »Na schön.« Mit schnellen, zornigen Schritten durchquerte er den Raum. »Dann gehe ich jetzt mal nachschauen, was Kriss so macht.«

26

Ich ging erst spät hinunter zum Frühstück, denn ich wollte weder Maxon noch einem der Mädchen begegnen. Kurz bevor ich die große Treppe erreicht hatte, kam Aspen den Gang entlang. Er blickte sich kurz um, bevor er zu mir trat.

»Wo warst du die ganze Zeit?«, wollte ich leise wissen.

»Ich habe gearbeitet, Mer. Schon vergessen? Ich bin ein Wachmann. Ich habe keinen Einfluss darauf, wann und wo ich Dienst tue. Außerdem werde ich auf der Runde, die an deinem Zimmer vorbeiführt, nicht mehr eingesetzt.«

Gerne hätte ich gefragt, warum, aber dafür war jetzt nicht der richtige Zeitpunkt. »Ich muss mit dir reden.«

Er überlegte einen Augenblick. »Also gut. Um zwei, du gehst den Flur im ersten Stock ganz durch und dann am Krankenflügel vorbei. Ich werde da sein, habe aber nur wenig Zeit.« Dann verbeugte er sich knapp und setzte seinen Weg fort, bevor irgendjemand von uns Notiz nahm.

Missmutig lief ich die Treppe hinunter. Am liebsten hätte ich losgeschrien. Dazu verurteilt zu sein, sich den ganzen Samstag über im Damensalon aufzuhalten, war wirklich unerträglich. Wenn Besucher kamen, wollten sie die Königin und nicht uns sehen. Vielleicht würde sich das ändern, wenn erst einmal eine von uns Prinzessin war, doch im Moment blieb mir nichts anderes übrig, als Kriss dabei zuzuschauen, wie sie wieder über ihrer Präsentation brütete. Die anderen lasen ebenfalls in irgendwelchen Berichten oder Aufzeichnungen. Mir wurde speiübel. Ich brauchte eine Idee, und zwar schnell. Bestimmt würde Aspen mir dabei helfen, etwas Geeignetes zu finden. Heute Abend musste ich endlich loslegen, egal wie.

Als hätte sie meine Gedanken gelesen, kam Silvia, die kurz zuvor die Königin besucht hatte, vorbei, um nach mir zu sehen.

»Was macht meine Starschülerin?«, fragte sie, wobei sie so leise sprach, dass die anderen es nicht hören konnten.

»Alles wunderbar.«

»Und wie steht es mir Ihrer Präsentation? Brauchen Sie noch Hilfe beim letzten Schliff?«

Letzter Schliff? Wie sollte ich an *nichts* herumfeilen?

»Alles läuft prima. Vielen Dank. Es wird Ihnen bestimmt gefallen«, log ich.

Sie legte den Kopf schräg. »Wir sind heute ein wenig geheimniskrämerisch, was?«

»Ein wenig.« Ich lächelte unverbindlich.

»Das ist schon in Ordnung. Sie haben in letzter Zeit hervorragende Arbeit geleistet. Ich bin mir sicher, dass es phantastisch wird.« Silvia tätschelte mir wohlwollend die Schulter und verließ dann den Salon.

Ich steckte wirklich in Schwierigkeiten.

Der Vormittag verging so langsam, dass es mir wie eine

spezielle Art der Folter vorkam. Kurz vor zwei entschuldigte ich mich und begab mich zum vereinbarten Treffpunkt. Ganz am Ende des Flurs stand ein burgunderfarben bezogenes Sofa unter einem großen Fenster. Dort setzte ich mich hin und wartete. Endlich bog Aspen um die Ecke.

»Das wird aber auch Zeit.« Ich seufzte erleichtert.

»Was ist los?«, fragte er und postierte sich mit förmlicher Miene neben der Couch.

Alles Mögliche, dachte ich. *Und so vieles, worüber ich mit dir nicht sprechen kann.*

»Wir haben da diese Aufgabe bekommen, und ich weiß nicht, was ich tun soll. Mir fällt nichts ein, und ich bin total nervös und kann nicht schlafen«, sagte ich verkrampft.

Er grinste. »Was denn für eine Aufgabe? Ein Diadem gestalten?«

»Nein«, erwiderte ich und funkelte ihn wütend an. »Wir sollen uns ein Projekt zum Wohl des Landes ausdenken. So etwas wie Königin Amberlys Einsatz für die Versehrten des Landes.«

»Davon lässt du dich aus der Ruhe bringen?«, fragte er kopfschüttelnd. »Was ist denn daran anstrengend? Es klingt doch beinahe so, als könnte es auch Spaß machen.«

»Das hatte ich auch gedacht. Aber mir fällt absolut nichts ein. Was würdest du vorschlagen?«

Aspen überlegte einen Augenblick. »Ich weiß! Du könntest ein Kastentauschprogramm ins Leben rufen«, schlug er vor und seine Augen leuchteten vor Begeisterung.

»Ein was?«

»Ein Kastentauschprogramm. Menschen aus höheren

Kasten tauschen ihren Platz mit Menschen aus niedrigeren Kasten, um einmal hautnah zu erleben, wie sich das anfühlt.«

»Ich glaube nicht, dass das funktioniert, Aspen. Zumindest ist es nicht das Richtige für dieses Projekt.«

»Es ist eine großartige Idee«, beharrte er. »Stell dir doch nur vor, wie sich jemand wie Celeste beim Regale Befüllen die Fingernägel abbricht! Das würde einigen nur recht geschehen.«

»Was ist denn in dich gefahren, Aspen? Sind nicht ein paar der Wachen von Geburt an Zweier? Sind sie deswegen nicht deine Freunde?«

»Gar nichts ist in mich gefahren«, verteidigte er sich. »Ich bin der Gleiche wie immer. Du bist diejenige, die vergessen hat, wie es ist, in einem Haus ohne Heizung zu leben.«

Ich richtete mich auf. »Das habe ich nicht vergessen. Im Gegenteil. Ich versuche mir gerade ein Projekt auszudenken, das diese Missstände beendet. Selbst wenn ich nach Hause zurückkehre, findet meine Idee vielleicht noch Verwendung, deshalb muss sie wirklich gut sein. Ich möchte den Menschen ernsthaft helfen, Aspen.«

»Vergiss eines nicht, Mer«, flehte Aspen mich mit eindringlichem Blick an. »Diese Regierung hat tatenlos mitangesehen, dass du nichts zu essen hattest. Und sie hat meinen Bruder auf dem Marktplatz auspeitschen lassen. Alles Gerede der Welt wird nichts daran ändern, was wir sind. Die Herrscher unseres Landes haben uns in eine Ecke gedrängt, aus der wir aus eigener Kraft nicht mehr herauskommen, und sie haben es nicht eilig, uns daraus zu befreien. Sie wollen es einfach nicht kapieren, Mer.«

Verärgert stand ich auf.

»Wo willst du hin?«, fragte er.

»Zurück in den Damensalon«, erwiderte ich und wandte mich zum Gehen.

Aspen folgte mir. »Wollen wir uns ernsthaft über so ein blödes Projekt streiten?«

»Nein. Wir streiten uns, weil du es auch nicht kapierst. Ich bin jetzt eine Drei. Und du eine Zwei. Warum nutzt du nicht die Chance, die sich dir bietet, statt verbittert zu sein, in welche Verhältnisse wir hineingeboren wurden? Du hast doch neulich selbst gesagt, dass dir dein Leben als Soldat ganz neue Perspektiven eröffnet und Hoffnung gibt. Du kannst das Leben deiner Familie verändern. Vielleicht kannst du sogar das Leben vieler Menschen verändern. Doch du interessierst dich nur dafür, alte Rechnungen zu begleichen. Das wird niemanden weiterbringen.«

Aspen schwieg. Der alte Schmerz saß immer noch tief und der Zwiespalt, in dem er sich befand, machte ihm zu schaffen. Ich ging wortlos davon und versuchte mich nicht über ihn zu ärgern, nur weil er das, was ihn bewegte, mit Leidenschaft vertrat. War das nicht eine bewundernswerte Eigenschaft? Sie brachte mich schließlich dazu, genauer über das Kastensystem und die Aussichtslosigkeit, es abzuschaffen, nachzudenken. Und zwar so intensiv, dass mich die ganze Situation allmählich wütend machte. Hatte Aspen am Ende mit seiner Einschätzung recht? Nichts würde daran etwas ändern. Warum sollte man sich dann überhaupt damit beschäftigen?

Ich spielte Geige. Ich nahm ein Bad. Ich probierte es mit einem Nickerchen. Ich saß lange Zeit still auf meinem Balkon. Doch nichts davon half. Noch immer fiel mir nichts Geeignetes für unser Wohlfahrtsprojekt ein. Stundenlang wälzte ich mich im Bett herum, weil ich nicht einschlafen konnte. Ständig kehrten meine Gedanken zu Aspens zornigen Worten und zu seinem fortwährenden Hadern mit seinem Schicksal zurück, das ihn immer wieder einzuholen schien. Ich dachte auch an Maxon und sein Ultimatum, seine Forderung, dass ich mich endlich entscheiden sollte. Und dann fragte ich mich, ob das alles überhaupt noch eine Rolle spielte. Denn wenn ich am Freitag nichts zu präsentieren hatte, würde ich ganz sicher nach Hause geschickt werden.

Ich seufzte und schlug meine Bettdecke zurück. Ich hatte absichtlich nicht noch einmal in Gregory Illeás Tagebuch gelesen. Intuitiv befürchtete ich, dass es nur noch mehr Fragen aufwerfen würde. Doch vielleicht würde mir auch irgendetwas darin die Richtung weisen, worüber ich im *Bericht aus dem Capitol* sprechen konnte. Und selbst wenn es mir nichts brachte, musste ich doch wissen, was mit seiner Tochter passiert war. Ich war mir ziemlich sicher, dass ihr Name Katherine war, deshalb blätterte ich das Buch durch, bis ich ein Foto entdeckte, auf dem Katherine neben einem Mann stand, der viel älter als sie zu sein schien. Vielleicht bildete ich es mir nur ein, aber sie sah aus, als ob sie weinte.

Heute hat Katherine endlich Emil de Monpezat von Swendway geheiratet. Sie hat auf dem ganzen Weg zur Kirche geweint, bis ich ihr klarmachte, dass sie es später bereuen würde, wenn sie sich während der Trauung nicht zusammenriss. Ihre Mutter ist nicht glücklich darüber, und auch Spencer scheint traurig zu sein, weil er mittlerweile gemerkt hat, wie sehr seiner Schwester diese Verbindung widerstrebt. Aber Spencer ist klug. Sobald er die vielen Möglichkeiten erkennt, die ich für ihn geschaffen habe, wird er sich schnell fügen.

Damon ist eine wahre Stütze. Ich wünschte, ich könnte das, was ihn antreibt, auch auf den Rest der Bevölkerung übertragen. Eins muss man den Jüngeren lassen. Es ist nämlich Spencers und Damons Generation, die mir am meisten dabei geholfen hat, dahin zu kommen, wo ich jetzt stehe. Mit ihrem unbeirrbaren Enthusiasmus sind sie ein sehr viel attraktiveres Vorbild für andere als die schwächlichen Alten, die darauf beharren, dass wir den falschen Weg eingeschlagen haben. Ich frage mich, ob es eine Möglichkeit gibt, sie für immer zum Schweigen zu bringen, ohne dabei meinen Namen zu beschmutzen.

So oder so, die Krönung ist für morgen angesetzt. Nun, da Swendway unser Land als mächtigen Verbündeten gewonnen hat, bekomme ich, was ich will – eine Krone. Ich denke, das ist ein faires Geschäft. Warum soll ich mich damit begnügen, Präsident zu sein, wenn ich auch König sein kann? Alles ist bereit. Nach dem morgigen Tag gibt es kein Zurück mehr.

Er hatte sie verkauft. Nur um seine Ziele zu erreichen, hatte er seine Tochter an einen Mann verkauft, den sie verabscheute.

Im ersten Impuls klappte ich das Buch angewidert zu, um das alles von mir fernzuhalten. Doch dann zwang ich mich, einzelne Passagen noch einmal durchzugehen.

An einer Stelle wurde das Schema des Kastensystems grob skizziert, ursprünglich waren wohl nur sechs statt acht Kasten vorgesehen gewesen. An anderer Stelle plante Gregory Illeá, die Nachnamen der Menschen abzuändern, um die Vergangenheit endgültig auszulöschen. In einer weiteren Passage wurde deutlich, dass er beabsichtigte, seine Feinde durch Herabstufung zu bestrafen und seine Getreuen durch die Platzierung in einer höheren Kaste zu belohnen.

Ich fragte mich, ob meine Urgroßeltern einfach nur nichts zu bieten gehabt oder ob sie sich den neuen Verhältnissen widersetzt hatten. Ich hoffte, Letzteres.

Wie hatte wohl unser Nachname gelautet? Ob Dad es wusste?

Mein ganzes Leben hatte man mich glauben lassen, dass Gregory Illeá ein Held war. Dass er der Mann war, der unser Land gerettet hatte, als es am Rand des Zusammenbruchs stand. Doch er war eindeutig nichts weiter als ein machthungriger Despot. Was war das für ein Mensch, der das Volk mit solcher Freude manipulierte? Welcher Mann verkaufte seine Tochter zu seinem eigenen Vorteil?

Ich sah mir die älteren Einträge an, die mir nun in einem ganz anderen Licht erschienen. Er sagte nie, dass er ein Familienmensch *sein* wollte. Er wollte nur wie einer *wirken*. Und er würde sich *einstweilen* Wallis' Regeln unterwerfen. Ohne Skrupel benutzte er die Freunde seiner Söhne, um mehr Unterstützung zu erhalten. Von Anfang an war es für ihn nur ein Spiel um Macht gewesen.

Verstört stand ich auf und lief rastlos im Zimmer auf und ab. Wie konnte das alles in Vergessenheit geraten? Woran lag es, dass nie jemand über die alten Verhältnisse sprach? Wo war dieses ganze Wissen geblieben? Warum redete keiner darüber?

Ich starrte durchs Fenster in den nächtlichen Himmel. Ganz bestimmt hatte doch irgendjemand, der mit dem neuen System nicht einverstanden gewesen war, seinen Kindern die Wahrheit gesagt. Ich hatte mich oft gefragt, warum Dad mir verbot, über das veraltete Geschichtsbuch zu sprechen, das er in seinem Zimmer versteckte. Warum war die Geschichte von Illeá, die ich kannte, nie gedruckt worden? Würden die Leute revoltieren, wenn sie schwarz auf weiß lesen könnten, dass Gregory Illeá kein Held war? Doch wenn alles nur Spekulation war, wenn einer darauf beharrte, es habe sich ganz sicher so abgespielt, und der andere das bestritt – wie sollte man dann noch wissen, was die Wahrheit war?

Ich fragte mich, ob Maxon Bescheid wusste.

Plötzlich fiel mir wieder etwas ein. Es war noch gar

nicht so lange her, dass er mich zum ersten Mal geküsst hatte. Es kam sehr unerwartet, und ich war unwillkürlich einen Schritt zurückgewichen, was ihn sehr beschämte. Doch als mir klargeworden war, dass auch ich mir diesen Kuss wünschte, hatte ich vorgeschlagen, die Erinnerung an den ersten, unbeholfenen Versuch einfach auszulöschen und es besser zu machen.

Ich glaube nicht, dass Sie die Geschichte verändern können, America, hatte er damals gesagt. Worauf ich geantwortet hatte: *Natürlich kann man das. Und außerdem: Wer soll das jemals erfahren außer uns beiden?*

Selbstverständlich hatte ich es scherzhaft gemeint. Wenn er und ich heirateten, würden wir uns ganz sicher immer daran erinnern, was wirklich passiert war. Ganz gleich, wie peinlich es gewesen war. Und tatsächlich hatten wir den verpatzten Kuss nie um einer besseren Show willen durch eine perfekter klingende Version ersetzt.

Doch das gesamte Casting war eine Show. Wenn man Maxon und mich jemals nach unserem ersten Kuss fragte, würden wir dann die Wahrheit sagen? Oder würde dieses kleine Detail ein Geheimnis zwischen uns beiden bleiben? Wenn wir starben, würde es niemand mehr wissen und dieser kleine Bruchteil eines Augenblicks, der so kennzeichnend für uns beide war, wäre für immer verschwunden.

War es wirklich so simpel? Man erzählte einer Generation eine Geschichte und wiederholte sie so lange, bis sie schließlich als Tatsache allgemein akzeptiert wurde? Wie oft hatte ich jemanden, der älter war als Mom oder Dad, danach gefragt, was er wusste oder was seine Eltern erlebt hatten? In meinen Augen waren diese Menschen nichts weiter als alt. Was wussten sie schon? Aber es war arrogant von mir gewesen, sie völlig zu ignorieren, und ich kam mir plötzlich unglaublich dumm vor.

Doch die entscheidende Frage war nicht, wie ich mich fühlte. Die entscheidende Frage war, was ich mit diesem Wissen jetzt anfangen würde.

Mein ganzes Leben hatte ich am Rande unserer Gesellschaft verbracht. Und ich hatte mich nicht beklagt. Meine Liebe zu Aspen hätte ich allerdings gern offen gezeigt. Doch da er eine Sechs war, war eine solche Verbindung nicht erwünscht. Hätte Gregory Illeá nicht vor all den Jahren mit eiskaltem Kalkül die Gesetze unseres Landes entworfen, hätten Aspen und ich uns nie gestritten und Maxon hätte mir nie etwas bedeutet. Maxon wäre noch nicht einmal Prinz. Marlees Hände wären noch immer unversehrt, und sie und Carter müssten nicht in einem Zimmer leben, das kaum genug Platz für ihr Bett bot. Mein kleiner Bruder Gerad könnte Naturwissenschaften studieren, statt sich dazu zu zwingen, eine Tätigkeit auszuüben, für die er sich gar nicht interessierte.

Indem er für sich selbst ein komfortables Leben in einem schönen Haus beanspruchte, hatte Gregory Illeá fast die gesamte Bevölkerung der Möglichkeit beraubt, auch nur annähernd das Gleiche Niveau zu erreichen.

Maxon hatte gesagt, ich müsste ihn nur fragen, wenn ich wissen wollte, wer er war. Der Gedanke, dass auch er ein solch abscheulicher Mensch sein könnte, ängstigte mich. Trotzdem musste ich Gewissheit haben. Wenn ich entscheiden sollte, ob ich noch länger am Casting teilnehmen wollte oder nicht, dann musste ich ganz genau wissen, aus welchem Holz er geschnitzt war.

Ich zog Hausschuhe und Morgenmantel an, verließ das Zimmer und eilte an einem mir unbekannten Wachmann vorbei.

»Alles in Ordnung, Miss?«, fragte er verdutzt.

»Ja. Ich bin bald zurück.«

Er sah aus, als ob er noch etwas hinzufügen wollte, aber ich ging einfach schnell weiter und stieg dann die Treppe zum dritten Stock empor. Im Gegensatz zu den anderen Etagen waren hier bereits am Treppenabsatz Wachen postiert, die mich daran hinderten, einfach auf Maxons Tür zuzugehen.

»Ich muss mit dem Prinzen sprechen«, erklärte ich und bemühte mich, meiner Stimme einen festen Klang zu geben.

»Es ist schon spät, Miss«, gab der Wachmann zu meiner Linken zu bedenken.

»Das stört Maxon bestimmt nicht«, versicherte ich ihm.

Die Wache zu meiner Rechten grinste schief. »Ehrlich gesagt glaube ich nicht, dass er sich im Augenblick über Gesellschaft freuen würde, Miss.«

Ich runzelte die Stirn. Das konnte nur eines bedeuten. Maxon war mit einem anderen Mädchen zusammen. Vermutlich war es Kriss, die in seinem Zimmer saß, mit ihm redete, lachte und vielleicht sogar nicht länger auf ihrer Kein-Kuss-vor-der-Verlobung-Regel beharrte.

Eine Dienerin mit einem Tablett in der Hand kam um

die Ecke und lief an mir vorbei die Treppe hinunter. Ich trat zur Seite und überlegte, ob ich aufgeben oder die Wachen dazu drängen sollte, mich trotzdem durchzulassen. Ich wollte gerade den Mund öffnen, als mir einer der beiden zuvorkam.

»Gehen Sie zurück ins Bett, Miss.«

Am liebsten hätte ich ihn angebrüllt, weil ich mich so machtlos fühlte. Aber das hätte auch nichts genützt, deshalb wandte ich mich zum Gehen. Als ich davonstapfte, hörte ich den einen der Beiden etwas murmeln. Machte er sich etwa über mich lustig? Oder tat ich ihm leid? Ich brauchte sein Mitgefühl nicht. Ich fühlte mich selbst schon mies genug.

Als ich wieder auf meiner Etage ankam, stellte ich zu meiner Überraschung fest, dass die Dienerin ebenfalls dort war. Sie kniete, als ob sie etwas an ihrem Schuh richten wollte, aber es war offensichtlich, dass das nur ein Vorwand war. Sie hob den Kopf, bemerkte mich, griff nach dem Tablett und kam direkt auf mich zu.

»Er ist nicht in seinem Zimmer«, flüsterte sie.

»Wer? Maxon?«

Sie nickte. »Versuchen Sie es unten.«

Ich lächelte und schüttelte überrascht den Kopf. »Danke.«

»Wenn Sie gründlich nachschauen, werden Sie ihn schon finden. Außerdem«, sagte sie, und ihr Blick war voller Bewunderung, »mögen wir Sie, Lady America.«

Dann wandte sie sich ab und lief eilig die Treppe hinunter. Ich fragte mich, wer genau mit diesem *wir* gemeint war, doch im Augenblick reichte mir diese einfache Geste der Freundlichkeit. Ich wartete einen Moment, um ihr ein wenig Vorsprung zu lassen, dann ging auch ich nach unten.

Der Große Saal stand offen, war aber leer, das Gleiche galt für den Speisesaal. Ich sah im Damensalon nach, obwohl das in meinen Augen ein seltsamer Ort für eine Verabredung war, doch auch dort waren sie nicht. Ich fragte die Wachen an den Glastüren, aber sie beteuerten, Maxon sei nicht in den Garten gegangen. Also überprüfte ich ein paar der Bibliothekszimmer und Salons, bis ich zu dem Schluss kam, dass er und Kriss sich entweder getrennt hatten oder zurück in sein Zimmer gegangen waren.

Schließlich gab ich auf, bog um die Ecke und steuerte auf die Hintertreppe zu, die von hier aus schneller zu erreichen war. Sehen konnte ich nichts, doch beim Näherkommen hörte ich Geflüster. Ich verlangsamte meine Schritte, weil ich nicht stören wollte und auch nicht ganz sicher war, woher die Geräusche kamen.

Wieder Geflüster.

Dann ein kokettes Kichern.

Ein wohliger Seufzer.

Die Geräusche ließen sich nun genau lokalisieren, also machte ich noch einen Schritt nach vorn und entdeckte ein Pärchen, das sich umarmte. Selbst im Dunkeln waren Maxons blonde Haare unverwechselbar. Wie oft hatte ich sie genau so im Dämmerlicht des Gartens gesehen? Doch was ich zuvor noch nie gesehen hatte, was ich mir zuvor auch nie *vorgestellt* hatte, das waren Celestes rot lackierte Finger, die darin herumwühlten.

Celeste presste Maxon mit ihrem Körper gegen die Wand. Ihre freie Hand lag auf seiner Brust, und ihr Bein schlang sich um seins. Der Schlitz in ihrem Kleid gab es völlig frei, und die Haut wirkte im Dunkel des Flurs leicht bläulich. Plötzlich löste sie sich ein wenig von ihm, um sich dann ganz langsam wieder gegen ihn fallen zu lassen.

Ich wartete darauf, dass er sagte, sie solle ihn loslassen, sie sei nicht diejenige, die er wollte. Aber nichts dergleichen geschah. Stattdessen küsste er sie. Und sie gab sich ihm hin und kicherte wieder über seine Zärtlichkeiten.

Maxon flüsterte ihr etwas ins Ohr, und Celeste beugte sich vor und küsste ihn noch einmal, intensiver und leidenschaftlicher als zuvor. Der Träger ihres Kleids rutschte ihr dabei von der Schulter und entblößte jede Menge nackter Haut an ihrem Rücken. Doch keiner von beiden machte sich die Mühe, ihn wieder hochzuschieben.

Ich war wie erstarrt. Ich wollte schreien, doch meine Kehle war wie zugeschnürt. Warum musste es ausgerechnet Celeste sein? Ihre Lippen lösten sich von Maxons Mund und glitten nun an seinem Hals herab. Wieder gab sie ein widerwärtiges Kichern von sich. Maxon schloss die Augen und lächelte genüsslich. Durch Celestes veränderte Körperhaltung war ich nun genau in seinem Blickfeld.

Ich wollte weglaufen. Am liebsten hätte ich mich in Luft aufgelöst. Stattdessen stand ich einfach nur wie gelähmt da. Und als Maxon seine Augen wieder öffnete, erblickte er mich.

Während Celeste seinen Hals weiter mit Küssen bedeckte, starrten er und ich uns an. Sein Lächeln war verschwunden, und er war plötzlich stocksteif. Der Schock in seinen Augen befreite mich aus meiner eigenen Starre. Celeste hatte nichts bemerkt, deshalb zog ich mich leise zurück, wobei ich kaum zu atmen wagte.

Sobald ich außer Hörweite war, rannte ich los und schoss an all den Wachen und Dienern vorbei, die bis spät in die Nacht Dienst taten. Noch bevor ich die zweite Etage erreicht hatte, liefen mir die Tränen ungehindert übers Gesicht.

Ich lief eilig auf mein Zimmer zu. Dort angekommen, schob ich mich an dem besorgt dreinschauenden Wachposten vorbei durch die Tür und warf mich aufs Bett. In der Stille meines Zimmers spürte ich den Schmerz umso heftiger. *Du bist so blöd, America. So blöd.*

Ich würde nach Hause fahren und all das hier vergessen. Und ich würde Aspen heiraten. Er war der einzige Mensch, auf den ich zählen konnte.

Es dauerte nicht lange, bis es an meiner Tür klopfte und Maxon, ohne auf eine Reaktion zu warten, ins Zimmer stürmte. Er sah genauso wütend aus wie ich.

Doch bevor er auch nur ein Wort sagen konnte, fuhr ich ihn an. »Du hast mich angelogen.«

»Was? Wann?«

»Wie kann der gleiche Mensch, der davon gesprochen hat, mir einen Antrag zu machen, es darauf anlegen, mit jemandem wie Celeste knutschend in einem dunklen Gang erwischt zu werden?«

»Was ich mit ihr mache, hat nichts mit dem zu tun, was ich für dich empfinde.«

»Das soll wohl ein Witz sein, was? Oder ist es ganz normal für dich, dass halbnackte Mädchen an deinem Hals hängen, wann immer du Lust dazu hast – nur weil du der nächste König sein wirst?«

Maxon sah betroffen aus. »Nein. Das ist es ganz und gar nicht.«

»Und warum gerade sie?«, fragte ich und blickte zur Decke. »Warum um alles in der Welt willst du gerade sie?«

Ich sah ihn herausfordernd an und wartete auf eine Antwort, doch er schüttelte den Kopf und blickte nur im Zimmer umher.

»Maxon, Celeste ist eine Schauspielerin, eine falsche Schlange. Du musst doch in der Lage sein, zu erkennen, dass hinter der ganzen Schminke und den Push-up-BHs nichts weiter steckt als ein Mädchen, das dich manipuliert, um das zu kriegen, was sie will.«

Maxon brach in wütendes Gelächter aus. »In der Tat, das tue ich.«

»Aber warum ...?«

Doch ich kannte die Antwort bereits.

Er wusste Bescheid. Natürlich wusste er Bescheid! Er war hier groß geworden. Gregory Illeás Tagebücher waren vielleicht sogar seine Gutenachtgeschichten gewesen. Ich hatte keine Ahnung, warum ich etwas anderes erwartet hatte.

Wie naiv ich gewesen war! Wann immer ich gedacht hatte, dass es eine bessere Wahl für die Position der Prinzessin gäbe als mich, hatte ich mir wie selbstverständlich Kriss vorgestellt. Sie war bezaubernd und duldsam und besaß eine Menge Eigenschaften, von denen ich nur träumen konnte. Aber ich hatte sie mir immer an der Seite eines ganz anderen Maxon vorgestellt. Für den Mann, der er sein musste, um in Gregory Illeás Fußstapfen zu treten, war Celeste die einzig richtige Frau. Keine andere würde es so genießen, ein ganzes Land zu unterdrücken.

»Das war's«, sagte ich. »Du wolltest eine Entscheidung, und du bekommst sie. Ich bin mit all dem hier fertig. Ich habe das Casting satt, ich habe die ganzen Lügen satt und ganz besonders habe ich dich satt. Himmel, ich kann gar nicht glauben, wie blöd ich gewesen bin!«

»Du bist nicht fertig, America«, widersprach er mir heftig, und seine Haltung unterstrich seine Worte. »Du bist hier erst fertig, wenn ich es sage. Im Moment bist du wütend, aber du bist hier noch nicht fertig!«

Ich raufte mir die Haare. »Bist du blind? Was lässt dich glauben, dass ich mich jemals mit dem abfinden werde, was ich gerade gesehen habe? Ich *hasse* dieses Mädchen. Und du hast sie geküsst. Ich will nichts mehr mit dir zu tun haben, Maxon.«

»Grundgütiger, America, du lässt mich einfach nicht zu Wort kommen!«

»Was könntest du denn schon zu deiner Verteidigung anführen? Schick mich einfach nach Hause. Ich will nicht länger hierbleiben.«

Unser Gespräch war ein solch heftiger Schlagabtausch geworden, dass mich Maxons unvermitteltes Schweigen erschreckte.

»Nein.«

Ich wurde immer wütender. War dies hier denn nicht genau das, worum er mich gebeten hatte? »Maxon Schreave, du bist nichts weiter als ein Kind, das ein Spielzeug hat, das es gar nicht haben will, es aber nicht erträgt, wenn jemand anderes es bekommt.«

»Ich verstehe ja, dass du wütend bist«, sagte er, »aber …«

»Ich bin mehr als wütend!«, fauchte ich und gab ihm einen Schubs.

»America, bezeichne mich nicht als Kind. Und schubs mich nicht!«

Ich schubste ihn noch einmal. »Und was willst du dagegen tun?«

Maxon packte meine Handgelenke und hielt mir die Arme hinter dem Rücken fest. Zorn flackerte in seinen Augen auf, und ich war froh darüber. Denn ich wollte, dass er mich provozierte. Am liebsten hätte ich ihn in der Luft zerrissen.

Doch er war nicht wirklich wütend. Vielmehr spürte ich das vertraute Knistern zwischen uns, das ich so lange vermisst hatte. Maxons Gesicht war nur Zentimeter von meinem entfernt, seine Augen suchten meine. Obwohl es ganz und gar falsch war, wollte ich es noch immer. Und bevor ich merkte, was geschah, öffneten sich meine Lippen.

Ich schüttelte mich, um wieder zu mir zu kommen, und wich einen Schritt zurück. Als ich mich ganz von ihm löste, hinderte er mich nicht daran. Ich ging zum Balkon, holte ein paarmal tief Luft, dann drehte ich mich zu ihm um.

»Wirst du mich nach Hause schicken?«, fragte ich leise.

Maxon schüttelte den Kopf, entweder konnte er nicht antworten, oder er wollte es nicht.

Ich riss sein Armband von meinem Handgelenk und schleuderte es quer durchs Zimmer. »Dann geh«, flüsterte ich.

Ich wandte mich wieder zum Balkon und wartete ein paar bleierne Sekunden lang, bis ich das Klicken der Tür hörte. Dann sank ich zu Boden und fing an zu weinen.

Er und Celeste waren sich so ähnlich. Alles an ihnen war nur Show. Sein Leben lang würde er die Leute um den Finger wickeln, damit sie ihn toll fanden, während er sie in Wahrheit unterdrückte. Genau wie Gregory Illeá.

Ich setzte mich aufrecht hin und kreuzte die Beine unter meinem Nachthemd. So wütend ich auch auf Maxon war, auf mich selbst war ich noch viel wütender. *Ich hätte härter kämpfen sollen. Ich hätte mehr bewirken müssen. Und ich sollte hier nicht geschlagen herumsitzen,* schoss es mir durch den Kopf.

Entschlossen wischte ich mir die Tränen ab und dachte über meine Lage nach. Ich war fertig mit Maxon, aber ich war noch hier. Das Wetteifern mit den anderen Mädchen war vorbei, aber ich hatte noch immer die Präsentation vor mir. Auch wenn Aspen der Meinung war, dass ich nicht das Zeug zur Prinzessin besaß – womit er recht hatte –, glaubte er dennoch an mich. Und mein Vater ebenfalls. Und nicht zuletzt Nicoletta.

Ich war nicht mehr hier, um zu gewinnen. Was sprach also dagegen, mich mit einem ordentlichen Knall zu verabschieden?

27

Als Silvia mich fragte, welche Hilfsmittel ich für meine Präsentation benötigte, bat ich sie um ein kleines Pult für ein paar Bücher und eine Staffelei für das Plakat, das ich gestalten wollte. Die Idee mit dem Plakat begeisterte sie besonders, denn ich war das einzige Mädchen der Elite, das im künstlerischen Bereich Erfahrung hatte.

Ich verbrachte Stunden damit, meine Rede auf kleine Kärtchen zu schreiben, damit ich nichts vergaß. Sorgfältig kennzeichnete ich einzelne Passagen in den Büchern, um sie während der Präsentation als Quelle heranziehen zu können, und probte vor dem Spiegel die Teile meiner Rede, vor denen ich mich besonders fürchtete. Außerdem versuchte ich, nicht zu intensiv über mein Vorhaben nachzudenken, denn sonst fing ich am ganzen Körper zu zittern an. Schließlich bat ich Anne, mir ein Kleid zu nähen, das möglichst unschuldig aussah.

Sie zog die Augenbrauen zusammen. »Das hört sich ja so an, als hätten wir Sie zuvor immer in Dessous losgeschickt«, sagte sie in scherzhaftem Ton.

Ich schmunzelte. »Das habe ich damit nicht gemeint. Sie wissen doch, dass ich all Ihre Kleider großartig fand.

Ich möchte einfach nur ... sagen wir, engelsgleich erscheinen.«

Sie lächelte still in sich hinein. »Ich glaube, da fällt uns schon etwas ein.«

Die drei mussten wie besessen daran gearbeitet haben, denn ich bekam Anne, Mary und Lucy am Tag des *Berichts* überhaupt nicht zu Gesicht. Erst eine Stunde, bevor es losging, rauschten sie mit dem Kleid ins Zimmer. Es war weiß, leicht und duftig und auf der rechten Seite mit langen Streifen grünen und blauen Tülls verziert. Der untere Teil fiel bauschig herab, und die Empire-Taille verlieh ihm zugleich Sittsamkeit und Anmut. Ich fühlte mich wunderbar darin. Von allen Kleidern war es mit Abstand mein liebstes. Auch wenn es wahrscheinlich das letzte von meinen Zofen genähte Kleid war, das ich trug.

Es war zwar schwierig gewesen, meinen Plan geheim zu halten, aber ich hatte es geschafft. Als mich die anderen Mädchen nach meiner Präsentation fragten, sagte ich nur, es wäre eine Überraschung. Dafür erntete ich zwar skeptische Blicke, aber das war mir egal. Ich bat außerdem meine Zofen, die Dinge auf meinem Schreibtisch nicht anzurühren, ja noch nicht einmal abzustauben. Sie gehorchten und ließen alle Aufzeichnungen unberührt liegen.

Niemand war eingeweiht. Niemand wusste Bescheid. Aspen hätte ich gern von meinem Vorhaben erzählt, doch ich ließ es bleiben. Ein Teil von mir befürchtete, er würde mir die Sache ausreden, und ich würde schließlich klein beigeben. Und ein anderer Teil hatte die Sorge, er würde womöglich *allzu* begeistert sein.

Während mich meine Zofen zurechtmachten, blickte ich in den Spiegel, und mir war klar, dass ich das Ganze allein durchstehen musste. Ich wollte nicht, dass irgendjemand – nicht meine Zofen, nicht die anderen Mädchen und vor allem nicht Aspen – meinetwegen Schwierigkeiten bekam.

Jetzt blieb mir nichts weiter übrig, als die Dinge in Angriff zu nehmen und durchzuziehen.

»Anne, Mary, würden Sie mir bitte Tee bringen?«

Die beiden sahen einander verwundert an. »Wir beide?«, fragte Mary nach.

»Ja bitte.«

Sie blickten ein wenig misstrauisch drein, knicksten jedoch und verschwanden durch die Tür. Sobald sie weg waren, wandte ich mich an Lucy.

»Setzen Sie sich zu mir«, forderte ich sie auf und zog sie neben mich auf die gepolsterte Bank. »Sind Sie eigentlich glücklich?«, fragte ich geradeheraus.

»Wie bitte?«

»Nun ja, ich habe mich gefragt, ob es Ihnen gutgeht. In letzter Zeit schienen Sie irgendwie traurig zu sein. «

Sie senkte den Kopf. »Ist das so offensichtlich?«

»Ziemlich«, bestätigte ich, legte den Arm um sie und drückte sie an mich. Sie seufzte und legte ihren Kopf auf meine Schulter. Ich war froh, dass sie in diesem Moment die unsichtbare Grenze zwischen uns vergaß.

»Haben Sie sich jemals etwas gewünscht, das Sie nicht haben konnten?«

Ich schnaubte. »Lucy, bevor ich hergekommen bin, war

ich eine Fünf. Es gab so viele Dinge, die ich nicht haben konnte, dass man sie gar nicht zählen konnte.«

»Ich weiß nicht, was ich tun soll. Ich hänge hier im Palast fest und werde nie ein anderes Leben führen.«

Ich richtete mich auf und brachte sie dazu, mich anzusehen. »Lucy, ich möchte, dass Sie eines wissen. Sie können alles erreichen, was Sie sich wünschen, davon bin ich überzeugt. Denn Sie sind ein wunderbares Mädchen.«

Sie schenkte mir ein schwaches Lächeln. »Danke, Miss.«

Ich wusste, uns blieb nicht mehr viel Zeit, und wechselte das Thema. »Hören Sie, ich möchte Sie um einen Gefallen bitten. Ob ich mich auf die anderen verlassen kann, weiß ich nicht, aber Ihnen vertraue ich.«

»Was immer Sie wollen«, erwiderte Lucy, und obwohl sie dabei verwirrt aussah, hatte ich den Eindruck, dass sie es ernst meinte.

Ich griff in eine der Schubladen und zog einen Brief hervor. »Könnten Sie den bitte Officer Leger geben?«

»Officer Leger?«

»Ja. Ich möchte mich bei ihm für seine Freundlichkeit bedanken und dachte, es wäre vielleicht nicht angemessen, wenn ich ihm den Brief persönlich gebe. Sie wissen schon.« Das war zwar eine schwache Ausrede, aber es war die einzige Möglichkeit, mich von Aspen zu verabschieden und ihm mein Verhalten zu erklären. Denn ich ging davon aus, dass ich nach dem heutigen Abend nicht mehr lange im Palast geduldet werden würde.

»In spätestens einer Stunde wird er den Brief haben«, versicherte mir Lucy eifrig.

»Danke.« Tränen stiegen mir in die Augen, doch ich drängte sie mit aller Macht zurück. Ich hatte Angst, aber es gab so viele Gründe, dies hier durchzuziehen. Wir alle verdienten etwas Besseres. Meine Familie, Marlee und Carter. Aspen. Selbst meine Zofen hatten keine Zukunft, und das alles nur wegen Gregory Illeá. Falls mich der Mut verließ, würde ich bei meiner Präsentation einfach an sie alle denken.

Als ich schließlich für den *Bericht aus dem Capitol* das Studio betrat, hielt ich die Bücher und die Mappe mit meinem Plakat fest umklammert. Alles sah fast so aus wie immer – der König, die Königin und Maxon würden rechts neben der Tür platziert werden, die Elite saß auf den Stühlen links davon. Doch in der Mitte, wo üblicherweise ein Podest für die Reden des Königs oder ein paar Sessel für die Interviews standen, war nun Raum für unsere Präsentation geschaffen worden. Ich entdeckte ein Pult und meine Staffelei, aber auch eine Leinwand, auf der wohl jemand Dias zeigen würde. Das beeindruckte mich, und ich überlegte, wer von uns wohl die Mittel gehabt hatte, so etwas zu bewerkstelligen.

Ich ging hinüber zum letzten freien Platz – bedauerlicherweise neben Celeste –, setzte mich und hielt die Bücher auf dem Schoß fest. Auch Natalie hatte ein paar Bücher dabei. Elise saß da und las wieder und wieder in ihren Notizen, während Kriss an die Decke blickte und ihre Präsentation im Geiste noch einmal durchzugehen schien. Celeste überprüfte ihr Make-up.

Silvia war ebenfalls anwesend – was meist der Fall war,

wenn wir über ein Thema diskutierten, auf das sie uns vorbereitet hatte. Im Gegensatz zu sonst wirkte sie jedoch völlig aufgelöst. Diese Präsentation war wahrscheinlich unsere bislang größte Herausforderung, und je nachdem, was für ein Bild wir abgaben, würde das auch auf sie zurückfallen.

Ich sog scharf die Luft ein, denn mir wurde plötzlich klar, dass ich bei meinem Vorhaben überhaupt nicht an Silvia gedacht hatte. Doch jetzt war es zu spät.

»Sie sehen wunderschön aus, meine Damen, absolut phantastisch«, sagte sie im Näherkommen. »Und da Sie nun vollzählig sind, möchte ich Ihnen ein paar Dinge erklären. Als Erstes wird der König einige Ankündigungen vornehmen. Im Anschluss wird Gavril zum Thema des heutigen Abends überleiten – zur Präsentation Ihrer Wohlfahrtsprojekte.«

Silvia, die sonst so besonnene, disziplinierte, eiserne Silvia war total aus dem Häuschen. »Also, ich weiß, dass Sie sich gut vorbereitet haben«, sagte sie und ging dabei auf und ab. »Sie haben jeweils acht Minuten. Und wenn jemand danach eine Frage an Sie richten möchte, wird Gavril das moderieren. Bleiben Sie die ganze Zeit über aufmerksam und selbstbewusst. Das ganze Land blickt auf Sie! Wenn Sie den Faden verlieren, dann holen Sie tief Luft und reden einfach weiter. Sie werden das bestimmt großartig machen. Ach ja, Sie treten übrigens in der Reihenfolge auf, in der Sie sitzen, das heißt Lady Natalie als Erste und Lady America als Letzte. Viel Glück, meine Damen!«

Silvia eilte davon, um einige Dinge noch ein zweites oder drittes Mal zu überprüfen, und ich versuchte ruhig zu bleiben. Also als Letzte. Das war wahrscheinlich gut. Natalie hatte es als Erste mit Sicherheit schwerer. Ich blickte zu ihr hinüber und sah, wie ihr der Schweiß ausbrach. Es war bestimmt eine Qual für sie, sich so konzentrieren zu müssen. Und dann richtete ich meine Augen unwillkürlich auf Celeste. Sie wusste nicht, dass ich sie und Maxon beobachtet hatte, und ich fragte mich immer wieder, warum sie niemandem etwas davon erzählte. Weil sie es jedoch tunlichst für sich behielt, nahm ich an, dass es nicht das erste Stelldichein gewesen war. Und das machte es nicht gerade besser.

»Nervös?«, fragte ich und sah zu, wie sie an ihrem Fingernagel herumkratzte.

»Nein. Das Ganze ist doch bloß eine blöde Idee, die keinen wirklich interessiert. Aber zum Glück bin ich Model«, sagte sie und blickte mich an. »Also komme ich vor Publikum gut rüber.«

»Ja, im Posieren bist du wirklich eine Meisterin«, murmelte ich. Aber es dauerte einen Augenblick, bis sie die Beleidigung hinter meinen Worten erkannte. Schließlich verdrehte sie die Augen und blickte zur Seite.

Im selben Moment kamen der König und die Königin herein. Sie unterhielten sich flüsternd, und es machte den Eindruck, als ginge es um etwas sehr Wichtiges. Einen Augenblick später betrat Maxon das Studio. Auf dem Weg zu seinem Platz zupfte er an seiner Ärmelmanschette. In seinem Anzug wirkte er so unschuldig, so sauber. Doch inzwischen wusste ich es besser.

Er schaute mich an, und da ich mich nicht einschüchtern lassen und als Erste den Blick abwenden wollte, starrte ich zurück. Zögernd hob Maxon die Hand und zog sich am Ohrläppchen. Ich schüttelte langsam den Kopf, und meine Mimik machte ihm unmissverständlich klar, dass wir – wenn es nach mir ging – nie wieder miteinander sprechen würden.

Als die Präsentationen schließlich an der Reihe waren, drohte mein Magen zu rebellieren. Natalies Vortrag war kurz. Und sie schien ziemlich schlecht informiert zu sein. Sie verkündete, die Taten der Rebellen seien verabscheuungswürdig und falsch, und man sollte sie umgehend aus Illeá verbannen, um die Provinzen sicherer zu machen. Als sie fertig war, blickten wir sie alle nur stumm an. Wusste sie denn wirklich nicht, dass sämtliches Tun der Rebellen längst als illegal eingestuft worden war? Insbesondere die Königin wirkte äußerst betrübt, als Natalie sich wieder hingesetzt hatte.

Elise schlug ein Programm vor, bei dem Angehörige der höheren Kasten eine Art Brieffreundschaft mit Menschen aus New Asia aufnehmen sollten. Sie war der Ansicht, dass dies die Beziehung zwischen unseren beiden Ländern stärken und dazu beitragen würde, den Krieg zu beenden. Ich war mir nicht sicher, ob eine solche Maßnahme wirklich etwas nützte, aber es erinnerte Maxon und die Bevölkerung wieder einmal daran, warum Elise überhaupt noch hier war. Die Königin fragte, ob sie denn auch Menschen in New Asia kennen würde, die bereit wären, an so einem Programm teilzunehmen, und Elise versicherte ihr, dass dies der Fall sei.

Kriss' Präsentation war weitaus spektakulärer. Sie wollte das öffentliche Schulsystem reformieren, was, wie ich wusste, für die Königin und Maxon ebenfalls eine Herzensangelegenheit darstellte. Als Tochter eines Professors hatte sie bestimmt schon ihr ganzes Leben darüber nachgedacht. Sie benutzte die Leinwand, um Fotos aus ihrer Heimatprovinz zu zeigen, die ihre Eltern ihr geschickt hatten. In den Gesichtern der abgebildeten Lehrer war deutlich ihre Erschöpfung zu erkennen, und auf einem Foto war ein Raum zu sehen, in dem vier Kinder auf dem Boden saßen, weil es nicht genug Stühle gab. Die Königin stellte jede Menge Fragen, und Kriss hatte schnell die Antworten parat. Unter Zuhilfenahme von älteren Finanzberichten, die wir gelesen hatten, hatte sie sogar eine Möglichkeit entdeckt, einen Kredit aufzunehmen, um gleich mit der Arbeit beginnen zu können. Und sie hatte auch schon Ideen, wie sich das Programm im Anschluss weiter finanzieren ließ.

Als sie sich setzte, sah ich, wie Maxon sie anlächelte und ihr zunickte. Kriss wurde rot und betrachtete verlegen die Spitze an ihrem Kleid. Wenn man bedachte, wie vertraut er mit Celeste war, war es wirklich gemein von ihm, so mit ihr zu spielen. Aber ich würde mich nicht mehr einmischen. Sollte er doch tun, was er wollte.

Celestes Vorschlag war interessant, wenn auch ein wenig manipulativ. Sie plädierte für ein Grundeinkommen für die niedrigeren Kasten. Es sollte ein gestaffelter Betrag sein, der auf verschiedenen Bescheinigungen basierte. Um diese Bescheinigungen zu bekommen, hatten die Fünfer, Sechser und Siebener die Pflicht, zur Schule zu gehen, wofür sie bezahlen mussten, was wiederum hauptsächlich den Dreiern zugutekam, weil offiziell nur sie als Lehrer arbeiten durften. Da Celeste eine Zwei war, hatte sie keine Ahnung, wie viel die niedrigen Kasten arbeiten mussten, um überhaupt über die Runden zu kommen. Keiner würde die Zeit haben, diese Bescheinigungen zu erwerben. Was letztlich bedeutete, dass sich das Einkommen nicht ändern würde. Oberflächlich betrachtet hörte sich ihr Vorschlag sehr sozial an, doch in der Praxis würde er auf keinen Fall funktionieren.

Celeste ging zurück zu ihrem Platz, und ich erhob mich zitternd. Einen kurzen Moment lang erwog ich, eine Ohnmacht vorzutäuschen. Doch dann besann ich mich darauf, dass das hier meine große Chance war. Ich hatte nur Angst vor dem, was dann folgen würde.

Ich stellte mein Plakat – ein Schaubild des Kastensystems – auf die Staffelei und legte meine Bücher in der richtigen Reihenfolge auf das Pult. Dann holte ich noch einmal tief Luft und umklammerte meine Kärtchen, doch als ich schließlich loslegte, merkte ich zu meiner Überraschung, dass ich sie überhaupt nicht brauchte.

»Guten Abend, Illeá. Meine Damen und Herren, ich spreche heute nicht als Mitglied der Elite zu Ihnen, auch nicht als Drei oder als Fünf, sondern als Bürgerin dieses Landes. Abhängig von Ihrer Kastenzugehörigkeit sind Ihre Erfahrungen mit unserem Land auf ganz bestimmte Weise geprägt. Jedenfalls gilt das für mich. Doch erst vor kurzem habe ich verstanden, wie weit meine Liebe zu Illeá wirklich gegangen ist.

Ich bin teilweise ohne Essen und Strom aufgewachsen. Und ich muss mit ansehen, wie Menschen, die ich liebe, ohne große Hoffnung auf Veränderung in Positionen verharren, die ihnen bei Geburt zugewiesen wurden. Ich erlebe täglich die Kluft zwischen mir und anderen – allein wegen meines Status als Fünf und ungeachtet der Tatsache, dass wir uns ansonsten gar nicht besonders voneinander unterscheiden.«

Ich blickte kurz hinüber zu den anderen Mädchen. »Und doch liebe ich unser Land.«

Ganz automatisch tauschte ich das Kärtchen aus, denn ich wusste, dass jetzt der große Knall kam. »Was ich vorschlage, wird nicht leicht sein. Vielleicht ist es sogar sehr schmerzhaft, aber ich glaube wirklich, dass das gesamte Königreich davon profitiert.«

Noch einmal holte ich tief Luft. »Ich bin der Meinung, wir sollten das Kastensystem abschaffen.«

Mehr als nur ein Aufkeuchen war im Studio zu hören, ich beschloss aber, das zu ignorieren.

»Ich weiß, es gab eine Zeit, in der die Einteilung in Kasten dabei half, unser im Aufbau befindliches Land und seine Gesellschaft zu strukturieren. Aber wir sind nicht länger dieses Land. Wir sind jetzt so viel mehr. Und es ist grausam, zuzulassen, dass völlig untalentierte Menschen weitreichende Privilegien genießen, und dabei gleichzeitig einer archaischen Struktur zuliebe diejenigen zu unterdrücken, die vielleicht die klügsten Köpfe der Welt sein könnten. Das hindert uns nur daran, so gut zu werden, wie wir eigentlich sein könnten.«

Ich erwähnte eine Umfrage aus einer von Celestes ausrangierten Zeitschriften, die durchgeführt wurde, nachdem wir im *Bericht* über eine freiwillige Armeezugehörigkeit diskutiert hatten. Fünfundsechzig Prozent der Bevölkerung hielten es für eine gute Idee. Warum verwehrte man den Leuten dann diese Aufstiegsmöglichkeit? Ich zitierte einen Bericht über die standardisierten Prüfungsverfahren an öffentlichen Schulen. Dem sehr tendenziös abgefassten Artikel zufolge waren nur drei Prozent der Sechser und Siebener überdurchschnittlich intelligent. Und da die Rate so niedrig war, war es klar, dass sie bleiben würden, wo sie waren. Ich hingegen vertrat die Ansicht, wir sollten uns schämen, dass diese Leute später Löcher gruben, wenn sie doch vielleicht ausgezeichnete Herzchirurgen hätten werden können.

Schließlich hatte ich es fast hinter mir. »Vielleicht gibt es viele Missstände in unserem Land, doch seine Stärke ist nicht zu leugnen. Ich habe Angst, dass diese Stärke in Stagnation übergehen wird, wenn wir nichts ändern. Und ich liebe unser Land viel zu sehr, um das zuzulassen. Ich habe viel zu viel *Hoffnung*, um tatenlos zuzusehen.«

Ich schluckte und war froh, es hinter mir zu haben. »Danke für Ihre Aufmerksamkeit.« Damit wandte ich mich der königlichen Familie zu.

Maxons Gesicht war genauso versteinert wie damals, als Marlee die Rutenschläge erhalten hatte. Die Königin hatte den Blick abgewandt und sah enttäuscht aus. Der König jedoch starrte mich wütend an.

»Und was schlagen Sie vor, auf welche Weise wir die

Kasten abschaffen sollen?«, fragte er herausfordernd. »Soll es sie ganz plötzlich nicht mehr geben?«

»Oh ... das weiß ich nicht.«

»Glauben Sie nicht, dass das Aufstände provozieren würde? Völliges Chaos? Und dass die Rebellen dies zu ihrem Vorteil nutzen würden?«

Diesen Teil meiner Reformvorschläge hatte ich nicht bis zum Ende durchdacht. Ich hatte mich nur damit beschäftigt, wie ungerecht das herrschende System war.

»Die Einführung des Kastensystems hat meines Wissens auch ein ziemliches Chaos ausgelöst. Und damit sind wir auch fertiggeworden. Ich habe«, ich griff nach meinen Büchern, »hier sogar eine Beschreibung.«

Ich suchte in Gregory Illeás Tagebuch nach der richtigen Stelle.

»Wurde die Übertragung beendet?«, rief der König hektisch.

»Ja, Majestät!«, ertönte die Antwort.

Ich blickte hoch und merkte erst jetzt, dass die Lampen, die normalerweise anzeigten, dass die Kameras liefen, dunkel waren. Offensichtlich hatte der König den *Bericht* in der Zwischenzeit abschalten lassen. Wutentbrannt stürmte er nun hinüber zu mir und riss mir das Tagebuch aus der Hand.

»Woher haben Sie das?«, brüllte er.

Nervös sprang Maxon auf. »Bitte lass sie, Vater!«

»Woher hat sie das? Antworte mir!«

»Von mir«, gestand Maxon. »Wir haben nachgesehen, was Halloween bedeutet. Gregory hat im Tagebuch darüber geschrieben, und ich dachte, sie würde vielleicht noch mehr von ihm lesen wollen.«

»Du Idiot«, zischte der König. »Ich wusste doch, ich hätte dir das viel früher zu lesen geben sollen. Du verstehst wirklich gar nichts. Du hast keine Ahnung von der Pflicht, die du künftig zu erfüllen hast!« Er schwieg einen Moment. »Sie reist noch heute ab«, befahl er schließlich barsch. »Ich habe endgültig genug von ihr.«

Langsam wich ich zurück und versuchte mich so weit wie möglich vom König zu entfernen. Dabei wandte ich der Elite den Kopf zu, und aus irgendeinem Grund fiel mein Blick zuerst auf Celeste. Ich hätte erwartet, dass sie schadenfroh lächelte, aber sie war nervös. Noch nie hatte sich der König so aufgeführt.

»Du kannst sie gar nicht nach Hause schicken. Es ist meine Entscheidung, und ich sage, sie bleibt«, erwiderte Maxon mit fester Stimme.

»Maxon Calix Schreave, ich bin der König von Illeá, und ich sage dir ...«

»Könntest du für fünf Minuten mal nicht der König, sondern stattdessen mein Vater sein?«, brüllte Maxon. »Das ist meine Entscheidung. Du durftest deine Wahl treffen, und ich nehme für mich dasselbe Recht in Anspruch. Es reist nicht noch ein Mädchen ab, ohne dass ich es sage!«

Natalie lehnte sich an Elise. Die beiden sahen aus, als zitterten sie.

»Amberly, bring das dahin zurück, wo es hingehört«, sagte der König und drückte ihr das Buch in die Hand.

Die Königin stand da, nickte, rührte sich jedoch nicht. »Maxon? Ich möchte dich in meinem Arbeitszimmer sprechen.«

Ich blickte zu Maxon. Vielleicht bildete ich mir das nur ein, aber ich hatte den Eindruck, als flackerte Panik in seinen Augen auf.

»Andernfalls«, schlug der König vor, »kann ich mich auch mit ihr unterhalten.« Dabei deutete er auf mich, und seine Stimme hatte einen gefährlichen Unterton.

»Nein«, erwiderte Maxon schnell und hob protestierend die Hand. »Das wird nicht nötig sein. Meine Damen«, fügte er an uns gewandt hinzu, »warum gehen Sie nicht alle nach oben? Wir lassen Ihnen das Abendessen auf Ihre Zimmer bringen.« Er schwieg einen Moment. »America, vielleicht sollten Sie schon vorgehen und vorsichtshalber Ihre Sachen packen.«

Der König lächelte. »Eine ausgezeichnete Idee. Nach dir, mein *Sohn.*«

Maxon schien sich geschlagen zu geben. Er öffnete den Mund, um noch etwas zu sagen, doch dann schüttelte er nur den Kopf und ging schweigend davon.

Kriss rang die Hände und blickte ihm besorgt hinterher. Ich konnte es ihr nicht verdenken, denn irgendetwas an der ganzen Szene wirkte bedrohlich.

»Clarkson?«, ergriff Königin Amberly leise das Wort. »Was ist mit der anderen Angelegenheit?«

»Was meinst du?«, fragte er gereizt.

»Die Nachricht«, erinnerte sie ihn.

»Ach, ja.« Der König kam auf uns zu. »Lady Natalie«,

sagte er mit ruhiger und fester Stimme, »wir wollten es Ihnen vor dem *Bericht* nicht sagen, aber wir haben leider eine schlechte Nachricht für Sie.«

»Eine schlechte Nachricht?«, fragte Natalie und zupfte ängstlich an ihrer Halskette herum.

Der König kam näher. »Ja. Wie es scheint, haben die Rebellen heute Morgen Ihre Schwester getötet. Mein Beileid.«

»Nein«, flüsterte Natalie, und alle Farbe wich aus ihrem Gesicht.

Ich war zutiefst erschüttert und konnte es zunächst kaum glauben. Die reizende Lacey, die wir auf der Halloween-Party kennengelernt hatten und die sich so gut mit May verstanden hatte? Das konnte doch nicht wahr sein!

»Ihre Leiche wurde am Nachmittag gefunden. Es tut uns wirklich sehr leid.« Immerhin schwang fast so etwas wie Mitgefühl in seiner Stimme mit, obwohl es eher eingeübt als echt wirkte.

Während Natalie einen markerschütternden Schrei ausstieß, wandte sich der König um und ging eilig zur Tür hinaus. Die Königin lief zu Natalie, strich ihr tröstend übers Haar und versuchte sie zu beruhigen. Celeste, die wie immer ungerührt zu sein schien, schlich leise aus dem Studio und eine völlig geschockte Elise folgte ihr. Kriss blieb noch, um Natalie zu trösten. Doch als klar wurde, dass sie angesichts dieser Nachricht nicht viel ausrichten konnte, verschwand sie ebenfalls. Die Königin versicherte Natalie, man würde ihren Eltern Wachen zur Seite stellen und dass sie natürlich zur Beerdigung fahren könnte, wenn sie das wollte. Dabei hielt sie sie die ganze Zeit über im Arm.

Ich stand immer noch wie gelähmt auf meinem Platz. Als plötzlich eine Hand vor meinem Gesicht auftauchte, erschrak ich so sehr, dass ich unwillkürlich zurückzuckte.

»Keine Angst«, sagte Gavril. »Ich möchte Ihnen nur helfen.«

Ich reichte ihm die Hand, überrascht, wie sehr meine Beine zitterten.

»Er muss Sie sehr lieben«, bemerkte er, nachdem ich das Gleichgewicht wiedergewonnen hatte.

»Wie kommen Sie darauf?«

»Ich kenne Maxon seit seiner Kindheit. Noch nie hat er sich so demonstrativ gegen seinen Vater gestellt.«

Damit wandte er sich ab und ging zur Studiocrew, um ihr zu erklären, dass sie über alles, was sie heute Abend gehört hatte, Stillschweigen bewahren musste.

Ich stolperte hinüber zu Natalie. Ich wusste zwar nicht allzu viel über sie, doch bestimmt liebte sie Lacey genauso wie ich May. Deshalb konnte ich mir ihren Schmerz nur zu gut vorstellen.

»Natalie, es tut mir so leid«, flüsterte ich.

Sie nickte nur matt, zu mehr war sie nicht in der Lage.

Die Königin blickte mich voller Mitgefühl an, sie wusste nicht, wie sie ihren Kummer ausdrücken sollte.

»Und für Sie tut es mir auch leid. Ich habe nicht versucht ... Ich wollte einfach ...«, stotterte ich.

»Ich weiß, meine Liebe, ich weiß.«

Angesichts von Natalies Zustand wäre es unpassend und egoistisch gewesen, um einen längeren Abschied zu bitten, also machte ich nur einen letzten tiefen Knicks vor der Königin und ging dann langsam aus dem Studio. Die Katastrophe, die ich heraufbeschworen hatte, war mit aller Macht über mich hereingebrochen.

28

Das Letzte, was ich erwartet hätte, als ich mein Zimmer betrat, war der Applaus meiner Zofen. Ein paar Sekunden lang stand ich einfach nur da, tief bewegt von ihrem Rückhalt und vom Stolz, der sich in ihren Gesichtern spiegelte.

Schließlich ergriff Anne das Wort. »Das war eine wunderbare Rede, Miss.« Sie drückte mir sanft die Hände, und ich sah eine solche Freude über meine Ansprache in ihren Augen, dass ich mich für einen Augenblick nicht mehr ganz so furchtbar fühlte.

»Ich kann immer noch nicht fassen, dass Sie das getan haben! Sonst setzt sich nie jemand für uns ein!«, fügte Mary hinzu.

»Maxon muss sich einfach für Sie entscheiden«, rief Lucy. »Sie sind die Einzige, die mir Hoffnung gibt.«

Hoffnung? Nun war doch alles vorbei, oder?

Ich musste nachdenken, und der Ort, an dem ich das am besten konnte, war der Garten. Ich verließ mein Zimmer und nahm den Weg über die Hintertreppe am Ende des Flurs. Abgesehen von einer einzelnen Wache war die erste Etage still und menschenleer. Nach allem, was in der letzten halben Stunde passiert war, hatte ich eigentlich gedacht, dass im Palast emsiges Treiben herrschen würde.

Als ich am Krankenflügel vorbeikam, flog plötzlich die Tür auf, und ich stieß mit Maxon zusammen, der vor Schreck eine verschlossene Metallkiste fallen ließ. Obwohl unser Zusammenprall nicht besonders heftig gewesen war, entfuhr ihm ein Stöhnen.

»Warum bist du nicht in deinem Zimmer?«, fragte er und bückte sich langsam, um die Kiste aufzuheben. Ich bemerkte, dass sein Name darauf stand, und fragte mich, was er wohl im Krankenflügel aufbewahrte.

»Ich wollte in den Garten, darüber nachdenken, ob das, was ich getan habe, dumm war oder nicht.«

Maxon schien nur mit Mühe stehen zu können. »Oh, es war dumm, das kann ich dir versichern.«

»Brauchst du Hilfe?«

»Nein«, antwortete er schnell und wich meinem Blick aus. »Ich will nur in mein Zimmer. Und ich schlage vor, dass du das Gleiche tust.«

»Maxon.« Das stille Flehen in meiner Stimme brachte ihn dazu, mich anzusehen. »Es tut mir wirklich leid. Ich war wütend und ich wollte ... Ach, ich weiß es eigentlich gar nicht mehr so genau. Aber warst du nicht derjenige, der gesagt hat, es hätte auch Vorteile eine Eins zu sein, weil man Dinge verändern könnte?«

Maxon verdrehte die Augen. »Du bist aber keine Eins, America.« Wir schwiegen eine Weile. »Und selbst wenn du eine Eins wärst – ist dir denn überhaupt nicht aufgefallen, wie ich die Dinge angehe? Still und leise im Hintergrund. Im Moment geht es eben noch nicht anders. Du kannst dich nicht im Fernsehen öffentlich darüber beschweren, wie das Land regiert wird, und dann erwarten, dass du von meinem Vater oder von irgendjemand sonst Unterstützung erfährst.«

»Es tut mir leid!«, rief ich. »Es tut mir wirklich leid.«

Wieder schwieg er einen Augenblick. »Ich bin mir nicht sicher, ob ...«

Im selben Moment ertönten die Warnrufe. Sofort drehte Maxon sich um und lief los. Ich folgte ihm und versuchte aus dem Lärm schlau zu werden. Kämpfte da jemand? Als wir uns der Empfangshalle und den Türen zum Garten näherten, strömten immer mehr Wachen dorthin.

»Löst den Alarm aus!«, rief jemand. »Sie sind in den Palast eingedrungen!«

»Macht euch feuerbereit!«, brüllte eine andere Wache.

»Bringt den König in Sicherheit!«

Und dann sirrten auch schon kleine schnelle Geschosse durch die Halle. Ein Wachmann wurde getroffen und fiel rücklings zu Boden, sein Kopf schlug mit einem grässlichen Knacken auf den Marmor. Blut quoll aus seiner Brust, und ich schrie wie am Spieß.

Unwillkürlich zog Maxon mich weg, bewegte sich aber wie in Zeitlupe fort. Vielleicht stand er ebenfalls unter Schock.

»Majestät!«, rief ein anderer Wachmann und rannte auf uns zu. »Sie müssen sofort nach unten gehen!«

Er drehte Maxon grob herum und schob ihn energisch vorwärts. Maxon schrie auf und ließ die Metallkiste fallen. Entsetzt starrte ich auf die Hände des Wachmanns, denn ich ging davon aus, dass er Maxon ein Messer in den Rücken gestoßen hatte. Doch ich bemerkte nichts weiter als einen breiten Zinnring an seinem Daumen. Ich hob die Kiste am seitlichen Griff hoch und hoffte, dass ich den Inhalt dadurch nicht durcheinanderbringen würde. Dann folgte ich den beiden.

»Ich schaffe es nicht«, sagte Maxon plötzlich. Er schwitzte heftig. Irgendetwas stimmte ganz und gar nicht mit ihm.

»Doch, Majestät«, entgegnete die Wache grimmig. »Hier entlang.«

Damit zog er Maxon um eine Ecke in einen abgelegenen Seitengang. Ich fragte mich schon, ob er uns hier zurücklassen würde, als er irgendeinen verborgenen Mechanismus an der Wand betätigte und sich eine Geheimtür vor unseren Augen öffnete. Dahinter war es stockdunkel, deshalb sah ich nicht, wo sie hinführte. Maxon jedoch stolperte ohne zu zögern vorwärts, und so folgte ich ihm.

»Teilen Sie meiner Mutter unverzüglich mit, dass America und ich in Sicherheit sind«, befahl er.

»Natürlich, Majestät. Wenn der Angriff vorüber ist, werde ich Sie persönlich holen kommen.«

Jetzt schrillte auch die Sirene, und ich hoffte, es blieb noch genug Zeit, damit sich alle in Sicherheit bringen konnten.

Maxon nickte, die Tür ging zu, und augenblicklich wurde es finster. Die Tür war offenbar sehr massiv und so fest verschlossen, dass nicht einmal mehr die Sirene zu hören war. Maxon fuhr mit der Hand an der Wand entlang, bis er schließlich einen Schalter entdeckte. Als er ihn betätigte, wurde der Raum in schummriges Licht getaucht. Neugierig blickte ich mich um.

Es gab ein paar Regale mit einem Haufen dunkler Plastikpakete darin sowie ein paar dünnen Decken. In der Mitte der winzigen Kammer stand eine Holzbank, auf der ungefähr vier Leute Platz hatten, und in der gegenüberliegenden Ecke befanden sich ein kleines Waschbecken und eine ziemlich primitiv aussehende Toilette. An einer Wand war eine Reihe von Haken angebracht, an denen jedoch nichts hing. Der ganze Raum roch stark nach dem Metall, mit dem die Wände verkleidet zu sein schienen.

»Wenigstens ist es einer von den guten«, sagte Maxon, humpelte zur Bank und ließ sich erschöpft darauf nieder.

»Was hast du denn?«

»Nichts«, sagte er leise und stützte den Kopf in die Hände.

Ich setzte mich neben ihn, stellte die Metallkiste auf der Bank ab und schaute mich um.

»Das sind Südrebellen, nicht wahr?«

Maxon nickte. Ich bemühte mich, gleichmäßig zu atmen und das, was ich gerade gesehen hatte, aus meinem Gedächtnis zu streichen. Würde der Wachmann überleben? Würde überhaupt irgendjemand überleben? Außerdem fragte ich mich, wie weit die Rebellen in der Zeit, in der wir uns versteckt hatten, schon vorgedrungen waren. Hatten die Wachen schnell genug Alarm geschlagen?

»Sind wir hier sicher?«

»Ja. Das ist einer der Schutzräume für die Dienerschaft. Wenn sie sich gerade unten in der Küche oder in den Vorratsräumen aufhalten, sind sie ohnehin in Sicherheit. Doch diejenigen, die im Palast unterwegs sind und ihren Pflichten nachgehen, schaffen es manchmal nicht schnell genug bis dorthin. Dieser Schutzraum ist zwar nicht ganz so massiv gebaut wie der für unsere Familie, und wir haben dort auch Vorräte, um eine ganze Weile überleben zu können. Aber im Notfall tut er es auch.«

»Kennen ihn die Rebellen?«

»Die Möglichkeit besteht«, räumte Maxon ein und ächzte, als er sich ein wenig aufrechter hinsetzte. »Doch sobald der Raum genutzt wird, können sie nicht mehr eindringen. Es gibt nur drei Möglichkeiten, um hier herauszukommen. Jemand mit einem Schlüssel muss die Tür von außen öffnen. Oder von innen.« Maxon klopfte auf seine Jackentasche und gab mir damit zu verstehen, dass er uns im Notfall hier herausholen konnte. »Die dritte Möglichkeit besteht darin, zwei Tage lang zu warten. Nach achtundvierzig Stunden öffnet sich die Tür automatisch. Zwar überprüfen die Wachen jeden einzelnen Schutzraum, sobald die Gefahr vorüber ist, doch es kann natürlich schon mal vorkommen, dass sie einen vergessen. Ohne den automatischen Öffnungsmechanismus würde man unter Umständen für immer hier festsitzen.«

Er brauchte eine ganze Weile für diese Erklärung. Ganz offensichtlich hatte er Schmerzen. Er beugte sich vor und sog plötzlich zischend den Atem ein, als die Bewegung seinen Schmerz noch vergrößerte.

»Maxon?«

»Ich ... ich halte es nicht mehr aus. America, hilfst du mir mit der Jacke?«

Er streckte den Arm aus, und ich sprang auf und half ihm, sie auszuziehen. Dann nestelte er umständlich an seinen Hemdknöpfen herum. Wieder wollte ich ihm helfen, doch plötzlich hielt er meine Hände fest.

»Was das Bewahren von Geheimnissen angeht, stehst du im Moment nicht besonders gut da. Dieses Geheimnis musst du jedoch bis über deinen Tod hinaus bewahren. Und auch bis über meinen. Hast du verstanden?«

Ich nickte, obwohl ich mir nicht ganz sicher war, was er damit sagen wollte. Maxon ließ meine Hände los, und ich knöpfte langsam sein Hemd auf. Unwillkürlich fragte ich mich, ob er sich jemals vorgestellt hatte, wie ich das tat. Ich jedenfalls hatte schon heimlich davon geträumt. In der Nacht nach der Halloween-Party hatte ich im Bett gelegen und mir ebendiese Szene ausgemalt. Allerdings war es in meiner Phantasie ganz anders gewesen als jetzt. Trotzdem überlief mich ein Schauer.

Vor Jahren hatte ich einmal bei einem meiner Auftritte in einem Künstlerhaushalt die antike Skulptur eines Athleten gesehen, der eine Diskusscheibe warf. Damals hatte ich insgeheim gedacht, dass nur ein Künstler etwas derartig Schönes erschaffen, dass nur ein Künstler einen Körper so perfekt gestalten konnte. Doch Maxons Oberkörper war noch perfekter geformt als jedes Kunstwerk, das ich bisher gesehen hatte.

Dieser Eindruck verflog allerdings in dem Moment, als

ich ihm das Hemd ausziehen wollte. Es blieb an seinem Rücken kleben, und bei dem Versuch, es zu lösen, gab es ein glitschiges Geräusch.

»Langsam«, stöhnte Maxon.

Wieder nickte ich und trat hinter ihn, um es von dort aus zu probieren. Doch was ich sah, verschlug mir den Atem.

Maxons Hemd war am Rücken blutdurchtränkt. Ich stand wie angewurzelt da. Doch dann wurde mir klar, dass mein Entsetzen alles nur noch schlimmer machte, und ich versuchte es weiter. Als ich ihm das Hemd endlich vom Rücken gezogen hatte, warf ich es auf einen der Haken und hielt einen Moment lang inne.

Gewappnet für den Anblick, der sich mir als Nächstes bot, drehte ich mich wieder um und sah mir seinen Rücken genauer an.

Eine klaffende Wunde zog sich von seiner Schulter bis herab zur Taille und verlief quer über einen anderen langen Schnitt, aus dem ebenfalls Blut tropfte, der sich wiederum mit einem weiteren Schnitt kreuzte, der schon ein wenig verheilt zu sein schien. Und auch dieser Schnitt verlief quer zu einer noch deutlich älteren Narbe. Es sah aus, als wären da vielleicht sechs frische Schrammen auf Maxons Rücken, die mehr lange Narben kreuzten, als man zählen konnte.

Wie war das nur möglich? Maxon war der Prinz. Er war königlichen Blutes, ein Souverän, der sich von allen anderen Menschen abhob. Maxon stand über allem, manchmal sogar über dem Gesetz. Wie war es da möglich, dass sein Rücken voller Narben war?

Und dann fiel mir plötzlich der Blick des Königs an diesem Abend wieder ein. Und Maxons Bemühen, seine Angst zu verbergen. War es möglich ...? Wie konnte jemand seinem Sohn das antun?

Wieder wandte ich mich ab und suchte nach etwas, womit ich seine Wunden auswaschen konnte, bis ich einen kleinen Waschlappen fand. Ich ging zum Waschbecken, das zum Glück funktionierte, auch wenn das Wasser eiskalt war.

Ich zwang mich zur Ruhe und versuchte Maxon zuliebe gelassen zu wirken. »Das brennt jetzt vielleicht ein wenig«, warnte ich ihn.

»Schon in Ordnung«, flüsterte er. »Daran bin ich gewöhnt.«

Ich nahm den nassen Waschlappen und betupfte vorsichtig die klaffende Wunde auf seiner Schulter. Dann arbeitete ich mich langsam von oben nach unten vor. Maxon zuckte ein bisschen zurück, ertrug es dann aber schweigend. Als ich mich dem zweiten Schnitt zuwandte, fing er zu reden an.

»Weißt du, ich habe mich seit Jahren auf diesen Moment vorbereitet und auf den Tag gewartet, an dem ich stark genug sein würde, es mit ihm aufzunehmen.«

Er hielt inne. Endlich ergaben einige Dinge für mich einen Sinn. Warum ein Mensch, der immer nur am Schreibtisch saß, solche Muskeln hatte, warum er fast immer vollständig bekleidet war und stets auf dem Sprung zu sein schien, warum ihn ein Mädchen, das ihn ein Kind schalt und ihn schubste, wütend machte.

Ich räusperte mich. »Warum hast du es nicht getan?«

Wieder schwieg er zunächst. »Ich hatte Angst, er würde dich wollen, wenn er mich nicht haben konnte.«

Für einen Moment musste ich innehalten, denn ich war völlig überwältigt und konnte die Tränen kaum mehr zurückhalten.

»Weiß jemand davon?«, fragte ich schließlich.

»Nein.«

»Nicht mal der Arzt? Oder deine Mutter?«

»Der Arzt weiß Bescheid, aber er schweigt. Und meiner Mutter würde ich es weder erzählen noch ihr irgendeinen Anlass geben, es zu vermuten. Sie weiß, dass Vater mir gegenüber sehr streng ist, aber sie soll sich keine Sorgen machen. Ich halte das schon aus.«

Ich tupfte weiter.

»Ihr gegenüber verhält er sich natürlich nicht so«, versicherte Maxon mir schnell. »Wahrscheinlich behandelt er sie auf andere Weise schlecht, doch wenigstens schlägt er sie nicht.«

»Hmm«, murmelte ich, weil ich nicht wusste, was ich darauf sagen sollte.

Als ich das Blut abwischte, sog Maxon wieder zischend die Luft ein. »Verdammt, das brennt vielleicht.«

Ich wartete, bis er wieder ruhiger atmete. Schließlich nickte er kurz, und ich machte weiter.

»Ich hatte mehr Mitleid mit Carter und Marlee, als du dir vorstellen kannst«, erklärte er in bemüht heiterem Ton. »Schließlich weiß ich aus eigener Erfahrung, dass es eine Weile dauert, bis solche Wunden nicht mehr wehtun, vor allem, wenn man sie selbst versorgen muss.«

Bei der Vorstellung, immer wieder ohne Vorwarnung geschlagen zu werden, wurde mir richtiggehend übel.

»Wofür hast du die anderen bekommen?«, fragte ich, schüttelte jedoch sogleich den Kopf. »Vergiss es. Das war indiskret.«

Er hob seine unverletzte Schulter. »Wegen irgendwelcher Sachen, die ich gesagt oder getan habe. Und wegen gewisser Sachen, die ich weiß.«

»Und wegen gewisser Sachen, die *ich* weiß«, fügte ich hinzu. »Maxon, es tut mir so leid ...«, brachte ich mit tränenerstickter Stimme hervor.

Er drehte sich nicht um, aber seine Hand suchte und fand mein Knie. »Wie willst du meinen Rücken versorgen, wenn du weinst?«

Ich lächelte und wischte mir übers Gesicht. Dann fuhr ich fort, so sanft wie möglich seine Wunden zu reinigen.

»Meinst du, hier gibt es Verbandszeug?«, fragte ich und blickte mich suchend um.

»In der Kiste«, antwortete er.

»Warum hast du so etwas nicht in deinem Zimmer?«

»Aus reinem Stolz. Ich hatte beschlossen, dass ich die Kiste nie wieder brauchen würde.«

Ich seufzte leise, ging die Etiketten durch und fand ein Desinfektionsmittel, eine Salbe zur Schmerzlinderung und Verbandsmull.

Ich stellte mich hinter ihn und bereitete mich seelisch darauf vor, das Desinfektionsmittel aufzutragen. »Das tut jetzt wahrscheinlich noch einmal ziemlich weh.«

Maxon nickte nur. Als ich seine Haut berührte, stöhnte er einmal kurz auf, dann verfiel er wieder in Schweigen. Ich arbeitete schnell und gründlich, um es ihm so erträglich wie möglich zu machen. Schließlich trug ich die Wundsalbe auf. Offensichtlich schien sie schnell zu wirken, denn die Anspannung in seinen Schultern ließ schon bald darauf nach.

Maxon schnaubte und stieß ein verächtliches Lachen aus. »Mir war klar, dass mein Geheimnis irgendwann auffliegen würde. Seit Jahren versuche ich mir eine gute Erklärung auszudenken. Ich hoffe, dass mir vor der Hochzeit noch etwas Glaubwürdiges einfallen wird, denn meine Frau wird die Narben natürlich irgendwann zu sehen bekommen. Doch mir fällt einfach nichts ein. Hast du eine Idee?«

Ich überlegte einen Moment. »Versuch es mit der Wahrheit, Maxon.«

»Das ist nicht meine bevorzugte Lösung. Jedenfalls nicht dafür.«

»So, ich glaube, ich bin fertig.«

Vorsichtig drehte und wand er sich. Dann blickte er mich dankbar an. »Das ist großartig, America. Viel besser, als ich es selbst je hingekriegt hätte.«

»Immer gern.«

Maxon schaute mich durchdringend an, und ich wusste nicht, was ich sagen sollte. Meine Augen wanderten immer wieder zu seiner Brust. Das musste schleunigst aufhören. Irgendwie musste ich mich ablenken.

»Ich wasche schnell dein Hemd aus«, bot ich an und verzog mich an das Waschbecken. Ich sah zu, wie sich das

Wasser in dem kleinen Becken rotbraun färbte, bevor es im Abfluss verschwand. Natürlich würde ich hier nicht das ganze Blut herauswaschen können, doch wenigstens hatte ich etwas zu tun.

Als ich fertig war und das Hemd zum Trocknen an einen Haken gehängt hatte, stellte ich fest, dass Maxon mich noch immer anstarrte.

»Warum fragst du mich nie die Fragen, auf die ich tatsächlich eine Antwort geben möchte?«

Da ich nicht neben ihm auf der Bank sitzen konnte, ohne in Versuchung zu geraten, ihn zu berühren, setzte ich mich ihm gegenüber auf den Boden.

»Weil ich nicht wusste, dass das so ist.«

»Ist es aber.«

»Also, was sind das für Fragen, die ich dir stellen soll?«

Es stieß seufzend die Luft aus, lehnte sich vorsichtig nach vorn und stützte die Ellenbogen auf den Knien ab.

»Willst du denn nicht, dass ich dir das mit Kriss und Celeste erkläre? Findest du nicht, dass du eine Erklärung verdient hast?«

29

Ich verschränkte die Arme vor der Brust. »Ich kenne Kriss' Version von dem, was passiert ist, und sie hat wohl kaum übertrieben. Und was Celeste betrifft, so ziehe ich es vor, nie wieder ein Wort über sie zu verlieren.«

Maxon lachte. »So was von stur. Das wird mir fehlen, America.«

»Dann ist es also endgültig vorbei? Ich bin draußen?«

Maxon überlegte. »Ich glaube nicht, dass ich das jetzt noch verhindern kann. Aber war es denn nicht das, was du wolltest?«

Ich schüttelte sacht den Kopf. »Nein, Maxon, ich war wütend«, flüsterte ich. »Ich war einfach nur unglaublich wütend.«

Ich blickte zur Seite, weil ich nicht schon wieder weinen wollte. Doch offenbar hatte Maxon beschlossen, dass ich mir anhören musste, was er mir zu sagen hatte. Ob ich nun wollte oder nicht.

»Ich dachte, du hättest dich für mich entschieden«, sagte er, und blickte dabei an die Decke. »Wenn ich dir an Halloween einen Antrag hätte machen dürfen, hätte ich es getan. Eigentlich sollte das ganz offiziell im Beisein meiner Eltern und mit Gästen und Kameras vonstattengehen, doch ich hatte mir die Erlaubnis eingeholt, dich allein fragen zu dürfen. Danach hätten wir dann einen Empfang gegeben. Das habe ich dir nie erzählt, oder?«

Maxon schaute mich an, und ich schüttelte sanft den Kopf. Die Erinnerung daran entlockte ihm ein bitteres Lächeln.

»Ich hatte eine Rede vorbereitet, wollte dir so vieles versprechen. Vielleicht hätte ich aber auch vor Aufregung alles vergessen und mich zum Idioten gemacht. Obwohl ... selbst jetzt kann ich sie noch auswendig. Aber ich verschone dich lieber damit.«

Nach einer kurzen Pause fuhr er fort. »Als du mich zurückgestoßen hast, geriet ich in Panik. Ich hatte gedacht, ich hätte diesen verrückten Wettbewerb endlich hinter mir, und plötzlich stand ich wieder ganz am Anfang des Castings – nur dass diesmal die Auswahl sehr viel beschränkter war. Und dann hatte ich mich ja gerade in der Woche vor der Party mit den anderen Mädchen verabredet, um vielleicht doch noch eine zu finden, die dich in den Schatten stellen würde, eine, die ich noch mehr lieben könnte. Doch das hatte nicht funktioniert. Also war ich völlig verzweifelt.

Und dann kam Kriss zu mir, in ihrer bescheidenen Art. Sie wollte mich einfach nur glücklich machen, und ich fragte mich, wieso ich diesen Zug an ihr bisher übersehen hatte. Dass sie nett war und sehr gut aussah, war mir natürlich klar. Doch die ganze Zeit über hatte noch so viel mehr in ihr gesteckt. Wahrscheinlich hatte ich einfach nicht richtig hingeguckt. Warum auch, denn es gab ja dich.«

Ich schlang die Arme um meine Knie und versuchte dem Schmerz zu entkommen, der mich überfiel. Ich hatte alles zerstört.

»Liebst du sie?«, fragte ich mit rauer Stimme. Ich wollte ihm nicht ins Gesicht sehen, doch das lange Schweigen, das auf meine Frage folgte, machte mir klar, wie eng die beiden miteinander verbunden waren.

»Es ist anders als das, was zwischen uns war. Es ist stiller und vielleicht auch freundschaftlicher. Aber es ist von Dauer. Ich kann mich auf Kriss verlassen, sie ist mir ohne jede Einschränkung ergeben. Wie du weißt, gibt es in meinem Leben sehr wenig Sicherheit. Deshalb ist das eine ganz neue Erfahrung für mich.«

Ich nickte und vermied es noch immer, ihn anzusehen. Alles, woran ich denken konnte, war, dass er von uns in der Vergangenheit sprach und gleichzeitig Kriss in den Himmel lobte. Ich wünschte, ich hätte etwas Schlechtes über sie sagen können, etwas, das sie eine Stufe herabsetzte. Aber da gab es nichts. Kriss war eine Dame. Von Anfang an hatte sie alles richtig gemacht, und ich fragte mich, wieso er mich ihr überhaupt jemals vorgezogen hatte. Sie war die perfekte Frau für ihn.

»Aber warum dann Celeste?«, fragte ich und blickte ihn endlich an. »Wenn Kriss so wundervoll ist.«

Maxon schaute verlegen auf seine Schuhspitzen, das Thema schien ihm peinlich zu sein. Da es aber seine Idee gewesen war, über das Ganze zu reden, musste er ja irgendeine Erklärung im Kopf gehabt haben. Er stand auf und drückte vorsichtig den Rücken durch. Dann fing er an, in dem kleinen Raum auf und ab zu gehen.

»Wie du weißt, ist mein Leben nicht immer ein Vergnügen. Ich stehe ständig unter Strom. Dauernd werde ich beobachtet und beurteilt – von meinen Eltern, von unseren Beratern ... In meinem Leben gab es schon immer Kameras, erst recht, seit ihr hier seid«, erklärte er und deutete auf mich. »Als Fünf warst du bestimmt schon mehr als einmal Beschränkungen unterworfen. Was glaubst du also, wie ich mich fühle? Ich habe schlimme Dinge gesehen, America. Ich weiß, wie viel Unrecht hier herrscht. Aber ich bezweifle langsam, dass es mir jemals gelingen wird, daran etwas zu ändern.

Mein Vater will zurücktreten, wenn ich Mitte zwanzig bin. Natürlich nur, wenn er den Eindruck hat, ich sei fähig, das Land zu regieren. Aber glaubst du wirklich, dass er die Fäden aus der Hand geben wird? Solange er lebt, wird das nicht geschehen. Und obwohl ich weiß, wie schrecklich er ist, kann ich mir seinen Tod nicht wünschen ... Er ist schließlich mein *Vater.*«

Ich nickte.

»Wo wir gerade davon sprechen: Selbstverständlich hat er auch beim Casting von Anfang an seine Hände im Spiel gehabt. Wenn du dir anguckst, wer noch übrig ist, ist das mehr als offensichtlich.« Er zählte die Mädchen an seinen Fingern ab. »Natalie ist extrem gefügig, und das macht sie zur Favoritin meines Vaters, denn in seinen Augen bin ich viel zu eigensinnig. Und weil er so begeistert von ihr ist, muss ich den Drang bekämpfen, sie nicht automatisch zu hassen.

Elise hat Verbindungen zur Regierung von New Asia, aber ich bin mir nicht sicher, ob das überhaupt noch von Nutzen ist. Dieser Krieg ...« Maxon rang mit sich und schüttelte den Kopf. Offenbar gab es da etwas, was er mir nicht sagen wollte. »Und außerdem ist sie so ... mir fällt nicht einmal das richtige Wort dafür ein. Von Anfang an war mir klar, dass ich kein Mädchen wollte, das zu allem Ja und Amen sagt und mich einfach nur bewundert. Ich habe mehrfach versucht, Elises Widerspruch zu provozieren, aber sie hat jedes Mal eingelenkt. Das macht mich richtig wütend. Es ist fast so, als besäße sie kein Rückgrat.«

Er atmete tief durch. Ich hatte gar nicht gemerkt, wie sehr sie ihm auf die Nerven ging. Er hatte während der ganzen Zeit immer so viel Geduld mit uns gezeigt. Schließlich richtete er den Blick wieder auf mich.

»Du wurdest von mir ausgewählt. Und zwar als Einzige. Mein Vater war zwar nicht besonders begeistert, doch zum damaligen Zeitpunkt hattest du noch nichts getan, was ihn verärgert hat. Solange du dich also still verhieltst, war es ihm recht, dass ich mich nur auf dich konzentrierte. Wenn du weiterhin brav und artig gewesen wärst, hätte er meine Wahl sogar gebilligt. Doch nun benutzt er dein Benehmen in den letzten Wochen als Vorwand, um mir mangelndes Urteilsvermögen vorzuhalten. Er besteht jetzt darauf, das letzte Wort zu haben.«

Maxon fuhr sich durchs Haar. »Doch ich schweife ab. Die anderen – Marlee, Kriss und Celeste – wurden von

Beratern ausgewählt. Marlee war eine der Favoritinnen, genau wie Kriss. Sie wäre in der Tat eine sehr gute Wahl. Ich wünschte nur, sie würde mich ein bisschen näher an sich heranlassen – und sei es nur, um feststellen zu können, ob zwischen uns die Chemie stimmt. Dann hätte ich zumindest einen vagen Eindruck.

Und dann Celeste. Sie ist sehr einflussreich und hat sich ihren Ruhm selbst erarbeitet. Das kommt gut an. Für sie ist es nur natürlich, dass ich mich letztendlich für sie entscheide, weil sie fast auf der gleichen Stufe steht wie ich. Ich mag sie, und sei es nur wegen ihrer Beharrlichkeit. *Sie* hat nämlich Rückgrat. Aber ich merke auch, dass sie sehr berechnend ist und versucht, das Beste aus der Situation herauszuholen. Immer wenn sie mich in den Armen hält, geht es ihr in Wahrheit um die Krone.«

Maxon schloss die Augen, als ob jetzt der schlimmste Teil seiner Erklärung käme. »Sie benutzt mich, deshalb habe ich keine Skrupel, sie ebenfalls zu benutzen. Ich wäre nicht überrascht, wenn man sie ermutigt hätte, sich mir an den Hals zu werfen. Ich respektiere Kriss' Zurückhaltung. Und im Grunde würde ich viel lieber in deinen Armen liegen, aber du hast ja kaum mehr mit mir gesprochen.

Ist es so schlimm, wenn ich mir auch mal ein paar unbeschwerte Stunden wünsche? Wenn ich mich gut fühlen möchte? Wenn ich mich der Illusion hingeben will, dass mich jemand liebt? Du kannst mich verurteilen, aber ich entschuldige mich nicht, nur weil ich mir auch ein kleines bisschen Normalität wünsche.«

Es schaute mir tief in die Augen und schien einerseits

darauf zu warten, dass ich ihn tadelte, und gleichzeitig zu hoffen, ich würde es nicht tun.

»Das verstehe ich«, sagte ich und musste daran denken, wie ich in Aspens Armen lag. Hatte ich nicht genau das Gleiche getan? Ich sah, wie Maxon darüber brütete, wie er meine Antwort deuten sollte. Doch dieses Geheimnis konnte ich nicht mit ihm teilen. Auch wenn für mich jetzt alles aus war, konnte ich nicht ertragen, wie er dann über mich dachte.

»Würdest du dich für sie entscheiden? Für Celeste, meine ich?«

Vorsichtig setzte er sich neben mich. Ich konnte mir nicht mal ansatzweise vorstellen, wie sehr sein Rücken wohl schmerzte.

»Wenn ich mich entscheiden müsste, würde ich sie Elise oder Natalie eindeutig vorziehen. Doch das wird nicht geschehen, es sei denn, Kriss beschließt abzureisen.«

Ich nickte. »Kriss ist eine gute Wahl. Sie wird eine viel bessere Prinzessin abgeben, als ich es gekonnt hätte jemals.«

Maxon schmunzelte. »Sie ist zumindest keine Aufrührerin. Weiß der Himmel, was mit diesem Land geschehen würde, wenn du das Ruder übernähmst.«

Ich stimmte in sein Lachen ein, denn er hatte ja recht. »Vielleicht würde ich alles in Schutt und Asche legen.«

»Aber vielleicht hätte Illeá gerade das nötig«, erwiderte Maxon noch immer lächelnd.

Eine Weile lang saßen wir schweigend da, und ich fragte mich, wie unser Land dann wohl aussehen würde. Wir konnten uns der königlichen Familie nicht entledigen – doch wie sollte man überhaupt einen Wandel einleiten? Vielleicht ließen sich wenigstens ein paar Dinge verändern. Man könnte zum Beispiel dafür sorgen, in Ämter gewählt zu werden, statt sie zu erben. Und allem voran das Kastensystem – es wäre ein Riesenschritt, wenn es für immer verschwände.

»Würdest du mir einen Gefallen tun?«, fragte Maxon plötzlich.

»Was meinst du?«

»Nun, ich habe dir heute Abend ein paar Dinge anvertraut, die mir nicht leicht über die Lippen gekommen sind. Und deshalb wäre es schön, wenn du mir auch eine Frage beantworten würdest.«

Sein Gesicht war so ernst, dass ich es ihm nicht abschlagen wollte. Und er selbst war so viel ehrlicher zu mir gewesen, als ich es zu diesem Zeitpunkt verdiente.

»Ja. Was immer du wissen willst.«

Er schluckte. »Hast du mich jemals geliebt?«

Wieder blickte er mir in die Augen, und ich fragte mich, ob er die Antwort dort sehen konnte. All die Gefühle, die ich bekämpft hatte, weil ich ihn für etwas gehalten hatte, was er gar nicht war; all die Gefühle, denen ich nie einen Namen hatte geben wollen.

Ich senkte den Kopf. »Als ich dachte, du wärst für die Bestrafung von Marlee verantwortlich, war ich am Boden zerstört. Nicht nur wegen der Schläge, sondern weil ich einfach nicht glauben konnte, dass du so ein herzloser Mensch bist. Wenn du über Kriss sprichst, oder wenn ich daran denke, dass du Celeste küsst, dann bekomme ich vor Eifersucht fast keine Luft mehr. Nach unserem Gespräch während der Halloween-Party hatte ich mir unsere gemeinsame Zukunft schon ausgemalt. Und ich war glücklich. Hättest du mich damals gefragt, ich hätte Ja gesagt.« Die letzten Worte flüsterte ich nur noch, denn es fiel mir schwer, so offen zu ihm zu sein.

»Ich wusste jedoch nie, wie ich dazu stehen sollte, dass du dich auch mit anderen Mädchen verabredet hast, oder dass du der Prinz bist. Trotz der Dinge, die du mir heute Abend anvertraut hast, gibt es Teile deiner Persönlichkeit, die du immer für dich behalten wirst. Doch alles zusammengenommen ...« Ich nickte nur, denn ich konnte die Worte, die seine Frage beantworteten, nicht laut aussprechen. Wenn ich es tat, wie konnte ich dann noch nach Hause fahren?

»Danke«, flüsterte er. »Nun weiß ich wenigstens mit Bestimmtheit, dass wir in einem kurzen Moment unserer gemeinsamen Zeit das Gleiche gefühlt haben.«

Meine Augen brannten, und wieder konnte ich die Tränen kaum zurückhalten. Er hatte nie wirklich gesagt, dass er mich liebte, und auch jetzt sagte er es nicht. Aber das, was er sagte, kam dem schon sehr nahe.

»Ich bin eine solche Närrin gewesen«, sagte ich, und jetzt liefen mir die Tränen in Strömen übers Gesicht. »Ich habe zugelassen, dass die Angst vor der Krone über meine Gefühle für dich gesiegt hat. Ich habe mir eingeredet, dass du mir nicht wirklich etwas bedeutest. Ständig dachte ich, dass du mich belügst oder mich täuschst, dass du mir zu wenig vertraust oder dass ich dir nicht genug bedeute. Ich wollte einfach glauben, dass ich dir nicht wichtig bin.« Ich sah in sein hübsches Gesicht. »Doch ein Blick auf deinen Rücken reicht, um zu wissen, dass du fast alles für mich tun würdest. Aber ich habe es vermasselt. Ich habe alles verspielt ...«

Maxon breitete die Arme aus, und ich warf mich hinein. Schweigend hielt er mich umschlungen und strich mir mit der freien Hand übers Haar. Ich wünschte, ich hätte alles andere auslöschen und nur diesen einen Moment festhalten können, in dem er und ich wussten, wie viel wir einander bedeuteten.

»Bitte weine nicht, America. Wenn ich könnte, würde ich dir gern für den Rest deines Lebens alle Tränen ersparen.«

Mein Atem ging nur noch stoßweise. »Ich werde dich nie wiedersehen«, schluchzte ich. »Es ist alles meine Schuld.«

Er drückte mich noch fester an sich. »Nein, ich hätte offener zu dir sein müssen.«

»Und ich hätte mehr Geduld haben müssen.«

»Ich hätte dir an dem Abend in deinem Zimmer einen Antrag machen sollen.«

»Und ich hätte es zulassen sollen.«

Maxon lächelte. Ich blickte zu ihm auf und fragte mich, wie oft ich dieses Lächeln noch sehen würde. Er wischte mir die Tränen von den Wangen und schaute mir tief in die Augen. Ich tat das Gleiche, in der Hoffnung, diesen Moment so für immer festhalten zu können.

»America … ich weiß nicht, wie viel Zeit uns noch zusammen bleibt, aber ich möchte sie nicht damit vergeuden, Dinge zu bedauern, die wir nicht getan haben.«

»Ich auch nicht.« Ich legte mein Gesicht in seine Handfläche und küsste sie. Und Maxon vergrub seine Hand tief in meinem Haar und küsste mich sanft auf den Mund.

Wie ich diese stillen, behütenden Küsse vermisst hatte. Mein ganzes Leben lang – ob ich nun Aspen oder jemand anderen heiratete – würde keiner außer ihm dieses Gefühl in mir wecken. Es war keine Explosion, kein Feuerwerk. Es war eher ein stilles Feuer, das langsam von innen nach außen brannte.

Nach einer Weile holten wir die Decken aus dem Regal und bereiteten uns ein Nachtlager. Maxon hielt mich lange in seinen Armen und sah mir dabei in die Augen. Wenn es nach mir gegangen wäre, hätten wir ewig so weitermachen können.

Irgendwann war sein Hemd trocken, und er zog es an, wobei er die Flecken unter seiner Jacke verbarg. Dann schmiegte er sich wieder an mich. Ich wollte keine einzige Sekunde von dieser Nacht verschlafen, und ich spürte, dass es ihm genauso ging.

»Wirst du zu ihm zurückkehren? Zu deinem Exfreund?«

Ich wollte im Augenblick nicht über Aspen sprechen, aber ich dachte über Maxons Frage nach. »Er wäre zumindest eine gute Wahl. Klug, mutig und wahrscheinlich der einzige Mensch auf der Welt, der noch sturer ist als ich.«

Maxon lachte leise.

Ich hatte die Augen geschlossen, sprach aber weiter.

»Es wird bestimmt eine ganze Weile dauern, bis ich auch nur einen Gedanken daran verschwenden kann.«

»Mmmh.«

Allmählich überkam uns doch die Müdigkeit. Maxon rieb mit dem Daumen über meine Handfläche.

»Darf ich dir schreiben?«, fragte er.

Ich überlegte. »Vielleicht wartest du ein paar Monate damit. Es könnte doch immerhin sein, dass du mich gar nicht vermisst.«

Er gab etwas von sich, das fast wie ein Lachen klang.

»Wenn du mir schreibst, dann musst du es Kriss sagen.«

»Da hast du recht.«

Er stellte nicht klar, ob das hieß, dass er es ihr erzählen oder mir einfach nicht schreiben würde. Aber im Moment wollte ich das auch gar nicht wissen. Ich konnte immer noch nicht fassen, dass all dies nur wegen eines blöden Buchs passierte.

Plötzlich durchzuckte mich ein Geistesblitz, und ich riss die Augen auf. Ein Buch!

»Und wenn die Nordrebellen nun nach den Tagebüchern suchen?«

Maxon hatte die Augen geschlossen. »Was?«

»Als sie damals den Palast gestürmt haben und mir bis in den Wald gefolgt sind, habe ich sie gesehen. Ein Mädchen hat eine Tasche voller Bücher fallen lassen. Sie stehlen Bücher. Was ist, wenn sie nach einem ganz speziellen Buch suchen?«

Maxon öffnete die Augen und blinzelte. »Was stand denn nun genau in diesem Tagebuch?«

»Eine ganze Menge. Wie Gregory Illeá das Land an sich gerissen und den Menschen das Kastensystem aufgezwungen hat. Es ist ganz schrecklich, Maxon.«

»Aber der *Bericht aus dem Capitol* wurde abgeschaltet«, wandte er ein. »Selbst wenn es das ist, wonach sie suchen, wissen sie trotzdem nicht, ob es tatsächlich das Tagebuch gewesen ist oder was darin steht. Glaub mir, nach diesem Vorfall wird mein Vater todsicher dafür sorgen, dass diese Dinge noch mehr unter Verschluss gehalten werden als gewöhnlich.«

»Das ist es.« Ich unterdrückte ein Gähnen. »Ich weiß es genau.«

»Nun komm schon«, sagte er, »mach dich nicht verrückt. Soweit wir wissen, sind sie nur wild aufs Lesen.«

Ich stöhnte über seinen Versuch, witzig zu sein. »Ich habe wirklich geglaubt, ich könnte es nicht noch schlimmer machen.«

»Schsch«, sagte er und rückte näher an mich heran. »Mach dir keine Sorgen mehr. Am besten, du schläfst jetzt ein wenig.«

»Aber ich will nicht«, flüsterte ich und kuschelte mich gleichzeitig noch enger an ihn.

Maxon schloss wieder die Augen, hielt mich aber weiter im Arm. »Ich auch nicht. Selbst an guten Tagen macht mich schlafen nervös.«

Was er sagte, tat mir in der Seele weh. Ich konnte mir überhaupt nicht vorstellen, immer so auf der Hut sein zu müssen. Insbesondere, wenn der Mensch, vor dem man sich in Acht nehmen musste, der eigene Vater war.

Er ließ meine Hand los und griff in seine Hosentasche. Dann tastete er wieder nach meiner Hand, und band mir etwas ums Handgelenk. Ich spürte das vertraute Gefühl des Armbands, das er mir in New Asia gekauft hatte.

»Ich habe es die ganze Zeit in der Tasche mit mir herumgetragen. Ich bin eben ein bedauernswerter Romantiker. Eigentlich wollte ich es behalten, aber ich möchte, dass du etwas von mir besitzt.«

Er schob das Armband genau über das von Aspen und ich spürte, wie sich der Knopf in meine Haut drückte.

»Danke. Das macht mich froh.«

»Dann bin ich auch froh.«

Danach schwiegen wir.

30

Das Knarren der Tür weckte mich, und das Licht, das hereinfiel, war so grell, dass ich unwillkürlich die Augen zusammenkniff.

»Eure Majestät?«, fragte jemand. Und kurz darauf rief dieselbe Stimme: »Dem Himmel sei Dank! Ich habe ihn gefunden! Er lebt!«

Im nächsten Augenblick gab es um uns herum ein ziemliches Gewusel, denn Wachen und Diener stürmten fast gleichzeitig in den Schutzraum.

»Konnten Sie sich denn nicht mehr rechtzeitig nach unten begeben, Majestät?«, fragte einer der Wachmänner. Ich blickte auf sein Namensschild. Markson. Ich war mir nicht ganz sicher, aber er schien den höherrangigen Wachen anzugehören.

»Nein. Aber ich hatte einem Wachmann befohlen, meine Eltern zu informieren«, erklärte Maxon und versuchte sich die Haare glattzustreichen. Nur ganz kurz verriet sein Gesichtsausdruck, dass ihm die Bewegung Schmerzen bereitete.

»Welcher Officer war das?«

Maxon überlegte. »Ich weiß nicht, wie er heißt.« Er blickte mich fragend an.

»Ich auch nicht. Aber er trug einen Ring am Daumen. Grau, wahrscheinlich aus Zinn.«

Officer Markson nickte. »Das war Tanner. Er hat es leider nicht geschafft. Wir haben ungefähr fünfundzwanzig Wachen und ein Dutzend Bedienstete verloren.«

»Was?« Ich schlug entsetzt die Hand vor den Mund.

Aspen.

Hoffentlich hatte er überlebt! Letzte Nacht war ich so mit mir und Maxon beschäftigt gewesen, dass es mir gar nicht in den Sinn gekommen war, mir Sorgen zu machen.

»Was ist mit meinen Eltern? Und dem Rest der Elite?«, fragte Maxon.

»Alle sind wohlauf, Majestät. Ihre Mutter war jedoch völlig außer sich.«

»Ist sie schon wieder draußen?« Wir traten aus unserem Versteck, Maxon ging vorneweg.

»Ja. Die meisten Schutzräume wurden bereits geöffnet. Wir hatten ein paar der kleineren Räume vergessen und haben deshalb einen zweiten Rundgang gemacht, in der Hoffnung, Sie und Lady America zu finden.«

»Oh Gott. Dann gehe ich als Allererstes zu ihr.« Doch plötzlich blieb Maxon wie angewurzelt stehen.

Ich folgte seinem Blick. An die Wand war der gleiche Satz wie beim letzten Angriff geschmiert.

WIR KOMMEN.

Auch die Empfangshalle war über und über damit vollgekritzelt. Doch das Ausmaß der Verwüstung ging noch weiter. Ich hatte bisher immer nur die Flure in der Nähe meines Zimmers gesehen, aber nie das, was die Rebellen im Rest des Palastes anrichteten. Große Flecken auf den Teppichen kündeten davon, dass hier jemand, vielleicht eine wehrlose Zofe oder ein furchtloser Wachmann, gestorben war. Die Fensterscheiben waren eingeworfen worden, lediglich ein paar gezackte Glasscherben steckten noch in den Rahmen.

Auch die Lampen waren größtenteils zertrümmert, einige wenige flackerten noch schwach. Zu meinem Schrecken entdeckte ich auch große Löcher in den Wänden und fragte mich, ob die Rebellen gesehen hatten, wie die Leute in die Schutzräume geflüchtet waren. Hatten sie etwa Jagd auf sie gemacht? Wie knapp waren Maxon und ich in der letzten Nacht dem Tod entronnen?

»Lady America?«, sagte ein Wachmann und katapultierte mich dadurch zurück in die Gegenwart. »Wir haben uns erlaubt, zu allen Familien der Elite Kontakt aufzunehmen. Wie es scheint, war der Angriff auf Lady Natalies Angehörige ein gezielter Versuch, das Casting zu beenden. Die Rebellen haben es auf Ihre Verwandten abgesehen, um Sie alle dazu zu bringen, abzureisen.«

Ich riss die Augen auf. »Oh mein Gott.«

»Es wurden bereits Soldaten aus dem Palast abkommandiert, um die Familien zu beschützen. Der König besteht jedoch darauf, dass keine von Ihnen abreist.«

»Und was ist, wenn sie es unbedingt wollen?«, fragte Maxon herausfordernd. »Wir können die Damen doch nicht gegen ihren Willen hier festhalten!«

»Natürlich nicht, Majestät. Aber darüber müssen Sie mit dem König sprechen«, erwiderte der Wachmann verlegen, weil er nicht wusste, wie er mit solch grundverschiedenen Meinungen umgehen sollte.

»Sie werden meine Familie nicht für lange bewachen müssen«, sagte ich in der Hoffnung, die Situation ein wenig zu entschärfen. »Bitte lassen Sie sie wissen, dass ich bald nach Hause zurückkehren werde.«

»Ja, Lady America«, sagte der Wachmann und verbeugte sich.

»Ist meine Mutter in ihrem Zimmer?«, warf Maxon ein.

»Ja, Majestät.«

»Sagen Sie ihr, dass ich gleich komme. Sie können jetzt gehen.«

Als wir wieder allein waren, nahm Maxon meine Hand. »Lass dir Zeit. Verabschiede dich in aller Ruhe von deinen Zofen und von den Mädchen, von denen du dich gern verabschieden möchtest. Und iss noch etwas, bevor du gehst. Ich weiß ja, wie sehr du das Essen hier liebst.«

Ich lächelte. »Das mache ich.«

Maxon zappelte fast ein wenig herum. Da war er also – unser Abschied.

»Du hast mich für immer verändert, und ich werde dich nie vergessen, America.«

Ich fuhr ihm mit der freien Hand über die Brust und glättete seine Jacke. »Und kein Ohrläppchenziehen mit einer anderen! Das ist nur für mich reserviert«, ermahnte ich ihn und bemühte mich um einen scherzhaften Ton.

»Eine Menge Dinge gehören nur dir, America.«

Ich schluckte. »Ich muss jetzt gehen.«

Maxon küsste mich noch einmal kurz auf die Lippen

und entfernte sich dann. Ich wartete, bis er nicht mehr zu sehen war, und machte mich anschließend auf den Weg in mein Zimmer.

Jede einzelne Stufe der großen Treppe wurde für mich zur Qual – wegen dem, was ich zurückgelassen hatte und wegen dem, was mich vielleicht erwartete. Leichte Panik ergriff mich. Und wenn ich nun läutete, und Lucy kam nicht? Oder Mary? Oder Anne? Was war, wenn ich in das Gesicht von jedem einzelnen Wachmann blickte, an dem ich vorbeikam, und keiner davon war Aspen?

Überall auf meinem Weg begegnete ich den Spuren der letzten Verwüstungen. Doch trotz der vielen Schäden war die außergewöhnliche Schönheit des Palastes noch immer zu erkennen. Allerdings konnte ich mir nicht vorstellen, wie viel Zeit und Geld es kosten würde, alles wiederherzustellen. Die Rebellen waren wirklich gründlich vorgegangen.

Als ich mich meinem Zimmer näherte, hörte ich jemanden weinen – Lucy. Ich stieß vor Anspannung den Atem aus. Einerseits war ich froh, dass sie am Leben war, andererseits fürchtete ich mich vor dem Grund ihrer Tränen. Ich nahm mich zusammen und betrat mein Zimmer.

Mit roten Gesichtern und verquollenen Augen sammelten Mary und Anne die Glasscherben von meiner Balkontür auf. In einer Ecke weinte Lucy, an Aspens Brust gelehnt.

»Schsch«, sagte er tröstend. »Ich bin mir sicher, sie werden sie finden.«

Bei ihrem Anblick war ich so erleichtert, dass ich ebenfalls in Tränen ausbrach. »Gott sei Dank! Euch geht es gut. Euch allen geht es gut.«

»Miss?«, fragte Lucy ungläubig, doch schon in der nächsten Sekunde rannte sie auf mich zu. Direkt hinter ihr kamen Mary und Anne und nahmen mich ungestüm in die Arme.

»Oh, das gehört sich eigentlich nicht«, sagte Anne, während sie mich drückte.

»Du liebe Zeit, das ist doch jetzt egal«, gab Mary zurück.

Wir alle waren so froh, am Leben und in Sicherheit zu sein, dass wir zu lachen anfingen.

Aspen, der hinter meinen Zofen stand, betrachtete mich mit einem stillen Lächeln. Ganz offensichtlich war auch er erleichtert, mich zu sehen.

»Wo waren Sie denn? Man hat überall nach Ihnen gesucht.« Mary zog mich hinüber zum Bett, damit ich mich setzte. Es war ein einziges Durcheinander, die Daunendecke war zerrissen und die aufgestochenen Kissen verloren ihre Federn.

»In einem der Schutzräume, die sie vergessen hatten. Maxon geht es auch gut«, erklärte ich.

»Gott sei Dank«, sagte Anne.

»Er hat mir das Leben gerettet. Ich wollte gerade in den Garten, als sie kamen. Ich wäre also draußen gewesen ...«

»Ach, Miss«, schluchzte Mary.

»Machen Sie sich keine Sorgen«, sagte Anne. »Wir bringen das Zimmer im Handumdrehen wieder in Ordnung, und sobald Sie so weit sind, haben wir ein phantastisches neues Kleid für Sie.«

»Das wird nicht mehr nötig sein. Ich reise noch heute ab. Ich werde etwas Schlichtes anziehen und in ein paar Stunden nach Hause fahren.«

»Wie bitte?« Mary schnappte nach Luft. »Aber wieso?«

Ich hob bedauernd die Schultern. »Es hat einfach nicht funktioniert.« Ich blickte zu Aspen, konnte aber außer seiner Erleichterung darüber, dass ich unversehrt war, seinen Gesichtsausdruck nicht deuten.

»Ich habe so gehofft, Sie würden gewinnen«, sagte Lucy. »Von Anfang an. Und nach allem, was Sie gestern Abend gesagt haben ... Ich kann einfach nicht glauben, dass Sie abreisen.«

»Das ist wirklich sehr nett, aber es ist schon alles in Ordnung so. Ab jetzt tut ihr bitte alles in eurer Macht stehende, um Kriss zu helfen. Mir zuliebe.«

»Natürlich«, versprach Anne.

»Was immer Sie sagen«, pflichtete Mary ihr bei.

Aspen räusperte sich. »Meine Damen, bitte räumen Sie mir etwas Zeit ein. Wenn Lady America heute abreist, muss ich zuvor mit ihr noch ein paar Sicherheitsmaßnahmen durchgehen. Wir haben sie doch nicht so lange begleitet, um zuzulassen, dass ihr jemand etwas zuleide tut.

Anne, vielleicht könnten Sie in der Zwischenzeit saubere Handtücher besorgen. Sie sollte schließlich die Heimreise wie eine Dame antreten. Mary, kümmern Sie sich ums Essen?« Beide nickten. »Und Lucy, brauchen Sie vielleicht eine Pause?«

»Nein, nein!«, rief Lucy eifrig und strich über ihr Kleid. »Mir geht es gut.«

Aspen lächelte ihr aufmunternd zu. »Sehr gut.«

»Lucy, geh ins Nähzimmer und mach das Kleid fertig. Wir kommen gleich und helfen dir«, mischte sich Anne nun ein. »Und egal, was irgendjemand sagt, Lady America, Sie werden mit Stil abreisen«, wandte sie sich an mich.

Als sie gegangen waren, kam Aspen auf mich zu und sah mich durchdringend an.

»Ich dachte, du wärst tot, America. Ich dachte, ich hätte dich für immer verloren.«

»Heute nicht«, sagte ich und lächelte schwach. Mit Blick auf das Ausmaß des Angriffs gab es nur eine Möglichkeit, ruhig zu bleiben – nämlich darüber zu scherzen.

»Ich habe deinen Brief bekommen und verstehe nicht, dass du mir nichts von dem Tagebuch erzählt hast.«

»Ich konnte nicht, Aspen.«

Er trat auf mich zu und strich mir mit der Hand übers Haar. »Okay, aber wenn du es mir nicht zeigen konntest, dann hättest du es wenigstens nicht dem ganzen Land zeigen sollen. Und dann die Sache mit den Kasten ... Du bist echt verrückt, weißt du das?«

»Ja, allerdings.« Ich blickte zu Boden und dachte an den Wahnsinn des vergangenen Tages.

»Hat er dich deswegen rausgeworfen?«

Ich räusperte mich. »Nicht ganz. Der König ist derjenige, der mich nach Hause schickt. Selbst wenn Maxon mir jetzt einen Antrag machte, würde es keine Rolle mehr spielen. Der König hat entschieden. Deshalb fahre ich.«

»Oh«, murmelte er nur. »Es wird mir bestimmt seltsam leer vorkommen, so ganz ohne dich.«

»Ich weiß«, erwiderte ich.

»Aber ich werde dir schreiben«, versprach er mir rasch. »Ich kann dir auch Geld schicken, wenn du willst. Ich habe genug. Und sobald ich nach Hause komme, können wir heiraten. Ich weiß, es wird noch eine Weile dauern ...«

»Aspen«, fiel ich ihm ins Wort. Ich hatte keine Ahnung, wie ich ihm erklären sollte, dass mein Herz gerade in tausend Stücke gebrochen war. »Wenn ich zu Hause bin, brauche ich erst mal Ruhe, okay? Ich muss mich von all dem hier ein wenig erholen.«

Gekränkt trat er einen Schritt zurück. »Das heißt, du möchtest nicht, dass ich dir schreibe oder dich anrufe?«

»Vielleicht nicht sofort«, entgegnete ich, bemüht, es so aussehen zu lassen, als sei es keine große Sache. »Ich möchte einfach ein wenig Zeit mit meiner Familie verbringen und mich langsam wieder zurechtfinden. Nach allem, was ich hier erlebt habe, kann ich nicht ...«

»Moment mal«, unterbrach er mich und hob die Hand. Einen Augenblick lang erforschte er schweigend mein Gesicht. »Ich glaub es nicht. Du willst ihn immer noch«, sagte er schließlich vorwurfsvoll. »Nach allem, was er getan hat, nach der Sache mit Marlee und obwohl du überhaupt gar keine Chance mehr hast, denkst du noch immer an ihn.«

»Er hat nie etwas Böses getan, Aspen«, erwiderte ich. »Und ich wünschte, ich könnte dir die Sache mit Marlee erklären, aber ich habe ihm mein Wort gegeben, zu schweigen. Es gibt nichts, was ich ihm übelnehmen müsste. Ich weiß, dass es vorbei ist, aber ich fühle mich genauso wie damals, als du mit mir Schluss gemacht hast.«

Aspen schnaubte ungläubig und warf den Kopf nach hinten, als könne er nicht fassen, was er da hörte.

»Ich meine es ernst. Als du mich verlassen hast, war das Casting wie ein Rettungsanker für mich, weil es mir half, über dich hinwegzukommen. Und dann bist du hier aufgetaucht und hast alles durcheinandergebracht. Du bist derjenige, der alles verändert hat, indem du im Baumhaus mit mir Schluss gemacht hast. Und jetzt denkst du tatsächlich, wenn du dich nur genügend anstrengst, wird alles wieder so werden wie vorher. Aber so funktioniert das nicht, Aspen. Gib mir wenigstens eine Chance, mich für dich zu *entscheiden.*«

In dem Moment, in dem ich es ausgesprochen hatte, wusste ich, dass dies genau der Punkt war. Weil wir uns schon so lange liebten, hatte wir eine Menge Dinge einfach als gegeben hingenommen. Doch jetzt war alles anders. Wir waren nicht mehr einfach nur zwei Nobodys aus Carolina. Wir hatten zu viel erlebt, um so zu tun, als ob wir jemals wieder diese beiden Menschen sein könnten.

»Warum solltest du dich nicht für mich entscheiden, Mer? Bin ich denn nicht deine einzige Wahl?«, fragte er mit trauriger Stimme.

»Doch. Aber stört dich das denn gar nicht? Ich möchte nicht das Mädchen sein, mit dem du dein Leben verbringst – nur weil ich einen anderen nicht haben kann und du dich nie nach einer anderen umgesehen hast. Willst du mich wirklich auf diese Art bekommen?«

»Es ist mir egal, wie ich dich bekomme, Mer«, sagte er leidenschaftlich, nahm mein Gesicht zwischen seine Hände und küsste mich heftig. Doch ich konnte seinen Kuss nicht erwidern.

Als er schließlich aufgab, bog er meinen Kopf zurück und versuchte meinen Gesichtsausdruck zu deuten. »Was passiert hier gerade, America?«

»Mein Herz bricht! Das passiert hier gerade! Was meinst du, wie sich das anfühlt? Ich bin im Moment so verwirrt, und du bist das Einzige, was mir noch bleibt. Aber du liebst mich nicht genug, um mir genügend Luft zum Atmen zu lassen.«

Ich fing an zu weinen.

»Es tut mir leid, Mer«, flüsterte er. »Aber ich denke andauernd, dass ich dich aus irgendeinem Grund verloren habe. Und mein Instinkt befiehlt mir, um dich zu kämpfen.«

Ich blickte zu Boden und versuchte mich zusammenzureißen.

»Ich kann warten«, beteuerte er. »Wenn du so weit bist, dann schreib mir. Ich liebe dich genug, um dir Luft zum Atmen zu lassen. Nach letzter Nacht ist das alles, worum ich dich bitte.«

Ich ging einen Schritt auf ihn zu und ließ mich von ihm umarmen, aber es fühlte sich mit einem Mal anders an als früher. Ich hatte geglaubt, dass Aspen immer ein Teil meines Lebens sein würde, doch nun fragte ich mich zum ersten Mal, ob das wirklich stimmte.

»Danke«, flüsterte ich. »Halt dich von Gefahren fern. Und spiel nicht den Helden, Aspen! Pass auf dich auf!«

Er machte einen Schritt zurück und nickte mir schweigend zu. Dann küsste er mich auf die Stirn und wandte sich zur Tür.

Lange Zeit stand ich nur da und wusste nicht, was ich mit mir anfangen sollte. Also wartete ich darauf, dass meine Zofen kamen und mich ein letztes Mal zurechtmachten.

31

Ich zupfte an meinem Kleid herum. »Ist das für den Anlass nicht ein bisschen übertrieben?«

»Überhaupt nicht!«, widersprach Mary.

Es war später Nachmittag, und sie hatten mich in ein violettes, majestätisch wirkendes Abendkleid gesteckt. Da es in Carolina deutlich kälter war, hielt ich einen Umhang mit Kapuze über dem Arm. Der hohe Kragen würde mich vor Wind schützen. Außerdem hatten sie mein Haar so elegant hochgesteckt, dass ich während meiner ganzen Zeit im Palast wohl nie hübscher ausgesehen hatte. Ich wünschte, ich hätte Königin Amberly in diesem Aufzug unter die Augen treten können. Sie wäre bestimmt sehr beeindruckt gewesen.

»Ich will es kurz machen«, sagte ich. »Es ist auch so schon schwer genug. Ich möchte, dass ihr wisst, wie dankbar ich für alles bin, was ihr für mich getan habt. Nicht nur dafür, dass ihr mir wunderschöne Kleider genäht und mich zurechtgemacht habt, sondern auch für die Zeit, die ihr mit mir verbracht habt. Dass ihr euch immer um mich gekümmert habt. Ich werde euch nie vergessen.«

»Und wir werden immer an Sie denken, Miss«, versprach Anne.

Ich nickte gerührt und wedelte mir mit der Hand vor dem Gesicht herum. »Okay, okay, ich habe heute schon genug Tränen vergossen. Können Sie bitte dem Fahrer sagen, dass ich gleich runterkomme? Ich brauche noch einen kleinen Moment.«

»Sehr gern, Miss.«

»Ist es unangebracht, wenn wir uns zum Abschied umarmen?«, fragte Mary und sah erst mich und dann Anne an.

»Ach, was soll's«, erwiderte Anne und ein letztes Mal drängten sie sich um mich.

»Passt auf euch auf.«

»Und Sie auf sich, Miss«, sagte Mary.

»Sie haben sich immer wie eine Dame verhalten«, murmelte Anne.

Die beiden traten einen Schritt zurück, nur Lucy hielt mich noch immer fest. »Danke«, hauchte sie mit tränenerstickter Stimme. »Sie werden mir fehlen.«

»Sie mir auch.«

Als Lucy mich losließ, gingen alle drei zur Tür und stellten sich nebeneinander auf. Ein letztes Mal knicksten sie vor mir, und ich winkte, als sie aus dem Zimmer gingen.

Während der letzten Wochen hatte ich mir so oft gewünscht, ich könnte den Palast verlassen. Doch nun, da der Moment gekommen war, fürchtete ich mich davor. Ich ging noch einmal auf den Balkon und blickte hinunter in den Garten und auf die kleine Steinbank – den Ort, wo Maxon und ich uns zum ersten Mal begegnet waren. Ich hatte keine Ahnung, warum, aber ich hatte das Gefühl, dass er dort sein würde. War er aber nicht. Er hatte vermutlich wichtigere Dinge zu tun, als dort herumzusitzen und an mich zu denken. Ich berührte das Armband an meinem Handgelenk. Und doch *würde* er ab und zu an mich denken, und das tröstete mich. Ich schloss die Balkontür und verließ mein Zimmer.

Auf meinem Weg durch den Palast genoss ich ein letztes Mal seine Schönheit, auch wenn sie durch zerbrochene Spiegel und angeschlagene Rahmen in Mitleidenschaft gezogen war.

Ich erinnerte mich daran, wie ich am ersten Tag die große Treppe hinuntergegangen und gleichzeitig verwirrt und dankbar gewesen war. Damals waren wir so viele Mädchen gewesen.

Als ich die großen Palasttüren erreicht hatte, blieb ich einen Augenblick stehen. Ich hatte mich so daran gewöhnt, hinter diesen schweren Holztüren zu leben, dass es mir fast ungehörig vorkam, einfach hinaus ins Freie zu treten.

Ich holte tief Luft und umfasste den Türgriff.

»America?«

Ich wandte mich um. Maxon stand am anderen Ende der Empfangshalle. Ich hatte nicht erwartet, dass ich ihn noch einmal sehen würde.

Schnell kam er auf mich zu. »Du siehst absolut atemberaubend aus.«

»Danke.« Ich strich über den Stoff meines Kleids.

Dann standen wir still da und sahen einander an. Plötzlich räusperte er sich, und der Grund seines Erscheinens schien ihm wieder einzufallen. »Ich habe mit meinem Vater gesprochen.«

»Aha?«

»Ja. Er war ziemlich froh, dass ich in der vergangenen Nacht mit dem Leben davongekommen bin. Wie du dir vorstellen kannst, ist ihm der Fortbestand der königlichen Linie äußerst wichtig. Ich habe ihm erklärt, dass ich wegen seines Wutausbruchs fast gestorben wäre und nur dank dir in einem Schutzraum gelandet bin.«

»Aber ich habe doch gar nichts getan.«

»Ich weiß. Aber das muss er ja nicht wissen. Außerdem habe ich ihm gesagt, ich hätte dir wegen deines Verhaltens den Kopf zurechtgerückt. Auch in diesem Fall muss er nicht wissen, dass das nicht stimmt, aber wenn du willst, kannst du dich so verhalten, als ob ich es getan hätte.«

Ich hatte keine Ahnung, warum ich mich so benehmen sollte, wenn ich doch am anderen Ende des Landes leben würde. Trotzdem nickte ich.

»Angesichts der Tatsache, dass ich dir – soweit er weiß – mein Leben verdanke, hält er meinen Wunsch, dich hierzubehalten, für gerechtfertigt. Doch nur solange du dich von deiner besten Seite zeigst und weißt, wo dein Platz ist.«

Ich starrte ihn ungläubig an, ich war mir nicht ganz sicher, ob ich ihn richtig verstanden hatte.

»Meiner Meinung nach ist es das Beste, Natalie nach Hause fahren zu lassen. Sie ist für all das hier nicht geschaffen, und da sie und ihre Familie trauern, ist dies für alle die beste Lösung. Ich habe bereits mit ihr gesprochen.«

Ich war noch immer wie vor den Kopf geschlagen und nickte nur.

»Soll ich es dir erklären?«

»Bitte.«

Er ergriff meine Hand. »Du würdest hierbleiben, weiterhin der Elite angehören und am Wettbewerb teilnehmen. Gleichwohl wird sich einiges ändern. Mein Vater wird dir gegenüber wahrscheinlich sehr streng sein und alles in seiner Macht Stehende tun, um dich zu Fall zu bringen. Ich glaube, es gibt Möglichkeiten, damit fertigzuwerden, doch es wird eine Weile dauern. Du weißt, wie skrupellos er ist. Darauf musst du vorbereitet sein.«

Wieder nickte ich. »Ich glaube, das schaffe ich.«

»Da ist noch etwas.« Maxon blickte auf den Teppich und versuchte seine Gedanken zu ordnen. »America, ganz ohne Frage hast du von Anfang an mein Herz erobert. Mittlerweile solltest du das wissen.« Als er mich anblickte, sah ich in seinen Augen, wie ernst es ihm war.

»Das tue ich, Maxon.«

»Doch was du jetzt nicht mehr besitzt, ist mein Vertrauen.«

Seine Worte trafen mich mit voller Wucht. Damit hatte ich nicht gerechnet.

»Ich habe dir so viele meiner Geheimnisse anvertraut, dich auf jede mögliche Art verteidigt. Doch wenn du unzufrieden mit mir bist, handelst du unbedacht und voreilig. Du stößt mich zurück, gibst mir die Schuld oder versuchst sogar, das ganze Land zu verändern. Ich muss einfach wissen, ob ich mich auf dich verlassen kann. Ich muss sicher sein, dass du meine Geheimnisse für dich bewahrst, meinem Urteil vertraust und nichts vor mir verheimlichst. Du musst absolut ehrlich zu mir sein und damit aufhören, die Entscheidungen, die ich treffe, ständig in Frage zu stellen. Mit anderen Worten – du musst an mich glauben, America.«

Es tat weh, das aus seinem Mund zu hören, aber er hatte recht. Was hatte ich denn schon getan, um ihm zu beweisen, dass er mir vertrauen konnte? Alle Menschen in seinem näheren Umfeld zogen und zerrten an ihm herum. Warum konnte ich nicht einfach nur für ihn da sein?

»Ich glaube an dich«, beteuerte ich und fuchtelte mit den Händen in der Luft herum, um meinen Worten Nachdruck zu verleihen. »Und ich hoffe, du weißt, dass ich mit dir zusammen sein will. Aber du hättest auch ehrlicher zu mir sein können.«

Er nickte. »Das mag schon sein. Und es gibt durchaus Dinge, die ich dir gern erzählen würde. Aber viele von ihnen sind so beschaffen, dass ich sie nicht mit dir teilen kann, wenn auch nur der Hauch einer Möglichkeit besteht, dass du sie nicht für dich behalten kannst.«

Ich holte tief Luft, um ihm eine Antwort zu geben, doch schon in der nächsten Sekunde blieb sie mir im Hals stecken.

»Maxon, da bist du ja!«, rief Kriss und kam auf uns zugelaufen. »Ich hatte bis jetzt noch keine Gelegenheit, dich zu fragen, ob es heute bei unserer Verabredung zum Abendessen bleibt.«

»Natürlich«, sagte Maxon und sah dabei mich an. »Wir essen in deinem Zimmer.«

»Wunderbar!«

Das saß.

»Und du America? Reist du wirklich ab?«. Ich sah deutlich den Hoffnungsschimmer in ihren Augen und blickte zu Maxon. *Das ist es, was ich gemeint habe,* schien sein Gesichtsausdruck zu sagen. *Du musst die Folgen deines Handelns akzeptieren und mir vertrauen, dass ich meine eigene Wahl treffe.*

»Nein, Kriss, heute nicht.«

»Gut.« Sie seufzte und schlang die Arme um mich. Unwillkürlich fragte ich mich, wie viel von dieser Umarmung Maxon geschuldet war, aber eigentlich war es auch egal. Kriss war meine härteste Konkurrentin – doch sie war gleichzeitig auch die engste Freundin, die ich hier hatte. »Ich habe mir gestern Nacht wirklich Sorgen um dich gemacht und bin froh, dich unversehrt zu sehen.«

»Danke, glücklicherweise war ich ...« Fast hätte ich gesagt, dass ich glücklicherweise in Maxons Gesellschaft gewesen war, doch das hätte vielleicht das kleine bisschen Vertrauen, das ich mir gerade bei ihm erarbeitet hatte, wieder zerstört. Ich räusperte mich. »Glücklicherweise waren die Wachen schnell zur Stelle.«

»Ja, Gott sei Dank. Nun, wir sehen uns bestimmt später noch.« Sie wandte sich wieder an Maxon. »Und dich sehe ich heute Abend.«

Mit diesen Worten hüpfte sie gut gelaunt davon. Noch nie hatte ich sie so ausgelassen erlebt. Doch zugegeben –

wenn ich mitbekommen hätte, wie der Mann, den ich liebte, mich über seine frühere Favoritin stellte, wäre mir wahrscheinlich auch nach Hüpfen zumute gewesen.

»Ich weiß, das gefällt dir nicht«, erklärte Maxon. »Aber ich brauche sie. Wenn du mich im Stich lässt, ist sie das Beste, was mir passieren kann.«

»Es spielt keine Rolle«, erwiderte ich und zuckte mit den Schultern. »Ich lasse dich nicht im Stich.« Dann küsste ich ihn kurz auf die Wange und ging dann nach oben, ohne mich noch einmal umzudrehen. Noch vor ein paar Stunden hatte ich geglaubt, Maxon für immer verloren zu haben. Nun, da ich wusste, was er mir bedeutete, würde ich um ihn kämpfen. Die anderen Mädchen würden sich noch wundern, wie ihnen geschah.

Beschwingt stieg ich die große Treppe empor. Wahrscheinlich hätte mir die Aufgabe, die auf mich wartete, Sorgen bereiten müssen, doch momentan konnte ich nur daran denken, wie ich sie schließlich meistern würde.

Vielleicht war der König zufällig im Palast unterwegs, vielleicht hatte er aber auch bewusst auf mich gewartet, denn als ich den zweiten Stock erreichte, stand er dort in der Mitte des Flurs.

Betont langsam schlenderte er auf mich zu, eine deutliche Demonstration seiner Macht. Als er vor mir stehen blieb, knickste ich.

»Eure Majestät.«

»Lady America. Wie es scheint, sind Sie noch immer bei uns.«

»So ist es.«

Ein Wachtrupp näherte sich, im Vorbeigehen verbeugten sich die Männer.

»Lassen Sie uns Klartext reden«, sagte der König streng. »Was halten Sie von meiner Frau?«

Ich runzelte die Stirn, weil mich die Richtung, die unser Gespräch nahm, überraschte. Trotzdem gab ich ihm eine ehrliche Antwort. »Ich finde die Königin großartig. Mir fehlen die Worte, um auch nur annähernd auszudrücken, wie wundervoll sie ist.«

Er nickte. »So eine Frau gibt es nicht oft. Schön, aber auch bescheiden. Furchtsam, aber nicht feige. Gehorsam, gut gelaunt und eine ausgezeichnete Gesprächspartnerin. Obwohl sie in arme Verhältnisse hineingeboren wurde, war es ihr bestimmt, eine Königin zu werden.«

Er schwieg und blickte mich herausfordernd an. »Das alles lässt sich von Ihnen nicht sagen.«

Als er fortfuhr, versuchte ich ruhig zu bleiben. »Ihr Aussehen ist eher durchschnittlich. Rote Haare, blasse Haut und eine annehmbare Figur. Doch mit jemandem wie Celeste können Sie nicht konkurrieren. Und was Ihren Charakter betrifft ...« Er sog scharf die Luft ein. »Sie sind ungezogen und eine Possenreißerin. Und wenn Sie dann mal etwas Ernsthaftes tun, rütteln Sie gleich an den Grundfesten unseres Landes. Völlig gedankenlos. Und bei all dem habe ich noch nicht einmal Ihre schlechte Haltung und Ihren nachlässigen Gang berücksichtigt. Kriss ist im Vergleich zu Ihnen weitaus bezaubernder und auch viel umgänglicher.«

Ich presste die Lippen zusammen und unterdrückte den Drang zu weinen.

»Außerdem lässt sich keinerlei politischer Vorteil daraus ziehen, Sie in unsere Familie aufzunehmen. Ihre Kaste ist nicht niedrig genug, um als Ansporn zu wirken, und auch über nützliche Beziehungen verfügen Sie nicht. Elise zum Beispiel war uns bei unserer Reise nach New Asia eine große Hilfe.«

Ich fragte mich, ob das stimmen konnte, da sie doch gar keinen Kontakt zu ihrer Familie aufgenommen hatten. Vielleicht ging da etwas vor sich, von dem ich einfach nichts wusste. Vielleicht bauschte er aber auch alles nur auf, damit ich mich wertlos fühlte. Wenn das sein Ziel war, dann hatte er es erreicht.

Seine kalten Augen bohrten sich in meine. »Was tun Sie also noch hier?«

Ich schluckte. »Ich denke, das müssen Sie Maxon fragen.«

»Ich frage aber Sie.«

»Er möchte, dass ich hier bin«, sagte ich mit fester Stimme. »Und ich möchte ebenfalls hier sein. Solange diese beiden Umstände gegeben sind, bleibe ich.«

Der König grinste hämisch. »Wie alt sind Sie? Sechzehn? Siebzehn?«

»Siebzehn.«

»Ich nehme an, Sie haben keine Erfahrung im Umgang mit Männern. Was Sie auch nicht sollten, wenn Sie hier sind. Nun, sie können sehr wankelmütig sein. Vielleicht halten Sie ja nicht mehr so sehr an Ihrer Zuneigung zu Maxon fest, wenn Ihnen klar wird, dass ein einziger Augenblick ausreicht, um Ihnen für immer sein Herz zu rauben.«

Ich blinzelte, weil ich nicht sicher war, was er mir damit sagen wollte.

»Ich habe meine Augen überall im Palast, müssen Sie wissen. Und es gibt Mädchen im Wettbewerb, die bieten ihm weit mehr, als Sie sich vorstellen können. Glauben Sie wirklich, dass jemand, der so reizlos ist wie Sie, neben ihnen eine Chance hätte?«

Mädchen? Gleich mehrere? Wollte er etwa andeuten, dass da noch mehr lief als das, was ich auf dem Gang zwischen Maxon und Celeste beobachtet hatte? Waren unsere stundenlangen Küsse in der vergangenen Nacht harmlos im Vergleich zu dem, was er mit den anderen tat? Maxon hatte erklärt, dass er ehrlich sein wollte. Aber hielt er das vor mir geheim?

Ich holte tief Luft. Ich hatte mich dafür entschieden, Maxon zu vertrauen. Und zwar mit ganzem Herzen. »Wenn das stimmt, dann wird mich Maxon nach Hause schicken, wenn für ihn der richtige Zeitpunkt gekommen ist. Und Sie müssen sich keine Sorgen mehr machen.«

»Das tue ich aber!«, blaffte der König, dann senkte er die Stimme wieder. »Wenn sich Maxon in einem Anfall von Dummheit tatsächlich für Sie entscheidet, würden Ihre kleinen Auftritte nämlich alles verderben. Die Arbeit von ganzen Generationen wäre vernichtet, weil Sie glauben, Sie können hier die Heldin spielen!«

Er kam mir so nah, dass ich automatisch einen Schritt zurückwich. Seine Stimme klang jetzt bedrohlich und viel beängstigender, als wenn er geschrien hätte. »Sie werden lernen müssen, Ihre Zunge im Zaum zu halten, Lady America. Ansonsten werden wir beide Feinde sein. Und glauben Sie mir, Sie möchten nicht, dass ich Ihr Feind bin.«

Zornig bohrte er mir seinen Zeigefinger in die Wange und mit einem Mal wurde mir klar, dass er mich gleich hier und auf der Stelle in Stücke reißen konnte. Selbst wenn jemand in der Nähe gewesen wäre, was hätte er tun sollen? Letztlich konnte mich niemand vor dem König schützen.

»Ich habe verstanden«, sagte ich und bemühte mich, einigermaßen ruhig dabei zu klingen.

»Ausgezeichnet«, sagte er und schlug unvermittelt wieder einen freundlicheren Ton an. »Dann lasse ich Sie jetzt allein, damit Sie Ihr Zimmer wieder beziehen können. Einen schönen Nachmittag noch.«

Sekundenlang stand ich wie betäubt da, und erst als er verschwunden war, merkte ich, dass ich zitterte. Als er mir geraten hatte, den Mund zu halten, hatte er damit bestimmt gemeint, dass ich nicht mal darüber *nachdenken* sollte, unsere Unterhaltung gegenüber Maxon zu erwähnen. Also würde ich es auch nicht tun. Bestimmt war das ein Test, um festzustellen, wie weit er gehen konnte. Aber ich würde mich von ihm nicht kleinkriegen lassen.

Während ich noch darüber nachdachte, merkte ich, wie sich meine Stimmung veränderte. Ich hatte Angst, aber ich war auch unglaublich wütend. Wer war dieser Mann, dass er mich so herumkommandieren konnte? Ja, er war der König, doch in Wahrheit war er nur ein Tyrann. Irgendwie hatte er sich selbst eingeredet, dass er uns allen einen Gefallen tat, indem er jeden um sich herum unterdrückte und mundtot machte. Aber was war gut daran, dazu gezwungen zu sein, in einer Nische der Gesellschaft zu leben? Was war gut daran, dass es für alle Menschen in Illeá Grenzen gab, nur für ihn nicht?

Ich dachte an Maxon, der Marlee heimlich in der Palastküche untergebracht hatte. Selbst wenn ich noch nicht sehr lange hier war, wusste ich doch, dass er einen viel besseren König abgeben würde als sein Vater. Maxon besaß zumindest die Fähigkeit, Mitgefühl zu empfinden.

Ich atmete langsam ein und aus, und sobald ich mich gefasst hatte, ging ich weiter.

In meinem Zimmer angelangt, eilte ich zu der Klingel, mit der ich nach meinen Zofen rief. Innerhalb kürzester Zeit kamen Anne, Mary und Lucy hereingerannt.

»Miss?«, fragte Anne atemlos. »Stimmt etwas nicht?«

Ich lächelte. »Nein. Es sei denn, ihr fändet es nicht gut, dass ich bleibe.«

»Wirklich?«, quietschte Lucy.

»Wirklich.«

»Aber wie das?«, fragte Anne überrascht. »Sie haben doch gesagt ...«

»Ich weiß, ich weiß. Es ist schwer zu erklären. Ich kann nur sagen, dass ich eine zweite Chance bekommen habe. Und da mir Maxon viel bedeutet, werde ich um ihn kämpfen.«

»Wie romantisch!«, jubelte Mary, und Lucy klatschte vor Freude in die Hände.

»Still jetzt!«, rief Anne streng. Ich hatte von ihr eigentlich etwas mehr Begeisterung erwartet und verstand deshalb ihren plötzlichen Ernst nicht.

»Wenn sie gewinnen soll, dann brauchen wir einen Plan.« Sie lächelte diabolisch, und auch ich musste grinsen. Nie zuvor hatte ich jemanden kennengelernt, der so gut organisiert war wie dieses Mädchen. Solange ich sie hatte, konnte ich gar nicht verlieren.

ENDE VON BUCH ZWEI

Danksagungen

Tja, hallo, liebe Leser. Danke, dass ihr mein Buch lest! Ich hoffe, dass es solch überschäumende Gefühle in euch weckt, dass ihr um drei Uhr morgens lostwittern müsst. Mir persönlich geht es jedenfalls so ... Mein Dank geht an:

- Callaway, den süßesten Göttergatten, den eine Frau haben kann. Danke für deine Unterstützung und auch dafür, wie stolz du auf mich bist. Du machst alles viel besser. Ich liebe dich.
- Guyden und Zuzu. Mommy liebt euch über alles! Die Geschichten, die ich schreibe, bedeuten mir unendlich viel, ihr aber werdet immer das Beste sein, was ich je hervorgebracht habe.
- Mom, Dad und Jody. Danke, dass ihr die unglaublichste Familie seid, die man sich vorstellen kann, und dass ihr mich so liebt, wie ich bin.
- Mimi, Papa und Chris. Danke für eure Liebe und Unterstützung und dass ihr mit so viel Begeisterung jede Etappe meines Wegs verfolgt.
- Den Rest meiner Familie – viel zu viele Namen, um sie hier aufzuschreiben! Ich weiß, dass ihr, wo immer ihr auch seid, mit eurer Bücher schreibenden Nichte/

Enkelin/Cousine angebt. Es bedeutet mir sehr viel, zu wissen, dass ihr immer hinter mir steht.

- Elana. Danke für fast alles Erdenkliche. Ohne dich wäre das alles nicht passiert. (*verlegene Umarmung*)
- Erica. Danke, dass ich dich zigtausendmal anrufen durfte, dass dich diese Geschichte genauso begeistert wie mich, und einfach dafür, wie großartig du bist.
- Katleen. Danke, dass du es geschafft hast, dass die Menschen in Brasilien, China, Indonesien und wo auch immer ebenfalls meine Bücher lesen! Das finde ich noch immer unglaublich.
- Die Leute von HarperTeen. Ihr seid nach wie vor irre, und ich liebe euch.
- FTW ... (*Senf an die Decke!*)
- Northstar. Du bist die Heimat der Cass-Familie.
- Athena, Rebeca und die Leute von »Christiansburg Panera«, die mir großartige heiße Schokolade servieren und sich verlegen im Hintergrund gehalten haben, während ich Telefoninterviews gab. Danke!
- Jessica und Monica, vor allem, weil ein Versprechen ein Versprechen ist und ihr mich zum Lachen gebracht habt.
- Euch, liebe Leser, weil ihr America (und mir) die Treue haltet, während ihre Geschichte weitergeht.
- Gott für die Gnade des Schreibens. Ich wäre sonst verloren.
- Das Nickerchen zwischendurch, weil ich gleich eins mache.
- Und Kuchen – einfach nur so.

Die Chance ihres Lebens?

35 perfekte Mädchen – und eine von ihnen wird erwählt. Sie wird Prinz Maxon, den Thronfolger des Staates Illeá, heiraten. Für die hübsche America Singer ist das die Chance ihres Lebens, aus einer niedrigen Kaste in die oberste Schicht der Gesellschaft aufzusteigen und damit ihre Familie aus der Armut zu befreien. Doch zu welchem Preis? Will sie vor den Augen des ganzen Landes mit den anderen Mädchen um die Gunst eines Prinzen konkurrieren, den sie gar nicht begehrt? Und will sie auf Aspen verzichten, ihre heimliche große Liebe?

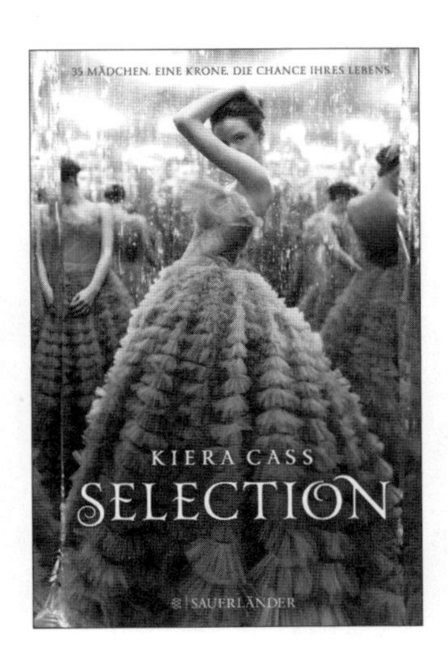

Kiera Cass
Selection
35 Mädchen. Eine Krone.
Die Chance ihres Lebens.
Aus dem Amerikanischen
von Sibylle Schmidt
368 Seiten, gebunden

Das gesamte Programm finden Sie unter
www.fischerverlage.de

fi 7-6188 / 1